KB121493

争先果

쟁선계 16

2014년 10월 30일 초판 1쇄 인쇄
2014년 11월 4일 초판 1쇄 발행

지은이 이재일
발행인 이종주

기획 팀 이주헌 이기헌
책임 편집 백승미

발행처 (주)로크미디어
출판등록 2003년 3월 24일
주소 서울시 용산구 원효로97길 46 5층
Tel (02)3273-5135 Fax (02)3273-5134
홈페이지 rokmedia.com E-mail rokmedia@empas.com

ⓒ 이재일, 2013

값 11,000원

ISBN 979-11-255-7074-5 (16권)
ISBN 978-89-257-3094-3 04810 (세트)

爭先界 쟁선계 16

| 이재일 장편소설 |

ROK
MEDIA

로크미디어

차례

삼화취정 三花聚頂 (一)

(1)

"후우."

이군영의 방 앞에 선 진금영은 숨을 가다듬었다.

가장 친하게 지내던 남자의 방이었다. 그러나 언제부턴가는 가장 피하고 싶은 남자의 방이기도 했다. 그가 싫어서가 아니었다. 진금영은 오히려 그를 좋아하고 있었다. 다만 그 좋아함이, 이성으로서의 연정이 아닌 피붙이로서의 살가움이었고, 그는 그 사실을 인정하려 들지 않았다. 자신을 이성으로 보지 않는 그녀의 한결같은 태도에 대한 부정. 처음에는 솜이불처럼 은근하기만 하던 그 부정이 이제는 철판처럼 딴딴하게 변해 있었다. 그녀는 그러한 변화의 원인이 어디에 있는지 너무도 잘 알고 있었다.

진금영은 자신의 배를 내려다보았다. 나군을 곱게 차려입은 데다 그 위에 비단 채대까지 둘렀기 때문에 겉보기에는 아무런 티도 나지 않았지만, 그녀의 배 안에서는 하나의 생명이 자라나고 있었다. 그리고 이군영은 그 사실을 알고 있었다. 산산이 가져온, 입덧에 특효가 있다는 한 단지의 귀한 약고가 그 증거였다. 그래서 변한 것이다. 질투가, 소유욕이 그를 변하게 만들었다.

'하지만 내 앞에서는 예전과 똑같이 부드러운 모습만 보이려고 하지.'

이군영이 흔들리는 모습을 보인 것은 오직 한 번, 역천뢰에 제 발로 들어가겠다는 진금영을 향해 절절한 목소리로 부르짖던 그때뿐이었다.

─누님, 정말 왜 이러시는 겁니까! 소제가 화병으로 죽는 꼴을 보고 싶은 겁니까!

진금영이 왜 그랬는지 이유를 알고 난 뒤부터 이군영은 그때의 절규가 거짓이 아니었을까 의심스러울 만큼 평온한 모습을 되찾았다. 그러나 그 평온이 실로 무시무시한 인내의 산물임을 모르지 않기에 진금영은 고통의 또 다른 가면인 그의 평온한 얼굴을 감히 똑바로 쳐다볼 수 없었다.

'다른 사내의 씨앗을 배고 온 더러운 화냥년이라고 욕이라도 퍼붓는다면 차라리 마음 편했을 텐데…….'

그러나 이군영은 모든 것을 안으로 삼켜 삭이려고만 했다. 그러면서 검은 바다를 비추는 등대처럼 그녀를 지켜보기만 했다. 그녀는 그를 이해할 수 없었다. 대체 무엇 때문에 그러는 걸까? 거대한 배신의 고통을 참아 내면서까지 그녀를 외면하려 하지 않는 까닭은 무엇일까?

"통지해 올릴까요?"

진금영이 머뭇거리는 기색을 보이자 방문 앞에 대기하고 있던 늙은 시녀가 말했다. 진금영을 향한 시녀의 눈길에는 경멸이 비늘처럼 돋아나 있었다. 소문이란 참으로 공평하여, 입에서 입으로 번져 나감에 있어 지위의 고하를 따지는 법이 없었다. 그녀의 임신은 더 이상 비밀이 아니었고, 시녀는 친자식처럼 아끼는 소야 나리를 번뇌의 불구덩이 속으로 빠트린 요물을 상대로 자신이 품고 있는 적개심을 굳이 감추려 들지 않았다. 따지고 보면 저런 경멸과 적개심도 그녀가 짊어져야 할 짐이었다.

'마음껏 경멸하고 마음껏 미워하려무나.'

진금영은 자신의 몫으로 내려온 짐을 거부하는 여자가 아니었다.

"그래 주게나."

진금영이 시녀에게 말했다. 찬바람이 일 만큼 몸을 홱 돌린 시녀가 방문을 향해 고했다.

"진 아가씨께서 오셨습니다."

잠시 후 방문이 열리고 이군영의 온화하고 친절하고 자상한 얼굴이 보였다.

"오신다는 말씀을 듣고 기다리던 참입니다. 들어오시지요."

이군영이 문 앞에서 비켜서며 말했다. 진금영은 고개를 살짝 숙인 뒤 문턱을 넘어섰다.

방 안은 주인의 성정을 반영하듯 깔끔하게 정돈되어 있었다. 그 주인인 이군영은 진금영이 앉기를 기다려 다탁의 맞은편에 자리를 잡았다.

"못 보던 채대를 두르셨군요. 새로 맞추셨나 봅니다."

이군영이 오지 풍로 위에서 끓는 물을 찻주전자에 따르며 말했다. 진금영은 얼굴이 약간 붉어진 기분이 들었다. 그것을 감추려 고개를 숙이며, 그녀가 작게 대답했다.

"선물로 받았습니다."

"선물이라…… 누군지는 몰라도 누님을 잘 아는 분인가 봅니다."

"무슨 말씀이신지?"

"산산이 그러더군요. 누님은 옷보다 채대를 더 좋아하신다고요. 여자들 중에는 그런 취향을 가진 사람도 제법 있다던데, 소제야 그런 쪽에 워낙 어두우니 그냥 듣고만 있었지요. 말이 나온 김에 다음번에 뵐 때는 소제가 예쁜 놈으로 하나 선물해 드리겠습니다. 하지만 너무 꽉 매고 다니지는 마십시오. 꽉 매면…… 음, 숨쉬기에 좋지 않을 테니까요."

새벽에는 한 남자가 채대를 선물하더니 낮에는 다른 남자가 채대를 선물하겠다고 나서고 있었다. 공교롭다는 생각이 들었지만 이 정도 일은 큰 우연이라고 볼 수 없었다.

따뜻한 찻물로 입술을 축인 진금영이 자세를 바르게 하고 이군영을 향해 고개를 숙였다.

"보내 주신 약고는 잘 받았습니다."

이군영이 입술을 삐죽거리며 물었다.

"받기만 하셨습니까?"

"예?"

"받아만 놓고 구경만 하시면 안 되지요. 매일매일 제때에 복용시키라는 약선생의 엄명이 있었으니 말입니다. 다음 달에는 다른 약고를 드셔야 하니 하루라도 거르시면 안 됩니다."

이군영이 진금영의 찻잔에 차를 따르며 말했다. 그의 표정이며 목소리는 지극히 평온하여, 그것들로부터 내심을 읽어 내기란 어려울 것 같았다. 진금영은 작게 한숨을 내쉰 뒤 대답했다.

"반드시 그렇게 하겠다고 약속드리겠습니다."

이군영이 자신의 찻잔을 채우던 손길을 멈추고 진금영을 쳐다보았다.

"약속이라고요?"

"예."

이군영은 씩 웃었다.

"기분이 좋군요."

"예?"

"어른이 된 이후, 누님께서 소제에게 뭔가를 약속해 주시는 것은 이번이 처음입니다."

진금영은 눈썹을 찡그렸다.

"제가 그랬던가요?"

"소제의 기억력을 믿지 못하시는군요. 누님은 모르시겠지만, 소제에게는 꽤나 박정한 분이셨습니다."

'박정'이라는 말이 이군영의 얼굴을 대한 뒤 가뜩이나 부풀어 오른 죄책감 위에 화살처럼 틀어박혔다. 진금영은 눈을 내리깔고 자책하듯 중얼거렸다.

"제가 공자님께는 참으로 몹쓸 짓을 많이 했군요."

이군영의 눈초리가 살짝 굳어졌다가 풀렸다.

"이제부터 잘하시면 됩니다."

이제부터 잘하면 된다. 하지만 어떻게 잘할 수 있단 말인가? 진금영에게는 이군영에게 줄 수 있는 것이 존재하지 않았다. 본래부터 자기 자신밖에 가진 것이 없던 그녀였다. 그 유일하게 가진 것을 석대원에게 주고 난 뒤, 그녀는 누구에게든 아무것도 줄 수 없는 신세가 되고 말았다. 그래서 마음이 아팠다.

그런 진금영의 마음을 아는지 모르는지, 이군영이 입에도 대지 않은 찻잔을 한쪽으로 밀어 놓으며 물었다.

"설마 약고 잘 받았다는 인사를 하러 오시지는 않았을 테고, 소제에게 바라시는 것이라도 있는지요?"

바라는 것이 있었다. 정확히 말하면, 알고 싶은 것이 있었다. 진금영은 자꾸 부풀어 오르는 죄책감을 뻔뻔함 밑으로 억지로 쑤셔 넣은 뒤 대답했다.

"알고 싶은 것이 한 가지 있어서 찾아왔습니다."

다탁 위에 두 팔꿈치를 괸 다음 곧게 편 양손을 세모꼴로 모아 세운 이군영이 그 첨단에 아랫입술을 가져다 붙이며 말했다.

"말씀해 보세요. 소제가 아는 일이라면 거짓 없이 알려 드릴 것을 약속드리겠습니다."

이군영의 두 눈은 진금영을 똑바로 향하고 있었다. 저 눈을 대하며 뻔뻔함을 유지하기란 죽을 만큼 힘들었지만, 그녀는 석대원을 위해 그 일을 해내야만 했다.

"백도인들이 납치해 온 무양문주의 손녀딸이 모처에 유폐되어 있다고 들었습니다."

이군영은 무언으로써 진금영의 다음 말을 재촉했다. 진금영은 벼랑에서 몸을 던지기 직전 눈을 질끈 감는 사람의 심정으로 다음 말을 꺼냈다.

"그 손녀딸이 지금 이 장원 안에 있나요?"

이군영은 잠시 아무 말도 하지 않았다. 별처럼 반짝이는 눈으로 진금영의 두 눈을 뚫어져라 쳐다보기만 할 뿐이었다. 대답하기 어려운 것을 물었나 보다 하는 생각이 막 떠오를 즈음, 이군영이 입술을 떼었다.

"장원 안이라면 역천뢰를 말씀하시는 모양이군요. 그래서 소제에게 물으신 거겠지요. 얼마 전까지는 소제가 그곳을 관장했으니까요."

진금영은 가타부타 대답하지 않았다. 이군영 또한 대답을 바라고 한 말은 아닌 듯했다.

"조금 의외이기도 하고 조금 곤란하기도 하지만, 약속을 했으니 대답해 드리겠습니다. 무양문주의 손녀딸은 지금 이 장원 안에 없습니다."

"그게 정말인가요?"

곧바로 튀어나온 진금영의 반문에 이군영이 쓴웃음을 지었다.

"소제를 제대로 된 남자로 봐주시지 않는다는 것은 예전부터 알고 있었지만, 그래도 이 정도이신 줄은 몰랐습니다. 누님의 표정을 보니 당장이라도 역천뢰로 찾아가 확인하실 것 같군요."

"제가 어찌 감히…… 단지 아이가 여기 있다는 얘기를 누군가에게서 들은 터라……."

말해 놓고 아차 하는 심정이 되었다. 누구에게 들었느냐고 캐물으면 어쩐담?

다행히 이군영이 진금영을 추궁하는 일은 벌어지지 않았다.

"흠, 십영회의에서 나온 말이 밖으로 새어 나간 모양이군요. 이비영이 분명히 그렇게 말씀하셨지요, 무양문주의 손녀딸이 이곳에 있다고. 하지만 누님도 아시다시피, 그분 말씀이 언제나 진실인 것은 아니지 않습니까. 다시 말씀드리지만, 아이는 지금 이 장원 안에 없습니다."

"그렇다면 대체 어디에 있단 말인가요?"

이군영은 눈을 가늘게 뜨고 다탁 너머로 살짝 드러난 진금영의 복부를 쳐다보았다.

"모성……인가요, 갑자기 아이에 집착하시는 이유가?"

임신에 관해 이군영으로부터 직접 들은 것은 이번이 처음이었다. 때문에 진금영은 얼굴 전체가 화끈 달아오르는 것을 느꼈다.

"알려 드리고 싶은 마음은 굴뚝같지만 소제도 거기까지는 알지 못합니다. 다만 분명히 말씀드릴 수 있는 사실은, 본 각이 다리가 불편한 여자아이에게 위해를 끼치는 일은 없을 거라는 점입니다."

이군영은 다탁 한쪽에 밀어 놓았던 찻잔을 들어 한 모금을 마신 뒤 말을 이었다.

"그리고 노파심에서 드리는 말씀인데, 소제의 말을 믿지 않으시더라도 당분간 역천뢰 근처에는 가지 마시기를 권합니다."

뜻밖의 말에 진금영의 기다란 눈초리가 살짝 떨렸다.

"역천뢰에 무슨 일이라도 생겼나요?"

"이비영이 역천뢰에 모종의 안배를 베푸셨다는 얘기를 들었습니다."

"안배라면……?"

이군영이 어깨를 으쓱였다.

"글쎄요. 뇌주 자리에서 물러난 탓에 자세한 내용은 모릅니다만, 지금 역천뢰에는 누군가를 잡기 위한 함정이 설치된 것으로 알고 있습니다."

온몸의 피가 싸늘하게 식는 것 같았다. 진금영은 자리를 박차고 일어서지 않기 위해 허벅지 위에 올려놓은 주먹에 필사적으로 힘을 주어야 했다.

"누님?"

이군영이 굳은 얼굴을 다탁 위로 들이밀었다.

"안색이 안 좋습니다. 잉토증孕吐症(입덧)이라도 도지신 겁니까?"

"아…… 그, 그게 조금……."

"차가 입에 안 맞는 모양이군요. 누님께서 오신다기에 잉토 증에 좋다는 약차를 특별히 준비했는데, 그게 오히려 안 좋았나 봅니다."

진금영은 헛구역질을 했다. 난처함을 모면하기 위해 거짓으 로 꾸민 것이 아니었다. 길지 않은 시간 동안 긴장과 놀람을 반 복한 탓에 요 며칠 잠잠하던 입덧이 다시 고개를 든 것 같았다.

"이런, 당장 의원을 부르겠습니다."

이군영은 진금영이 뭐라 말할 틈도 주지 않고 문밖에서 대기 하고 있는 시녀를 불러들였다.

오장육부가 뒤집어지는 것 같은 지독한 입덧 속에서도 진금 영은 생각했다.

'그에게, 그에게 이 사실을 빨리 알려야 해!'

　

～✿～

　

미웅-미웅-미웅 미이이이이이웅-.

매미 소리가 시끄러웠다. 이상하다는 생각이 들었다. 매미가 울기엔 너무 늦은 계절인데? 그러나 어긋난 계절감으로 인한 의혹은 금세 사라졌다.

……아, 여름이었지.

어긋난 것은 없었다. 그때는 여름이었고, 언젠가 어머니께서 여름의 진짜 주인은 매미일지도 모른다고 말씀하신 적이 있었다. 오직 한 번의 여름만을 바라며 여러 해를 땅속 벌레로 살아야 하기 때문이라나. 그래서 저렇게 우는 거구나, 그 한 번의 여름을 만나서.

쏟아지는 것은 매미 소리만이 아니었다. 열기를 품은 햇살이 땀에 젖은 여름옷 위로 난폭하게 쏟아지고 있었다. 하지만 이 정도 더위쯤 아무것도 아니지. 남부의 아이는 물소처럼 여름에 강하니까. 그는 햇살을 뚫고 달리기 시작했다. 타닥타닥. 힘찬 뜀박질 소리가 매미 소리를 누르고 울렸다. 히히, 매미 따위에게 질 수 없지. 그는 달리고 또 달렸다. 뜨거운 바람이 귓바퀴를 타고 돌아 나가는 것이 느껴졌다. 그렇게 달리다 보니 벌써 집이었다. 두 개의 아름드리 기둥으로 문설주를 세운 세가의 정문이 하늘에서 뚝 떨어진 듯 갑자기 눈앞에 서 있었다.

－형아, 같이 가!

돌아보니 아전이었다. 녀석은 금방이라도 고꾸라질 것처럼 휘청거리면서도 기를 쓰고 달려오고 있었다.

－그만 뛰어. 다 왔으니까.

아전은 그처럼 건강하지 않았다. 저러다 몸살이라도 나는 날에는 어머니의 꾸지람은 언제나 그의 몫이었다. 함께 놀아 준 죄밖에 없는데도 말이다.

－같이 가자고, 헉, 헉, 같이 가자고 그렇게 소리쳤는데, 형은 만날 혼자만 가고……

아전이 울먹거리며 말했다. 아전은 계집애인 소란보다도 눈물이 많았다. 아파도 울고, 속상해도 울고, 힘들어도 울었다. 짜증이 났지만, 저런 아전을 상대로 짜증을 부려 봤자 돌아오는 것이라고는 아전 스스로 그치기 전에는 누구도 그치게 하지 못할 초대형 울음보뿐이라는 점을 그는 모르지 않았다.

−알았어. 다음엔 혼자 안 갈게. 이제 됐지?

그가 좋은 말로 아전을 살살 달래는데, 정문이 열리고 한 사람이 밖으로 나왔다. 헝겊을 누벼 만든 조끼에 후줄근한 베잠방이 차림을 한 그 사람은 세가의 늙고 젊은 두 문지기 중 늙은 쪽인 화 노인이었다.

−안 그래도 사람을 보내려던 참이었소. 때맞춰 돌아오셨구려, 이 공자.

그는 어리둥절해졌다. 해가 길어졌다고는 해도 이 밝은 때에 벌써 저녁을 먹을 리는 없고, 인근 마을로 놀러 나간 아이들을 부르려고 사람까지 보내야 할 이유를 짐작하기 힘들었다. 게다가 자신을 쳐다보는 화 노인의 표정이 너무 이상했다. 애지중지하던 자오란주를 그가 훔쳐 먹었을 때에도 저처럼 어둡고 무거운 표정은 짓지 않았다.

−아이고, 이 일을 어쩌나? 우리 도련님 불쌍해서 어쩌나?

화 노인을 따라 나온 송대가 들고 있던 빗자루를 빨래처럼 쥐어짜며 안절부절못했다. 그제야 이상한 낌새를 알아차린 듯, 아전이 하얗게 질린 얼굴로 그의 손을 움켜잡았다.

−형.

간신히 진정시킨 아전의 눈물이 다시금 터지려 하고 있었다. 그는 참지 못하고 문지기들에게 물었다.

−다들 왜 그래요? 세가에 무슨 일 있어요?

그의 질문에 대답한 사람은 문지기들 뒤로 모습을 드러낸 세가의 집법당주였다.

−그렇소, 이 공자.

흰머리가 검은 머리보다 더 많은 집법당주는 천방지축 개구쟁이인 그에게도 어려운 어른이었다. 그는 잔뜩 긴장한 목소리로 집법당주에게 물었다.

─역 아저씨, 대체 무슨 일인데요?

이번에는 제대로 된 대답이 돌아오지 않았다. 집법당주는 명령조의 한마디를 툭 내뱉고 몸을 돌렸다.

─따라오시오.

집법당주는 농담과 장난이 통하지 않는 벽창호이기는 해도 주군의 혈족에게 무례를 범하는 사람은 아니었다. 그런 사람이 무례를 범할 때에는 반드시 그럴 만한 이유가 있을 터. 그는 입술을 꾹 깨문 뒤 잡고 있던 아전의 손을 놓았다.

─형, 가지 마. 이상해.

그의 손에서 떨어진 아전의 손이 그의 허리춤 옷자락을 붙잡았다. 그가 아전을 돌아보았다.

─이상하니까 가 봐야지. 무슨 일 때문에 저러는지 알아야 하잖아.

─그럼 나도 데려가.

아전이 칭얼거렸다. 아전의 눈에서는 이미 눈물이 꿀렁꿀렁 흘러내리고 있었다.

─아전하고 같이 가도 되나요?

그는 집법당주에게 조심스럽게 물었다. 하지만 아전을 데려가는 것은 허락되지 않는 것 같았다. 집법당주가 눈짓을 하자 송대가 종종걸음으로 다가와 아전을 그에게서 떼어 놓았다.

─형! 혀엉! 으앙!

작은 손아귀에서 그의 옷자락이 빠져나간 순간 아전의 울음보가 터졌다. 그는 몸을 돌려 송대에게 붙잡혀 멀어지는 아전에게로 달려갔다.

─울지 마.

아전은 계속 울었다. 다른 때라면 짜증이 났겠지만 이번에는 이상하게 눈물이 났다. 그는 눈두덩에 잔뜩 힘을 주며 소리를 질렀다.

ㅡ울지 말라니까!

그 서슬에 놀란 아전이 눈을 동그랗게 떴다. 그는 실없는 말로 아전을 놀릴 때 늘 그랬던 것처럼 오른손으로 아전의 머리카락을 엉망으로 헝클어뜨리며 말했다.

ㅡ내 방에 가 있어. 나도 금방 갈 테니까.

그런 다음 막 생각난 듯 덧붙였다.

ㅡ아, 오늘 저녁에는 영웅연이나 열어야겠다.

ㅡ영웅……연?

ㅡ그래. 어제 잔치 음식이 남았을 테니까 그걸로 차려 달라고 해야지.

아전의 울먹임이 조금 가라앉았다.

ㅡ그럼 소란도 불러?

ㅡ걘 여자잖아. 여자는 걸핏하면 울어서 영웅이 되지 못하지.

ㅡ울면 영웅이 못 되는 거야?

ㅡ울보 영웅이 있다는 얘기 들어 본 적 있어? 그러니까 너도 울지 좀 마. 한 번만 더 울면 영웅연 명단에서 확 **빼** 버릴 거다, 알았지?

ㅡ알았어, 형.

그러나 아전에게 약속한 영웅연은 열리지 못할 것 같았다. 집법당주의 뒤를 따라가다 목격한, 삼 층 전부와 이 층의 일부가 시커멓게 그을린 만심각의 처참한 몰골이 그 점을 뒷받침해 주고 있었다.

만심각은 가주의 집무실이 있는 건물이었다. 그리고 가주는 바로 아버지였다. 그는 초조함을 견디기 어려웠다. 원수라도 습격해 온 걸까? 그래서 아버지께 무슨 안 좋은 일이라도 생긴 걸까? 하지만 지금 세가에는 그의 외삼촌이 머물고 있었다. 어제 열린 잔치도 외삼촌의 방문을 환영하기 위한 것이었다. 외삼촌은 천하제일의 검객이었다. 강동 땅에서 가장 강한 검객인 아버지께서 그렇게 말씀하셨고, 어머니는 자긍심이 담긴 미소로써 그 말씀이 사실임을 확인해 주셨다. 그런 외삼촌이 와 계시는데 누가 감히 만심각을 저 꼴로 만들었단 말인가?

집법당주가 들어간 곳은 연무장 건너편에 있는 숭검당 건물이었다. 그 건물의 이 층에서 그는 뒷짐을 진 채 창밖을 내다보는 한 남자를 볼 수 있었다. 아버지였다. 반가운 마음에 앞으로 내달리려던 그는 흠칫 걸음을 멈췄다. 아버지가 아니었다. 형이었다. 형은 아버지를 무척 닮았다. 아버지께서 종종 그러시듯, 저렇게 뒷짐을 지고 돌아서 있을 때면 더욱 두 사람을 구분하기 힘들었다.

—이 공자를 모셔 왔소이다.

집법당주가 고하자 형이 천천히 몸을 돌렸다. 여느 때처럼 진중하지만 여느 때와 달리 슬퍼 보이는 형의 시선이 그를 향했다.

—왔느냐.

그는 고개를 숙였다. 아우들과는 허물없이 지내면서도 형 앞에서는 공연히 긴장이 되었다. 형은 그가 기억하는 한 언제나 어른—실제 나이로는 어른에 미치지 못했을 때조차—이었고, 그는 열네 살이 된 지금도 스스로를 아이라고 여기고 있었다. 그래서일까? 적서嫡庶의 차별 같은 것은 일절 내비치지 않는 형이었고, 그런 형을 존경하고 따르는 것도 분명하지만, 둘 사이에 피붙이로서의 애틋함은 좀처럼 일어나지 않았다.

　－만심각을 보았을 것이다.

　그는 숙인 고개를 번쩍 들었다.

　－아버지께 무슨 일이라도 생겼나요?

　－아원…….

　형의 깊고 검은 눈동자 속으로 슬픔이 밀물처럼 차올랐다.

　－아버지께서 돌아가셨다.

　저게 무슨 소리지? 형의 목소리는 잔뜩 잠겨 있었지만 알아듣지 못할 정도는 아니었다. 그러나 그는 형의 말을 알아들을 수 없었다. 그를 구성하는 모든 것이 그 말을 받아들이기를 거부하고 있었다.

　혼란에 빠진 그를 슬픈 눈으로 굽어보던 형이 다시 말했다.

　－아버지께서 돌아가셨다.

　한참이 지난 뒤에야 그의 입술이 떨어졌다.

　－아버지께서…… 하지만…… 아니, 이건 말도 안 돼…….

　넋이 나간 것처럼 중얼거리던 그가 형에게 물었다.

　－누가 감히 이 집에서 아버지를 해칠 수 있단 말인가요? 게다가 외삼촌도 와 계시잖아요?

　이 질문에 답하기 위해, 형은 그를 외면해야만 했다.

　－흉수는 네 외삼촌이다.

　힘이 쭉 빠졌다. 무릎관절이 없어져 버린 것 같았다. 그는 그 자리에 털썩 주저앉았다. 고개를 돌린 형의 옆자리가 별안간 구불텅하게 휘어지는가 싶더니 아전의 자그마한 몸이 생겨났다. 아전이 두 팔을 휘저으며 울부짖었다.

　－형, 가지 마!

　그를 향해 울부짖는 아전 위로 잘생겼지만 얼음처럼 차가운 눈을 가진 청년이 겹쳐졌다. 청년이 그를 내려다보며 말했다.

─여기는 네가 올 곳이 아니다. 너는 내 아버지를 죽인 원수의 피붙이니까.

바닥이 꺼졌다. 그는 어둠 속으로 한없이 떨어져 내렸다. 그러나 추락감은 금세 사라졌다. 어둠도 어느새 사라지고 없었다. 주위엔 온통 붉은빛, 붉은 방이었다. 그 안에서 아이가 걸어 나왔다. 붉은 아이였다.

붉은 아이가 말했다.

─나는 봤지.

붉은 방이 말했다.

─나도 봤지.

붉은 아이가 말했다.

─거의 다 됐어.

붉은 방이 말했다.

─그래, 거의 다 됐어.

붉은 아이가 말했다.

─딱 한 번이면 돼.

붉은 방이 말했다.

─맞아, 딱 한 번이면 돼.

붉은 아이가 하하 웃었다. 붉은 방이 낄낄 웃었다. 그 맑고 추한 웃음소리가 매미의 울음소리처럼 사방에서 그를 덮쳤다.

하하낄낄하하낄낄하하낄낄하하낄낄⋯⋯.

⋯⋯석대원은 눈을 깜박였다.

얼굴이 축축했다. 비가 또 내렸나? 하지만 그의 위에는 천장이 있었다. 낡은 데다 그의 거구에 비하면 지나치게 낮기까지

했지만, 빗물도 막아 주지 못하는 부실한 천장은 아니었다. 그렇다면…….

'내가 울었나?'

깜박 잠이 든 것까지는 알 수 있었다. 비각의 소굴에서 잠이든 것은 질책받아 마땅한 일이지만, 사효가 죽은 이후 눈 한 번변변히 붙여 보지 못한 그였다. 부지불식간에 수마에 잠식당했다고 한들 이상한 일은 아니었다. 정작 이상한 일은, 그렇게잠든 사이 꿈을 꾸었는데 무슨 내용인지는 전혀 기억나지 않는다는 점이었다. 꿈에서 깨어나 그 내용을 잊어버린 적이 없지는 않았지만, 이 정도로 깜깜한 것은 처음 같았다. 게다가 눈물이라니? 대체 무슨 꿈을 꾸었기에?

'그녀가 보았다면 웃었겠지.'

석대원은 손바닥으로 얼굴을 훔친 뒤 누워 있던 짚자리에서일어나 앉았다. 그가 몸을 숨긴 곳은 단천원 북쪽에 위치한 낡은 목조 건물이었다. 오래된 밀짚이 잔뜩 쌓여 있는 것으로 미루어 마소의 먹잇감을 보관하는 창고 같았다. 다행한 점은 창고지기가 없다는 것. 목동이 아니고서야 탐낼 구석이 별로 없는장소인 만큼 굳이 인력을 배치해 관리할 까닭 또한 없었던 모양이다.

─앞길을 지나다니는 일꾼들의 이목만 조심하면 될 거예요.

진금영은 그렇게 말했지만, 워낙 외진 곳이라 그런지 한 시진에 한두 명 찾아보기도 힘들었다.

'얼마나 잔 거지?'

석대원은 무릎걸음으로 창고 벽에 다가갔다. 기둥과 회벽 사이 벌어진 틈에 얼굴을 붙이고 바깥을 살피니 서쪽 하늘가로 붉은 기운이 비치는 것이 보였다.

지금 계절에 저런 하늘이면 대충 유시酉時(오후 5시~7시) 초엽이었다. 동틀 무렵에 숨어들었으니 여섯 시진 넘게 이곳에서 보낸 셈인데, 그동안 한 일이라고는 준비해 온 건량으로 배를 채운 것과 적당한 돌을 찾아 혈랑검의 검날을 간 것 그리고 약식이나마 천선기를 일 회 운공한 것이 전부였다. 나머지는 휴식을 빙자한 기다림일 수밖에 없었고, 그는 금세 지루함을 느꼈다. 해서 기왕에 기다리는 것 몸이라도 편하자는 생각에 밀짚을 끌어내려 자리를 마련하고 누운 것이 미시未時(오후 1시~3시) 초였으니, 눈을 붙인 시간은 대략 두 시진이라는 계산이 나왔다.

'나도 참 속 편한 놈이군. 이 호랑이굴에서 두 시진이나 낮잠을 자다니.'

쓴웃음이 나왔지만 언짢지는 않았다. 운공으로 재충전한 육신이 이어진 두 시진의 단잠에 힘입어 최적이라고 할 만한 상태까지 올라왔기 때문이다. 지난 며칠 근육과 관절에 거머리처럼 들러붙어 있던 여독이 지금은 말끔히 제거된 것 같았다. 이런 상태라면 하루 종일 검을 휘둘러도 지치지 않을 자신이 있었다.

'하지만 검을 휘두르는 건 최악의 경우겠지.'

석대원의 목표는 이 장원 어딘가에 갇혀 있는 관아를 구출하는 것이었다. 그러기 위해서는 은밀히 움직일 필요가 있었고, 소란을 일으켜 사람들의 이목을 불러 모으는 일은 가급적 피해야 했다. 퇴로에 관해서는 이미 생각해 둔 바가 있었다. 굳이 관아를 데리고 무양문까지 가지 않아도 되었다. 제갈휘의 삼로군이 주둔 중이라는 장강까지만 내려가면, 제아무리 무서운 추격자도 관아의 귀가를 막지는 못할 터였다. 지금 단계에서 가장 시급한 일은 관아가 어디에 갇혀 있는지를 알아내는 것인데…….

'그러려면 자정까지 이 퀴퀴한 창고에 처박혀 있어야 한다, 이거지.'

진금영은 자정에 찾아오겠다고 했다. 그리고 자정이 되기까지는 아직 세 시진도 넘게 남아 있었다.

'차라리 혼자서 찾아보겠다고 할 걸 그랬나?'

하지만 웬만한 마을보다 넓은 단천원에서 새끼 염소만큼 조그만 계집아이를 찾아내는 것이 최소한 자신처럼 길눈 어두운 사람에게는 거의 불가능한 일임을 석대원은 모르지 않았다. 그에게는 선택권이 없었다. 진금영이 시킨 대로 이 낡은 여물간 속에서 쥐 죽은 듯이 숨어 있는 것밖에는.

그렇게 얼마나 지났을까.

문득 바깥이 소란스러웠다. 짚자리에 길게 누워 돌처럼 딱딱한 육포를 질겅거리던 석대원은 벽에 기대 놓은 혈랑검을 낚아채며 상체를 일으켜 세웠다.

'설마…… 들킨 건가?'

잠깐 사이에 떠오른 수많은 생각들이 머릿속을 어지럽혔다. 그중 가장 받아들이기 힘든 것은 진금영의 배신이었다. 어떠한 상황에 처하더라도 제 한 몸 빠져나갈 능력은 있다고 자부하는 석대원이지만, 그 상황이 진금영의 배신으로 인해 만들어졌다면 견디기 힘들 것 같았다. 제발 그것만은 아니길 바라며, 석대원은 벽 쪽으로 다가가 바깥의 동정을 조심스레 살폈다.

어느새 땅거미가 짙게 깔린 시각이 되어 있었다. 하늘에는 검보라색 막바지 노을이 초야의 어스름에 먹혀 사라지고 있었다. 그 어스름의 일부를 횃불로 살라 가며 십여 명의 사람들이 다가오고 있었다. 그들의 시선이 향하는 방향으로 미루어 이

창고를 목적지로 삼은 것 같지는 않았다. 그저 앞길을 지나치려는 것 같았다. 이에 석대원은 크게 안도했다. 진금영은 그를 배신하지 않았던 것이다.

심장을 쥐어짜던 우려가 가시자 비로소 지나가는 사람들을 제대로 관찰할 여유가 생겼다. 선두에 선 자는 해골에 살가죽을 씌워 놓은 것처럼 깡마른 노승이었다. 체구에 비해 지나치게 푸해 보이는 금란가사가 횃불 빛을 받아 번쩍거리고 있었다. 노승 바로 뒤에는 고개를 아래로 푹 꺾은 남자 하나가 양팔을 두 사람에게 붙들린 채 짐짝처럼 끌려가고 있었다. 힘없이 늘어진 두 다리가 전혀 움직이지 않는 것으로 보아 의식을 잃었거나 혈도를 제압당한 것 같았다. 그리고 남자로부터 서너 걸음 떨어져 따라붙는 나머지 사람들은 앞선 자들을 호위, 혹은 호송하기 위한 병력인 듯했다.

"이비영이 죄인을 기다리신다. 서둘러라."

노승의 카랑카랑한 한마디에 사람들의 발길이 바빠졌다. 창고의 벽 틈으로 그 모습을 지켜보며 석대원은 생각했다.

'누군가 벌을 받는 모양이군.'

어쨌거나 비각 내부에서 벌어진 일일 테고, 석대원이 신경 쓸 문제는 아니었다. 다만 걱정되는 것은 저 일로 인해 경비가 강화되면 어쩌나 하는 점인데, 어차피 수동적으로 맞이할 수밖에 없는 상황인 바에야 미리 걱정해 봤자 아무 소용없다는 생각이 들었다. 지금으로서는 진금영이 가져올 정보를 기다리는 것만이 그가 할 수 있는 유일한 일이었다.

사람들의 뒷모습이 시야 밖으로 사라지는 것을 확인한 석대원은 벽에서 물러나 짚자리가 깔린 곳으로 돌아왔다. 그러고는 고개를 갸웃거렸다.

"이상하군."

석대원은 자신도 모르게 소리 내어 중얼거렸다. 방금 눈앞을 지나간 광경 속에는 그로 하여금 은신 중이라는 처지도 잊게 할 만큼 이상한 무엇인가가 끼어 있었던 것이다.

별것 아니라고 넘어갈 수만 있다면 좋겠는데, 어찌 된 영문인지 그렇게 되지가 않았다. 마치 머릿속 어딘가에 가시 하나가 튀어나와 별것 아니라고 넘어가려는 생각을 쿡쿡 찔러 대고 있는 것 같았다. 결국 석대원은 이상함의 원인을 찾아내기 위해 자신이 방금 본 광경을 되새길 수밖에 없었다.

노승, 노승의 뒷모습, 끌려가는 남자, 그 남자의 뒷모습, 조금 떨어져 쫓아가는 사람들, 그 사람들의 뒷모습…….

순차적으로 지나쳐 간 일련의 모습들을 처음부터 한 번 더 되새기던 석대원은 어느 순간부터 이빨을 딱딱 부딪치기 시작했다.

이상함의 근원은 뒷모습이었다.

끌려가던 남자의 뒷모습이었다.

바로 그 순간, 아까 꾼 꿈이, 먹물로 칠한 듯 깜깜하기만 하던 그 꿈의 모든 장면들이, 날벼락처럼 떠올랐다.

그 꿈속에서 형이 슬픈 눈으로 말했다.

─아원, 아버지께서 돌아가셨다.

"아버지께서…… 하지만…… 아니, 이건 말도 안 돼."

석대원은 고개를 세차게 흔들었다. 그러나 말도 안 되는 일이라고 해서 일어나지 말라는 법은 없다는 사실을 그는 십이 년전 그날의 악몽 같은 기억을 통해 이미 배운 뒤였다.

"직접 확인해야 해."

석대원은 더 이상 참지 못하고 벌떡 일어섰다.

(2)

그 차는 지독할 만큼 맛이 없었다.

찻잔에서 슬그머니 입술을 뗀 위심고는 그 안에 담긴, 오래된 달걀에서 흘러나온 뭉근한 흰자 같은 찻물을 내려다보았다. 사십 년 가까운 내궁 생활을 통해 속내를 숨기는 방법에 어지간히 익숙해진 그이지만, 시큼하고 찝찔한 데다 텁텁하기까지 한 차 맛이 얼굴 거죽 위로 드러나는 것만큼은 막지 못한 모양이었다.

"입에 안 맞는 모양이군."

원탁 맞은편에서 들린 목소리에 위심고는 자신이 지금 누구와 마주하고 있는지를 새삼 깨달았다. 그는 표정을 얼른 고치고 공손히 대답했다.

"기대한 것과 다른 맛인지라…… 송구하옵니다."

원탁 맞은편에 앉아 위심고를 쳐다보던 노인이 빙긋 웃었다.

"어마감 감승께서는 아문에서 잔뼈가 굵은 사람답지 않게 무척 솔직하시군."

말속에 혹시 다른 의미가 숨은 것은 아닌지 조심히 살펴보았지만 노인의 살집 좋은 얼굴로부터 겉으로 드러나지 않는 무언가를 읽어 낸다는 것은 눈밭에서 흰 단추를 찾는 것만큼이나 어려운 일이었다. 결국 위심고는 묵묵히 고개를 조아리기만 했다.

찻잔을 들어 한 모금 마신 노인이 이번에는 위심고의 옆자리에 앉은 사례감 소감 홍향을 돌아보며 물었다.

"홍 소감은 어떠하신가?"

위심고와 달리 찻잔에는 눈길조차 주지 않은 홍향이 어깨를 으쓱거리며 말했다.

"일전에 사례감으로 내려온 것을 접할 기회가 있었는데, 소관의 입에는 맞지 않았습니다."

"흠, 아문이 언제부터 한림원처럼 직언을 일삼는 사람들로 채워졌는지 모르겠군."

"아, 소관은 너무 솔직한 건가요?"

노인이 고개를 가로저었다.

"아니, 아닐세. 나는 솔직한 사람을 좋아한다네. 사실 이 애린차愛隣茶가 중원인, 그것도 만세야를 가까이에서 모시는 자네들의 입맛에 맞는다면 그쪽이 오히려 이상한 일이겠지."

"이웃을 사랑하는 차……. 이름은 좋군요."

"새이주塞爾柱(셀주크튀르크) 사람들이 즐겨 마시던 차인데, 그곳 말로는 아이린(발효시킨 양젖에 소금과 물을 타 마시는 음료)이라고 한다네. 그것이 애린이 된 것을 보면 아마도 외교를 아는 자가 가차하지 않았나 싶네."

"외교를 아는 자가 지었는지는 몰라도 썩 어울리는 이름은 아닌 것 같습니다. 없는 친구를 만들기는커녕 있는 친구마저 쫓아 버리기 딱 좋은 맛이니까요."

오늘의 홍향은 지나치게 솔직한 감이 있었다. 나이는 비록 젊어도 정치적인 감각만큼은 누구 못지않게 뛰어나다는 그가 노인과 같은 거물의 면전에서 필요 이상으로 뻣뻣하게 구는 까닭을, 위심고는 충분히 짐작할 수 있었다.

─태감 영감의 각별한 당부가 계셨던 만큼 이 집 사람들에게 결코 얕보이면 안 되네. 내 말 무슨 뜻인지 알겠지?

마차가 단천원의 정문을 넘어서기 직전 홍향은 위심고를 불러 그렇게 말한 바 있었다. 그가 말한 '태감 영감'이란 대내 모든 환관들의 우두머리이자 어쩌면 제국 전체의 우두머리일지도 모르는 사례태감 왕진이었다. 그리고 지금 원탁 맞은편에 앉아 마치 반항기에 접어든 손자를 보는 듯한 여유로운 눈으로 홍향을 바라보는 저 노인은 왕진에게 있어서는 가장 든든한 정치적 동지라고 할 수 있는 인물이었다.

왕진은 왜 정치적 동지를 상대로 견제의 몸짓을 펼치는 것일까?

'정치적 동지라…….'

위심고는 그 단어를 다시 한 번 속으로 뇌까린 뒤 고소를 지었다. 스스로가 순진하다는 생각이 들어서였다.

정치에 있어서 적과 동지는 반의어인 동시에 동의어이기도 했다. 어제의 동지가 오늘의 적이 되고, 오늘의 적이 다시 내일의 동지가 되는 것은 그 바닥에서는 그리 특별할 것도 없는 다반사. 상황이 변함에 따라 관계가 변하고, 그 변함이 오히려 자연스럽게 받아들여지는 냉혹한 세계가 바로 그 바닥, 정계인 것이다. 그래서 위심고는 아까의 질문을 약간 바꿔 보았다.

대체 무엇이 왕진과 노인의 관계에 변화를 몰고 온 것일까?

답은 금방 나왔다. 왕진이 계획하는 대규모 마장. 자금성의 마필을 관리하는 어마감 감승이 북경에서 수천 리 떨어진 이곳 산서까지 파견 나온 것도 바로 그 마장 때문이었다.

노인이 건강한 아기의 것처럼 토실토실한 두 손을 원탁 위에서 깍지 끼며 두 환관에게 말했다.

"다시 말하거니와 나는 솔직한 사람을 좋아한다네. 다만, 잠시 후 이곳에 오실 법왕님들 앞에서는 자네들의 그런 솔직함을 조금만 삼가 주길 바라네. 그분들 중에는 새이주 출신인 분도 계시니 말일세."

지금 노인과 두 환관은 단천원 심처에 위치한 노인의 거처에서 법왕들을 기다리는 중이었다. 법왕이란 밀교의 고승을 이르는 말로 구체적으로는 지난겨울 토번국의 조공단과 함께 입경한 팔부중 여덟 승려를 가리켰다.

"안 그래도 이 장원에 법왕님들이 머물고 계시다는 이야기를 들었지요. 어제 열린 환영연에서 존체를 뵙지 못하여 의아히 여기던 참이었습니다."

"세 분 모두가 연회의 번잡함을 즐기시지 않는 고고한 성정이기도 하거니와, 그중 두 분은 이 장원 내에서 진행 중인 모종의 사업을 도와주시는 터라 그리되었네."

"사업이라고요?"

"참으로 황송한 일이지. 존귀하신 법왕님들을 가솔처럼 부리고 있으니 말일세."

노인은 내처 뭐라 말하려는 홍향에게 통통한 손을 내둘렀다.

"아, 더는 묻지 말게나. 어느 집이든 남에게 알리고 싶지 않은 집안일이 있는 법이니까."

"집안일……입니까?"

홍향이 눈초리를 가늘게 접으며 묻자 노인이 통통한 양 볼에 볼우물을 만들었다.

"집안일이네."

주인이 저렇게까지 말하는데 손님 된 입장에서 더 이상 캐물을 명분은 없었을 것이다. 포기한 홍향이 화제를 돌렸다.

"법왕이 세 분이라고 하셨는데, 어떤 분들인지는 알아야 소관들이 마음의 대비를 할 수 있지 않겠습니까?"

"많은 시간을 가진 젊은이가 그러지 못한 늙은이보다 조급한 것은 신이 인간에게 던진 역설이자 해학이라는 생각이 드는구먼. 뭐, 금방 알게 될 테니 가르쳐 주는 것은 어렵지 않은 일이네. 지금 이 장원에는 데바 님과 판다라 님과 가루라 님, 그렇게 세 분이 머물고 계시네. 나와 함께 북경에서 내려오셨지."

데바와 판다라 그리고 가루라.

위심고는 저 이름 모두가 신화 속 팔부중의 것을 그대로 따왔음을 알고 있었다. 한어로는 천天과 용龍 그리고 금시조金翅鳥. 밀교의 중추라고 할 수 있는 팔부중은 황서계원으로 오랜 세월 활약해 온 위심고조차도 변변한 정보를 입수하지 못했을 만큼 두꺼운 신비 속에 감춰져 있었다. 특히 데바와 판다라는 팔부중 중에서도 일이 위를 다투는 핵심 인사라 그들과 관련된 약간의 사항이라도 얻는다면 큰돈을 만질 수 있으리라는 기대를 불러일으켰다.

노인이 언급한 이름들이 생각보다 거물이었던지 홍향은 한참만에야 입을 열었다.

"데바 님과 판다라 님을 가까이에서 뵌 것은 올초 곤녕궁坤寧宮 후원에 자리 잡은 어사장御射場(황실 전용 활터)에서였습니다. 음, 노야께서도 자리를 함께하셨던 것으로 기억합니다."

"곤녕궁 후원 어사장이면 나도 분명히 있었네."

"원소절 대불사大佛事를 대엿새 앞둔 날이었던가요. 싸락눈이 내리는 하늘은 대낮인데도 어두침침했고, 바람은 무척 차가웠습니다. 그래서 소관은 불을 밝히기 위해 내관들을 독촉해야 했습니다. 수십 개의 화로와 수십 개의 횃불이 즉시 동원되었고, 잠시 후 황상께서 황후 마마와 탄귀비 마마를 양편에 거느리고 납시셨습니다. 용포 위에 잘(검은담비의 털가죽)로 지은 겉옷을 입고 계셨던 것으로 기억합니다. 그 후 데바 님이 앞으로 나서서 인사를 올리셨지요. 그런 다음 황상께 무슨 주청을 드린 것 같은데……."

"대불사 건이었네. 오문午門에 탱화를 내걸어 달라는 주청이었지."

"아, 그렇군요."

위심고는 올초 원소절 날 자금성 정문인 오문에 내걸린 거대한 탱화를 기억하고 있었다. 중원의 것보다 투박하고 강렬한 필치로 제작된 그 탱화는 가로세로의 길이가 자그마치 십 장에 달해 오문의 아홉 문루 중 세 개를 뒤덮을 정도였다.

"황상께서는 데바 님의 주청을 그 자리에서 윤허하셨습니다. 그 바람에 내직염국內織染局 소속 내관들이 몇 날 밤을 새워야만 했지요."

그 탱화를 제작하기 위해 몇 날 밤을 새운 것은 비단 내직염국 소속 내관들만이 아니었다. 모자를 제작하는 건모국巾帽局과 의복을 제작하는 침공국鍼工局 내관들도 본업을 방기한 채 그 일에 매달려야만 했으니, 대불사 이후 한동안 자금성의 복식 공급에 심각한 차질이 생긴 것도 다 그 때문이라 할 수 있었다. 물론 노인이나 홍향 같은 상전들로서는 신경 쓸 가치도 없는 저 밑바닥 하류들의 문제이긴 하지만.

홍향의 이야기가 이어졌다.

"보령이 이제 막 약관을 넘기신 황상이십니다. 호기심과 혈기가 여느 청년 못지않게 왕성하시지요. 아마 그래서였을 겁니다. 팔부중 여덟 법왕님들의 밀종 공부에 작지 않은 흥미를 느끼신 듯 데바 님께 한 수 시연을 청하셨습니다. 하지만 데바 님께서는 웃으며 사양하셨습니다. 함께 있는 판다라 님의 공력이 당신의 것보다 윗길이라는 게 사양의 이유였지요. 솔직히 겉보기로는 판다라 님 쪽이 더 강해 보이는 것도 사실이었습니다. 데바 님의 외양은…… 말하자면…….”

적당한 표현이 떠오르지 않는 듯 미간을 찌푸리는 홍향에게 노인이 넌지시 말했다.

“평범하시지.”

“그렇습니다. 평범하시지요. 그리고…… 나이보다 젊어 보이시기도 하고요.”

“단지 젊어 보인다는 말로 그분의 외양을 표현하기는 어렵겠지만…… 대충 넘어가기로 하지.”

“예. 황상께서는 당연히 판다라 님께 시연을 청하셨습니다. 판다라 님께서는 데바 님과 달리 황상의 청에 선선히 응하셨고요. 그럼으로써 곤녕궁 후원 어사장에서는 계획에도 없던 어전 비무가 펼쳐지게 된 것입니다. 판다라 님의 상대로 나선 사람은 대내 제일 고수라는…….”

이 대목에서 지레 어깨를 움찔거린 홍향이 노인의 눈치를 살피며 조심히 덧붙였다.

“물론 노야를 제외하고 말입니다. 판다라 님의 상대로 나선 사람은 근자에 대내 제일 고수 소리를 듣는 동창의 좌첩형이었습니다.”

노인이 너털웃음을 흘렸다.

“하하, 이 늙은 뼈다귀를 어찌 좌첩형 같은 철골에 견주겠는가. 대내 제일 고수 자리는 그에게 돌아가야 마땅하니 홍 소감은 신경 쓰지 마시게."

동창의 좌첩형이자 정종 도법의 달인인 무류도無類刀 조휘경趙揮慶이 팔부중 법왕들 중 하나와 어전 비무를 벌인 일은 위심고도 소문으로 들어 알고 있었다. 이백 초가 넘게 이어진 그 비무는 전장의 경계로 삼은 무쇠 화로 십여 개를 산산조각 낼 만큼 격렬했다고 하는데, 결국은 누구도 상대를 꺾지 못한 불승불패의 무승부로 끝났다고 한다. 한데 지금 홍향의 얘기를 들어 보니 당시의 상황이 소문대로만 흘러간 것은 아니었던 모양이다.

"다친 사람은 없었습니다. 특별히 지쳐 보이는 사람도 없었지요. 하지만 어전이라는 특수성을 감안하지 않았다면, 승리는 판다라 님께 돌아갔을 겁니다."

노인이 고개를 갸웃거렸다.

"그렇게 생각하는 이유를 물어도 되겠는가?"

홍향이 민망한 듯 데설웃음을 지으며 대답했다.

"소관의 안목이 대단해서 그런 것은 아니고, 실은 나중에 태감 영감을 뵌 자리에서 좌첩형이 그러더군요. 황상의 체면을 고려했는지 상대 쪽에서 봐준 것 같다고 말입니다."

"호, 그가 그런 말을 했다고?"

"좌첩형은 강직하면서도 오만한 사람입니다. 불필요한 겸손을 떨기 위해 스스로를 낮추는 사람이 결코 아니지요. 자리가 자리인 만큼 소관과 가까운 사이라고는 할 수 없지만, 소관은 언제나 그의 말을 믿어 왔습니다."

"관계의 호불호나 친분의 후박으로 사람을 판단하지 않는 것은 높은 자리에 오른 사람이 반드시 갖춰야 할 덕목이지."

"감사합니다."

홍향이 고개를 숙이자 노인이 깍지 낀 양손 엄지를 꼼지락거리며 말했다.

"좌첩형이 한 말은 사실이네. 판다라 님께서 익히신 황룡호불공黃龍護法功은 밀종의 수백 년 연구가 담긴 놀라운 신공. 좌첩형의 무류점광도법無類點光刀法이 비록 경인할 위력을 가졌다고는 하나 그것만으로 넘기엔 너무 높은 봉우리라고 할 수 있지."

그 말에 동의하듯 고개를 몇 차례 끄덕인 홍향이 표정을 바로하고 노인에게 물었다.

"한데 당시 데바 님께서 하신 말씀이 사실입니까?"

"판다라 님의 공력이 당신의 것보다 윗길이라는 말씀 말인가?"

"그렇습니다."

"데바 님께서는 겸양지덕을 아시는 분이라네."

"그 말씀은……?"

"하지만 남의 말을 엿듣는 취미가 있는 분이신 줄은 미처 몰랐군."

"예?"

뜻밖의 말에 홍향이 어리둥절해하는데 노인이 자리에서 일어서며 문 쪽을 향해 말했다.

"해아, 이놈, 밤새 그렇게 자고서도 또 조는 거냐?"

문밖에서 바스락거리는 인기척이 울리더니 잠기가 채 가시지 않은 어린아이의 목소리가 들려왔다.

"아, 아닙니다! 앉아 있기는 했어도 졸지는 않았거든요!"

"졸지 않았다면 귀인께서 왕림해 계시는데 어찌 고하지 않는단 말이냐?"

"누가 오셨다고요? 어? 어어……."

당황한 아이가 드러내고 있을 부산함이 문 안으로 전해지는

가 싶더니, 이윽고 누군가의 목소리가 울렸다.

"흘러나오는 말씀들이 재미있어서 아이의 이목을 잠시 가려 두었으니, 각주께서는 본 법왕의 치기 어린 행동을 너무 탓하지 마시오."

이어서 방문이 열리고, 한 사람이 실내로 들어섰다. 높이가 한 자가 넘는 금관을 머리에 쓴 그 사람은 삼십 대 후반, 많이 잡아도 사십 대 초반은 넘기지 않아 보이는 장년승이었다.

"어서 오십시오, 데바 님."

비대한 노인, 이 단천원의 진정한 주인이자 비각의 노각주인 잠룡야 이악이 두 팔을 벌려 그 장년승을 맞아들였을 때, 위심고는 일어나려고 원탁을 짚은 손을 미끄러뜨릴 만큼 놀라고 말았다. 밀교의 성지인 아두랍찰의 주지이자 팔부중의 으뜸인 데바 대법왕은 충분히 늙었다고 할 수 있는 이악보다도 여러 살 연상인 인물로 알려져 있었다.

'한데 저 용모는 대체……?'

위심고의 얼굴에 떠오른 놀라움의 기색을 발견한 듯 이악이 빙긋 웃으며 말했다.

"홍 소관이 아까 말하지 않았던가. 나이보다 많이 젊어 보이시는 분이라고."

나이보다 많이—그것도 너무 많이!— 젊어 보이는 장년승, 데바가 위심고를 돌아보았다.

"실무를 담당할 분이 북경으로부터 왔다는 얘기를 들었소. 이분인가 보구려."

이악은 데바의 외양을 평범하다는 말로 표현했다. 실제로도 그랬다. 일신에 밀교식 요란한 승복을 걸친 점만 제외하면 나이로 보나 생김새로 보나 중원의 가람 어디에서든 만날 수 있는,

그렇고 그런 승려에 지나지 않았다. 하지만 정말로 그런가? 아흔이 다 된 노인이 살아온 나이에 절반에도 미치지 못하는 젊은 외모를 유지하고 있다면, 어떠한 경우라도 평범하다고 표현하지는 못할 터였다.

"그리고 이쪽은 왕 태감의 대리인이겠고."

데바의 눈길이 홍향을 향했다. 홍향이 공수의 예를 올리며 자신을 소개했다.

"사례감 소감인 홍향이라 하옵니다. 운이 좋아 대법왕의 존체를 뵐 기회가 있었습니다."

"이미 들었소. 본 법왕의 공력에 대해 궁금히 여기신다고?"

"우부가 감히 품은 하찮은 호기심일 따름입니다. 대법왕의 심기를 어지럽혔다면 사과드리겠습니다."

"사과할 필요 없소. 본 법왕의 평정심이 비록 반석과 같다고는 할 수 없으나, 대수롭지 않은 일에 쉬 어지러워질 만큼 빈약하지는 않으니까. 다만 애린차에 대한 평가만큼은 섣불리 내리지 말았으면 좋겠소. 이 나라의 차와 비교하면 지나치게 강렬한 면이 있지만, 사막과 초원의 척박한 풍토를 살아가는 이들에겐 자연이 내려 준 고마운 선물일 테니 말이오."

위심고는 저 말로부터 데바가 꽤 오랫동안 실내의 대화를 엿들었다는 사실을 알게 되었다. 그러자 한 가지 의문이 생겼다. 이 방의 주인인 이악은 데바의 도착을 언제 알아차린 것일까? 데바의 말을 듣고서도 별반 표정의 변화가 없는 것을 보면 이제 막 알아차린 눈치는 아닌데…….

"자, 모두들 자리에 앉으시지요."

위심고의 의문을 아는지 모르는지, 객들을 자리에 앉힌 이악이 데바를 향해 물었다.

"한데 판다라 님과 가루라 님은 무엇을 하시기에 데바 님 홀로 왕림하셨습니까?"

"그들은 각주의 집안일을 돕느라 본 법왕과 함께 올 수 없었소."

데바의 대답에 이악의 가느다란 눈썹이 역팔자로 휘어졌다.

"허, 두 분 법왕께 더 이상의 번거로움을 끼치지 말라고 강이에게 단단히 일러두었거늘……."

"우리 사이에 번거롭고 말고가 어디 있겠소이까. 게다가 이번 일을 계기로 각주께서 아끼시는 그 책사와 한결 가까워지게 되었으니, 우리로서는 전혀 손해 보는 장사가 아니오."

이 말이 기꺼웠는지 이악의 표정이 금세 풀렸다.

"강이를 어여뻐 봐주신 모양이군요."

"이 나라에 머무는 동안 그와 관련된 몇 가지 이야기를 들었소. 그중에서도 특히 인상적인 것은 그에 대한 패륵 법왕의 평가였지요."

"패륵 법왕께서 강이를 어찌 평가하셨기에……?"

"친구로 사귀고 싶지는 않지만 지시를 따르기에는 부족함이 없는 자라고 하더구려."

이악의 눈빛이 순간적으로 흔들렸다. 방금 전의 찡그림과는 확연히 구별되는, 의도적으로 드러낸 기색이 아니라 부지불식간에 드러난 내심이 그 눈동자 위에 머물다 사라졌다. 이를 눈치챈 듯 데바가 물었다.

"왜 그러시오, 각주?"

"아, 별것 아닙니다. 데바 님의 말씀을 듣노라니 문득 떠오르는 사람이 있어서요."

"흠? 그런 인물이 그 책사 말고 또 있단 말이오?"

"젊은 시절의 추억일 뿐입니다, 아쉬워하고 미워하고 두려워해도 이제는 돌아올 수 없는."

고소를 지으며 고개를 가볍게 턴 이악이 원탁을 둘러앉은 세 사람을 둘러보며 화제를 바꾸었다.

"객담이 길었군요. 이제 본론을 시작해 볼까요?"

데바가 고개를 끄덕였다.

"저녁 전에 얘기를 마치려면 그래야 할 것 같소."

데바가 말한 책사가 누구인지 궁금했지만, 또 그 책사로부터 이악이 연상한 인물이 누구인지도 궁금했지만, 위심고는 모든 것을 마음에 묻은 채 어마감에서부터 준비해 온 산더미 같은 문서들을 원탁 구석에 올려놓았다.

회담의 주된 화제는 역시 왕진이 계획 중인 마장이었다. 그리고 말에 관해서라면 천하를 통틀어도 위심고보다 박식한 사람은 찾기 힘들었다. 의견이 갈리거나 대화가 막힐 때마다 사람들의 눈길은 그를 향할 수밖에 없었고, 그는 어마감 감승으로는 감히 우러러보기도 힘든 쟁쟁한 인물들을 상대로 때로는 전문가로서, 때로는 조언자로서 자신의 지식과 경험을 꺼내 놓을 수밖에 없었다.

주된 화제가 마장이라면, 그 화제를 두고서 대립하는 양측은 홍향과 데바였다. 홍향은 마장을 추진하려는 입장에서, 데바는 마장을 저지하려는 입장에서 각자의 의견을 내세웠고, 이악은 분위기가 거북해질 즈음이면 한마디씩 던짐으로써 회담이 감정적으로 흐르지 않도록 조율하는 중재자 역을 맡았다.

네 사람의 역할 분담은 확실해 보였다. 마장 추진 여부를 대립하는 홍향과 데바, 회담을 중재하는 이악, 그리고 기술적인 부분을 조언하는 위심고. 하지만 속을 들여다보면 홍향과 위심고가 한편이었고, 데바와 이악 또한 그랬다.

　이런 종류의 회담에서 발언권은 지위의 높이에 비례한다. 기술적으로 많이 안다는 점만 제외하면 어마감 감승이 할 수 있는 일은 극히 미미했지만, 비각의 노각주는 달랐다. 그러므로 이악이 작정을 하고 데바의 편을 들고 나섰다면, 회담은 좋지 못한 방식으로 결렬되고 말았을 것이다. 다행히도 이악은, 내심으로는 한쪽을 지지하고 있기는 해도, 자신에게 주어진 발언권을 그 한쪽만을 위해 사용하는 어리석음은 범하지 않았다. 그는 중재자로서 불편부당을 견지하려 노력했고, 때로는 홍향을 비호하기 위해 데바의 무리한 요구를 정정해 주기도 했다. 그러면서도 시종일관 여유와 온화함을 잃지 않는 그 노련한 처신에 위심고는 진심으로 탄복하지 않을 수 없었다.

　반 시진이면 충분하리라 여긴 회담은 그 세 배의 시간을 넘긴 뒤에야 마무리 단계에 접어들었다. 그 즈음 위심고는 승리감에 취해 이 방에서 걸어 나갈 사람이 오직 이악 하나뿐임을 확신하게 되었다.

　"울주에 마장을 개설하는 일이 자칫 오이라트와의 외교 문제로 비화될 수 있다는 대법왕의 말씀은 충분히 이해했습니다. 그러나 현재 오이라트와 진행 중인 불공정한 조공무역으로 인해 제국의 경제 상황이 날로 어려워지고 있다는 점은 유념해 주시기 바랍니다."

　"홍 소관과 본 법왕이 이해하고 유념하는 것으로 이 문제가 해결될 수만 있다면 얼마나 좋겠소. 마장 개설을 반년 유예한다는 아까의 약속을 지켜 주기 바라오. 그사이 본 법왕은 오이라트로 사람을 보내어 왕 태감에게 수작을 부린 서역 상인들을 반드시 색출해 내리다."

"말씀하신 대로 그자들이 양국의 화친을 상하게 할 흑심을 품고 태감 영감을 충동질했다면 당연히 잡아들여 중벌을 내려야겠지요. 다만 동창을 관장하는 태감 영감이신지라 오이라트 측에서 없는 죄를 만들어 내지는 않을까 의심하실 것이 우려되는군요."

데바의 눈매가 굳는 것은 발견한 이악이 재빨리 나섰다.

"그자들의 죄상을 밝히는 자리에 태감 영감 측 인사가 참석할 수 있도록 조치하면 되지 않겠나?"

홍향이 이악을 돌아보며 빙긋 웃었다.

"그렇게만 조치해 주신다면 태감 영감께서도 수긍하실 겁니다."

잠시 생각하던 데바가 이악에게 물었다.

"그 자리에 왕 태감 측 인사가 참석하면 안 된다는 법은 없지만, 오이라트로 가기로 한 법왕들은 지금쯤 장성을 넘었을 텐데 어쩌면 좋겠소?"

"법왕님들과 반드시 동행할 필요는 없겠지요. 홍 소관, 어제 환영연 때 보니 동창의 당두 두엇을 데려온 것 같던데, 맞는가?"

이악의 질문에 홍향이 고개를 끄덕였다.

"두 사람을 데려왔습니다."

"그들을 곧바로 파견하는 데 별문제는 없겠지?"

이악의 의중을 알아차린 홍향이 미소를 지었다.

"동창은 태감 영감을 위해 일하고 태감 영감은 제국과 황상을 위해 일하지요. 대법왕께서 간단한 소개장을 써 주신다면 내일 아침에라도 당장 출발할 수 있도록 채비를 시켜 두겠습니다."

인기도 없는 우첩형을 호위해 온 죄밖에 없는 동창의 두 당두들에게는 무척 안된 일이지만, 어지간한 문제라도 이악이 개입하기만 하면 이렇듯 시원시원하게 해결되었다. 곤륜지회 오대 고수 중 한자리를 차지하는 잠룡야 이악이 얼마나 강한 고수인지는 몰라도, 그가 쌓은 드높은 무공도 그가 발휘하는 정치력에 비교하면 빛을 잃을 것이 분명하다고 위심고는 생각했다.

회담은 그렇게 끝났다.

남은 것은 협의로 이끌어 낸 결론을 문서로 정리하는 것인데, 그 일은 당연히 위심고에게 맡겨졌다. 그 일을 위해 위심고가 벼루에다 물을 붓고 먹을 갈기 시작할 무렵, 이악과 데바가 서로의 얼굴을 돌아보았다. 그러고는 잠시의 시간이 흐른 뒤, 문밖에서 아이의 짜랑짜랑한 목소리가 울렸다.

"노야, 문 선생님이 뵙기를 청하십니다."

"이상한 일이군."

혼잣말을 작게 중얼거린 이악이 문 쪽을 향해 말했다.

"들어오라 일러라."

곧바로 문이 열리고, 암녹색 절각건을 쓴 문사 한 사람이 차분한 걸음걸이로 실내에 들어섰다. 위심고와 홍향은 놀람과 의혹이 반반쯤 섞인 눈으로 문사를 쳐다보았지만, 문사는 그들에게 눈길조차 주지 않았다.

"별일을 다 보는구나. 외인 만나기를 꺼려 환영연도 참석하지 않은 네가 이 자리에는 어인 일이냐?"

이악이 문사에게 물었다.

"그러게 말이오. 설마하니 법왕 두 사람을 집안일에 부리는 것도 모자라 본 법왕까지 데려가려는 것은 아닐 테고."

데바가 맞장구를 쳤다.

이악을 향하던 문사의 무감한 눈길이 데바에게로 옮겨 왔다.

"바로 그 문제 때문에 찾아왔습니다."

데바가 눈썹을 찡그렸다.

"그 문제라니?"

문사가 말했다.

"소생이 잘못 생각하고 있었나 봅니다. 단순히 이 집안의 일만은 아니었으니 말입니다."

(3)

초야의 어스름이 어둠으로 덧칠되는 시간이었다. 수풀 속 산비둘기의 울음소리도 어느 결엔가 구슬퍼지고, 밤은 시나브로 단천원의 드넓은 부지 위로 깔리고 있었다.

오늘 하루 은신처로 삼았던 밀짚 창고를 벗어나 지금은 이미 시야에서 사라진 한 무리의 호송인들을 미행하던 석대원은 머릿속으로 문득문득 떠오르는 회의에 내딛던 발걸음을 수차례나 멈출 수밖에 없었다. 그럴 때마다 그는 스스로에게 물음을 던졌다.

'정말로 그런 일이 벌어질 수 있다고 생각하는 거냐?'

가능성은 없었다. 아니, 그 일에 가능성이라는 잣대를 적용한다는 것 자체가 말도 안 되었다. 십이 년 전에 살해당한 아버지가 지금껏 살아 있다는 것도 그렇거니와, 그 아버지가 원수의 소굴이나 다름없는 이곳에서 죄인의 신분으로 끌려간다는 것은 그 어떤 상상력으로도 그려 내지 못할 터무니없는 상황이 아닐 수 없었다. 만일 누군가 농담으로라도 그와 비슷한 소리를 꺼냈다면, 석대원은 그 농담이 악몽으로 끝나도록 만들어 주었을 것이다.

'어리석은 짓, 내가 지금 있어야 할 곳은 여기가 아니다.'

석대원은 자신이 단천원에 온 목적을 잊지 않았다. 그 목적을 이루기 위해서라도 그는 당장 밀짚 창고로 돌아가야 했다. 그곳에서 쥐 죽은 듯이 몸을 숨긴 채 진금영과 약속한 자정이 오기를 기다려야 했다.

그러나 다시 움직이기 시작한 발길은 지극히 이성적인 판단에 의해 내려진 당위를 매번 외면하는 쪽으로만 향하고 있었다. 석대원은 돌아가지 않았다. 차마 돌아갈 수 없는 무언가가 그의 마음을 꽁꽁 묶어 줄기차게 잡아당기고 있는 것 같았다. 결국 그는 머리와 마음, 당위와 즉감 사이에서 부즉불리不卽不離의 합의를 봐야만 했다.

'자정까지는 아직 여유가 있다. 얼른 확인만 하고 곧바로 돌아오자. 그녀를 기다리게 하는 일은 없을 것이다.'

아무리 길눈이 어둡더라도 동 틀 녘에 한 번 와 본 길이었다. 특이한 지형지물 몇 군데를 순차로 기억해 놓는다면 돌아오는 일에 큰 애를 먹을 것 같지는 않았다.

'그래, 그러면 되는 거야.'

석대원은 느슨하게 흘러내린 양쪽 소맷자락을 팔꿈치 위 알통이 잡히는 부위까지 둘둘 걷어붙인 뒤 걸음을 떼어 놓았다.

잔불처럼 들썩이던 회의를 억누르자 비로소 본격적인 미행을 시작할 수 있었다. 조건은 나쁘지 않았다. 새벽까지도 충충하던 날씨가 낮을 보내며 제법 개는 것 같더니, 노을과 함께 밀려온 구름이 지금은 밤하늘 전체를 무겁게 뒤덮고 있었다. 구월 열엿새면 달이 충분히 차 있는 시기인 만큼 석대원으로서는 무척 고마운 일이 아닐 수 없었다. 그리고 이기혼연……

지난밤에도 그랬거니와, 지금도 기척을 감춘 채 어둠에서 다른 어둠으로 이동을 거듭하다 보니 자꾸 기이한 기분이 들었다. 그냥 움직이면 주위와 자연스레 어우러지는 것 같은데, 애써 숨으려 하면 그렇게 동화된 경물로부터 오히려 벗어나는 듯한 기분이 드는 것이다. 수족보다 쓸모 많은 노복을 어릴 적부터 가까이 둔 덕분에 석대원이 손수 칼을 잡고 요리를 할 기회는 없었지만, 아마 숙달된 요리사가 칼질을 할 때 이런 기분을 느끼지 않을까 싶었다. 수중의 칼을 의식할수록 오히려 칼질의 박자가 어긋나는 기분.

이와 비슷한 기분을 무양문을 떠나 태원까지 오는 동안 여러 차례 느꼈다. 도가에서 말하는 이기혼연이란 곧 무위無爲. 진정한 집중이 무의식에서 나오는 것처럼 진정한 경지 또한 무위로부터 가능해진다는 것인데, 내가 '있고[在]' '움직이는[行]' 모든 것이 유위有爲의 범주를 벗어나지 못하는 바에야, 무위란 신기루처럼 공허한 개념에 지나지 않을 터였다. 이것은 무공의 이치라기보다는 인간의 존재와 행동에 대한 정의였다. 천선기를 오랜 기간 수련하며 도가 사상을 자연스럽게 접할 수 있었던 석대원이지만 이런 식의 철학적 고찰 앞에서는 바다를 접한 아이처럼 막막해질 수밖에 없었다. 좋은 스승이 있어 선각에서 나온 가르침을 받는다면, 혹은 결정적인 단서를 얻게 해 줄 특별한 경험이 주어진다면 이토록 막막하지는 않으련만.

그러던 어느 순간, 석대원은 발길을 우뚝 멈췄다. 후방으로부터 다가오는 어떤 기척을 감지했기 때문이다. 이를 확인시켜 주듯 멀리서 여인네의 교소가 까르륵 들려왔다. 시간과 장소 모두에 어울리지 않는다는 생각이 들었지만, 잘못 들은 것은 분명히 아니었다. 뜬금없건 그렇지 않건 이곳에 우두커니 서서 저 교소를 맞이할 생각은 없었다. 그의 거구가 어둠 속으로 스르르

녹아들었다. 사실 유위로 마음먹은 모든 일에 실패한다면, 이기
혼연은 상승으로 나아가는 심득이 아닌 한낱 걸림돌에 지나지
않을 것이다.

기척이 가까워짐에 따라 방약무인한 교소는 더욱 커져 갔다.
하기야 방약무인한 상황이기는 했다. 근처에 훔쳐보는 거한이
있으리라고는 생각지 못했을 터이니.

"아이, 가마 위에서까지 이렇게 점잖지 못하게 구시면 어떡
해요."

교태가 뚝뚝 떨어지는 저 말처럼, 후방으로부터 모습을 드러
낸 것은 앞뒤로 두 사람이 받쳐 들도록 만들어진 덮개 없는 가
마였다. 가마를 든 사람도 둘, 가마를 탄 사람도 둘. 둘이 둘을
들어 옮겨야 하는 탓인지 가마가 나아가는 속도는 그리 빠르지
않았다. 이를 우려한 듯, 가마에 탄 두 사람 중 이제껏 들려온
교소의 주인공임에 분명한 젊은 여인이 동승자의 가슴 위에 옆
머리를 기울여 얹으며 말했다.

"한데 법왕 마마, 우리도 이제부터는 조금 서둘러야 하지 않
겠어요? 앞서 출발한 패륵 법왕은 어쩌면 지금쯤 이비영 전에
당도했을지도 모르는데."

그 여인의 차림새는 태원의 쌀쌀한 가을밤과 전혀 어울리지
않았다. 풍만함을 넘어 약간 뚱뚱하다 할 수 있는 몸뚱이를 감
싼 것은 매미 날개처럼 얇은 망사의網紗衣 한 장이 전부였다.
게다가 부끄러움도 모르는지, 허옇고 피둥피둥한 젖가슴과 더
허옇고 더 피둥피둥한 엉덩이는 망사의 밖으로 그대로 드러낸
상태였다. 그렇게 드러난 여체의 비소들은 동승자의 털투성이
손 두 개에 의해 점령당해 있었다. 여인이 뭐라고 말하든 그 손
들을 부단히 꿈지럭거리던 동승자가 처음으로 입을 열었다.

"패륵도, 그리고 이비영이란 자도, 감히 본 법왕을 재촉할 수 있는 위치는 못 된다."

머리털 없는 승려의 나이를 눈대중으로 알아맞히기란 본래 쉬운 일이 아니지만, 저 법왕이라는 자는 짙은 구릿빛 광택이 흐르는 팽팽한 살갗을 가진 탓에 그런 면이 더욱 심한 것 같았다. 다만 짐작할 수 있는 점은, 관자놀이 너머로 창처럼 솟구친 흰 눈썹으로 미루어 젊다 할 수 있는 나이는 오래전에 넘어섰으리라는 것. 거기에 불룩하니 튀어나온 안와상융기眼窩上隆起(눈구멍 위쪽에 있는 수평 방향의 융기)는 저 승려의 출신이 중원에서 멀리 떨어진 서역임을 보여 주고 있었다.

"하지만 그 자리에는 대법왕께서도 오신다…… 하아!"

여인의 입에서 농익은 탄성이 터져 나왔다. 그러자 동승하고 있던 흰 눈썹의 서역승이 여인의 비소를 농락하던 두 손을 거두며 근엄한 목소리로 말했다.

"감수甘水가 다시 솟으매 갈곡渴谷이 새로이 트였구나. 본 법왕의 대락륜大樂輪은 언제나 준비되어 있도다. 여 시주는 이리 오라."

"설마 또?"

그러면서도 여인은 나란히 기대고 있던 몸을 서역승의 앞쪽으로 옮기더니 두 손으로 가마 바닥을 짚고 짐승처럼 엉덩이를 들어 올리는 것이었다.

"옴, 오옴, 오오옴……."

입으로는 낮게 웅얼거리면서도 두 눈은 지그시 감은 채 여인의 엉덩이를 털투성이 양손으로 어루만지던 서역승이 어느 순간 금란 가사의 아랫자락을 홀떡 젖히더니 여인의 엉덩이에 하체를 힘차게 밀어붙였다.

'이런……'

공교롭게도 그들이 탄 가마가 석대원으로부터 가장 가까운 곳을 지나칠 때 벌어진 일이었다. 가마가 출렁거리기 시작함에도 앞뒤의 가마꾼들은 전혀 개의치 않는 눈치였다. 그들의 표정이 어찌나 덤덤한지 마치 흙으로 빚어 놓은 인형을 보는 것 같았다.

"아! 그, 그렇게 기, 깊이……. 하악!"

"옴 예 다르마 헤뚜 쁘라마와 헤뚬 떼샴……."

살끼리 철썩거리는 얄궂은 소음 속으로 여인의 교성과 서역승의 진언이 어우러지다가, 점차 앞쪽으로 멀어져 갔다.

'황당한 일을 겪었군.'

미행 중 접하게 된 음탕하고도 어처구니없는 광경에 잠시 얼이 빠져 있던 석대원이 억누르고 있던 날숨을 풀고 은신해 있던 수풀 밖으로 나가려 할 때였다. 모기 소리보다도 작은 전음이 그의 귓속으로 흘러들어 왔다.

─판다라의 황룡호불공을 만만히 봐선 안 돼. 너는 그대로 조금 더 있는 게 좋겠구나.

경호성을 지르지 않은 스스로를 칭찬할 만한 일이었다. 놀라지 않았다면 거짓말일 상황. 하지만 전음에 담긴 무엇인가가 놀란 석대원을 부드럽게 다독여 주었다. 그것은 아마도…… 친근함인 것 같았다. 그러자 놀람보다 의구심이 일었다. 단천원은 물론이거니와 산서 땅 전체를 통틀어도 그에게 저런 식의 친근함을 보여 줄 사람은 진금영 한 사람밖에 없을 터였다. 진금영 외에 유일한 후보로 꼽을 사람이 있다면 이 장원 내 어딘가에 머물고 있을 외삼촌인데…….

'그는 여자가 아니잖아?'

하지만 방금 날아든 전음의 주인공은 분명히 여자였다. 그것도 나이를 제법 먹은.

─이제 됐다. 나오렴.

해답 없는 의구심 속에서 허덕거릴 때 예의 전음이 다시 들려왔다. 석대원은 은신을 풀고 수풀로부터 천천히 걸어 나왔다. 이번 전음의 밑바닥에도 친근함이 여전히 깔려 있었고, 그 친근함에 작위나 가장은 끼어 있지 않은 듯했지만, 그는 긴장을 늦추지 않았다.

석대원은 어느 틈엔가 자신의 전면에 모습을 나타낸 인물을 찬찬히 살펴보았다. 얼굴에는 복면, 일신에는 먹물 같은 야행복을 차려 입은 인물이었다. 하지만 부착성이 좋은 야행복 위로 드러난 신체의 굴곡은 저 인물이 남자가 아님을 보여 주고 있었다. 어느 순간, 그의 시선이 복면 여인의 눈을 향했다. 복면의 눈구멍 안으로 드러난 눈은 매서워 보이는 눈매와 달리 모종의 정감이 어려 있는 듯했다. 그러나 그것만으로 경계심을 풀기에는 일렀다. 몇 번을 강조해도 부족하거니와, 지금의 그는 적진 한복판에 떨어진 고군孤軍의 신세였다.

"좋은 은신술이다. 하마터면 나도 못 알아차릴 뻔했구나."

복면 여인이 말했다. 만만치 않다는 판다라도 눈치 못 채고 지나친 석대원의 은신을 그녀가 알아챘다는 것은, 그녀의 경지가 판다라를 뛰어넘거나 혹은 그녀가 은신 방면에 전문적인 수련을 쌓았음을 의미했다. 그중 어느 쪽이냐 하면…….

'후자인 것 같군.'

복면 여인이 입은 야행복이 낯설지 않았다. 신응소라고 했던가. 그곳에서 나와 사효와 정사 중인 석대원을 암격하다가 목숨을 잃은 자객이 저것과 같은 종류의 야행복을 입고 있었던 것이다. 사효의 것과 더불어 그자의 시신도 수습한 석대원은 그 점을 똑똑히 기억하고 있었다.

"나를 아시오?"

석대원이 복면 여인에게 물었다. 복면 여인은 대답 대신 고개를 아래위로 살짝 움직였다.

"이 장원 사람 중 나를 아는 거의 전부가 내게는 적이라고 생각하는데, 내 생각이 틀렸소?"

"틀리지 않은 것 같구나."

석대원의 눈이 가늘어졌다.

"우리가 적이라는 대답으로 받아들이면 되겠소?"

이번에는 고개가 좌우로 흔들렸다. 석대원이 다시 물었다.

"적이 아니라는 뜻이오?"

"그렇단다. 나는 이 장원 사람이 아니니까."

저 말인즉 자신은 신응소에서 나온 사람이라는 뜻일까? 그렇다면 별 의미 없는 말장난에 불과했다. 비각과 신응소는 이를테면 심장과 혈관 같은 관계니까.

그런 석대원의 내심을 아는지 모르는지, 복면 여인은 가마가 간 방향을 일별한 뒤 말을 이었다.

"이 상황에서 우리가 만난 것이 행운인지 불운인지 알 수 없구나. 어쨌거나 너는 지금부터 내가 시키는 대로 움직여야 한다."

눈살을 찌푸린 석대원이 차갑게 반문했다.

"내가 왜 당신이 시키는 대로 움직여야 한단 말이오?"

"너는 나를 믿어야 한다."

"나는 얼굴을 가리고 다니는 자를 믿지 않소."

냉소하는 석대원을 잠시 바라보던 여인이 오른손을 얼굴 쪽으로 들어 쓰고 있던 복면을 벗었다. 그 순간 석대원은 그녀가 복면을 쓰고 있는 이유를 알게 되었다. 추면, 아니, 파면破面이었다. 설령 남자라도 저렇게 훼손된 얼굴의 소유자라면 복면을 쓰고 다닌다고 비난할 수는 없을 터였다. 끔찍한 파면을 복면으로 다시 가린 그녀가 석대원에게 물었다.

"이제는 나를 믿을 수 있느냐?"

석대원은 어깨를 으쓱거렸다.

"얼굴 얘기를 꺼낸 것은 미안한 일이지만, 그렇다고 당신을 믿을 수 있게 된 것은 아니오."

"아까 말했지, 나는 네가 누군지 알고 있다고."

비각의 인물들 사이에서 석대원은 이 대 혈랑곡주로 알려져 있었다. 그래서 석대원은 복면 여인의 입에서 그 이름이 흘러나오리라 예상했다. 그러나 그녀가 입에 담은 이름은 전혀 다른 것이었다. 그는 외삼촌을 제외한 비각의 인물에게서 그 이름으로 불리게 되는 일이 벌어지리라고는 꿈에도 생각해 본 적이 없었다.

"아원, 그분 말씀대로 너는 정말로 고집이 센 아이구나."

석대원은 누군가에게 머리를 세게 얻어맞은 기분이었다. 아원이라는 이름으로 그를 부를 수 있는 사람은 천하를 통틀어 다섯 명도 채 되지 않는다고 믿고 있었다. 이제는 아련하기만 한 그의 유년을 따뜻한 눈길로 지켜봐 준 사람들. 하지만 아무리 기억을 더듬어 봐도 그중 얼굴이 망가진 중년 여인은 끼어 있지 않았다.

"다, 당신은 누굽니까?"

당혹감이 그대로 묻어나는 중에도 말투가 정중해질 수밖에 없었다. 그런 석대원에게, 복면 여인이 뾰족한 눈초리를 둥글게 휘어 내리며 대답했다.

"사람들은 나를 여러 이름으로 부른단다. 하지만 네게는 화고華姑(화 고모)라고 불리면 가장 기쁘겠구나."

고모는 아버지의 여자 형제를 가리키는 호칭이었다. 그리고 아버지는…….

석대원은 가마가 멀어진 방향으로 시선을 돌렸다. 가마에 앞서 저 길을 간 일행 중에는 아버지의 뒷모습을 가진 사람이 포함되어 있었다. 고모라는 호칭. 그리고 아버지의 뒷모습. 그는 복면 여인을 똑바로 쳐다보았다.

"한 가지 묻고 싶은 것이 있습니다."

"네가 무엇을 묻고 싶어 하는지 알 것 같구나."

복면 여인이 한숨을 쉰 뒤 작게 덧붙였다.

"네 짐작이 맞다."

그 순간 석대원은 주춤 뒷걸음질을 쳤다.

'내가 무슨 짐작을 하고 있었지?'

갑자기 바보 천치가 되어 버린 양 아무것도 생각할 수 없었다. 멀쩡히 돌아가던 머릿속이 별안간 새하얗게, 혹은 새까맣게 변해 버린 것 같았다. 어쩌면 보호 본능의 발로인지도 모른다. 너무도 놀랍고 너무도 두려운 진실로부터 스스로를 지키려는 본능. 그러나 본능의 얇은 장벽은 금세 찢어지고, 미친 말처럼 날뛰는 사고가 그 자리를 차지했다.

"내 짐작이…… 맞다고요?"

맞아서는 안 되었다. 만약 그 짐작이 맞는 것이라면, 자신이 겪어야 했던 지난 십이 년의 고통은 근거를 잃어버리고 마는 것이다. 그러나…….

복면 여인이 말했다.

"그분은 살아 계신다."

허탈감이 홍수의 수면처럼 마음 위로 차올랐다. 그 위로 번져 나가는 것은 물안개처럼 자욱한 분노였다. 붉은 분노!

"……살아 계시다고? 그분이 살아 계시다고?"

석대원은 다시 한 발짝 뒷걸음질을 쳤다.

"그렇다면…… 나는…… 그리고……."

아침, 뇌옥, 들보, 대롱거리는 신발, 그리고…….

어머니.

붉게 변해 가는 시야 속으로 지긋지긋한 그날의 악몽이 재현되려 하고 있었다. 그러나 놀랍고 두려운 그 진실이 가리키는 대로라면 그 악몽은 벌어져서는 안 되었다. 멀쩡히 살아 있는 자의 죽음에 대한 책임 따위는 존재할 수 없기 때문이다.

몸이 덜덜 떨리기 시작했다. 앞니가 파고든 아랫입술에서 핏물이 흘러나왔다. 그러나 붉은 분노에 사로잡힌 석대원은 아무것도 느끼지 못했다.

바로 그때였다.

짝.

석대원의 고개가 옆으로 팩 돌아갔다. 어느 틈엔가 앞으로 다가온 복면 여인이 그의 따귀를 세차게 때린 것이다. 판다라의 황룡호불공을 염두에 두었는지 소리는 크게 울리지 않았다.

"네 심정을 모르는 건 아니지만 이러고 있을 시간이 없구나. 그분은 지금 위험에 빠졌다."

복면 여인의 말을 들으며 붉어진 시야가 점차 본래의 상태로 회복되는 것이 느껴졌다. 석대원은 옆으로 돌아간 고개를 그녀에게로 향했다. 뭐라고 불러 달라고 했지? 맞아, 화고.

석대원이 화고에게 물었다.

"그분이 위험에 빠지셨다고요?"

"너도 보았으니 알 테지. 판다라가 그렇게 만들었다."

복면 여인, 화고가 잠시 생각하다가 고개를 흔들었다.

"아니, 판다라는 도구에 불과하겠지. 그분을 위험에 빠트린 것은 이비영일 것이다. 그리고 지금 그분은 이비영에게 끌려 갔다."

석대원은 공황에 빠진 마음을 가라앉히려 애썼다. 멀쩡히 살아 있으면서도 죽음을 가장한, 그럼으로써 어머니를 자진하시게 만들고 어린 그로 하여금 황량한 심산에서 십일 년을 보내게 만든 이유가 미치도록 궁금했지만, 그 궁금증을 풀기 위해서라도 지금 당장은 현실적으로 행동할 필요가 있었다.

"제가 어떻게 하면 되겠습니까?"

석대원이 묻자 화고가 잠시 궁리하는 시늉을 하다가 대답했다.

"이 장원 내에는 비밀한 장소가 몇 군데 있지. 그곳에서 사람들의 주의를 돌릴 만한 일을 벌여 보겠다. 너는 아까 그자들의 뒤를 추적하여 그분이 계신 곳으로 가거라. 그곳에서 기다리다가 일이 벌어지는 기미가 보이면 그분을 구출해라."

말을 마친 화고가 석대원의 어깨에 오른손을 얹었다. 그러기 위해서는 팔을 올리는 것으로도 모자라 발돋움까지 해야 했지만, 불편한 자세로도 그녀의 목소리는 따뜻하기만 했다.

"아원, 예전부터 네게 꼭 하고 싶은 말이 있었단다."

"무슨……?"

복면의 눈구멍 속 눈초리가 다시 한 번 따뜻한 곡선을 그렸다.

"고맙다, 아전이를 언제나 잘 돌봐 줘서."

석대원이 아전을 돌봐 준 것은 까마득한 시절의 일이었다. 그렇다면 화고는 그 시절부터 그의 형제를 지켜보았다는 것일까? 대체 무슨 관계인데?

"그 말씀은……."

석대원이 뭐라 물으려는 순간, 화고가 발돋움을 하던 땅을 가볍게 찍고 몸을 날렸다. 그녀의 뒷말은 전음으로 들려왔다.

─네가 그분을 원망하지 않으면 좋겠구나. 하지만…….

하지만 다음 말은 이어지지 않았다.

─◈─

연벽제는 기계적이라고 해도 좋을 만큼 정리 정돈에 철저한 사람이었다. 그것은 멸족의 화로부터 요행히 살아남아 한 자루 철검에 일신을 의지한 채 강호를 떠돌던 시절에 생긴 습관이었다. 당시의 여러 경험을 통해 그가 배운 사실은, 스스로 챙기지 않는 물건은 결코 자기 것이라고 주장할 수 없다는 것이었다. 그래서 그는 주의를 기울여 자기 물건을 챙기기 시작했고, 그것이 자연스레 몸에 배어 어느 때부터인가는 습관으로 굳어졌다.

정리 정돈에 철저한 사람일수록 물건들의 위치에 신경을 쓴다. 어떤 물건이 본래 있어야 할 자리에 없는 것을 발견하면 마치 식사를 한 후에 입가심을 빠트린 듯 찝찝한 기분을 지우지 못한다. 지금 연벽제의 기분이 그랬다. 그리고 이번에 제자리를 지키지 않은 것은 물건이 아니라 사람이었다.

큰 쟁반을 가지고 방으로 들어와 원탁 위의 빈 그릇들을 수습하는 늙은 시녀에게 연벽제가 물었다.

"두전은 아직 돌아오지 않았는가?"

시녀가 손길을 멈추고 고개를 숙였다.

"그렇습니다, 원주님. 따로 분부하실 일이라도 있으신지요?"

검왕 연벽제가 이 장원 내에서 얻은 정식 호칭은 삼비영이지만, 최소한 이 집에서는 원주로 불렸다.

"아닐세."

쟁반을 들고 방을 나서는 시녀의 뒷모습을 보는 동안에도 연벽제의 찌푸린 미간은 펴질 줄 몰랐다. 저녁상을 물릴 때까지도 두전이 자리를 비우고 있었다. 특별한 일이 아니라면 이런 적이 없었고, 여기서 특별한 일이란 연벽제로부터 모종의 임무를 내려 받았음을 의미했다.

사실 두전에게 하나의 임무를 주기는 했다. 그러나 그 임무는 비교적 간단한 것이어서 정상적으로만 진행되었다면 이미 마쳤어야 했고, 두전은 날이 저물기 전에 연벽제가 기다리는 이곳으로 복귀했어야 마땅했다. 한데 그러지 않았다. 이는 간단할 것이라 여겼던 그 임무에 뭔가 심상치 않은 문제가 발생했음을 뜻했다.

시녀가 원탁 위에 밝혀 놓고 간 궁촉의 불꽃처럼 마음이 흔들렸다. 불안감이 엄습하고 있었다.

'무슨 문제일까?'

한때 강호에서 마조, 혹은 청강마조라는 별호로 불리던 두전과 주종의 인연을 맺은 것도 어언 이십 년. 비록 피는 한 방울도 섞여 있지 않지만 연벽제에게 가장 가까운 사람은 누가 뭐래도 두전이라고 할 수 있었다. 연벽제로서는 이제는 주종의 관계를 뛰어넘어 지음의 관계에까지 이르렀다고 여기고 있지만, 관계의 한쪽을 차지한 두전은 언제나 이를 부정했다. 추종자의 신분으로 연벽제를 우러르는 것이 이십 년 전에 결정한 삶의 목표라는 것이 그 이유였다. 그래서 더욱 조심스럽기도 했다. 우상을 위해서는 목숨마저도 흔쾌히 내던질 극단적인 인물이 바로 두전임을 알기 때문이었다.

'내가 나섰어야 했나?'

그러나 두전이 말렸다.

—속하의 기우일지도 모르지만 분위기가 심상치 않습니다. 팔부중 중 최강자 셋이 이곳에 머물고 있는 것도 그렇고요. 그런 마당에 원주께서 움직이신다면 심상치 않은 눈으로 보는 자가 나올지도 모릅니다. 하지만 평소 그곳 왕래가 잦았던 속하라면 그렇게 여기지 않을 겁니다.

어지러운 마음을 가라앉히기 위해 검을 닦기로 했다.

벽에 걸린 검가에서 야뢰를 내린 연벽제는 방석에 정좌한 뒤 준비한 마른 헝겊을 기름에 적셨다. 남방으로부터 어렵게 공수해 온 상품의 동백기름을 약한 불에 장시간 졸여 기름 속 수분을 증발시킨 이 세검유洗劍油에도 주인을 지극으로 받드는 두전의 정성이 담겨 있었다. 야뢰를 얻기 전까지는 그 정성이 과하다 여겼는데, 지금은 아니었다. 야뢰는 성질 나쁜 귀부인만큼이나 까다로운 검이었고, 입맛에 맞는 기름이 아니면 당최 받아들이려고 하지를 않았기 때문이다.

검신 양쪽으로 삼 회에 걸쳐 세검유를 먹인 직후, 연벽제는 이 집 안으로 누군가 들어섰음을 알아차렸다. 야뢰 위로 기름 헝겊을 문지를 때만 해도 명경처럼 잔잔하기만 하던 얼굴 위로 어두운 그늘이 엷게 깔렸다. 온 사람은 두전이 아니었다. 하지만 모르는 사람도 아니었다.

"원주님, 장주님께서 왕림하셨습니다."

이 집에서 가장 높은 사람은 연벽제지만, 이 집을 품고 있는 전체 장원의 주인은 따로 있었다. 시녀의 목소리에 전에 없는 공경이 담긴 것은 그 때문이리라.

"들어오시라 아뢰게."

연벽제는 밤이 되면 더욱 생기를 띠는 야뢰의 검날을 검갑 안으로 감춘 다음 방석에서 일어섰다. 이윽고 문이 열리고 한 사람이 방 안으로 들어섰다.

"검을 닦고 계셨구려. 방해한 것은 아닌지?"

공식적으로는 이 장원의 장주요, 비각의 편제로는 사십구비영의 수좌인 이명이 특유의 근엄한 목소리로 연벽제에게 물었다. 연벽제는 고개를 저었다.

"막 마친 참이니 괘념치 마시오. 이리로."

검가에 야뢰를 건 연벽제가 이명을 원탁 쪽으로 안내했다.

은행나무를 통으로 다듬은 원탁 양쪽에 두 사람이 자리를 잡은 뒤, 연벽제가 이명에게 물었다.

"늦은 시각인데 무슨 일로 찾아오셨소?"

각 내 서열을 감안하면 지나치게 직선적인 질문이지만 이명은 개의치 않는 듯했다.

"연 형께 한 가지 묻고 싶은 것이 있어서 찾아왔소."

연벽제는 침묵으로 이명의 뒷말을 재촉했다. 이명은 그에 응했다.

"연 형께서는 십여 년 전 이 집에 둥지를 틀며 새로운 현판을 올린 것으로 기억하고 있소."

"분명히 그랬소."

"그날부터 궁금히 여기던 점이오. 참을 '인' 자, 검 '검' 자의 인검원忍劍院. 연 형의 검은 대체 무엇을 참고자 하는 것이오?"

원탁 위 한 점에서 연벽제와 이명, 두 사람이 눈길이 소리 없이 부딪쳤다. 그때 연벽제는 이명의 흑백이 분명한 눈 속에서 짙은 아쉬움을 보았다. 그러자 문득 궁금해졌다. 이명은 과연 그의 눈 속에서 무엇을 보았을까?

'아마 비슷한 것을 보았겠지.'

그렇게 생각하며 연벽제가 입을 열었다. 그러나 그 입에서 흘러나온 것은 이명의 질문에 대한 답이 아니었다.

"두전이 돌아오지 않았소."

이번에는 이명이 침묵으로 연벽제의 뒷말을 재촉했다. 연벽제는 그에 응했다.

"그가 돌아오지 않은 것과 이 형이 방금 하신 질문 사이에 어떤 관련이라도 있는지?"

이명은 한참을 더 침묵하다가 짧지만 고통스럽게 내뱉었다.

"있소."

연벽제는 천천히 허리를 폈다. 굳이 눈을 돌리지 않아도 검 가까지의 거리는 몸이 알고 있었다. 그는 찰나라고 불러도 될 만큼 짧은 시간 안에 그 검가에 걸린 야뢰를 뽑아 사람을 죽일 수 있었다. 맞은편에 앉은 이명이 비록 천하에서 열 손가락 안에 드는 숨은 고수라 할지라도 그가 죽일 수 있는 범주에서는 벗어날 수는 없었다. 그러나……

연벽제는 가볍게 편 두 손을 원탁 위에 얹었다. 그럼으로써 자신에게는 이 방 안에서 살인을 행할 뜻이 없음을 암묵적으로 드러냈다. 그는 검왕이었다. 그에게는 어느 순간이든 제 한 몸을 지킬 수 있다는 자신감이 있었다. 시정잡배처럼 방 안에서 피를 보고 싶지도 않았거니와, 저 이명이 십이 년이라는 긴 세월에 걸쳐 그에게 보여 주었던 극진함과 정중함을 시정잡배의 죽음으로써 갚아 주고 싶지는 않았다. 그것은 도리가 아니었다.

"하고 싶은 말씀이 있다면 지금 하시오. 오늘 이후 우리에게는 대화를 나눌 시간이 그리 많을 것 같지 않으니까."

연벽제의 말에 이명은 이제껏 한 번도 보여 주지 않았던 모습을 보였다. 어깨를 떤 것이다. 그러나 두려움 때문은 아닌 것 같았다. 아쉬움. 이명의 어깨를 떨리게 만든 것은 그가 지금까지도 두 눈을 통해 짙게 풍겨 내는 아쉬움이라는 생각이 들었다.

"연 형께서 가 보셔야 할 곳이 있소. 하지만 연 형께서 내 청을 거부한다 해도 탓하지는 않으리다."

이명이 자리에서 일어서며 말했다. 연벽제는 그를 잠시 올려다보다 뒤따라 몸을 일으켰다.

"이 형이 내게 한 유일한 청은 군영이를 옥방에서 나오게 해 달라는 것이었소. 하지만 그 아이는 내 말 때문이 아니라 스스로 옥방을 나왔지."

당시의 일을 떠올렸는지 검은 수염에 덮인 이명의 입가가 작게 실룩거렸다. 그런 이명에게 연벽제가 말했다.

"이번만큼은 이 형의 청을 들어 드리고 싶소."

이명이 고개를 슬쩍 숙였다.

"고맙소."

연벽제는 검가가 달린 벽 쪽을 돌아보며 이명에게 물었다.

"검을 가져가도 되겠소?"

거절해 봐야 소용없다고 여긴 것일지도, 이명은 흔쾌히 고개를 끄덕였다.

"검왕에게는 언제 어디서건 검을 가질 가격이 있겠지요."

"고맙소."

기다렸다는 듯 검가에서 훌쩍 몸을 날린 야뢰가 연벽제의 왼손 안으로 빨려들어 왔다.

인검원 정문 앞에는 몇 명의 사내들이 횃불 빛을 받으며 대기하고 있었다. 그중에 눈길을 끄는 인물을 들라면, 굳이 그 자리가 아니라도 눈길을 끌 수밖에 없는 거경 제초온이 있었고, 횃불과 거경이 함께 만들어 낸 넓은 그림자 안에서 눈알을 이리저리 굴리는 귀문도 우낙도 보였다.

"연 모 하나를 데리러 많이도 오셨구려."

연벽제와 그의 왼손에 들린 야뢰를 번갈아 쳐다보던 사내들이 인검원 정문 문턱을 넘어서면서 던진 연벽제의 이 한마디에 일제히 시선을 돌렸다. 예외가 있다면 가장 선두에 서 있던 거경 정도. 연벽제의 얼굴에 고정된 거경의 두 눈은 당장이라도 불똥을 뿜어낼 듯이 이글거리고 있었다. 연벽제는 거경의 눈길을 피하지 않았다. 잠시 후 그토록 이글거리던 거경의 눈빛이 소낙비라도 맞은 듯 빠르게 누그러졌다.

"제기랄, 내가 가장 싫어하는 일이 생기겠군."

그러나 그 일이 무엇인지 설명하는 대신 거경은 발치에 가래침을 퉤 뱉었다.

거경으로부터 눈길을 돌린 연벽제는 자신을 뒤따라 인검원 문턱을 넘어서는 이명에게 말했다.

"갑시다."

먹구름이 낮게 깔린 밤하늘 아래로 몇 개의 횃불들이 움직이기 시작했다.

(4)

바다색 바탕에 새하얀 백금 줄이 물결무늬로 상감된 그 청자 화병 안에는 세 송이 꽃이 만개하여 있었다. 황금빛 샛노란 꽃술 주위로 선혈 같은 검붉은 꽃잎이 사발처럼 빙 둘러 피어난 이종異種의 국화였다. 북경 국립장이 반백년 넘게 축적한 뛰어난 원예술로써 탄생시킨 그 진귀한 꽃을 바라보면서, 문강은 엉뚱하게도 정보를 생각하고 있었다. 어떤 책사에게 꽃은 곧 정보였다.

첫 번째 꽃−첫 번째 정보

신응소라는 이름을 가진 둥지에서 현역으로 활동하는 자객들 중 최강자로 꼽히는 날다람쥐 사석을 만나고 돌아온 서일의 얼굴에는 평소와 다를 바 없는 무미건조한 표정이 가면처럼 달라붙어 있었다. 그러나 오랜 기간 서일을 수족처럼 부려 온 문강은 그의 눈동자 속에 담긴 묘한 흥분의 기미를 놓치지 않았다.

−그는 실패했습니다.

잠시 머뭇거리던 서일이 덧붙였다.

−그녀도 실패했습니다.

서일이 말한 '그녀'가 날다람쥐 사석의 누이동생이자 '밀사蜜死(꿀 같은 죽음)'라는 달콤하면서도 음험한 별명으로 북경 정가를 두려움에 떨게 만들던 어둠 속의 여자 자객, 올빼미 사효임을 문강은 알고 있었다.

날다람쥐, 박쥐, 올빼미를 이름으로 삼는 사씨 삼남매는 둥지에 다섯 명밖에 없는 상급 자객이었다. 이제껏 임무를 수행함에 있어 단 한 번의 오점도 남기지 않은 그들이 열흘 안쪽의 짧은 기간 사이에 모조리 실패했다는 것은, 임무의 난이도를 논하기에 앞서 지금 이 시기가 얼마나 험한지를 보여 주는 방증이라고 할 수 있었다. 문자 그대로 격변기였다. 그 흐름을 암중 조장한 책사마저도 성패의 가능성을 쉽사리 장담하기 힘들 만큼.

─이 대 혈랑곡주는 강했습니다. 그들은 거의 성공한 것처럼 보였지만, 마지막 매듭을 짓지는 못했습니다.

평소와는 다르게 심중의 아쉬움을 애써 숨기려 하지 않는 서일의 보고를 들으며 문강은 생각했다.

'박쥐를 뺀 것이 이런 결과를 가져왔을지도 모르겠군.'

둥지의 주인인 산로 학산은 사씨 삼남매 모두를 한 가지 개인적인 임무에 임의로 투입했다. 상급 자객을 운용할 시 반드시 문강의 허락을 받던 그로서는 극히 예외적인 일이 아닐 수 없어서, 둥지에 심어 놓은 이목을 통해 그 일을 보고받은 문강은 그의 충성심에 대해 일말의 회의를 품기도 했다. 하지만 그 일의 이면에는 먼저 간 아들의 복수를 바라는 늙은 아비의 절절한 통한이 있었고, 비록 핏줄의 정을 알지 못하는 문강이지만 그 속내를 짐작 못 하는 바는 아니어서, 이번 한 번만큼은 그의 일탈을 눈감아 주기로 마음먹었다.

문제는, 사씨 삼남매가 움직이고 얼마 안 있어 돌발적인 상황이 벌어진 데에 있었다. 신무전에서 암약 중인 오비영이 보낸 문서에 따르면, 신무전의 군사가 문강의 대계를 단번에 망쳐 놓을지도 모르는 놀라운 반격을 시도한 것이었다.

설마하니 문강으로서는 한 번도 염두에 두지 않은 민간 백련교의 명두들을 설득하려 할 줄이야!

신무전의 군사는 때마침 개최되는 민간 백련교의 명두 대회에 신무전주의 아들을 밀사로 파견했다고 했다. 그 소식을 접한 문강은 평정심을 잃을 만큼 다급해지고 말았다. 그는 신무전의 군사 운소유의 의중을 짐작할 수 있었다. 밀사가 민간 백련교의 명두들과 접촉하는 일만큼은 반드시 막아야 했다. 하지만 무엇으로? 신무전주의 아들을 치는 일이었다. 건정회를 움직이기에는 명분이 없었고, 비영들을 파견하기에는 믿음이 가지 않았다. 꿩 잡는 게 매라고, 결국 문강은 학산을 부를 수밖에 없었다. 이런 식의 소규모 암살에 둥지의 자객보다 적임은 없기 때문이었다.

상급 자객을 파견해 신무전의 밀사를 제거하라는 문강의 지시에 학산은 그답지 않게 난색을 보였다. 둥지가 있는 북경까지 전갈이 오가는 데 너무 오랜 시간이 소요된다는 것이 그 이유였다. 그래서 내려진 결론이 학산 개인의 임무에 투입한 사씨 삼남매 중 하나에게 그 임무를 나눠 주는 것. 학산의 전갈을 받은 사씨 삼남매의 맏이 날다람쥐는 둘째인 박쥐를 이 대 혈랑곡주 저격 임무에서 제외시킴으로써 산로의 명을 받들었다. 과정에 다소의 우여곡절은 있었지만 문강은 비로소 안심할 수 있었다. 둥지의 상급 자객은 그를 실망시킨 적이 한 번도 없었기에.

그런데 박쥐가 실패했고, 이어 날다람쥐와 올빼미도 실패했다. 전자와 후자 중 어느 쪽이 더 쓰라리냐고 누군가 묻는다면, 문강은 주저 없이 전자라고 대답할 터였다. 신무전의 밀사를 제거하지 못한 데 대한 후폭풍은 아직 수면 위로 드러나지 않았다. 그러나 그 후폭풍이 자신의 대계에 작지 않은 악영향을 끼치게 되리라는 것을 문강은 예감할 수 있었다. 그에 반해 이 대 혈랑곡주를 제거하지 못한 일은……

'그때까지만 해도 학산의 문제였지, 내 문제는 아니었어.'

문강은 작금의 정국에서 이 대 혈랑곡주 개인이 차지하는 비중은 그리 높지 않다고 평가했다. 천하제일의 마검을 전승하여 나이로는 평가할 수 없는 고수라는 점도 아는 바고, 그자의 활약으로 말미암아 강호육사 중 몇 군데를 잃었다는 사실도 아는 바지만, 그래 봤자 장기판의 말. 대세를 이끌어 가는 핵심, 물결을 만들어 내는 주체는 되지 못한다고 생각했다. 때문에 문강은 학산과 달리 날다람쥐와 올빼미가 실패했다는 보고를 접하고도 아쉬워하지 않았다.

두 번째 꽃과 세 번째 꽃이 피기 전까지는 분명히 그랬다.

두 번째 꽃—두 번째 정보.

그것은 비각이 보유한 가장 강력한 검에 불순물이 끼어 있을지도 모른다는 놀라운 보고로부터 비롯되었다.

문강이 몸소 출정하여 지휘한 산월월 작전은 표적으로 삼은 대상의 엄청난 명성에도 불구하고 대체로 성공적이었다고 할 수 있었다. 그러나 문강이 바란 것은 완전한 성공이었고, 그는 태원으로 복귀한 즉시 그것에 걸림돌로 작용한 요소들을 하나하나 되짚어 보았다.

뭐니 뭐니 해도 가장 큰 문제는 작전의 마무리를 위해 반드시 제거해야 할 신무전주의 후계자가 아직 살아 있다는 것이었다. 태원에서 대기 중이던 비이목 총탐 남립이 가져온 우울한 소식은 건정회의 장강전선이 변변한 전투 한 번 치르지 못한 채 제갈휘의 삼로군에 의해 허무하게 돌파당했다는 것만이 아니었다. 철인협 도정을 제거하라는 밀명을 받고 천주산으로 달려간 용봉단주 강이환 또한 문강을 실망시켰다. 암습에 어느 정도 성과는 얻은 듯 도정의 몸 상태가 정상이 아니라는 후문은 들리지만, 죽은 것과 산 것은 엄연히 달랐다. 비각의 꼭두각시나 다름없는 건정회에 이어, 전주와 후계자를 동시에 잃고 표류하는 신무전을 수중에 넣음으로써 강호 도모의 또 다른 도구로 활용하려던 계획에 작지 않은 지장이 벌어진 것이다.

문제는 그것만이 아니었다. 살리려던 자 하나가 죽었고, 죽이려던 자 하나가 살았다. 전자는 강호에서 가장 넓은 마당발을 자랑하던 신무전의 현무대주였고, 후자는 도정과 더불어 변수가 될 가능성을 가진 신무전주의 손녀였다. 전자는 철마방주의 흉포한 성정이 빚어 낸 일이요, 후자는 하급 비영들의 무능함에서 야기된 일이었다. 하지만 도정이 살아남은 것과 비교하면 미미하다 할 만한 문제들. 게다가 산월월 작전이 끝난 뒤부터 신무전과 관련된 모든 뒤처리는 오비영의 몫으로 넘어갔다. 그래서 문강은 약간의 피로함과 약간의 아쉬움 속에서 산월월 작전에 대한 평가를 마무리 지었다. 완벽한 작전이 반드시 완벽한 결과로 이어지는 것은 아니라고 스스로를 위로하면서. 그런데…….

단천원에 복귀한 날 저녁이었다.

─일비영님께서 의국醫局으로 오시라 청하셨습니다.

저녁 식사를 마치고 휴식을 취하던 문강에게 전령이 찾아와 고했다. 일비영인 이명과는 호형호제할 만큼 가까운 사이라 여느 때라면 차라도 한잔 나누자는 의도로 받아들였겠지만, 부른 장소가 몹시 괴이했다.

─일비영께서 의국에는 무슨 일로 가 계시는가?

─자협귀심刺頰鬼心 감양甘陽이 깨어났다고 합니다. 그가 일비영님을 급히 찾는다 하여 의국으로 행차하셨습니다.

자협귀심 감양은 신무전주의 손녀를 추적했던 두 명의 하급 비영 중 하나인데, 함께 간 의수신안륜 부대연은 실종되고 그 혼자만 송장처럼 굳은 채 발견되었다. 의술과 독술에 두루 능한 십사비영 생사판生死判이 살핀 바에 따르면 그는 사천당가의 것으로 의심되는 마비독에 중독된 상태였고, 비록 임무에 실패했지만 버리고 올 수는 없는 노릇이어서 마차에 실어 태원까지 호송해 왔다. 그런데 그 감양이 뻔뻔하게도 사십구비영의 수좌를 급히 찾았다고 한다. 간이 배 밖으로 나오지 않았다면 너저분한 변명으로 자신의 실패를 덮어 보려는 의도는 아닌 것 같았다.

생사판이 관장하는 의국은 이명의 수하들로 철통같이 경계되고 있었다. 생사판에 의해 의국의 어떤 방으로 안내된 문강은 누렇게 뜬 안색으로 침상에 누워 있는 감양과 그 머리맡에 침통한 표정을 짓고 서 있는 이명을 보게 되었다. 주인인 생사판조차 입장이 허락되지 않은 그 방에서, 감양은 뻣뻣한 혓바닥을 힘겹게 놀려 놀라운 비밀을 밝혔다.

─부 아우는 주, 죽었습니다…… 부 아우를 죽이고…… 신무전주의 손녀를 구한 자는…… 사, 삼비영님……이었습니다.

콧수염을 실룩거리던 이명이 어색한 미소를 지으며 흉수를 변론하고 나섰다.

─소철을 자신의 손으로 죽인 삼비영이 아닌가. 그 손녀 되는 아이까지 험한 꼴을 당하는 것은 차마 볼 수 없었던 모양이지.

그러면서도 스스로 생각하기에도 구차하다 여겼는지 문강을 향해 조심스럽게 덧붙였다.

─그래도 한식구를 해친 책임까지는 아무래도 피하기 어렵겠지?

연벽제를 대하는 이명의 마음은, 문강이 보기에는 단순한 우의를 넘어 경외의 단계에 이르러 있다고 해도 과하지 않았다. 그런 이명이기에 몸속 어딘가에서 움튼 의혹을 애써 부정하고 싶었을지도 모른다. 연벽제가 감당해야 할 죄과를 애써 축소하고 싶었을지도 모른다. 그러므로 이명의 저 변론은 문강이 판단을 내리는 데 어떠한 영향도 끼칠 수 없었다. 다만, 연벽제는…….

앞서도 말했거니와 연벽제는 비각이 보유한 가장 강력한 검이었다. 그리고 그 검이 얼마나 효과적인가는 이번 산월월 작전을 통해 여실히 드러났다.

곤륜지회의 오대고수 중 일인인 신무대종 소철을 꺾은 검!

일 년 전부터 순진한 시비를 세뇌시킴으로써 모색한 작은 공작이 다소간 도움을 주었을 테지만, 그럼에도 불구하고 문강은 자신이 동원할 수 있는 모든 병기들 중에서 소철을 벨 만큼 날카로운 것을 떠올릴 수 없었다. 결국 그는 연벽제에게 도움을 청했고, 연벽제는 자신을 닮은 한 자루 과감무쌍한 철검으로써 그 일을 해냈다.

─그는 죽었소.

어둠 속에서 불쑥 나타난 연벽제가 이 짧은 말로 한 시대를 풍미한 거물의 죽음을 선포했을 때, 문강은 한 줄기 쩌릿한 전율이 척추를 따라 내려가며 저도 모르게 주먹을 불끈 쥐었음을 똑똑히 기억하고 있었다. 평생을 육체가 아닌 머리로써 세상을 상대해 온 그에게는 참으로 생소한 경험이 아닐 수 없었고, 그 시각 이후 그에게 있어 연벽제는 '전율을 불러오는 자'였다.

가장 강력한 검.

그래서 잃고 싶지 않은 검.

그러나 다른 마음을 품을 경우 무엇보다도 두려운 검.

그것이 바로 연벽제라는 이름의 검이었다. 그 검은 문자 그대로 '절대적絶對的'이었다. 때문에 문강은 감양으로부터 입수한, 그 절대적인 검에 어떤 불순물이 끼었을지도 모른다는 정보에 대해 당시로서는 어떠한 판단도 섣불리 내릴 수 없었다.

그러나 첫 번째와 두 번째에 이어 세 번째 꽃마저 피어났을 때, 문강은 그 절대적인 검에 대한 판단을 더 이상 미룰 수 없음을 깨달았다.

세 번째 꽃—세 번째 정보.

그것은 두 번째 꽃이 피어난 다음 날 이른 시각, 비루한 자의 입을 통해 전달되었다. 각 내에서 위태로워진 입지를 지키기 위해 스스로 일비영의 종이 된 귀문도 우낙. 교활한 쥐일수록 이목이 영민한 것일까. 조죽朝粥 그릇을 물리기도 전에 찾아온 그 자는 무슨 술수를 부렸는지 몰라도 전날 밤 의국에서 벌어진 일에 대해 알고 있는 눈치였다.

─어젯밤 일과 관련해 이비영님께 긴히 알려 드릴 것이 있어서 찾아왔습니다.

대체 무엇 때문에 시키지도 않은 염탐꾼 노릇을 하게 되었는지는 알 수 없지만, 청강마조 두전이라는 자가 단천원 내 빙고들 중 한 군데에서 수상쩍은 짓을 꾸미는 중이라는 점에는 의심할 여지가 없는 것 같았다. 있는 것이라고는 얼음뿐인 창고에서 하루가 멀다 하고 한 시진 가까운 시간을 보낸다는 것은 누가 보더라도 괴이한 행동임에 분명할 터. 그러다 그 빙고의 냉기가 어디에서 연유되었는지를 떠올린 문강은 우낙이 가져온 이 대수롭지 않아 보이는 정보에 생각보다 중대한 의미가 담겨 있음을 알게 되었다.

태원 서북부 일대의 지하를 가로지르는 거대한 수맥, 태서백망太西白蟒!

지관地官도 아닌 문강이 근래 들어 태서백망의 존재를 자주 의식할 수밖에 없었던 것은 태서백망에서 비롯된 냉기를 주기적으로 접할 일이 생긴 탓이었다. 그가 강동삼수의 막내인 양무청을 상대로 육도제령박의 금제술을 펼치던 역천뢰 심처의 옥방은 계절에 맞지 않는 두꺼운 겉옷을 걸쳐야 할 정도로 추웠다. 그리고 그 냉기의 근원이 바로 태서백망임을 그는 알고 있었다.

우낙을 돌려보낸 문강은 그 즉시 입이 무거운 소수의 수하만을 대동한 채 문제의 빙고를 찾아갔다. 단천원 밥을 먹는 사람답지 않게 순박한 창고지기를 심문하여 우낙의 밀고가 사실임을 확인한 그는 수하들을 들여보내 빙고를 수색하게 했다. 그들이 차곡차곡 쌓인 빙괴氷塊 더미 뒤편에서 교묘하게 위장된 비밀 문을 발견하는 데에는 그리 오랜 시간이 필요하지 않았고, 비밀 문 아래로는 꽤나 공들인 것이 분명한 암굴 하나가 검고 깊은 입속을 벌리고 있었다.

어디로 이어진 암굴일까? 비록 내려가 보지는 않았지만 문강은 그 암굴의 종착지가 어디인지 충분히 짐작할 수 있었다. 양무청이 갇혀 있는 역천뢰의 옥방이 바로 그 종착지였다.

세 송이 꽃은 세 가지 정보를 의미했다.

첫 번째 정보는 이 대 혈랑곡주가 근처에 당도했다는 것이었다.

두 번째 정보는 삼비영 연벽제에게 각이 모르는 다른 뜻이 있다는 것이었다.

세 번째 정보는 청강마조 두전이 빙고와 양무청의 옥방을 연결하는 암굴을 장기간에 걸쳐 뚫어 왔다는 것이었다.

이 세 가지 정보는 일견 연관성이 희박한 것 같지만, 문강은 그것들을 관통하는 한 가지 뚜렷한 요소가 존재함을 놓치지 않았다. 이 대 혈랑곡주는 연벽제의 조카였다. 청강마조 두전은 연벽제의 심복이었다. 그러므로 세 송이 꽃―세 가지 정보는 하나의 뿌리를 공유한 세 개의 열매와 같았다. 그 뿌리란 바로 연벽제였다.

마침내 문강은 이 세 송이 꽃으로써 검왕 연벽제를 잡겠노라는 결심을 하기에 이르렀다.

"안에 있는가?"

서재 밖에서 남자의 중후한 목소리가 들려왔다.

"들어오시지요."

잠시 후 서재 문이 열리고 한 사람이 안으로 들어왔다. 밤빛처럼 새카만 장포를 걸친 그 사람은 이 단천원의 주인이자 사십구비영의 수좌인 일비영 이명이었다.

"그를 데려왔네."

이명의 말에 문강이 눈을 빛냈다.

"그가 순순히 따라오던가요?"

"그러지 않았다면 내가 이렇게 멀쩡할 리 없겠지."

이명의 대답에는 심중의 쓸쓸함이 그대로 묻어 나왔다.

상식적으로 볼 때, 죄를 지은 자가 별다른 저항 없이 집법에 응하는 것은 두 가지 경우로 생각할 수 있었다. 하나는 모든 죄를 인정하고 자포자기 상태에 빠진 경우, 다른 하나는 당당히 행동함으로써 무죄를 주장하려는 경우. 그러나 연벽제는 두 가지 경우 어디에도 포함되지 않는 것 같았다. 그는 비범한 존재였다. 비범함이란 상식을 파하는 것. 그와는 다른 방면으로 비범한 존재인 문강은 그래서 미소를 지었다.

'그는 언제나 나를 실망시키지 않는군.'

아군일 때에도, 그리고 적이라는 사실이 밝혀진 뒤에도.

물론 그렇다고 해서 언제나 문강의 뜻대로 움직여 주었다는 얘기는 아니었다. 본래 문강이 계획한 연벽제의 사냥터는 양무청이 갇혀 있는 옥방 안이어야 했다. 만일 그 계획이 들어맞았다면 문강은 훨씬 수월하게 목적을 달성할 수 있었을 것이다. 판다라와 가루라, 두 법왕만으로 연벽제를 상대한다는 것은 썩은 새끼줄로 호랑이를 묶는 것만큼이나 무모한 짓임을 모르는 바는 아니지만, 그럼에도 문강은 자신하고 있었다. 드러난 창날보다 어둠 속에 숨은 살촉이 더 무섭다는 것을 잘 알고 있기에.

아쉽게도 살촉에 쓰러진 것은 연벽제가 아닌 엉뚱한 자였다. 며칠 전 세 법왕과 함께 단천원에 들어온 바르라는 이름의 중년 밀승. 이악과 데바는 문강이 판 함정을 비각의 '집안일'이라고 표현했지만, 빙고의 비밀 통로를 통해 역천뢰에 잠입했다가 잡혀 온 자가 바르임이 밝혀진 순간부터는 더 이상 비각의 '집안일'만으로 치부할 수 없게 되었다.

─바르라고?

그 소식을 들은 데바는 아흔 줄 노인네의 것이라고는 누구도 믿지 못할 팽팽한 얼굴을 보기 흉하게 일그러뜨렸다. 배신감에서 비롯된 분노가 겁화처럼 이글거리는 그 안광을 범인이라면 감히 마주치지 못하겠지만, 하늘의 눈을 가진 문강은 데바의 눈을 정시하며 말했다.

─대법왕께 여쭙고 싶은 것이 있습니다.

─뭔가?

─바르라는 자를 제자로 거두셨다고 들었습니다. 그게 언제쯤인지 가르쳐 주십시오.

－십 년쯤 되었네.

당연한 얘기겠지만, 십 년은 십이 년보다 가까웠다. 십이 년 전에 중원에서 사라진 자가 십 년 전에 서장에 나타나는 것은 불가능한 일이 아니었다. 비록 그 사라짐의 형식이 '죽음'이라 할지라도 말이다. 문강은 바르가 이미 죽은 자일 가능성에 대해 생각해 보았다. 연벽제와 양무청은 오직 한 사람에 의해서만 서로 연결될 수 있기 때문이었다.

문강이 다시 데바에게 물었다.

－그자가 어떤 경로로 대법왕께 접근하게 되었는지도 알 수 있겠습니까?

과거를 더듬듯 미간을 찌푸리던 데바가 확신이 부족한 목소리로 대답했다.

－둥지를 통해 아두랍찰에 온 것으로 기억하네.

－둥지……라고요?

－바르를 본 법왕에게 소개한 건달바는 둥지와 어느 정도 인연이 있다 할 수 있지. 아쉽군, 건달바가 이 자리에 있다면 당장이라도 확인해 줄 수 있었을 텐데.

건달바는 지금 중원에 없었다. 둥지의 외피이기도 한 북경 국자감에 객원 박사 자격으로 머물던 그는, 환복천자의 향내 나는 귓구멍에 마장에 대한 달콤한 꿈을 불어넣은 괘씸한 서역 상인들의 정체를 파악하기 위해 긴나라와 함께 국경을 넘어간 것이다. 건달바로부터 뭔가를 확인받기 위해서는 꽤나 오랜 시간이 필요할 듯했다.

　각설하고, 잡혀 온 사람이 연벽제가 아니라는 점은 분명 아쉬운 일이지만, 문강은 곧바로 미련을 접었다. 돌이켜 보면 자신의 욕심이 지나치지 않았나 하는 반성도 들었다. 육도제령박의 금제술이 동서에 짝을 찾기 힘든 신이한 수법인 것은 분명하지만, 또한 이번 일에 동원된 판다라와 가루라의 공력이 팔부중 중에서 세 손가락 안에 꼽힐 만큼 출중한 것도 사실이지만, 상대는 한 시대의 전설을 무너뜨린 검왕 연벽제였다. 그런 강자를 도모하기 위해 지불한 비용치고는 너무 저렴했음을 문강은 부정할 수 없었다.

다만 반성은 하되 후회는 하지 않았다. 문강은 이럴 때를 대비하여 제이의 방책도 준비해 두고 있었다. 중과부적은 고금의 진리라고 하지 않던가. 때로는 우직한 정공법이 어떤 묘책보다 효과적일 수 있었다.

문강이 이명에게 물었다.

"판다라 법왕은?"

"방금 돌아왔네."

잠시 머뭇거리던 이명이 약간 민망해하는 얼굴로 덧붙였다.

"소항아笑姮娥를 녹초로 만들어 놓았더군."

팔부중의 이인자, 판다라가 익힌 황룡호불공은 서장 밀교의 제 종파들 중에서도 가장 은밀하다고 알려진 환희밀교歡喜密敎의 호교 무공이었다. 불제자인 그가 무시로 색계를 범하는 것은 호색하기 때문이 아니었다. 환희밀교 비전의 다라니陀羅尼(짧은 진언)를 암송하며 여인을 취하는 일은 그에게 있어 운기행공이나 마찬가지. 그래서 문강은 이번 일을 맡아 주는 데 대한 보상 차원에서 그에게 선물 하나를 내주었다. 비영 서열 이십육 위이자, 어릴 적부터 수련한 옥방공玉房功이 삼십 중반에 이른 지금은 절정에 오른 소항아 막완莫琓을 붙여 준 것이다.

막완으로 말하자면 하룻밤에 남자 네댓은 우습게 갈아치우는 탕녀로 유명한데, 그런 탕녀가 녹초로 널브러졌다는 것은 오늘 밤 판다라의 황룡호불공이 최고조에 달했다는 증거였다.

"노각주님과 두 분 법왕님들도 자리하셨겠지요?"

이명은 고개를 무겁게 끄덕였다.

잠룡야 이악과 팔부중의 상위 세 법왕이라면 설령 그 옛날 곤륜산 무망애에서 천외천의 신위를 떨친 혈랑곡주가 재림한다 해도 능히 감당할진대, 거기에 각 내 비상소집령까지 내려 두었으니 임무가 없는 비명들은 모두 모였을 터였다. 생각이 거기에 미치자 문강은 문득 궁금해졌다.

연벽제, 두려울 정도로 강력한 그 절대적인 검은 면면이 고수 아닌 자 없는 철벽같은 포위망 속에서도 과연 비범함을 보여 줄 수 있을까?

'곧 알게 되겠지.'

문강은 자리에서 일어섰다.

그날 밤 세 송이 꽃이 한자리에 피어났다. 그 꽃들은 정보인 동시에 덫이기도 했다. 비범한 무인을 사냥하기 위해 비범한 책사가 심혈을 기울여 장치한 음험한 덫.

그러나 그날 밤이 끝나기 전, 음험함 따위와는 무관한 가장 숭고하고 가장 비장하며 가장 위대한 세 송이 꽃이 바로 그 비범한 무인에 의해 피어나리라는 사실을 비범한 책사는 미처 알지 못했다.

삼화취정 三花聚頂 (二)

(1)

그날 밤, 두 남자를 구하기 위해 두 여자가 움직였다.

～～～～

시체처럼 창백한 청흑색 하늘가에는 십육야의 살진 달이 을 씨년스레 걸려 있었다. 어둠에 잠식된 언덕길. 반나절 가을볕으로는 말리지 못한 전날의 습기가 신발과 흙바닥 사이에서 질척거리는 신음을 흘리고 있었다. 그때마다 튀어 오른 더러운 흙물이 고운 나군 아랫자락을 얼룩지게 만들었지만 진금영은 달리기를 멈추지 않았다. 배 속에 새로운 생명이 잉태된 것을 안 직후부터 행동거지 하나하나에 신중함을 잃지 않던 그녀인 만큼 몇 달 새 이렇게 정신없이 달려 본 것은 처음이었다. 다리가 모래주머니를 매단 것처럼 무거웠지만, 숨은 허파를 틀어잡힌 듯턱 밑까지 차올랐지만, 그래도 그녀는 달려야 했다. 그에게로 가야 했다.

창고가 보였다. 그에게 소개해 준 은신처였다. 본래 진금영은 두 시진가량 뒤에 이곳에 와야 했다. 그와 그렇게 약속했다. 그러나 그녀는 이곳까지 달리는 내내 더 빨리 오지 못한 스스로를 수도 없이 질책해야만 했다. 이제껏 배 속의 아기를 원망해본 적은 한 번도 없었지만 이번만큼은 달랐다. 잉토증으로 심신이 쇠약해진 탓에 갑작스레 혼절하지만 않았다면 그녀는 무슨수를 써서든지 해가 하늘에 걸려 있는 동안 그를 만나러 왔을 터였다.

창고 앞에 다다라 둥근 문고리를 잡은 진금영은 차가운 금속의 질감이 안겨 주는 불길한 예감에 숨을 멈췄다. 문 안쪽으로부터 울리는 기척이 전혀 없었다. 이상하잖아? 그는 절정 고수였다. 설령 절정 고수가 아니라도 지금처럼 발소리 숨소리 요란하게 달려온 그녀를 감지하지 못할 리 없었다.

'아니야, 기다리다가 지루해 잠이 든 거야. 그래서 내가 오는 소리를 못 들은 거야.'

문고리를 잡고 선 짧은 시간 동안 품은 이 어리석은 바람은 문고리를 잡아당긴 순간 정말로 바람이 된 것처럼 날아가 버렸다. 비록 몸 상태가 정상이 아니라고 해도 진금영 또한 고수라면 고수였다. 칠흑 같은 어둠에 잠긴 창고 안에 아무도 없음을 그녀는 금세 알아차릴 수 있었다.

"……없어."

사라진 남자를 대신하여 여자를 반긴 것은 날콩 비린내보다 더욱 비린 묵은 밀짚 냄새였다.

"읍."

갑자기 욕지기가 치밀어 올랐다. 진금영은 왼손으로 입을 막으며 허리를 동그랗게 구부렸다. 창고의 천장과 바닥이 빙글 뒤집어지는 기분과 함께, 혼절한 그녀를 깨우기 위해 이군영이 급히 지어다 먹인 물약이 시큼한 위액에 섞여 입을 막은 손가락 사이로 주르륵 흘러내렸다. 휘청거리던 그녀는 더 이상 버티지 못하고 그 자리에 풀썩 주저앉았다.

"조심하십시오."

창고 문가에 엉덩방아를 찧던 진금영을 붙잡아 준 것은 어둠 속에서 더욱 새하얘 보이는 백옥빛 소맷자락 밖으로 튀어나온 손이었다. 오른쪽 상완을 단단히 붙잡은 그 손에 의해 가까스로 중심을 되찾은 그녀가 고개를 천천히 돌렸다. 한 쌍의 눈이, 평소 별빛 같던 광채는 어디로 가 버렸는지 지금은 진흙처럼 무겁고 탁하게 가라앉은 남자의 눈이 그녀를 바라보고 있었다.

"……공자님?"

뜻밖의 장소, 뜻밖의 시간에 모습을 드러낸 이군영을 쳐다보며 잠시 어리둥절해하던 진금영이 어느 순간 눈을 홉뜨며 소스라치게 놀랐다.

"여긴…… 어떻게?"

이군영은 담백한 사람이었다. 뻔한 것을 돌려 말하는 의뭉스러운 짓은 그와 어울리지 않았다.

"누님을 따라왔습니다. 허락도 받지 않고 미행한 점, 용서해 주십시오."

진금영을 향해 고개를 깊이 숙여 보인 이군영이 차분한 목소리로 덧붙였다.

"예의가 아니라는 것은 알지만, 멀쩡히 앉아 계시다가 갑자기 혼절할 만큼 상태가 위중함에도 급히 달려 나가시는 것을 보노라니 가만히 있을 수 없었습니다."

말을 마친 이군영이 소매 속에서 손수건을 꺼내 토사물로 더러워진 진금영의 왼손을 꼼꼼하게 닦아 주기 시작했다. 얼이 반쯤 빠진 채 이군영의 세심한 손길에 손을 맡기고 있던 그녀는 잠시 후 상완을 단단히 지탱해 주던 손이 겨드랑이 밑에서 조심스럽게 빠져나가는 것을 느꼈다.

"저 때문에 손수건을 더럽히셨군요."

진금영은 이군영으로부터 한 발짝 떨어지며 고개를 숙였다.

"이깟 손수건이 무슨 대수겠습니까?"

손수건을 접어 소매 속으로 갈무리한 이군영이 뒷짐을 지고 어두운 창고 안을 천천히 둘러보았다.

"밀짚 냄새가 고약한 걸 보니 통기가 좋지 못한 모양입니다. 아랫것들에게 손보라고 일러둬야겠습니다."

진금영이 대꾸할 말을 찾지 못해 가만히 듣고만 있는데, 이군영이 그녀를 돌아보며 지나가는 투로 툭 던졌다.

"이곳에 그 사람이 있었나 보군요."

진금영은 마른침을 삼켰다. 턱에 아무리 힘을 줘도 목소리가 떨려 나오는 것을 막을 수는 없었다.

"그, 그 사람이라니…… 누구를 말씀하시는 건지……?"

"아기의 아빠."

지극히 덤덤하기만 한 이군영의 한마디가 진금영을 얼어붙게 만들었다. 이곳에 석대원이 숨어 있었다는 것을 이군영은 대체 어떻게 안 것일까? 그 순간 오늘 낮 이군영이 한 말이 떠올랐다.

―지금 역천뢰에는 누군가를 잡기 위한 함정이 설치된 것으로 알고 있습니다.

　역천뢰, 함정, 그리고 석대원…….
　석대원은 역천뢰에 서문숭의 손녀가 갇혀 있다고 생각하고 있을지도 몰랐다. 그래서 그녀를 기다리지 않고 한발 앞서 움직였을지도 몰랐다. 이군영으로부터 처음 그 말을 들었을 때 엄습한 현기증을 다시 한 번 느끼며, 진금영이 이군영에게 물었다.
　"그가 역천뢰에 갔나요?"
　"역천뢰?"
　이군영의 단아한 눈썹이 미간 쪽으로 모였다. 영문을 몰라 하는 기색이지만 진금영은 그런 것에 신경을 쓸 겨를이 없었다.
　"그 사람! 그 사람이 역천뢰에 갔느냐고요!"
　이군영은 진금영의 얼굴을 쳐다보다가 한 걸음 다가왔다.
　"누님, 안색이 무척 안 좋습니다. 진정을……."
　그러나 진금영은 자신을 향해 뻗어 오는 이군영의 손을 세차게 뿌리치며 소리를 빽 질렀다.
　"제 질문에 대답부터 해 주세요! 그 사람은 지금 무사한가요?"

　이군영은 자신의 손등을 내려다보았다. 손등의 살갗 위에는 불그스름한 줄이 두 개 생겨나 있었다. 진금영이 그의 손길을 뿌리치는 과정에서 본의 아니게 생겨난 자국이었다. 야속한 마음이 들지 않았다면 거짓말이겠지만, 그는 견딜 수 있었다. 그는 자신이 복원하고자 마음먹은 '관계의 결'이 이 손등의 살갗처럼 여리지 않다고 믿고 싶었다.
　'나는 상처받지 않아.'

주문을 외우듯 입속말로 뇌까린 이군영은 혹시라도 그녀의 눈에 띄면 자책감에 빠질까 상처 난 손을 슬며시 뒤로 돌리며 말했다.

"뭔가 오해하신 모양이군요. 이비영의 지시로 역천뢰에 모종의 함정이 베풀어진 것은 분명하지만, 거기에 걸려든 사람은 팔부중의 세 대법왕을 수행해 온 서역승으로 밝혀졌습니다. 누님께서 걱정하시는 사람이 설마하니 그 늙은 낙타일 리는 없다고 생각합니다만……."

마지막 말은 분위기를 부드럽게 만들기 위해 붙인 것인데, 별 효과는 없는 것 같았다. 진금영은 웃는 것도 우는 것도 아닌 괴이한 얼굴로 이군영에게 물었다.

"잡힌 사람이 서역승이라고요?"

"그렇습니다."

"거짓말을 하시는 것은 아니겠죠?"

이 말에는 솔직히 조금 화가 났다. 이군영은 정색을 하고 진금영에게 반문했다.

"소제가 철든 이후 누님께 거짓을 고한 적이 있었던가요?"

소시부터 신공을 수련해 온 이군영에게는 이 창고 안의 어둠을 꿰뚫어 볼 수 있는 고절한 안력이 있었다. 그는 회칠을 한 듯 하얗게 질려 있던 진금영의 얼굴에 점차 핏기가 올라오는 것을 발견했다. 불과 반 시진 전만 해도 잉토증으로 혼절해 있던 그녀를 생각하면 참으로 다행한 일이었다.

"그 서역승이 왜 역천뢰에 들어간 거죠?"

진금영은 거듭 확인하고 싶어 했지만, 아쉽게도 이군영에게는 그녀에게 해 줄 말이 많지 않았다.

"자세한 사정은 소제도 모릅니다. 누님께서 깨어나시기 조금 전에 전령에게서 그렇게 전달받았을 뿐입니다.”

이비영이 보낸 전령은 그 보고와 함께 단천원 내의 모든 비영들에게 비상 소집령이 내려졌음을 알렸다. 그러므로 이군영이 지금 있어야 할 곳은 이 외진 창고가 아니라 이비영의 거처여야 정상이었다. 산월월 작전에 불참한 것도 그렇거니와, 각의 사비영으로서 마땅히 해야 할 일을 거듭 외면하는 것은 작지 않은 과실이요, 스스로에게도 부끄러운 일이 아닐 수 없었다. 따지고 보면 모두 그녀 때문이었다. 아니…….

‘누님 탓이 아니다. 다 내가 원해서 한 일이니까.’

“그렇다면 아기의 아빠가 이 창고에 있었다는 사실은 어떻게 아셨나요?”

진금영의 말투에서는 미심쩍어하는 기색이 여전히 묻어났다. 이군영은 절로 새 나오는 한숨을 애써 참으며 다시 한 번 찬찬히 대답해 주었다.

“몸도 성하지 않은 누님을, 게다가 오랜 시간 혼절하셨다가 깨어난 누님을 미친 여자처럼 달리게 만들 사람이 아기 아빠 말고 누가 있겠습니까. 소제로서는 다른 사람을 떠올리지 못하겠더군요.”

이 대답에 진금영은 오늘 처음으로 납득하는 기색을 보였다.

그런데 역천뢰라…….

오늘 진금영은 역천뢰 얘기를 두 번 꺼냈다. 아까 낮에는 서문숭의 손녀가 역천뢰에 갇혀 있는지를 알고자 하였고, 조금 전에는 아기의 아빠라 짐작되는 누군가가 역천뢰로 들어가지 않았느냐고 물었다. 때문에 이군영은 동문로의 약선생으로부터 묵비黙秘의 확인을 받은 이래 그를 끝없이 괴롭혀 온 질문과 다시 한 번 마주하게 되었다.

아기의 아빠는 과연 누굴까?

그러나 질문의 해답을 진금영으로부터 듣는 일은 벌어지지 않을 것 같았다. 그리고 비통의 늪 속에서 구원의 밧줄처럼 부여잡은 맹세, 그녀의 아기를 자신의 자식으로 받아들여 키우겠노라는 그 화해와 포용의 맹세를 지키기 위해서라도, 질문의 해답은 모르는 편이 나았다. 아기의 아빠라니! 이군영은 그 말을 꺼낸 자신의 부주의를 질책했다. 마음속에 도사린 질투와 분노의 가시나무를 또 한 번 베어 냈다.

'아기의 아빠는 나다.'

구름이 걷힌 밤하늘에 별이 빛나듯, 이군영의 눈에 생기가 떠올랐다.

"비상 소집령이 내려졌습니다."

이군영의 말에 진금영의 눈동자가 불안하게 흔들렸다.

"비상 소집령이 왜……?"

"아마도 역천뢰에 잠입한 서역승의 배후를 알아내려는 의도에서가 아닐까 생각합니다. 하지만 누님께서는 이미 공무에서 벗어나셨으니 비상 소집령에 응하실 필요는 없을 겁니다. 소제가 처소까지 모셔다 드리겠습니다. 마음 같아서는 회복하실 때까지 지켜 드리고 싶지만, 할아버지께서도 와 계신 마당이라……."

산월월 건에 대한 미안함도 일정 부분 작용해 이번에는 이비영의 체면을 세워 주고 싶었다. 이비영으로 말할 것 같으면, 사적으로는 부친과 호형호제하는 사이요, 공적으로는 이군영에게 몇 없는 상급자였다.

"가시지요."

이군영이 손바닥을 펼쳐 등지고 선 창고의 문 쪽을 가리켰다. 그러나 진금영은 고개를 저었다.

"가지 않겠어요."

이군영이 미간을 찡그렸다.

"설마 이 창고에서 밤을 보내시겠다는 뜻입니까?"

"아니, 처소로는 가지 않겠다는 뜻이에요."

"하면……?"

진금영이 이군영을 똑바로 쳐다보았다. 일찍이 그를 매료시킨 바 있는 눈, 어머니의 강인함을 품은 그녀의 눈이 그에게로 또다시 진군해 오고 있었다. 그 눈에는 모든 것을 해체시키는 힘이 담겨 있었다. 성인의 세월 동안 쌓아 올린 벽이 모래처럼 무너지고, 남자는 소년으로 돌아갔다.

"공자님과 함께 가겠어요."

진금영이 선언하듯 말했다. 이군영의 눈빛이 순간적으로 몽롱해졌다.

그 얼마나 바라던 말이었던가!

바로 저 말이 그녀의 입에서 나오기를 매일 매순간 기원했는지도 몰랐다. 물론 이군영은 바보가 아니었다. 그녀가 말한 동행과 그가 기원하는 동행이 같지 않음을 그는 모르지 않았다. 하지만…… 그는 아래로 늘어진 유삼 소맷자락 속으로 주먹을 꾹 움켜쥐었다. 언젠가는 두 가지 동행이 같아질 날이 오게 될 것이다. 그는 반드시 그렇게 만들 것이다.

"알겠습니다."

이군영은 미소를 지었다.

다시 생각해 보니, 어디로 튈지 모르는 진금영을 혼자 내버려 두는 쪽보다 눈에 보이는 거리에서 지속적으로 살피는 쪽이 마음 편할 것 같기도 했다.

그 여자는 여러 이름으로 불려 왔다.

꽃다운 청춘을 바친 기루에서는 아담한 체형으로 인해 석죽石竹으로 불렸고, 이역의 살인술을 배워 자객으로 활약할 적에는 변장에 능하다 하여 팔색조八色鳥로 불렸으며, 모종의 사건으로 얼굴이 훼손된 뒤에는 꺾인 꽃이라는 뜻의 낙홍落紅, 북경 국자감 경내에 숨겨진 비원의 관리자가 된 뒤에는 환락적인 분위기와 어울리지 않는다는 의미로 천당귀모天堂鬼母라는 이름을 얻었다.

그러나 아무리 여러 이름으로 불린 사람에게도 부모님께서 지어 주신 본명은 있는 법. 그 여자의 본명은 화소임華小任이었다. 이십 년이 넘는 긴 세월 동안 다른 입을 통해 들어 본 적이 거의 없어 꼭 남의 이름처럼 생소하게 여겨지기는 해도, 그것이 그 여자의 본명인 것은 확실했다.

화소임은 아랫입술을 지그시 깨물었다.

일 각? 아니면 이 각? 그녀는 자신에게 주어진 시간이 얼마쯤인지 알지 못했다. 그 점이 그녀를 더욱 초조하게 만들었다. 그럼에도 한 가지 분명한 당위는 그분을 구하기 위해 무엇인가를 해야 한다는 것.

화소임에게 있어서 그분의 존재는 단순히 은인이라는 말만 가지고는 표현할 수 없는 절대적인 위치를 차지하고 있었다. 둥지의 지시로 그분의 목숨을 노린 적도 있지만, 임무에 실패하여 스스로 독단을 깨문 적도 있지만, 그래서 중독의 후유로 인해 패랭이꽃처럼 청초한 용모를 잃어버리기도 했지만, 그 모든 악연들은 걸음마를 떼도록 제대로 된 이름조차 얻을 수 없었던 불쌍한 그 아이를 그분이 거둬들이신 순간 연기처럼 사라지고 말았다.

그분은 그 아이에게 이름을 주시고, 당신의 자식으로 입적해 주셨으며, 핏물 속에 흐르는 끔찍한 패륜의 저주로 말미암아 꿈에서라도 바라지 못할 부친의 따뜻한 온정, 엄한 가르침 속에서 자라날 수 있도록 해 주셨다. 그분이 그녀 모자에게 베푸신 은혜는 평생을 운명에게 조롱당한 천하고 박복한 목숨으로는 결코 갚지 못할 만큼 큰 것이었다. 그녀는 언제나 그렇게 생각해 왔다.

'다섯. 다른 때보다 세 명 많아.'

어둠에 몸을 감춘 화소임이 지금 바라보고 있는 곳은 철문으로 입구를 막아 놓은 인공 동굴이었다. 단천원 서쪽 끄트머리에 위치한 저 동굴 안에 무엇이 보관되어 있는지 그녀는 알고 있었다.

비각은 강호육사 중 뇌문으로부터 공급받은 각종 화기들을 마찬가지로 강호육사에 속한 군산 철군도에 보관하였지만, 전량을 그렇게 한 것은 아니었다. 뇌문의 화기는 여러모로 쓸모가 많았다. 일부는 작전을 위해, 일부는 연구를 위해, 또 일부는 오이라트로 빼돌리기 위해, 비각의 실질적 결정권자라고 할 수 있는 이비영 문강은 그것들 중 일정량을 단천원 내로 들여왔다. 이후 철군도가 강동제일인과 그 일행에 의해 화염에 휩싸이고, 뇌문의 문주가 다른 마음을 먹고 화기 공급을 중단한 뒤로는 이전에 확보한 모든 화기들을 저 동굴 안에 적치積置한 채 외부 반출을 일절 금하는 방침을 고수했다. 그간 축적한 연구를 바탕으로 자체 개발도 모색 중이라는데, 뇌문이 보유한 화기술의 수준을 감안하면 짧은 시간 내에 가능한 일은 아닌 듯했다.

각설하고, 지금 그 동굴의 철문 양쪽에는 두 개의 화톳불이 밝혀졌고, 그 주변으로 다섯 명의 무장 사내들이 경비를 서고 있었다. 화톳불 사이 철문 바로 앞에는 등 뒤로 쌍도를 엇갈려 멘 한 명이 막고 있었고, 그자로부터 대여섯 걸음 전방에는 장창을 든 네 명이 일 장 간격으로 서 있었다. 야간 번초의 가장 큰 적은 졸음과 지루함이었다. 여느 때 같으면 그것들을 쫓을 요량으로 불가에 둘러서서 잡담이라도 나눌 텐데, 꼿꼿한 자세로 위치를 고수하며 날 선 눈빛으로 사방을 살피는 저들을 보노라니 지금 이 단천원을 감싸고 있는 심상치 않은 분위기를 절로 실감할 수 있었다.

때늦은 후회가 화소임을 자책에 빠트렸다.

'나는 그것을 육빙고 앞에서 알아차렸어야 했어.'

두전이라는 남자를 길잡이 삼아 찾아간 육빙고는 수더분한 얼굴을 가진 초로의 창고지기에 의해 관리되고 있었다. 오래전부터 안면을 터 두었다는 사전 설명처럼 창고지기는 두전이 내민 주머니를 챙겨 들고 두말없이 자리를 피해 주었고, 그토록 염려하신 의동생을 마침내 구할 순간을 맞이한 그분은 기대에 들뜬 기색으로 두전과 함께 육빙고 안으로 들어가셨다.

화소임은 두 남자를 따라가지 않았다. 그녀의 임무는 그분이 구해 온 사람을 단천원 밖으로 무사히 빼돌리는 것. 팔부중을 지근에서 시중들어야 하는 그분과 달리 운신의 폭이 넓은 그녀이기에 가능한 임무였다.

뭔가가 잘못되었음을 알아차린 것은 두 남자가 육빙고로 들어가고 한 식경쯤 지난 뒤였다. 시야를 확보할 수 있는 나무 위에 몸을 감춘 채 그분이 나오기를 기다리고 있던 화소임은 육빙고를 향해 다가오는 인기척에 당황하고 말았다. 곧이어 한 무리의 사내들이 모습을 드러냈고, 그들을 지휘하는 자의 얼굴을 확인한 그녀는 그분이 함정에 빠졌음을 깨달았다. 그게 아니라면, 금번에 역천뢰의 신임 뇌주가 되었다고 뻐기던 보패장륵동방법왕, 일명 패륵 법왕이 지금 이 자리에 나타날 리 없을 테니까!

그래도 괜찮을 거야. 그분은 강하시니까.

─방조자가 있을지 모르니 주위를 수색하라!

둥지에서 자객으로 활동하던 시절에 익힌 기특한 은신술이 아니었다면 그 수색에 발각되었을지도 몰랐다. 초목의 옷으로써 위장한 화소임이 나뭇가지 사이에서 숨을 죽이고 있는 사이, 패륵은 수색에 투입하지 않은 자들을 육빙고 안으로 들여보내 두전이 장기간에 걸쳐 뚫어 놓았다는 암굴을 파괴하도록 지시했다. 의도는 뻔했다. 퇴로를 없앰으로써 역천뢰로 잠입한 자들을 독 안에 든 쥐로 만들겠다는 것이 그자의 의도였다.

─역천뢰로 가자!

육빙고와 언덕 하나를 사이에 둔 역천뢰로 무리를 이끌고 회군하는 패륵을, 화소임은 멀리서 미행했다. 그러면서 스스로에게 끝없이 되뇌었다.

'무사하실 거야. 누가 뭐래도 강하신 분이니까.'

……그 강하신 분이 역천뢰 입구 공터에 넝마처럼 널브러져 있었다. 서쪽 하늘에 비끼기 시작한 저녁놀 같은 붉은색이 그분이 입고 계신 의복 위에도 점점이 번져 있었다. 그 강하신 분을 그렇게 만든 자는…….

─법왕의 드높은 신공을 천하의 어느 누가 감당하리오!

둥지에서 받는 자객 수업 중에는 서장어도 포함되어 있었다. 덕분에 화소임은 패륵으로부터 상찬을 받은 판다라 법왕이 그분을 저렇게 만든 장본인임을 알게 되었다. 판다라 법왕이라면 밀종의 종사들인 팔부중 중에서도 데바 대법왕에 버금가는 자로 알려져 있었다. 하지만 이어진 판다라의 말은 두 사람 사이의 승부가 단순히 무공의 고하에 의해 가려지지 않았음을 알려 주었다.

─수인에게 당한 자가 이자임을 알고 본 법왕은 무척 놀랐소.

판다라의 말 중에 등장하는 '수인'이 그분이 구출하려 한 '의동생'이라고 알고 있는 화소임으로서는 도무지 영문을 파악하기 힘든 말이기도 했다.

─그게 무슨 말씀이오?

─직접 확인해 보시오.

패륵은 그분의 정체에 대해 전혀 다른 생각을 가지고 있었던 모양이었다. 땅바닥에 엎어진 그분을 뒤집어 본 패륵은 찢어진 눈을 치켜뜨며 경악했다.

─이, 이자는 우리가 기다리던 자가 아니잖소!

─그자는 오지 않았소. 다만 조법을 사용하는 젊은 남자 하나가 이자와 함께 왔을 뿐이오.

─바로 두전이란 놈이오! 그자의 심복이기도 하지. 두전이 왔다는 것은 이 일에 그자가 어떤 식으로든 연루되어 있다는 증거가 되어 줄 것이오. 두전은 어디 있소?

─그는 수인에게 당한 이자를 지키기 위해 본 법왕의 앞을 가로막았소.

─그래서?

─다시는 죄를 지을 수 없도록 만들어 주었지.

판다라가 뒤를 돌아보았다. 그의 눈길이 향한 곳에는 큼직한 베주머니 하나를 든 사람이 서 있었다.

─쯧, 살려 두셨으면 쓸모가 컸을 것을⋯⋯.

검붉은 얼룩이 배어 나오는 그 베주머니를 쳐다보던 패륵이 아쉬워하자 판다라가 근엄하게 말했다.

－지금 중요한 점은 그런 졸자의 생사가 아니오.

－하면 무엇이 중요하단 말씀이오?

판다라의 눈길이 그분을 향했다.

－이자가 우리 사람이라는 것이오.

－우리 사람?

－가발 때문에 얼른 못 알아보시는군. 벗겨 보시오.

한때 팔색조로 불린 바 있는 변장술의 대가 화소임이 공들여 제작한 가발이 벗겨지고, 민머리를 한 파면승의 얼굴이 저녁 하늘 아래 그대로 드러났다.

－바르?

－그렇소. 데바 대법왕의 제자인 바르요.

－바르가 왜 역천뢰에……?

－그런 것들을 알아내는 게 보패장륵동방법왕의 임무가 아니겠소? 이자를 이비영이라는 자에게 데려가시오. 본 법왕은 잠시 볼일을 본 뒤에 따라가겠소.

잠시 후 패륵의 무리는 그분을 호송하여 이비영에게로 출발했고, 판다라는 공터 한쪽에 대기하고 있던 여자를 데리고 역천뢰 안으로 들어갔다. 화소임은 스스로의 무력함을 한탄하면서도 패륵의 뒤를 몰래 따라갈 수밖에 없었고, 그러던 중 믿을 수 없을 만큼 큰 체구를 가진 청년 하나가 미행의 대열에 합류한 것을 알아차렸다. 놀랍게도, 그분의 아들이었다.

'그 아이가 잘해 줘야 할 텐데.'

혈랑곡주의 후예라고 했다. 일신의 무공이 오대고수에 육박한다고도 했다. 그럴 거라는 믿음이 들었다. 산로는 그 아이를 죽이기 위해 둥지에서 가장 실력이 좋은 사씨 삼남매를 파견했다. 그럼에도 멀쩡히 살아남아 이곳에 왔다는 것은 그 아이에 대한 소문이 결코 과장되지 않았다는 증거일 터였다.

'더 이상은 기다릴 수 없어.'

동굴 경비는 여전히 허점을 드러내지 않고 있었다. 하지만 화소임은 실제 생길지 여부조차 알 수 없는 허점을 마냥 기다리고 있을 여유가 없었다. 주변 지형지물과 여섯 남자의 위치를 다시 한 번 머릿속에 새겨 넣은 그녀는 마침내 움직이기 시작했다.

거듭 강조하지만, 화소임에게는 여러 가지 이름들이 있었다. 그중에서 가장 싫어하는 이름은 얼굴도 모르는 사람을 오직 명령에 의해 죽여야만 했던 자객 시절의 암호, 팔색조였다. 그러나 지금 이 순간, 도둑고양이처럼 신형을 낮춘 채 어둠 속을 이동하는 그녀는 자신이 팔색조가 되어야 한다고 생각했다.

아홉 달이라는 짧은 기간 동안 십오 회의 임무를 성공적으로 완수한 팔색조!

비록 장기로 삼던 변장술은 큰 도움이 되지 못하는 상황이긴 하지만, 둥지의 등급은 변장술 하나에 능하다고 상급을 내려 줄 만큼 녹록하지 않았다. 다른 이름으로 불릴 때라면 모르지만, 팔색조에게는 상황과 관계없이 사람을 죽일 수 있는 능력이 충분히 있었다. 그 팔색조가 생애 최초로 명령이 아닌 자신의 의지에 의해 살인을 모색하고 있었다.

제화동制火洞 위쪽에서 떨어진 검은 그림자가 전방 가장 우측에 있는 번초를 덮쳤을 때, 호접쌍도胡蝶雙刀 예궁芮穹은 밤이 깊어 갈수록 점점 더 들끓는 불만을 애써 가라앉히는 중이었다.

정사지간의 오랜 뜨내기 생활을 청산하고 건정회에 가입하였다가 팔극문주 남립의 권유로 비각에 발을 들이게 된 예궁은 자신에게 주어진 직위에 만족할 수 없었다. 서생 냄새를 풀풀 풍기는 작자가 비영 서열 두 번째를 차지하고 있는 마당에, 열 번째도 아니고 스무 번째도 아닌 비영 서열 사십 위라니! 나비처럼 표홀한 쌍도로써 한중 일대를 호령하던 그에게는 지나치게 박한 직위가 아닐 수 없었다. 분한 마음에 하루 종일 남립을 찾아다녔지만 어디로 가 버렸는지 감감하기만 하고, 설상가상 지금은 그 이비영이란 작자의 지시로 이 동굴을 지키고 있는 것이었다. 그는 자신에게 주어진 직위만큼이나 자신에게 내려진 임무를 납득할 수 없었다.

이따위 동굴, 대체 누가 노린다고!

그런데 노리는 자가 있었다. 한 줄에 꿰인 듯 연달아 울린 씻, 하는 소성과 푹, 하는 파육음과 문자로는 옮길 수 없는 괴이한 단말마가 그자의 출현을 확인시켜 주었다. 인간도 병기도 온통 흑일색. 시커먼 야행복에 복면을 뒤집어쓴 자의 손에는 검신에 검은 칠을 발라 반사광을 차단한 반 자 길이의 소검이 들려 있었다. 그 소검이 곧바로 두 번째 단말마를 만들어 냈다.

"끄윽."

복면인의 손 속은 단호했다. 본래 넷이던 번초의 수가 잠깐 사이에 절반으로 줄었다. 좌측 전방에 일 장 간격으로 벌려 서 있던 번초 둘이 동료들을 죽인 복면인을 향해 장창을 겨눌 무렵, 예궁이 노성을 터뜨리며 앞으로 달려 나갔다.

"이놈!"

쌍도의 날빛이 화톳불의 이글거리는 불꽃에 비쳐 어른거리고, 나비처럼 빠르고 날렵한 도광이 복면인의 주위를 압박해

갔다. 한 호흡에 좌우 합쳐 서른여섯 번을 쳐 낼 수 있는 천강일순天罡一巡의 쾌도 앞에 복면인이 쥔 반 자 길이의 소검은 지나치게 짧을 수밖에 없었다.

째재재재재쟁—

소름 끼치는 금속성이 길게 이어지며 예궁과 복면인 사이에 새파란 불똥들이 쉴 새 없이 튀어 올랐다. 공수가 확연히 구분되는 가운데, 복면인이 입은 야행복 곳곳에 크고 작은 칼자국들이 생겨나고 있었다. 그때마다 붉은 실 같은 핏물들이 사방으로 뿌려지는 모습을 보며, 예궁은 불만으로 들끓던 마음에 구름 같은 호기가 차오르는 것을 느꼈다. 빌어먹을 서생 놈! 이 예궁 님이 어떤 분인지 똑똑히 보여 주지!

"으하압!"

우렁찬 기합과 함께 천강일순이 다시 한 번 허공을 난자했다. 한차례의 접전만으로도 전의를 상실한 듯 복면인이 소검을 든 오른손을 움츠리며 황급히 옆으로 피했다. 그러나 예궁이 보기에 그쪽은 좋은 퇴로가 될 수 없었다. 철문으로 막힌 동굴 쪽으로 피하는 것은 결코 영리한 행동이 아니었다. 득의감에 가득 찬 예궁이 성큼 걸음을 내딛어 추적하려 할 때, 마치 오지 말라고 손짓이라도 보내듯 복면인이 그를 향해 왼손을 뻗어 내는 것이 보였다.

'어?'

풋.

뾰족한 단음이 고막을 파고든 것은 그것보다 훨씬 뾰족한 느낌을 주는 어떤 물체가 왼쪽 볼따구니 옆을 스쳐 간 직후였다. 복면인의 손짓을 보는 순간 옆구리를 움츠린 반사적인 행동이 예궁을 위기에서 구했다.

"어, 어그그······."

뒷전에 서 있던 번초 하나가 사지를 비비 꼬며 경련을 일으키는 것을 본 예궁은 방금 전 복면인의 대수롭지 않아 보이는 손짓에 무서운 암수가 숨어 있음을 깨달았다. 얼음 조각을 삼킨 듯한 섬뜩함은 뒤따라 일어난 불같은 분노에 금세 사그라져 버렸다. 인생의 절반 이상을 낭인으로 보낸 예궁이지만 암수를 경멸하는 점만큼은 명문의 제자와 다를 바 없었다.

"사지를 토막 내 주마!"

차착! 파라라라락!

쌍도가 풍차처럼 돌며 복면인과의 거리를 좁혀 나갔다. 사로잡아 정체를 캐겠다는 생각은 이미 버렸다. 그러기에는 위험도 따르거니와, 암수를 일삼는 비열한 자의 정체 따위는 조금도 궁금하지 않았다. 육방의 고기 꼴로 만들어 놓으면 그만일 뿐.

복면인이 철문 쪽으로 게걸음을 치며 소검을 어지러이 휘둘렀다. 그러나 천강일순의 쾌속함에 작지 않은 역도까지 실린 예궁의 쌍도를 막아 내기란 쉬운 일이 아니었다. 안 그래도 남자치고는 왜소한 자였다. 병기끼리 부딪칠 때마다 점점 더 힘겨워하는 것이 생생히 느껴졌다.

그러던 중 복면인에게 또 다른 악재가 찾아왔다. 철문 앞에 밝혀 둔 두 개의 화톳불 중 하나에 의해 진로를 가로막힌 것이다. 화톳불을 담고 있는 무쇠 화로는 자체의 높이만 해도 네 자에 달했다. 그 위에 이글거리는 장작 불길까지 더하면 한 길이 넘는 높이.

복면인은 소검을 한차례 매섭게 휘두른 뒤 그 힘을 이용해 몸을 띄웠다. 허공에서 횡으로 몸을 뒤집어 화톳불을 넘어가는 직녀전사織女纏絲의 경신술은 무척이나 깔끔한 것이었지만, 호접

쌍도 예궁에게는 상대 앞에 하체를 훤히 드러낸 복면인의 실수를 정확히 응징할 만한 빠른 칼이 있었다.

팍!

한 자루 칼이 무쇠 화로 위의 불길을 양단한 순간 무릎 위에서 잘려 나간 다리 한 짝이 핏물을 꼬리처럼 매달고 허공으로 날아올랐다. 칼자루를 통해 전달된, 뼈와 살이 통째로 잘리는 묵직한 감촉에 예궁은 쾌재를 터뜨렸다.

"잡았…… 엇!"

그 순간 복면인의 왼손이 하방을 향해 휘둘러지고, 폭음이 터졌다.

펑!

시뻘건 불똥이 사방으로 솟구치는가 싶더니 한 치 앞도 뚫어볼 수 없는 시커먼 연기가 무쇠 화로로부터 뭉클뭉클 뿜어 나오기 시작했다. 예궁은 크게 당황하고 말았다.

'놈이 또 간교한 수단을 부렸구나!'

무쇠 화로가 뿜어내는 연기는 예사로워 보이지 않았다. 뒤로 물러나기 직전에 미량의 연기를 살짝 들이마셨을 뿐인데도 코와 목이 타들어 가는 듯이 아리고 있었다.

"물!"

예궁의 외침에 유일하게 살아남은 번초가 물주머니를 들고 달려왔다. 번초로부터 건네받은 물주머니를 기울여 콧속과 입 안을 깨끗이 헹군 예궁은 시커먼 연기로 온통 뒤덮인 동굴 입구를 노려보았다. 복면인의 의도를 짐작하기란 어렵지 않았다. 상황이 불리하게 돌아가자 독무毒霧를 터뜨려 사람의 접근을 차단한 뒤 달아나려는 의도였을 터. 그러나 예궁은 자신의 칼이 그 의도를 꺾어 놓았음을 확신했다. 끔찍한 고통 속에서도 신음 한 토막 흘리지 않는 독종인 것은 인정하지만, 한쪽 다리가 잘려 나간 이상 이 자리를 벗어나기란 불가능한 일이었다.

독무는 오래지 않아 수그러들었지만 예궁은 서두르지 않았다. 안전을 위해 검은 기운이 완전히 가실 때까지 기다린 다음 느긋한 걸음을 동굴 쪽으로 떼어 놓았다. 그런데…….

복면인이 보이지 않았다!

그럴 리가 없다고 여긴 예궁이 주위를 두리번거리는데, 뒤따르던 번초가 동굴 안쪽을 가리키며 소리치는 것이었다.

"문이 열려 있습니다!"

"뭐?"

예궁은 고개를 학처럼 빼고 동굴 안쪽으로 살펴보았다. 번초의 말대로 동굴 입구를 가로막은 철문이 약간 벌어져 있었다. 그는 눈을 몇 번 껌뻑거리다가 자신의 가슴을 더듬어 보았다. 오늘 밤 제화동을 지키라는 지시와 함께 전달받은 철문의 유일한 열쇠는 그의 품속에 온전히 자리하고 있었다.

'그런데 어떻게 문을 연 거지?'

이해할 수 없는 상황에 어리둥절해진 예궁의 눈에, 불 꺼진 무쇠 화로 뒤편 바닥에 떨어진 헝겊 쪼가리 한 장이 들어왔다. 그 독종이 뒤집어쓰고 있던 복면. 그리고 그 복면 근처에서 시작되어 철문 안쪽 짙은 어둠으로 길게 이어지는 검붉은 핏자국을 발견한 순간, 예궁은 눈을 부릅뜨고 말았다.

입술 옆 가까운 데에서 뭔가 타 붙는 소리가 자글자글 울리고 있었다. 팔색조는 그것이 입에 물고 있는 장작에서 나는 소리인지, 아니면 그 장작에 얼굴 살갗이 그을리면서 나는 소리인지 분간할 수 없었다.

코와 목의 기도는 이미 엉망이 된 뒤였다. 그녀 자신이 터뜨린 독무를 너무 많이 들이마신 탓이었다. 어쩔 수 없었다. 둥지의 상급 자객 팔색조에게는 잠긴 문의 대부분을 열 수 있는 뛰어난 손재주가 있었지만, 그 손재주를 발휘하는 데에는 시간이 필요했다. 칠야관漆夜關이라는 이름의 독무는 단지 그 시간을 벌어 주었을 뿐, 주인이라고 해서 치명적인 이빨을 거둬들일 리는 없었다. 그리고 불붙은 장작을 굳이 입으로 물어 옮기고 있는 까닭은…….

팔색조는 자신도 모르게 뒤를 돌아보았다. 믿을 수 없을 만큼 깡뚱해진 오른쪽 다리의 윤곽이 흔들리는 장작 불빛 속에서 가물거리고 있었다. 아쉽다기보다는 불편했다. 사라진 다리 하나를 대신하기 위해 손 두 개를 몽땅 동원해야 했기 때문이다.

한 개의 다리와 두 개의 손으로 울퉁불퉁한 돌바닥을 번갈아 밀치며 동굴 안쪽 깊숙이 들어간 팔색조는 눈앞에 층층이 쌓여 있는 궤짝들을 발견하고 기쁨의 탄성을 지를 뻔했다. 망가진 비강을 더욱 아리게 만드는 매캐한 유황 냄새가 어린 시절 뛰놀던 동산의 패랭이꽃 향기처럼 그윽하기만 했다. 이제 거의 되었다는 안도감 속에서, 둥지의 상급 자객 팔색조는 화소임이라는 이름을 되찾을 수 있었다.

'이름이라…….'

생각해 보니 그녀를 석죽(패랭이꽃)이라는 이름으로 처음 불러 준 사람은 기루에서 만난 손님이 아니었다.

─우리 막내는 패랭이꽃을 꼭 닮았지. 색깔과 향기 모두 은은하거든.

어린 시절 가장 좋아하고 따르던 큰오라버니.

퀴퀴한 술 냄새마저 멋지기만 하던 잘나신 큰오라버니.

그러나…….

궤짝에 등을 기대고 앉은 화소임은 물고 있던 장작을 왼손에 옮겨 쥐었다. 칠야관의 독 기운 탓인지 아니면 입술 끄트머리가 눌어붙은 탓인지, 입을 벌리기가 무척 힘들었다.

큰오라버니는 몇 달 전에 산중에서 죽었다고 했다. 적도들에게 쫓기는 그 아이를 구하기 위해서라고 했다. 큰오라버니가 그 아이 곁에 있다는 사실은 오래전부터 알고 있었다. 먼발치에서라도 그 아이를 훔쳐보기 위해 그분의 집을 들를 때마다, 그녀는 큰오라버니에 대한 살심을 억누르기 위해 필사적으로 노력해야만 했다. 그런 사실을 아는지 모르는지, 큰오라버니는 오직 지극 정성으로 그 아이를 보살펴 주었다.

큰오라버니는 스스로를 희생함으로써 그 아이에게 다른 자격을 부여하고 싶었는지도 모른다. 하지만 그녀는 인정하지 않을 것이다. 끔찍한 패륜의 저주는 그녀 대에서 끝나야 했다. 어떤 종류의 비밀은 영원히 덮이는 편이 나았다.

'그러고 보니, 큰오라버니도 폭발 속에서 산화했다고 했지.'

그 아이를 구하기 위해. 그리고 지금 화소임은 그 아이의 부친이 되어 준 그분을 구하기 위해 또 다른 산화를 준비하고 있었다.

"이 안에 있을 것이다! 놈을 찾아!"

입구 쪽에서 남자의 거친 목소리가 들려왔다. 칠야관의 독무가 걷힌 모양이었다. 탁탁거리는 발소리가 동굴 벽면에 반사되며 점차 가까워지고 있었다.

'고기 값은 톡톡히 받아 낼 수 있겠군.'

짧아진 오른쪽 다리를 일별하며 픽 웃은 화소임은 기대고 있던 궤짝의 뚜껑을 열었다. 궤짝 안에는 벽돌처럼 생긴 물체들이

기름종이에 포장된 채 차곡차곡 쌓여 있었다. 그녀는 손에 쥔 장작을 그중 하나로부터 삐져나온 심지 쪽으로 기울였다. 장작에 붙어 있던 불꽃 한 점이 심지 위로 깡충 올라탔다. 기구한 운명으로 인해 여러 이름으로 불려야만 했던 가련한 여자가 할 수 있는 일은 이제 모두 끝났다. 뒷일은…….

'……아원을 믿을 수밖에.'

이 이상 돕지 못하는 자신이 원망스러울 따름이었다.

치이이—

본체를 향해 빠르게 타들어 가는 심지를 바라보며 화소임은 가장 행복하던 시절을 떠올렸다. 그 시절의 큰오라버니는 지금 생각해도 참 든든했다. 그 큰오라버니가, 머리 검고 살갗 팽팽한 잘생긴 젊은이가 그녀를 향해 손을 흔들고 있었다.

화소임, 아니 패랭이꽃의 눈 끝에 작은 물방울이 맺혔다.

'큰오라버니, 이제 그만…… 용서해 줄까?'

(2)

이 거대하고 오래되고 신비한 장원의 주인과 함께 그 남자가 모습을 드러냈을 때, 어마감의 감승 자격으로 이곳에 오게 된 위심고는 십여 마리 늑대들에게 둘러싸인 한 마리 사자를 보는 듯한 느낌을 받았다.

늑대들 중에는 큰 놈도 있었고 작은 놈도 있었으며, 뚱뚱한 놈도 있었고 마른 놈도 있었다. 위험해 보이는 놈이 있는가 하면 하찮아 보이는 놈이 있었고, 어떤 놈은 당당해 보이고 어떤 놈은 야비해 보였다. 외양과 기질이 이렇듯 각양각색임에도 늑대 무리를 관통하는 한 가지 뚜렷한 공통점은 존재했다. 늑대들은 그 남자를 두려워하고 있었다. 남자는 고개를 꼿꼿이 세운 채 정면만 응시할 따름이지만, 늑대들은 지레 겁먹은 듯 남자를 향해 눈길조차 돌리지 못했다. 남자로부터 강제당한 두려움을 공유한 늑대들은, 그래서 남자를 호송하는 간수라기보다는 남자를 배행하는 시종처럼 보였다.

그러나 늑대에 속하지 않는 자들, 현원각玄元閣이라는 현액을 올린 고색창연한 전각 앞의 공터 주변에 미리부터 진을 치고서 남자를 기다리던 자들 중에는 그 범주를 벗어나는 인물도 여럿 있었다.

우선 이 장원의 실질적 주인이나 다름없는 잠룡야 이악. 그 남자를 향한 이악의 표정은 평소와 다를 바 없이 여유롭기만 하여 아무리 안목 좋은 관상가라도 그 얼굴로부터 내심을 짐작하기란 어려울 것 같았다.

다음은 이악이 앉은 등 높은 의자 우측에 같은 모양의 의자를 나란히 놓고 앉은 밀교의 대법왕 데바. 공터 중앙에 잡혀 와 무릎 꿇린 밀승의 뒤통수를 곤혹스러운 얼굴로 내려다보던 그는 남자가 시야에 들어온 순간 기묘한 표정을 지었다. 위심고는 그 표정이 마치 미지의 생물을 발견한 학자의 것 같다는 생각이 들었다.

이악과 데바 양편으로 의자를 놓았음에도 굳이 일어서 있던 두 명의 팔부중, 판다라 법왕과 가루라 법왕은 난투가 벌어지는 전장 한복판에서 적장을 찾아낸 맹장처럼 온몸으로 투지를 뿜어내기 시작했다. 만일 데바가 오른손을 슬쩍 들어 만류하지 않았다면 그들은 투지를 곧바로 구현하기 위해 모종의 행동을 취했을지도 몰랐다.

그리고 마지막으로…… 이 현원각의 주인이 있었다. 문강이라는 이름을 가진 초로의 문사는 세상의 모든 비밀을 꿰뚫어 보는 현자의 눈으로, 아니, 어쩌면 세상의 모든 비밀을 조장해 내는 책략가의 눈으로 그 남자를 맞이했다.

우연처럼 혹은 필연처럼, 그 남자의 눈 또한 이곳에 당도한 뒤로 줄곧 문강을 향하고 있었다. 차가운 침묵이 이슬같이 내리는 밤, 철벽처럼 안을 들여다볼 수 없는 두 쌍의 눈은 오 장 남짓한 거리를 두고 그렇게 서로를 바라보았다.

휘이익―

사방을 대낮처럼 밝힌 횃불들의 울타리를 비집고 한 줄기 바람이 달려갔다. 산서의 흙바람은 밤이라고 해서 맑아지는 법이 없었다. 텁텁한 흙냄새가 제집 안방을 찾듯 자연스럽게 콧속으로 밀려들어 왔다. 옆자리에 서 있는 홍향이 관복의 소매로 코와 입을 급히 가리는 모습이 시야 한쪽에 잡혔다.

"이게 뭐 하는 짓인지, 원."

사실 홍향과 위심고, 마장 문제를 처리하기 위해 태원에 온 두 사람이 이 자리를 지키고 있을 필요는 없었다. 단천원 내부의 집안일이든 아니면 서역 낙타들까지 포함된 동네일이든, 일생과 남성을 오직 천자―환복천자도 천자라고 한다면―에게 바친 환관들에게는 관심 밖의 문제였다. 하지만 잠룡야 이악은 사업과 관련된 회담을 마치고 숙소로 돌아가려는 그들을 굳이 청하여 이 자리에 오게 만들었고, 때문에 지금 홍향의 심사가 과히 편하지 못하다는 것은 묻지 않아도 짐작이 갔다. 점점 궂어지는 날씨도 그 점에 한몫을 차지할 터였다.

그러나 위심고는 달랐다. 홍향이 사례감 소감 외에 동창의 우첩형 자리를 겸직하고 있듯, 위심고 또한 어마감 감승 외에 또 하나의 직업을 가지고 있었다. 그 직업이, 황서계 계원으로서의 필요성이 불러일으킨 호기심이 그 남자를 대하는 위심고의 심장을 두근거리게 만들었다. 그는 평생 다시 만나기 힘든 엄청난 사건이 잠시 후 그 남자로 인해 펼쳐지리라는 점을 예감했다. 서른아홉 해 동안 쌓은 직업적인 직관력이 그의 귓전에 대고 그렇게 속삭이고 있었다.

에워싼 늑대들로부터 빠져나와 횃불 빛의 포위망 속으로 당당히 걸어 들어온 사자 같은 남자가 가장 먼저 한 일은 돌계단 위 의자에 앉은 이악을 향해 두 주먹을 모으는 것이었다. 낮지만 힘 있는 목소리가 남자의 입술 사이로 흘러나왔다.

"연벽제가 노각주를 뵙습니다."

어마감 감승이라면 못 들어 보았더라도 상관없지만 황서계 계원이라면 절대로 모를 수 없는 이름이었다. 검왕 연벽제. 고검 제갈휘와 더불어 곤륜지회 오대고수의 다음 세대를 대표하는 최강의 검객. 위심고는 통통한 손가락을 올려 미간에 잡힌 주름을 살살 풀어 주었다.

'검왕이 비각에 몸을 의탁하고 있었던가?'

과거 황서계가 건재할 때에도 위심고의 관심 분야는 북경 정계와 관련된 정보들이었다. 강호의 정보를 전문으로 하는 황서계의 전임 계주 모용풍이라면 이 일에 대해 아는 바가 있을지도 모른다는 생각이 들었다. 하지만 모용풍이 알든 모르든 외부로 드러나지 않은 이상 비밀한 정보였고, 비밀한 정보를 돈으로 바꾸는 곳이 바로 황서계였다. 위심고는 호흡을 가다듬었다. 심장의 두근거림이 점점 커지고 있었다.

"누구는 몇 년 만에 봐도 심드렁하기만 한데 자네는 어제 봤는데도 이리 반갑군. 이런 걸 보면 내가 자네를 어지간히 좋아하나 보이."

이악은 마치 야연장에서 손님을 맞는 사람 좋은 주인처럼 보였다. 표정은 탱화 속 미륵처럼 쾌활했고 목소리는 잘 숙성된 소흥주처럼 부드러웠다. 연벽제라는 남자가 돌계단 위를 향해 고개를 살짝 숙였다.

"귀히 여겨 주시니 감사할 따름입니다."

"당치도 않은 말. 천하에 자네 같은 인물을 귀히 여기지 않을 사람이 단 하나라도 있을까? 다만…… 자네를 지금 이 자리에 청한 사람은 내가 아니라네."

이악의 유유한 눈길이 무리로부터 벗어나 밀승이 무릎 꿇은 공터를 향해 살촉처럼 툭 뛰어나와 서 있는 문강에게로 향했다. 기다렸다는 듯, 문강이 연벽제를 향해 두 손을 모아 올렸다.

"삼비영의 휴식을 방해한 죄, 이 사람이 감당하겠습니다."

연벽제가 문강을 위아래로 천천히 훑어본 뒤 말했다.

"사람은 하나인데 그림자는 둘이라. 이비영께서는 연 모를 너무 경계하시는 모양이오."

'그림자?'

사방에서 횃불이 비치는 탓에 문강의 발치에는 제대로 된 그림자가 맺혀 있지 않았다. 그런데 어떻게 그림자가 둘이라는 것일까? 위심고로서는 쉽게 이해할 수 없는 말임에도 문강은 담담히 웃었다.

"딱히 감출 생각은 없었습니다. 그저 그림자의 취향으로 알아주시길."

크게 신경 쓰지 않는다는 듯 고개를 끄덕거린 연벽제가 다시 문강에게 물었다.

"용건은?"

문강은 포권을 푼 두 손으로 천천히 뒷짐을 지고는 말문을 열었다. 우중충한 밤 날씨와 어울리지 않는 또렷하고 청아한 목소리였다.

"오늘 해 질 녘 역천뢰에서 작은 변고가 일어났습니다. 삼비영께서도 아시는지 모르겠지만 본 각은 역천뢰 지하 빙귀굴氷鬼窟에 강동에서 명망 높은 대협 한 분을 모시는 중이었지요. 바로 그 빙귀굴에 두 사람이 침입했습니다. 땅굴을 파고 들어온 것으로 미루어 아마도 그 대협분을 역천뢰 밖으로 빼내 가려는 불순한 의도가 있지 않았나 짐작합니다."

이 대목에서 말을 끊은 문강이 돌계단 위로 눈길을 돌렸다.

"다행히 저기 계시는 판다라 법왕께서 때마침 그곳을 방문하신 덕분에 그들의 불손한 의도를 조기에 차단할 수 있었습니다. 존귀하신 법왕께 수고를 끼친 점, 다시 한 번 사과드리는 바입니다."

문강의 말에는 군중의 마음을 현혹하는 마력이 담겨 있었다. 공터 주변에 모인 모든 사람들의 시선이 그의 말을 좇아 돌계단 위에 서 있는 판다라 법왕을 향했다. 다만 한 사람, 연벽제만큼은 예외였다. 연벽제는 산처럼 부동한 자세를 허물지 않은 채 문강에게 물었다.

"그들은 어떻게 되었소?"

"보시다시피……."

문강이 손바닥으로 공터 중앙에 무릎 꿇고 있는 밀승을 가리켰다. 군중 속에 외따로 떨어진 밀승은 사실 혼자가 아니었다. 그 곁자리에는 누군가가 함께하고 있었다. 그러나 과연 그것을 '누구'라고 표현할 수 있을까? 불길한 검자주색 액체로 얼룩진 베주머니에 담긴 그것은 한눈에 보아도 인간의 머리임을 알 수 있었다. 상체를 푹 수그려 돌바닥에 이마를 댄 밀승은 의식을 잃은 듯 움직이지 않았다. 당연한 얘기지만, 베주머니에 담긴 머리 또한 아무 움직임도 보이지 않았다.

무엇을 생각하는 것일까? 밀승과 머리통을 함께 담고 있던 연벽제의 눈길이 천천히 문강에게로 돌아왔다. 그 눈길을 받은 문강이 빙긋 웃으며 말을 이었다.

"한 가지 흥미로운 사실은 저들 모두가 우리로서는 외인이라 부르기 힘든 사람들이라는 점입니다."

"외인이 아니다……."

"죽은 자는 본 각의 비영 중 누군가와, 생포한 자는 서역에서 오신 대법왕과 관련 있는 자였지요. 저들의 정체가 누구인지 궁금하지 않으십니까?"

문강은 연벽제의 대답을 기다리지 않고 가볍게 손뼉을 쳤다.

"공을 세우신 형제는 앞으로 나오시길."

그러자 연벽제를 호송해 온 늑대들 중 짧게 다듬은 염소수염이 왠지 간사한 인상을 주는 초로인 하나가 재빨리 달려 나가 밀승과 베주머니 사이에 섰다. 밤눈이 그리 좋지 않은 위심고지만 초로인의 양 볼이 무척 상기되어 있음을 알아볼 수 있었다.

"사십일비영에 복귀하신 것을 축하하오."

문강의 말에 초로인이 감격한 표정으로 외쳤다.

"이비영의 은혜에 감사드립니다! 향후 각의 대계를 위해 신명을 바칠 것을 맹세합니다!"

말만으로는 부족했는지 방아깨비처럼 고개를 거듭 조아리는 초로인에게 문강이 다시 말했다.

"수고스럽더라도 우 비영이 직접 저들의 얼굴을 모두의 앞에 공개해 주시겠소?"

그러나 초로인은 그 일을 전혀 수고로 여기지 않는 눈치였다. 마치 제 밥그릇을 지키기 위해 이빨을 드러내는 개처럼, 내가 아니면 누가 하겠느냐는 식의 당당한 손길로 베주머니를 들어 올리더니 그 안의 내용물을 쏟아 놓았다. 예상한 대로 산발에 눈을 부릅뜬 인두 하나가 돌바닥 위로 굴러떨어졌고, 위심고는 목젖 밑을 찌르며 올라오는 신물을 참기 위해 얼굴을 찡그려야 했다. '이 족속들이 하는 짓이란……' 하며 홍향이 작게 혀를 차는 소리도 들렸다.

"나, 귀문도 우낙, 역천뢰에 침입한 배신자들의 얼굴을 형제들 앞에 공개하겠소!"

물은 자도 없건만 호기롭게 이름까지 밝힌 초로인이 왼손으로는 바닥에 떨어진 인두의 머리카락을, 오른손으로는 상체를 숙이고 있던 밀승의 뒷목을 틀어잡아 위로 치켜 올렸다. 그러고는 보란 듯이 두 개의 얼굴을 연벽제가 서 있는 방향으로 돌려 세웠다.

"음."

연벽제의 꾹 다문 입술로부터 짧은 신음이 울려 나왔다. 그 순간 위심고는 자신도 모르게 마른침을 꿀꺽 삼켰다. 단음절의 그 작은 신음이 천둥처럼 주변을 찍어 누르는 것 같았기 때문이다. 돌계단 위 판다라와 가루라가 인상을 찡그리며 자세를 고쳤고, 데바는 뭔가 미심쩍다는 듯 고개를 살짝 옆으로 기울였다.

연벽제가 공터 중앙의 초로인을 향해 물었다.

"네가 한 짓이냐?"

이 질문이 잘 마른 수건처럼 우낙이라는 초로인으로부터 호기를 빨아들여 버렸다. 호기가 빨려 나간 우낙은 더 이상 귀문도도, 몇몇 번째 비영도 아니었다. 발그레하던 얼굴이 순식간에 하얗게 질린 비루한 인간은 의식을 잃고 축 늘어진 추악한 얼굴의 밀승보다도, 목 아래가 아예 존재하지 않는 인두보다도 초라해 보였다. 만일 연벽제의 눈길이 조금만 더 머물렀다면 그는 이대로 아무것도 아닌 존재가 되어 버렸을지도 몰랐다. 그런 그를 구해 준 것은 다름 아닌 연벽제였다.

"그럴 리가 없지."

혼잣말을 중얼거린 연벽제가 문강에게 눈길을 돌렸다.

"죽은 자가 본 각의 비영 중 누군가와 관련 있다는 말에는 공감할 수밖에 없겠구려."

연벽제의 말이 이어지는 동안 우낙은 깎여 나간 생명을 벌충하듯 게걸스럽게 숨을 들이마셨지만, 연벽제는 그런 그에게 눈길조차 돌리지 않았다. 어쩌면 이미 아무것도 아닌 존재로 여기는지도 몰랐다.

"그리 말씀해 주시니 기분이 좋군요."

우아하게 미소 짓는 문강에게 연벽제가 물었다.

"누가 그를 죽였소?"

문강은 선선히 대답했다.

"판다라 법왕이십니다."

연벽제가 고개를 슥 돌려 돌계단 위에 있는 판다라를 쳐다보았다. 그의 눈길을 받은 판다라가 갑자기 거친 숨을 푹푹 몰아쉬기 시작했다. 우람하게 솟은 어깨가 풀무처럼 들썩거리더니, 우묵하게 꺼진 눈두덩 안에서 푸르스름한 불똥이 이글거렸다.

순식간에 끓어오르기 시작한 전의는 강호인이 아닌 위심고에게도 영향을 미쳤다. 이마에 땀방울이 맺히고 가슴을 눌린 것처럼 숨쉬기가 거북해졌다. 그는 홍향의 소매를 잡고 한 발짝 뒤로 물러섰다. 화약을 가득 실은 두 대의 마차가 서로를 향해 질주하는 것 같았다. 눈앞에서 불길이 솟구치고 당장이라도 엄청난 격전이 벌어질 것 같았다. 하지만 그것은 기우였다. 고장난명孤掌難鳴이라고, 연벽제가 판다라의 전의를 계속 받아 주지 않은 것이다.

"연 모에게 또 하실 말씀이라도 있소?"

판다라에게서 시선을 거둔 연벽제가 문강에게 물었다. 문강이라는 남자는 서생풍의 외모와는 다르게 참으로 담대한 심지와 견고한 정력을 가진 것이 분명했다. 위심고 같은 사람조차 눈치챈 이 위험천만한 분위기를 감지하지 못할 리 없건만, 그는 시종일관 유리알처럼 매끄러운 태도로 상황을 주재하고 있었다.

"죽은 자를 알아보셨다니, 남은 것은 생포한 자의 정체를 밝히는 일이겠지요."

생포한 자, 우낙에게 뒷목을 잡힌 밀승의 검고 추한 얼굴을 일별한 문강이 말을 이었다.

"비록 밀종의 제자이기는 해도 저자는 서역인이 아닌 한인입니다. 얼굴과 목소리를 스스로 망침으로써 신분을 위장한 것이지요. 저자를 거두신 데바 대법왕의 말씀에 따르면, 저자가 북경의 신응소를 통해 아두랍찰로 들어간 것은 지금으로부터 십년하고도 몇 개월 전이라고 합니다. 그래서 소생은 생각해 보았습니다. 그 시점보다 일이 년쯤 앞서 중원 강호에서 모습을 감춘 인물 중에서 위험을 무릅쓰면서까지 빙귀굴에 잠입해야 할 만큼 절실한 필요성을 가진 자가 누가 있을까……. 자랑은 아닙니다만, 소생은 강호의 인물들에 대해 무척 넓은 지식을 가지고 있습니다. 그래서인지 그 후보로 네댓 명의 인물이 떠오르더군요. 다행히도 소생에게는 그 네댓 명의 인물을 걸러 낼 수 있는 또 다른 체가 주어졌습니다. 삼비영께서도 인정하신, '죽은 자와 관련이 있는 비영'이 바로 그 체입니다. 그 체로 걸러 내니 남는 것은 오직 한 명뿐이었습니다. 놀랍게도 강호에서는 이미 죽은 것으로 알려진 인물이었지요."

연벽제를 향한 문강의 눈동자가 차가워졌다.

"그 인물이 누군지 한번 맞춰 보시겠습니까?"

문강을 향한 연벽제의 눈동자가 차가워졌다.

"그는……."

그때 누군가가 묵직한 외침으로 연벽제의 대답을 가로막았다.

"잠깐!"

사람들의 시선이 일제히 그 사람에게로 쏠렸다. 위심고는 아까 늑대들을 이끌고 연벽제를 이곳까지 호송해 온 단천원의 주인, 비각의 일비영 이명이 공터 중앙을 향해 성큼성큼 걸어 나오는 모습을 의아함이 담긴 눈으로 지켜보았다. 저자는 갑자기 왜 나서는 것일까?

"연 형은 이비영의 질문에 지금 대답하지 마시오."

공터 중앙에 다다른 이명이 연벽제에게 말했다. 이명을 향한 문강의 청수한 얼굴에 오늘 밤 처음으로 곤혹스러워하는 기색이 떠올랐다.

"일비영님, 그게 무슨……."

"잠시만 내게 시간을 주게."

문강의 항의를 자른 이명이 바로 뒤에 멀뚱히 서 있는 우낙을 돌아보았다.

"칼을 주고 물러나시오."

"예?"

"칼을 내게 주고 물러나라고 했소."

얼이 빠진 얼굴로 이명과 문강을 번갈아 쳐다보던 우낙이 양손에 쥐고 있던 인두의 머리카락과 밀승의 뒷목을 놓더니 허리춤에 걸린 칼집에서 짧은 칼을 꺼냈다. 그사이 이명은 앞으로 고꾸라지는 밀승의 뒷덜미를 붙잡아 세웠다. 이명에게 칼자루를 건넨 우낙이 잰걸음으로 뒤로 물러나고, 이명은 왼손으로 밀승의 뒷덜미를, 오른손으로 칼자루를 잡은 채 연벽제를 쳐다보았다.

"연 형과 함께 이곳으로 오는 동안 계속 고민했소. 공과 사를 엄연히 구분해야 할 위치에 있는 사람으로서 사감에 휩쓸려 공무를 저버리는 것이 과연 옳은 행위인가를 두고서 말이오. 답은 물론 알고 있었소. 옳을 리가 없지. 그러나 때로는 빤히 아는 답을 실천에 옮기지 못하는 경우도 있더구려. 지금이 바로 그런 경우인 것 같소."

이명은 말을 하는 간간이 얼굴을 일그러뜨렸다. 위심고의 눈에 비친 그는 지금 이 순간에도 마음속에서 들끓는 갈등과 싸우고 있는 것 같았다.

"나는 연 형이 필요하오. 그러나 연 형을 잃고 싶지 않은 마음은 그 어떤 필요에 우선하다고 믿고 있소. 사실 우리 두 사람의 교분은 그리 깊다고 하기 힘들 것이오. 나는 연 형에게 언제나 시기심을 느꼈고, 때로는 연 형을 꺾고 싶다는 욕망을 품기도 했소. 하지만 결국에는 인정할 수밖에 없더구려. 연 형이 나 같은 범부와는 차원이 다른, 세상에 보기 드문 용 같은 인물이라는 점을. 그래서 더욱 연 형을 잃고 싶지 않았소. 연 형의 진심을 얻고 싶었소. 만약 그러지 못한다면, 연 형의 검을 가장 먼저 받아야 할 사람은 나여야 한다고 믿었소."

이명이 곤혹스럽게 만든 사람은 문강 하나만이 아닌 듯했다. 이곳에 도착한 뒤로 단 한 번도 흔들리지 않던 사자 같은 남자의 눈빛이 가늘게 흔들렸다.

"이 형, 하지만 나는⋯⋯."

"내 말을 끝까지 들으시오!"

거친 외침으로 연벽제의 말문을 막은 이명이 숨을 몰아쉰 뒤 말을 이었다.

"그래서 내가, 이 이명이, 각의 일비영으로서가 아니라 한 명의 인간으로서 연 형에게 간청하는 거요. 부디 나를 위해 방금 전 이비영에게 하려던 대답을 바꿔 줄 수는 없겠소?"

상황은 누구도 예상하지 못한 방향으로 흘러가는 듯했다. 연벽제가 눈을 질끈 감는 모습과 문강이 엄지를 들어 한쪽 관자놀이를 누르는 모습과 돌계단 위 의자에 앉아 있던 이악과 데바가 서로를 돌아보는 모습과 판다라와 가루라가 공력을 끌어모으듯 양손을 가슴 앞으로 들어 올리는 모습이 위심고의 시야 속에 순차적으로 담겼다.

무엇인가를 간절히 바라는 눈으로 연벽제를 응시하던 이명이 씁쓸히 중얼거렸다.

"역시⋯⋯ 그런 건가."

그러나 열패감과 경외심 사이에서 오랫동안 갈등해 오다가 비로소 마음을 정한 남자는 쉽게 포기하려 들지 않았다.

"바로 이자 때문이겠지."

왼손으로 제압한 밀승을 슬쩍 내려다본 이명이 주위를 한차례 둘러본 뒤 목소리를 높였다.

"이자가 누군지 나는 알고 싶지 않소. 그리고 다른 사람도 알지 못하게 만들 것이오. 앞으로는 그 누구도 이자를 빌미로 연

형을 핍박하지 못할 것이오. 왜냐하면…….”

이명이 칼자루를 쥔 오른손을 위로 치켜들었다. 연벽제가 감았던 눈을 번쩍 뜨고, 문강이 뭐라고 날카롭게 외치고, 이악과 데바가 고개를 절레절레 가로젓고, 판다라와 가루라가 돌계단 끄트머리로 성큼 나서고, 그리고…….

그리고 그리 멀지 않은 어딘가에서 폭음이 터졌다.

구와아아아앙!

평생 처음 들어 보는 굉장한 폭음이었다. 그 여파는 문자 그대로 천번지복天飜地覆. 딛고 있던 돌바닥이 상하좌우로 진동하는 가운데 몸의 중심을 잃은 위심고는 곁에 있던 홍향과 한 덩어리가 되어 앞으로 고꾸라지고 말았다.

드드드드—

땅거죽 아래로 거대한 이무기가 달려가듯 지면이 춤을 추고 있었다. 꼴사납게 엎어진 몸을 두 팔로 가까스로 버틴 위심고는 고개를 들다 말고 헛바람을 집어삼켰다.

“허업!”

혼돈의 한 자락을 허물어뜨리며 날아오른 거대한 그림자 하나가 태고의 새처럼 밤하늘을 가로지르고 있었다.

전령으로부터 전달받은 대로 현원각에 진금영과 함께 당도했을 때, 이군영은 부친 이명이 보이는 전에 없던 행동에 의아함을 넘어 당혹감에 빠질 수밖에 없었다.

‘이건 또 무슨 일일까?’

지금 부친은 믿을 수 없을 만큼 파격적인 행동을 보이고 있었다. 본래 부친의 성정은 일반적인 무인의 것과 거리가 있었다. 이군영은 선비의 차분함과 고관의 근엄함을 버린 부친을 상상해 본 적이 없었다. 한데 그런 부친이, 그것도 중인환시에, 천한 망나니처럼 도도屠刀를 치켜 올리고 누군가의 목을 치려 할 줄 어찌 짐작이나 했겠는가.

"나리께서 왜 저러시는 걸까요?"

진금영 또한 뜻밖이었는지 목소리가 떨려 나오고 있었다.

"소제가 나가 봐야겠습니다."

상황을 파악하기 위해서는 그 수밖에 없었다. 진금영에게 억지 미소를 지어 보인 이군영이 공터 쪽으로 발을 내디뎠다. 바로 그때, 천지를 뒤흔드는 폭음이 터졌다.

구와아아아앙!

고막을 먹먹하게 만드는 여음餘音이 채 가시기도 전, 이불 주름처럼 구불구불 솟구친 대지가 시커먼 속살을 까뒤집으며 밀려드는 광경이 망막을 파고들었다.

"누님!"

반사적으로 허리를 돌려 바로 뒤에 서 있던 진금영을 품 안으로 끌어당긴 이군영이 몸을 납작하게 웅크렸다.

드드드드—

이군영은 영민한 사람이었다. 발밑을 뒤흔들며 지나가는 격렬한 진동에 아래위 이빨들이 딱딱 부딪치는 소리를 들으면서도, 그는 폭음과 지진의 원인을 파악하기 위해 머리를 굴리고 있었다. 폭음을 뒤따라 지진이 발생했다는 것은 두 가지 현상을 떼어 놓고 생각할 수 없다는 뜻. 소리의 크기며 지진과의 시차를 고려하면 진원까지의 거리가 그리 멀지 않음을 짐작할 수 있었다. 이 일대에서 저 정도 폭발이 일어날 만한 장소는 오직 한 군데뿐이었다.

'제화동!'

아니나 다를까, 고개를 슬쩍 들고 살펴보니 제화동이 자리한 서쪽 밤하늘이 화광으로 불그스름해져 있었다. 이군영은 사태의 심각성을 절감했다. 제화동 바로 밑에는 태원의 서북 일대를 지나는 태서백망의 수맥 중 하나가 뻗어 올라 있었다. 그래서 뇌문에서 공급받은 화기를 적치하기 전까지 그곳의 용도는 빙고였다. 제화동이라는 이름에서 알 수 있듯 태서백망의 음기는 화기를 적절히 제어하여 안정적으로 보존시켜 주었다. 이는 마른 장작의 수명을 늘리기 위해 때때로 적절한 수분을 공급해 주는 것과 같은 이치였다.

그런데 만에 하나 화기가 폭발하여 극음의 성질을 가진 태서백망에 극양의 성질을 가진 폭화爆火가 충돌하는 날에는?

지금과 같은 소규모 지진이 발생할 가능성도 충분히 있었다. 이는 빙고의 용도를 화기고로 변경하는 과정에서 이미 논의한 사항이기도 했다. 특별히 제작한 두꺼운 철문으로도 모자라 두 명의 번초를 삼교대로 상시 배치함으로써 외부로부터의 접근을 철저히 차단해 온 것도 바로 그 때문이었다.

'큰일이군. 부친께 고하여 어서 수습을…….'

생각이 부친에게 미친 순간 이군영은 정신이 번쩍 들었다. 폭음이 터지기 직전, 공터 중앙에서 누군가의 목을 치려고 하던 부친의 모습이 떠올랐기 때문이다.

"아!"

진금영을 감싸기 위해 돌렸던 몸을 틀어 부친이 있던 자리를 확인한 이군영은 자신도 모르게 짤막한 경호성을 토해 냈다. 어디선가 나타난 거구의 남자가 한 자루 붉은 검을 휘둘러 부친을 거세게 몰아붙이는 광경을 목격한 것이다. 그러나 그가 토해 낸 경호성은 그의 품 안에서 뒤따라 터져 나온 진금영의 비명 같은 외침에 먹혀 버렸다.

"석대원!"

석대원?

들어 본 적이 있는 이름이었다. 하지만 급변하는 상황으로 인해 사고의 일부가 마비된 듯 누구의 이름인지는 얼른 떠오르지 않았다. 게다가 한가하게 기억을 되짚어 볼 여유도 없었다. 그랬다가는 눈앞에서 부친을 잃는 천추의 한을 남길지도 몰랐다. 거구의 남자가 휘두르는 붉은 검의 기세는 그만큼 위협적이었…… 음?

'거구에…… 붉은 검?'

그 순간 머릿속을 덮고 있던 부연 장막이 활짝 걷혔다.

이 대 혈랑곡주 석대원! 지난해부터 각의 사업의 줄기차게 방해해 온 자! 때문에 이비영에 의해 요주의 인물로 지목된 자! 그 석대원이 적굴이나 다름없는 이 단천원에는 왜 나타난 것일까?

하지만 그런 것은 나중에 따질 문제였다. 중요한 것은 지금 석대원이 부친을 죽이려 한다는 사실이었다. 부친을 도와 석대원의 검을 막아 주는 사람은 단 한 명도 보이지 않았다.

'다른 사람들은 무엇을 하고 있기에……?'

오늘 밤 이비영의 거처인 현원각에는 다수의 아군이 모여 있었고, 그들 중 감히 부친의 죽음을 바라는 사람은 없을 터였다. 한데도 그들은 왜 가만히 있는 것일까? 명색이 강호 고수라는 자들이 폭음과 지진 한 방에 오금이 붙어 버렸단 말인가? 그럴 리 없었다.

'뭔가 곡절이 있다!'

그 곡절을 알아내기 위해 공터 주변의 상황을 살피던 이군영은 어느 순간 눈을 부릅뜨고 말았다. 믿을 수 없는 광경이 한 곳도 아닌 공터의 전방과 후방, 두 곳에서 동시에 펼쳐지고 있었다.

"저들이…… 왜……?"

벌어진 입술 사이로 새어 나온 토막말에는 이군영이 방금 받은 심적 충격이 그대로 담겨 있었다. 그러나 아무리 믿을 수 없어도 눈앞에 펼쳐진 광경은 엄연한 현실이었다. 그는 요대 앞쪽에 끼워 둔 백옥선을 뽑아 들었다. 더 이상 여자의 안위에만 매달려 있을 수는 없었다.

"상황이 심상치 않습니다. 누님은 여기 계십시오."

이군영은 진금영을 버려둔 채 공터를 향해 몸을 날렸다.

문강에게 있어서 세 가지 정보는 세 송이 꽃과 같았다. 그렇다면 계산에 포함되지 않은 세 가지 변수는 무엇에 비유할 수 있을까?

여기서 한 가지 전제할 것이, 삼화취정의 표적인 연벽제는 새로운 변수에 포함되지 않는다는 점이다. 연벽제가 어둠 속에서 불쑥 나타나 '그는 죽었소.'라는 짧은 말로 신무대종의 죽음을 선포한 순간부터, 문강은 연벽제를 불가해不可解한 존재로 규정했다. 불가해한 존재는 그 자체로 불확실하기 때문에 새로운 변수가 될 수 없다는 것이 문강의 판단이었다. 그리고 그러한 판단이 옳았음을 입증하듯, 연벽제는 지금 이 순간에도 불가해한 능력을 유감없이 내보이고 있었다. 본래의 자리를 벗어나 돌계단 아래를 점령한 연벽제는 두 다리를 소나무처럼 굳건히 버티고 선 채 오른손을 들어 어깨 위로 솟은 검자루에 가볍게 얹고 있었다. 검날은 여전히 검집 안에 들어 있는 상태였고, 그게 전부였다. 그런데 정말로 그런가? 정말로 그게 전부라면 돌계단 위의 판다라와 가루라, 두 법왕이 당장이라도 뛰쳐나가고 싶어 안달이 난 듯한 얼굴과 달리 두 발바닥을 돌계단 끄트머리에 딱 붙인 채 옴짝달싹못하고 있는 것을 설명할 방법이 없었다.

'굳이 설명하려 애쓸 필요도 없겠지.'

연벽제니까 그럴 수 있는 거다. 문강은 그렇게 결론 내렸다. 하지만 두 법왕 뒤편에 앉아 있는 노각주와 데바까지 나선 뒤에도 연벽제의 불가해한 능력이 통할지는 미지수였다. 만일 통한다면, 문강은 연벽제에 대한 규정을 변경할 수밖에 없었다. '불가해한 존재'에서 '인간이 어찌할 수 없는 존재'로. 문강은 그렇게 되지 않기를 바랐다. 그것은 삼화취정의 실패를 의미하기에.

이제 세 가지 변수로 돌아가서…….

첫 번째 변수는 폭발이었다.

엄청난 폭음이 천지를 뒤흔들었을 때 문강은 곧바로 제화동을 떠올렸다. 우연히 벌어진 사고일 리는 없었다. 제화동은 단천원 내 손꼽히는 요처였고, 오늘 저녁 유시를 기해 단천원 전역에 내린 비상경계령의 일환으로 그는 제화동에 근래 입각한 하급 비영 한 명을 포함, 평소의 곱절이 넘는 경비를 배치했다. 그럼에도 저런 사단이 벌어졌다는 것은 그의 계산에 포함되지 않은 변수가 작용했음을 의미했다.

두 번째 변수는 붉은 검의 거한이었다.

문강은 폭발이 야기한 혼란을 틈타 공터로 날아든 저 거한이 첫 번째 변수를 일으킨 장본인일 가능성을 따져 보았다. 그러나 폭발이 발생한 제화동과 이 현원각의 거리를 감안하면 그렇게 단정하기에는 무리가 있었다. 아무리 날랜 신법의 소유자라도 두 지역에 동시에 모습을 드러낼 수는 없는 것이다. 그래서 문강은 붉은 검의 거한을 별개의 변수, 두 번째 변수로 상정하기로 마음먹었다.

그 두 번째 변수는 지금 이명을 거세게 몰아붙이고 있었다. 만일 바르라는 밀승이 둘 사이에 쓰러져 있지 않았다면, 그것이 출수에 다소간의 걸림돌로 작용하지 않았다면 둘 사이의 우열은 더욱 확연히 드러났을 터였다.

문강은 외형만 보고서도 붉은 검의 거한이 누구인지 알 수 있었다. 서일이 가져온 첫 번째 정보 덕분이었다. 날다람쥐와 올빼미의 저격을 뚫고 태원에 들어온 이 대 혈랑곡주 석대원. 그러자 석대원이 이명을 공격하는 이유에 대해서도 납득이 갔다. 바르라는 밀승의 정체가 문강이 짐작한 그 인물이 확실하다면, 지금 석대원이 보이는 행동에는 필연성이 있었다. 부친을 구하려는 자식의 분발은 조금도 이상한 일이 아니기 때문이었다. 행동에 필연성이 없는 쪽은 오히려 각원閣員들이라고 봐야 옳았다. 이 장원의 주인이자 사십구비영의 수좌인 이명이 곤경에 처한 것을 빤히 지켜보면서도 그들은 상관을 구하기 위해 아무런 행동도 보이지 않고 있었다. 왜냐하면…….

바로 세 번째 변수 때문이었다.

"이건 정말……."

결코 웃을 만한 상황이 아님에도 문강으로 하여금 헛웃음을 흘리게 만든 그 세 번째 변수는 지금 이 순간 어처구니없이 커다란 몸과 어처구니없이 커다란 칼로써 공터 후방에 모여 있는 각원들의 앞을 가로막고 있었다. 아무리 머리 좋은 책사라도 저 상황만큼은 도무지 해석할 수가 없었다.

문강은 먹구름이 짙어져 가는 밤하늘을 올려다보며 생각했다.

거경 제초온은 왜 각을 배신한 것일까?

"배신자!"
얼굴을 일그러뜨린 제초온이 맹수처럼 으르렁거렸다.
"나는 배신자가 아니다."
"배신자가 아니면 왜 이런 짓을 벌이는 것이냐?"
시장통의 장사치처럼 삿대질까지 해 대며 제초온을 향해 쇳소리를 높이는 말라깽이 노승은 칠비영 패륵이었다.
"알 필요 없다."
제초온의 퉁명스러운 말에 패륵이 냉소했다.
"대답을 제대로 못 하는 걸 보니 각을 배신한 게 맞구나. 본법왕은 진작부터 네놈에게 사특한 마음이 있음을 관심안觀心眼으로써 꿰뚫어 보고 있었느니라."
서방 법왕의 신령한 관심안에 대한 중원 마두의 소감은 꽤나 역동적이었다. 백육십 근 무게에 길이가 아홉 자에 달하는 청강참마도靑鋼斬馬刀가 시퍼런 반호를 그리며 허공을 가르고, 패륵이 혼비백산하여 껑충 물러났다.
쾅!
수직으로 떨어진 칼날이 벼락 치는 소리와 함께 돌바닥 깊숙이 틀어박혔다. 다음 순간, 제초온은 양 볼 가득 바람을 불어넣으며 두 손으로 움켜쥔 청강참마도를 좌우로 번갈아 쳐 올렸다. 폭포수가 떨어지는 듯한 굉음이 와다닥 울리고, 전방에서 어물거리던 비각의 인물들이 우박처럼 퍼부어진 돌조각을 피하기 위해 황급히 뒷걸음질을 쳤다.
딛고 선 돌바닥을 중심으로 좌우 각각 열 자가 넘는 긴 금을 새겨 놓은 제초온이 청강참마도를 머리 위로 한 바퀴 휘돌린 뒤

버럭 소리를 질렀다.

"안 그래도 성질나 죽겠는데 늙은 중놈의 잡소리까지 들어야 한단 말이냐!"

성질이 왜 나냐 하면, 지금 자신이 가장 싫어하는 일을 하고 있기 때문이었다.

모름지기 남자라면 스스로 뱉은 말을 지켜야 했다. 흔히 약속을 지키는 형태로 드러나는 그것은 덕목의 문제 이전에 자격의 문제라고, 제초온은 믿어 왔다. 그러지 못한 자는 남자도 아닌 것이다. 그래서 그는 약속을 어기는 것이 가장 싫었다. 약한 것만큼이나 싫었다.

하지만 어디 세상일이라는 게 항상 명쾌하게만 돌아가 준다던가. 약속의 상충이랄까, 하나의 약속을 지키기 위해서는 다른 약속을 어겨야만 하는 경우도 없지 않았다. 제초온에게는 지금이 바로 그런 경우였다. 이 경우 우선순위를 정하는 원칙이 필요한데, 강함을 지고지상의 가치로 여기는 싸움꾼에게 그 원칙은 무척 단순했다. 센 놈과 한 약속이 우선이었다. 그래서 그는 어금니를 부득부득 갈며 마음속으로 욕설을 퍼부었다.

망할 놈의 연벽제! 망할 놈의 반 각!

육 년 전 연벽제로 인해 겪은 황당한 반 각이 바로 어제의 일부인 양 제초온의 머릿속에 생생히 펼쳐졌다.

─방금 반 각이라고 했소?

연벽제는 고개를 끄덕였고, 제초온은 자신이 폭발하지 않는 것이 신기하다고 생각했다. 반 각은 짧은 시간이었다. 차 한 잔 끓여 마실 시간을 일다경이라 하는데, 반 각이면 그 반의반밖에 미치지 못하니 얼마나 짧은 시간인지 알 수 있었다.

비록 독단적인 가치관과 무자비한 손 속으로 인해 세상으로부터 마두 소리를 듣기는 하지만, 실제로 제초온은 웬만한 백도인보다도 물욕이 없는 사람이었다. 그런 그가 이름부터 수상쩍은 비각이란 집단에 몸을 의탁한 이유는 오직 하나, 오대고수 이후 최강자로 꼽히는 연벽제가 그 처마 밑으로 들어갔다는 것을 알았기 때문이다. 검왕이 비각에 있다고? 상대적으로 부족한 물욕 대신 그의 거대한 몸뚱이 대부분을 채우고 있는 엄청난 승부욕은 포섭하러 온 자가 지나가는 말처럼 슬쩍 흘린 미끼를 덥석 물고 말았다. 그러므로 입각이 결정된 당일, 그가 청강참마도를 비껴 메고 연벽제를 곧바로 찾아간 것은 당연한 수순이라고 할 수 있었다. 당시 인검원의 정문을 들어서는 그의 마음은 검왕과 싸워 진정한 최강자가 누군지 가리겠노라는 기대감에, 유곽을 처음 찾은 숫총각만큼이나 두근거리고 있었다. 한데 우렁찬 목소리로 비무를 청하는 그에게 연벽제가 한 대답은 실로 어처구니없는 것이 아닐 수 없었다.

뭐? 반 각도 버티지 못할 상대와 비무를 하는 것이 무슨 의미가 있느냐고?

―좋아, 반 각을 버티지 못하면 이 자리에서 칼을 물고 죽어주지.

천성적으로 과한 살기를 본격적으로 드러내는 제초온에게 연벽제가 고개를 절레절레 흔들며 말했다.

―육비영을 모셔 오기 위해 각이 그간 쏟은 노력을 잘 아는 내가 다른 곳도 아닌 내 집에서 그런 일이 벌어지게 놔두겠소?

―하면 내가 무슨 짓을 해야 그 비싼 검법을 구경시켜 주겠소? 벌거벗고 춤이라도 춰 드릴까?

연벽제가 웃었다.

―이제껏 내가 들은 농담 중에 가장 끔찍한 것이었소.

제초온은 농담을 좋아하지 않았다. 그가 허리띠를 풀기 시작하자 연벽제의 얼굴에서 웃음기가 사라졌다.

―그만두시오.

―나와 싸워 주는 것만이 나를 그만두게 할 수 있을 거요.

그때 연벽제는, 나중에 생각해 보면 마치 떼가 난 어린아이를 바라보는 어른처럼 곤혹과 짜증이 반반씩 섞인 얼굴로 고민하다가 말했다.

―좋소. 대신 한 가지 조건이 있소.

앞말에 반색하고 뒷말에 울컥한 제초온이 마음을 추스르며 바지를 추켜올렸다.

―말해 보시오.

―육비영이 내 검 아래 반 각을 버티면 육비영이 원하는 일은 무엇이든 해 주리다. 만일 그러지 못하면 내게 육비영의 반 각을 주시오.

―반 각을 달라? 언제 어떤 식으로 달라는 거요?

―그게 언제인지, 그리고 어떤 식인지는 나도 모르오. 다만 육비영이 그날 나를 위해 반 각을 써 준다고 약속한다면, 내 검을 기꺼이 보여 주겠소.

제초온은 별것 아닌 조건이라고 생각했다. 올지 안 올지도 모르는 그날, 통 한판 제대로 싸기도 부족한 반 각을 누구에게 주는 것은 그리 부담스러운 일이 아닐 것 같았다. 허리띠를 질끈 졸라맨 제초온이 바닥에 거꾸로 꽂아 둔 청강참마도를 뽑으며 연벽제를 향해 외쳤다.

―좋다! 덤벼라, 개새끼야!

지금으로부터 육 년 전, 인검원의 연무장 위에서 검왕과 거경이 반각지쟁半刻之爭을 벌였다는 사실을 아는 사람은 비무 당사자인 두 사람을 제외하고는 오직 하나, 지금은 몸통 잃은 신세로 전락한 연벽제의 심복뿐이었다.

반각지쟁의 결과는 무참했다. 연벽제의 검은 강했다. 얼마나 강했냐 하면, 제초온이 그때까지 기준으로 삼았던 강약의 판단 기준을 송두리째 바꿔 놓을 만큼 강했다. 반 각을 채웠는지 채우지 못했는지 알지도 못할 만큼 형편없이 깨진 제초온은 거경이라는 별호를 얻은 이후 처음으로 자신이 약하다고 여기게 되었고, 강해지기 위해 죽을힘을 다해 단련하는 한편 연벽제에게 약속한 반 각을 지불할 날이 하루빨리 오기를 고대하게 되었다.

반 각을 지불하고 나서 다시 한 번 그 최강의 검에 도전하리라! 그래서 이 제초온이 약자가 아님을 똑똑히 보여 주리라!

그리고 마침내 그날이 왔다. 제초온은 아까 일비영을 뒤따라 인검원 정문을 나온 연벽제와 눈이 마주친 순간 오늘이 바로 그날임을 알아차렸다. 그토록 고대해 온 날이건만, 그러므로 마땅히 기뻐해야 하건만, 불행히도 상황은 연벽제에게 했던 반 각의 약속을 지키기 위해 비각에 했던 충성의 약속을 깨트려야 하는 방향으로 흘러가고 있었다. 가장 바라는 일을 위해 가장 하기 싫은 일을 해야만 하는 모순적인 상황이 골치 아픈 것은 딱 질색인 단순한 싸움꾼에게 닥친 것이다. 그래서 그는 다시 한 번 욕설을 씹어 삼켰다.

망할 놈의 연벽제! 망할 놈의 반 각!

쩍!

제초온은 방금 전 돌바닥 위에 새겨 놓은 긴 줄 위에다가 청강참마도의 뭉툭한 끄트머리를 거칠게 쑤셔 넣고 선언했다.

"이 자리에 있는 누구도 이 선을 넘어가지 못한다."

바로 그것이, 폭음의 여파가 가신 직후 연벽제로부터 날아든 전음이 정해 준 반 각의 용도였다.

"시간은 반 각. 그걸로 끝이다."

말 그대로 그걸로 끝이었다. 비각의 각원들이 가장 두려워하는 존재는 평소 얼굴 한 번 보기 힘든 노각주도 아니요, 판관처럼 근엄한 일비영도 아니요, 얼음처럼 냉철한 이비영도 아니요, 천외천의 검법을 가졌다는 삼비영도 아니었다. 서열은 그들보다 아래지만, 오로지 무지막지한 패도 하나만으로 강호사마의 첫 번째 자리를 차지한 고래처럼 커다란 싸움꾼을 각원들은 누구보다도 두려워했다. 그래서 섣불리 나서는 자가 없었다. 그 싸움꾼이 왜 저러는지 이유도 모르는 상태에서 문짝만큼 커다란 청강참마도 아래 목을 들이밀 만큼 용감한 자는 드물었다.

"각의 집법을 관장하는 역천뢰의 주인으로서 본 법왕은 네놈이 한 짓을 결코 용서하지 않을 것이다!"

패륵이 지치지도 않는지 끊임없이 짖어 대고 있었지만 제초온은 깨끗이 무시했다. 사나운 개는 짖지 않는다. 그것의 반증을 보여 주는 자가 바로 저 패륵이라서, 그가 단독으로 선을 넘어오는 일은 절대로 일어나지 않으리라는 것을 제초온은 알고 있었다. 그런 패륵에 비하면, 저 뒤편에서 슬금슬금 게걸음을 치며 기회를 노리는 작달막한 노인은 그래도 용기 있는 축에 속한다고 할 수 있었다. 물론 그래 봤자 들키기 전까지의 일이지만.

"키가 거기서 더 줄어들고 싶다면 한번 넘어와 보시지."

제초온이 노인을 노려보며 나직이 을근거렸다. 과거 흑월파라는 자객 집단을 이끌고 중원 강호를 두려움에 떨게 만들었던 검은 밤의 제왕, 흑월왕黑月王 음자송音字松의 게걸음이 딱 얼어붙었다.

"현제, 뒷일을 어찌 감당하려고 그러는가?"

전직 자객 두목답지 않게 사귐성이 좋은 음자송에게는 비영 대부분이 '현제'였다. 과거 강호에서 쌓은 안면도 있고 해서 평소에는 그냥 들어 넘겼지만, 성질이 머리끝까지 뻗친 지금은 그럴 기분이 아니었다.

"영감더러 감당해 달라고 안 할 테니 걱정 마시오. 그리고 난 장남이니까 있지도 않은 형님 행세는 집어치우고."

막아서야 할 사람의 수가 워낙 여럿인 탓에 일일이 상대하는 것은 번거로운 일이었다. 제초온은 바닥에 거꾸로 박힌 청강참마도의 자루를 움켜잡고 발을 세차게 굴렀다.

"내가 이 칼을 뽑게 하지 마라. 정말로 벨 것이다."

우람하게 솟은 어깨 위로 위험한 기세가 물결처럼 넘실거렸다. 제초온이라는 인간을 안다면 이 경고가 단순한 엄포가 아니라는 것 또한 알 터였다. 누가 감히 무시할 수 있겠는가!

그런데 그런 사람이 아주 없지는 않았다. 좌측 후방으로부터 바람처럼 달려와 각원들의 머리 위를 훌쩍 뛰어넘는 백의 청년이 바로 그 사람이었다. 자신의 경고를 무시한 자에게 일도양단의 응징을 내리기 위해 청강참마도를 뽑으려던 제초온이 눈살을 찌푸리며 동작을 멈췄다.

"제기랄."

거듭 말하거니와 제초온은 약속을 지키지 않는 것을 가장 싫어했다. 그럼에도 청년을 베지 못한 것은, 벨 수 없기 때문이었다. 그는 등지고 선 공터 중앙에서 지금 무슨 일이 벌어지는지 알고 있었다. 삼강오륜의 도덕 따위 개방귀처럼 여기며 살아온 그이지만, 위기에 처한 아비를 구하기 위해 달려가는 자식을 베는 짓은 차마 할 수 없었다.

"저, 저건 이 자리에 있는 사람에 포함되지 않는다. 나는 이 자리에 있는 사람만 막는다."

타인을 위해서라기보다는 자신을 납득시키기 위해 댄 이 변명은 제초온 본인의 귀에도 너무 군색하게 들렸다. 각원들이 어리둥절해하는 얼굴로 서로를 돌아보았다.

'이 새끼들이……'

분위기가 더 수상해지기 전에 다시 한 번 눌러 줘야겠다는 생각이 들 즈음, 청년이 나타난 방향으로부터 또 다른 누군가가 달려오는 모습이 보였다.

"제기랄."

더 이상은 누구도 통과시키지 않겠다는 다짐에도 불구하고 제초온은 다음 사람도 벨 수 없었다. 붉은 채대를 허리에 감은 늘씬한 여자가 돌바닥 위에 길게 그어진 선을 훌쩍 넘어갔다.

"저, 저건 남자가 아니라서 보내 주는 거다. 나는 남자만 막는다."

하지만 역시 군색했다. 아니나 다를까, 패륵이 녹광이 감도는 눈알을 교활하게 번뜩거리더니 각원들을 선동하고 나섰다.

"보았느냐? 저자는 허세를 부리는 것에 불과하다!"

그래도 주저하는 각원들을 매섭게 둘러본 패륵이 꼬챙이처럼 마르고 긴 손가락으로 공터 중앙을 가리키며 비장하게 외쳤다.

"일비영을 구하러 가자!"

"우와아―!"

마음에 달라붙은 두려움을 감추려는 듯 고래고래 악을 쓰며 달려오는 각원들을 쳐다보다가, 제초온은 한숨을 푹 내쉬었다. 너희들은 걔들과 다르다는 점을 깨우쳐 주고 싶었지만, 말로써 타인을 설득하는 일은 그의 전문이 아니었다. 천하제일 마두의 전문은 당연히…….

부-웅!

백육십 근 청강참마도가 밤하늘을 갈랐다.

계획에 없던 변수가 발생했다고 하여 손 놓고 지켜보기만 한다면 유능한 책사라 할 수 없을 것이다. 문강은 연벽제와 제초온에 의해 가로막히지 않은 방향에서 대기하고 있던 각원들 중 한 사람을 손짓으로 불렀다. 비영 서열 십삼 위이자 비각 내 물자와 관련된 업무를 총괄하는 새소하塞簫何 범옥范鈺이 작고 뚱뚱한 몸을 뒤뚱거리며 그에게로 달려왔다.

"십삼비영은 주위의 병력을 이끌고 제화동으로 달려가 화재를 즉시 진압하시오. 단, 적도들과 마주칠 가능성도 있으니 각별히 주의하시오."

"알겠습니다."

범옥이 문강의 명을 받들어 십여 명의 수하들과 함께 자리를 떠났다. 문강은 그들의 부재를 전력의 손실로 여기지 않았다. 검왕과 이 대 혈랑곡주와 거경이 한꺼번에 개입한 마당이었다. 머릿수를 채우는 이상의 가치를 찾기 힘든 졸자는 아무리 많아 봤자 도움이 되지 않았다.

야전의 보급관 출신으로 무공보다는 문제 해결에 장점이 있는 범옥으로 하여금 첫 번째 변수를 수습하도록 한 문강은, 긴 칼을 휘두르며 각원들과 한 덩어리로 뒤엉키는 세 번째 변수에 대한 판단을 보류한 채 두 번째 변수에 신경을 집중하기로 마음먹었다. 이군영과 진금영을 순순히 통과시켜 준 것으로 미루어 세 번째 변수, 즉 제초온의 배신 여부는 아직 단정할 단계가 아니라는 생각이 들었기 때문이다.

'꺼씸하긴 해도…… 다행스러운 일이지.'

검왕의 이탈이 기정사실로 된 마당에 거경마저 잃는다면 비각의 전력은 회복하기 힘든 타격을 받게 된다. 차, 포를 모두 뗀 상태로 대국을 이어 나가는 것은 아무리 장기의 고수라도 어려운 일이었다.

'그건 그렇고…….'

공터 중앙을 향한 문강의 콧등 위로 잔주름이 잡혔다. 비록 강호에는 거의 알려지지 않았지만, 일비영 이명은 조부이자 비각의 전대 각주인 야율사로부터 이어진 밀종의 지고한 비전을 어린 시절부터 충실히 수련해 온 절정 고수였다. 굳이 가늠하자면, 연벽제를 제외한 비영들 중에는 당적할 자가 없는 수준이랄까. 오랫동안 입고 살아온 관리라는 외피로 인해 실전 경험을 쌓을 기회가 부족한 것은 어쩔 수 없지만, 설령 거경과 맞상대를 해도 패하지는 않으리라는 것이 문강이 판단하는 무인으로서의 이명이었다.

그렇다면, 그 이명에 더하여 부친을 구하기 위해 뒤늦게 전장에 합류한 이군영까지 한꺼번에 상대하면서도 오히려 승기를 굳혀 나가고 있는 저 석대원이라는 청년의 경지는 대체 어떤 수준이란 말인가?

'너무 쉽게 보았어.'

문강은 자신의 실수를 솔직히 인정했다. 상식의 함정이랄까, 그간 크고 작은 활약을 통해 각의 사업에 지대한 차질을 입히기는 했지만 설마하니 나이 서른 이전에 오대고수와 같은 대종사급 반열에 오르는 자가 나오리라고는 생각지 못했던 것이다. 하지만…….

'어쩌면 이번이 좋은 기회일지도 모르겠군.'

달리 생각하면, 장차 가장 강력한 적으로 자리 잡을지도 모르는 인물이 제 발로 그물 속에 뛰어든 셈이니까. 문강은 이 기회를 놓치고 싶지 않았다. 이 밤이 끝나기 전 연벽제와 석대원을 함께 제거할 수 있다면, 그의 삼화취정은 상지상上之上의 성과를 거두었다고 해도 될 터였다. 이 시점에서 연벽제는 돌계단 위에 있는 네 명의 고수들이 맡을 수밖에 없었고, 그것이 당초의 계획이기도 했다. 그렇다면 석대원은 누가 맡아야 할까? 이명과 이군영 부자만으로는 확실히 부족한 감이 있었다.

다행히도 문강에게는 동원할 수 있는 수단이 한 가지 더 남아 있었다. 전장에서 갑옷을 벗는 것은 물론 위험한 일이었고, 그는 조심성이 많은 사람이었다. 하지만 계산에 없던 석대원이라는 대어를 낚기 위해 그는 위험을 감수하기로 마음먹었다. 그는 갑옷에게 명령을 내렸다.

"석대원을 죽이시오."

문강의 발치에 그림자처럼 붙어 있던 희뿌연 덩어리가 아래위로 가볍게 출렁거렸다. 문강은 그 출렁임을 기쁨의 의미로 받아들였다. 덩어리가 간절히 바라던 명령이 방금 자신의 입을 통해 떨어졌음을 알기 때문이었다.

"명을 받들겠습니다."

재처럼 메마른 목소리를 남긴 채 남방의 거대한 도마뱀처럼 길쭉하게 늘어난 덩어리가 석대원이 있는 공터 중앙을 향해 천천히, 그리고 은밀히 기어가기 시작했다.

검객도 아닌 이군영이 혈랑검법에 대해 관심을 갖게 된 것은 지난해 여름부터였다. 당시 신무대종의 손녀를 납치해 오라는 명을 받고 사천의 오지로 파견되었다가 실패하고 복귀한 두 명의 하급 비영들은 자신들의 과오를 불가항력적인 것으로 치장하기 위해 혈랑검법의 무서움을 열심히 떠들고 다녔다. 그들의 말대로라면 이 대 혈랑곡주 본인도 아닌 그 비복이 펼친 혈랑검법만으로도 천하를 오시하기에 부족함이 없었다. 하물며 검에 관한 한 우내독보宇內獨步라 할 수 있는 삼비영이 십영회의를 통해 그 점을 보증해 주었다는 얘기까지 더해졌으니…….

하지만 관심과는 달리 이군영은 각원들의 찢어 대는 입방정을 그대로 믿지 않았다. 그는 고고하고 오만한 사람이었고, 걸음마를 떼면서부터 체계적으로 수련해 온 그의 무공은 전대의 후광으로 덧칠된 한낱 술자리 무용담에 흔들릴 만큼 빈약하지 않았다. 혈랑검법의 전승자라고? 언젠가 만날 기회가 온다면 과거의 천하제일인이 반드시 미래의 천하제일인으로 이어지지 않는다는 것을 보여 주겠다. 이군영은 그렇게 다짐하며 비속한 관심을 끊었다.

그런데 바로 이 순간, 이군영은 그날 한 다짐이 얼마나 가소로운 것이었는지를 뼈저리게 깨닫게 되었다. 이 말이 단순한 비유가 아닌 것이, 정말로 뼈가 저렸다!

"큭!"

부친을 향해 쏟아진 시뻘건 수레바퀴 같은 검기를 청탁무분淸濁無分과 팔황개동八荒開洞의 연환 선법으로 가로막았을 때, 이군영은 백옥선의 손잡이를 타고 오른손으로 침투하여 어깨뼈까지 삽시에 치고 올라오는 오싹한 기운에 짤막한 신음을 토하고 말았다. 백옥선을 거둬들이며 우반신을 바짝 웅크리는 그의 귓전에 부친의 목소리가 스며들었다. 평소의 중후함을 찾기 힘든 쇠약한 목소리였다.

"섣불리 맞서선 안 돼. 저자의 검기는 마검기다. 어서 호체결護體訣을 운용해라."

이군영의 혈관 속에는 대대로 내려온 무인의 피가 흐르고 있었다. 이족의 성을 사용하던 증조부로부터 조부에게로, 다시 부친을 거쳐 그에게 이어진 옴다라니진력唵多羅尼眞力은 세대를 거치는 사이 거듭 보완되어 이제는 본류라고 할 수 있는 아두랍찰의 그것보다도 오히려 향상된 공능을 이룬 상태였다. 옴다라니진력의 호체결을 운영해 심맥을 보호하자 오싹한 기운이 사그라지는 것이 느껴졌다. 그때 부친의 목소리가 다시 들려왔다.

"저 밀승을 빼앗기면 안 된다. 지금으로서는 저자의 검을 막아 줄 유일한 방패다."

지금 이군영 부자와 석대원 사이에는 밀승이 쓰러져 있었다. 그리고 이군영은 이리로 달려오는 동안, 부친이 석대원의 검에 의해 열세를 면치 못하는 와중에도 이 위치를 고수하기 위해 악착같이 버티는 모습을 보았다. 그 이유를 이제야 알게 된 이군영은 어이가 없어졌다. 만일 누군가로부터 부친이 목숨을 건지기 위해 의식도 없는 사람을 방패로 삼았다는 이야기를 전해 들었다면 그는 절대로 믿지 않았을 터였다. 하지만 이제는 믿지 않을 도리가 없었다. 오늘 밤은 믿지 못할 일들이 너무도 여러 번 벌어지고 있었다.

"온다."

짤막한 경고와 함께 후방에 있던 부친으로부터 기세가 확 일어났다. 그 기세가 시커먼 장막처럼 전방을 덮쳐 오는 석대원에게 맞서 나가는 것을 온몸으로 느끼며, 이군영 또한 백옥선을 휘둘러 간선삼십육타間豆三十六打 중 곤수긍투困獸肯鬪의 수법을 펼쳤다. 옴다라니진력의 웅혼한 거력 뒤로 백옥선의 옥색 강기가 겹쳐지면서, 그가 떨쳐 낸 옥색 유삼의 소맷자락에서 철판을 두드리는 듯한 울림이 지잉 하고 흘러나왔다.

그러나 석대원은, 그리고 혈랑검법은 상상 이상이었다.

콰콰콰!

붉은 검이 일으킨 붉은 검기는 그 무엇도 아랑곳하지 않는 노도처럼 옴다라니진력과 옥색 강기를 몰아붙이며 드세게 밀려들었다. 그 붉은 파고波高 사이에서 거대한 남자의 얼굴이 표류하는 배처럼 떠올랐다. 천왕문을 지키는 사천왕들처럼 단호한 분노가 맺힌 얼굴. 한데 그 얼굴이…… 낯익었다. 기시감旣視感이 아니었다. 이군영은 자신이 저 얼굴을 분명히 보았다는 사실을 알고 있었다.

언제지? 최근이었다. 어디였더라? 태원성 안에서였다. 조심성 없는 어린 시비는 약고가 담긴 단지를 바닥에 떨어뜨렸다. 대경하여 달려 나간 그보다 한발 앞서 약단지를 잡아 준 남자. 입이 저절로 벌어질 만큼 거대한 체구를 가진 그 남자. 멍청하긴! 그런 덩치가 여럿일 리 없잖아. 바로 그 남자였다. 그 남자가 뭐랬더라? 여자에게 줄 선물을 살 수 있는 가게를 찾는 중이라고 했던 것 같은데. 어린 시비가 말했다. 여자들 중에는 옷보다 채대를 더 좋아하는 사람도 있다고요. 우리 아씨도 그렇고요. 그 남자가 동의하듯 중얼거렸다. 그 사람도 채대를 꽤나 좋아하는 눈치였지. 그 남자가 말한 사람이 누굴까? 오늘 낮 그를 찾아온 누님은 처음 보는 붉은 채대를 허리에 두르고 있었다. 그가 물었다. 못 보던 채대를 두르셨군요. 누님은 무슨 이유인지 얼굴을 살짝 붉히며 대답했다. 선물로 받았습니다. 그리고 누님은 아까 거한을 보고 부르짖었다.

─석대원!

여자, 선물, 누님, 채대…… 그리고 석대원!

이군영은 깨달았다. 자신의 연적이 누구인지를, 또 아기의 아빠가 누구인지를 마침내 깨달았다. 붉은 검기가 부자의 합공을 돌파하는 극히 짧은 시간 사이에 작렬한 이 날벼락 같은 깨달음이 이군영을 돌처럼 굳게 만들었다. 저자였던가? 너였어?

"위험해!"

부친에게 뒷덜미를 잡혀 끌려가면서도, 총기를 잃고 공허하게 열린 이군영의 눈은 오로지 석대원의 얼굴에만 달라붙어 있었다. 그 얼굴 위로 살벌한 붉은 기운이 얼핏 겹쳐지는 것이 보였다. 붉은 검이었다.

쫘라락!

공작새가 꼬리를 접듯 물결처럼 펼쳐졌던 붉은 검기가 붉은 검의 검신 위로 모이는가 싶더니, 더욱 붉어진 검봉이 먹잇감의 숨통을 끊으려는 맹수의 이빨처럼 이군영의 미간을 향해 일직선으로 날아들었다. 심신이 정상적인 상태여도 과연 피해 낼 수 있을지 의심스러운 무시무시한 일 검이었다.

"군영아!"

이군영을 와락 밀어젖힌 부친이 앞으로 나서며 붉은 이빨의 진로를 가로막았다. 정신과 신체의 중심을 함께 잃은 이군영은 붉은 이빨이 부친의 미간에 파고드는 것을 멍하니 바라보기만 할 수밖에 없었다.

바로 그때, 천하제일 마검법의 붉은빛이 부친으로 하여금 다른 종류의 붉은빛을 뿜어내게 만들기 직전, 이군영의 시야 속으로 또 다른 붉은빛이 뛰어들었다. 그 붉은빛의 정체는…….

'채대?'

측방으로부터 날아든 붉은 채대가 붉은 검을 쥔 석대원의 오른 손목에 뱀처럼 휘감겼다. 고개를 돌려 붉은 채대의 주인을 확인한 석대원이 믿을 수 없다는 듯 이를 악물며 얼굴을 일그러뜨렸다.

사라락—

치맛자락이 팔락이는 소리와 함께 누군가 부친 앞에 내려서는 모습이 보였다. 석대원이 그 사람을 향해 고함을 터뜨렸다.

"당신…… 무슨 짓이오!"

유려한 신법으로 이명과 이군영 앞에 내려선 진금영은 붉은 채대에 오른 손목이 감긴 채 자신에게 고함을 지르는 석대원을 바라보며 생각했다.

'이 사람, 또 무서운 얼굴을 하고 있구나.'

진금영은 기억하고 있었다. 짙어 가는 노을을 등지고 서서 붉은 검을 겨누던 그 마신 같은 얼굴을. 다가가서 그 얼굴에 서린 분노를 풀어 주고 싶었다. 웃으며 그러지 말라고, 나는 당신 편이라고 말해 주고 싶었다. 하지만…….

석대원을 사랑하는 여자도 진금영이었다. 이명과 이군영을 지키려는 여자도 진금영이었다. 그녀는 한 사람이지만, 어떤 상황에서는 두 사람일 수밖에 없었다. 그 두 사람이, 현재로부터 비롯된 그녀와 과거로부터 비롯된 그녀가 싸우고 있었다. 내가 진짜라고 주장하고 있었다. 두 사람의 진금영 모두 가짜가 아니었다. 그래서 진금영은 두 사람의 진금영이 싸워야만 하는 이 상황이 몸서리쳐질 만큼 싫었다.

하지만 이분된 자아 간의 대립은 이미 결론이 나온 뒤였다.

석대원을 사랑하는 것은 맞지만, 그가 이명과 이군영을 죽이도록 놔둘 수는 없었다.

"이분들을 해쳐선 안 돼요."

진금영의 말에 석대원이 거칠게 소리쳤다.

"저들은 내 아버지를 죽이려 했소!"

진금영의 눈길이 석대원의 발치에 쓰러진 밀승에게 향했다. 아, 저 사람이 그의 아버지였구나. 죽은 것으로 알려진 그의 아버지가 밀승의 모습으로 나타난 데에는 많은 곡절이 감춰져 있으리라. 하지만 이상하게도 궁금하지는 않았다. 곡절 없는 삶이 어디 있을까. 그녀의 삶 또한 많은 곡절이 매듭처럼 알알이 서려 있었다.

밀승에게서 시선을 거둔 진금영이 석대원을 향해 다시 말했다. 아들을 타이르는 엄마처럼 차분한 말투였다.

"나는 당신이 이분들을 해치도록 놔두지 않겠어요."

석대원의 눈에서 불똥이 튀어 올랐다.

"당신은 그럴 수 없을 거요."

차가운 한마디와 함께 석대원이 붉은 검을 쥔 오른손을 슬쩍 흔들었다. 툭 하는 작은 소리와 함께 그의 손목에 감겨 팽팽히 당겨 있던 채대가 나풀거리며 바닥으로 떨어졌다. 진금영은 끝 자락이 잘려 나간 채 축 늘어진 채대를 바라보았다. 저 사람에게서 받은 첫 번째 선물인데……. 눈물이 왈칵 쏟아질 것 같았다. 하지만 울지는 않을 것이다. 그녀는 비정한 부모에 의해 기루에 팔렸다가 몹쓸 짓을 당한 채 뒷골목에 내버려진 가련한 소녀를 잊지 않았다. 다 죽어 가는 그 소녀에게 새 삶을 베풀어 준 고마운 은인을 잊지 않았다. 그녀는 절대로 잊을 수 없었다. 그리고…….

아아! 그녀가 절대로 잊을 수 없는 것은 그것만이 아니었다.

석대원의 붉은 검이 바위를 돌아 흐르는 계곡물처럼 그녀를 비켜 후방으로 날아들었다. 그녀는 보법을 펼쳐 검봉의 진로를 가로막는 한편, 세 뼘 남짓 짧아진 채대를 선전금강旋轉金剛의 수법으로 휘돌렸다.

……폭풍우가 치던 밤, 낡은 선실 속에는 곰팡이 냄새 밴 어둠이 쏟아지고 있었다. 그 어둠을 올려다보며 그녀는 그를 안으로 받아들였다. 믿을 수 없는 충일감이 그녀의 모든 것을 부풀어 오르게 만들었다.

선전금강의 방패에 진로가 막힌 붉은 검이 방향을 홱 틀었다. 내 앞을 가로막지 말라며 불같이 화를 냈다. 하지만 붉은 채대는 짝사랑에 눈먼 소녀처럼 붉은 검을 악착같이 따라붙었다.

……돌아오는 뱃길, 그와 함께 보낸 사흘은 그녀의 삶에서 가장 행복했던 시간이었다. 그 시간 속에서 두 사람은 모든 멍에를 내려놓은 채 오로지 남자와 여자만으로 존재해도 되는 놀라운 사치를 허락받았다. 남자는 마음껏 여자를 사랑했고, 여자 또한 마음껏 남자를 사랑했다. 말 그대로 꿀처럼 달콤한 밀월蜜月이었다.

붉은 채대가 붉은 검의 검신 아랫부분에 휘감겼다. 진금영은 석대원에게서 받은 첫 번째 선물이 더 이상 망가지는 것을 원치 않았다. 팽! 오랜만에 발휘한 초혼귀매의 공력이 얇은 비단으로 이루어진 채대를 쇠가죽처럼 질기게 만들었다. 석대원의 눈썹이 꿈틀거렸다.

……역천뢰의 차갑고 축축한 옥방 안에서 자신의 임신 사실을 깨달았을 때, 그녀는 처음에는 놀랐고 다음에는 슬펐고 마지

막으로는 기뻤다. 그와 나의 아기였다. 비록 그는 영영 알지 못할지도 모르지만, 그래서 아빠의 얼굴도 모른 채 자라야 할지도 모르지만, 그래도 이 세상 전부보다 소중한 아기였다.

석대원이 입술을 악무는 것이 보였다. 그의 눈동자 속에서 분노가 폭죽처럼 터지고 있었다. 붉은 검의 검자루가 그의 커다란 손아귀 안에서 팽이처럼 맴돌기 시작했다. 채대가 앞으로 세차게 당겨지고, 진금영은 그 힘에 딸려 몇 발짝 끌려가다가 쥐고 있던 채대의 끝을 놓치고 말았다. 장애물을 치워 낸 붉은 검이 채대를 친친 감은 채 이명과 이군영을 향해 쏘아졌다. 이 순간 그녀가 할 수 있는 유일한 일은 죽을힘을 다해 몸을 던져 붉은 검의 앞을 가로막는 것뿐이었다.

"이런 멍청이!"

사나운 외침이 터졌다. 붉은 채대를 휘감은 붉은 검이 가까워졌다. 그러나 진금영의 눈에는 석대원의 얼굴만 가득 찼다. 그녀는 미소를 지었다.

……아가, 네 아빠란다.

"이런 멍청이!"

아무리 절실하기로서니 설마 맨몸으로 막으려 들 줄은 몰랐다. 대경실색한 석대원은 앞으로 뻗어 내던 혈랑검을 멈추었다. 아니, 멈추려고 했다.

바로 그 순간, 시간이 멈췄다.

멈춘 시간 위로 오늘 낮 창고에서 꾸었던 꿈이, 깨어난 뒤로 전혀 기억나지 않던 그 꿈이 거짓말처럼 또렷이 그려지고 있었다. 그 꿈에서…….

붉은 아이가 말했다.

-나는 봤지.

붉은 방이 말했다.

-나도 봤지.

붉은 아이가 말했다.

-거의 다 됐어.

붉은 방이 말했다.

-그래, 거의 다 됐어.

붉은 아이가 말했다.

-딱 한 번이면 돼.

붉은 방이 말했다.

-맞아, 딱 한 번이면 돼.

붉은 아이가 하하 웃었다. 붉은 방이 낄낄 웃었다. 그 맑고 추한 웃음소리가 매미의 울음소리처럼 사방에서 그를 덮쳤다.

하하낄낄하하낄낄하하낄낄하하낄낄…….

……멈추었던 시간이 다시 흐르기 시작했다. 석대원은 눈을 깜박였다. 얼굴이 축축했다. 비가 또 내렸나?

그러나 내린 것은 비가 아니었다. 피였다. 진금영의 입에서 뿜어 나온 피였다.

멈추려고 했건만, 멈출 능력이 당연히 있었건만, 어찌 된 영문인지 모든 것이 멈춘 시간 속에서 혈랑검 하나만은 멈추지 않았다. 멈추지 않은 그 검이 지금 그녀의 아랫배 깊숙이 박혀 있었다.

핏물에 젖은 입술로도 미소를 짓던 진금영이 아래를 내려다보았다.

"결국…… 이렇게 되는군요……."

혈랑검을 잡은 오른손이 덜덜 떨리기 시작했다.

"그 선실에서…… 내가 마지막으로 한 말…… 기억해요……?"

생각났다. 기억 속의 그 부분만을 잘라 끄집어낸 듯, 당시 그녀의 목소리에 배어 있던 자욱한 슬픔까지도 생생히 생각났다. 잔을 부딪칠 때는 차마 꺼내지 못하다가 선실을 나설 때야 비로소 꺼낸 그 말은……

─언제일지 모르는 그날, 상대의 죽음 앞에 흘려 줄 눈물이 남아 있기를 바라며…….

석대원은 혈랑검의 검자루를 놓고 주춤주춤 뒷걸음질을 쳤다.

"아니야……. 이게 아니야……."

그러나 붉은 아이와 붉은 방은 말했다. 딱 한 번, 딱 한 번이면 된다고.

이것이었나?

이것이었나!

"당신…… 지금…… 울고 있나요……?"

석대원은 대답하지 못했다. 그가 무슨 대답을 할 수 있을까?

"불쌍한…… 사람……."

진금영의 눈동자에서 생명의 빛이 천천히 꺼져 갔다.

"누님!"

넘어져 있던 백의 청년이 진금영을 향해 몸을 날렸다. 혈랑검을 아랫배에 품은 채 뒤로 쓰러지는 그녀를 끌어안은 청년이 악귀처럼 일그러진 얼굴로 석대원을 노려보았다.

"석대원, 네가 무슨 짓을 했는지 똑똑히 봐라!"

어?

"누님은 임신 중이었다!"

저자가 지금 뭐라는 거지?

"바로 네 아이를 배고 있었단 말이다!"

내 아이? 내 아이라고?

"그런데, 그런데 너는 누님을…… 으아악!"

백의 청년이 쥐고 있던 부채마저 내던진 채 열 손가락을 갈퀴처럼 세우고 석대원에게 달려들었다.

석대원은 이군영의 손가락을 피하고 싶지 않았다. 차라리 저 손가락에 쥐어뜯겨 온몸이 조각조각 찢어지기를 바랐다. 그러나 신체의 일부가 그를 배신했다. 요악한 홍광이 번뜩이더니, 백의 청년이 코와 입으로 피 화살을 뿜으며 뒤로 날아갔다.

석대원은 홍광이 점점 짙어지는 자신의 왼손을 내려다보았다. 붉은 아이를 가두며 함께 봉인한 혈옥수. 얼굴에서 흘러내린 뭔가가 왼손 위에서 맥동하는 혈옥수의 마기 위로 뚝뚝 떨어지고 있었다.

─당신 지금 울고 있나요?

그러나 떨어지는 것은 눈물이 아니었다. 피였다. 석대원의 눈에서 흘러나온 피였다. 눈물 대신 피를 흘리던 석대원이 고개를 부스스 치켜들었다.

붉었다.

채대가 붉었고, 채대가 감긴 검이 붉었고, 검이 꿰뚫은 그녀의 몸뚱이가 붉었고, 두 사람을 둘러싼 세상 전체가 붉었다. 붉은 물결이 붉은 소용돌이로 맴돌다가 붉은 무저갱으로 함몰되었다.

붉은 무저갱은 붉은 방이었다. 춥고 어둡고 두려운 곳이지만 깨지고 부서지고 무너져 종래에는 그녀를 위해 울어 줄 눈물마저 잃어버린 남자가 갈 곳은 그 붉은 방뿐이었다. 석대원은 붉은 방으로 짐승처럼 기어 들어갔다.

"아원!"

현실 위에 선 누군가가 절절히 외쳤지만 석대원은 멈추지 않았다. 운명은 가장 잔인하고 가장 고통스러운 방식으로 그를 괴롭혔다. 더 이상은 견디기 힘들었다. 그는 운명으로부터 달아나고 싶었다.

딸깍.

석대원의 뒤로 방문이 닫혔다.

– 먹었다!

붉은 아이가 환호했다.

– 먹었다!

붉은 방이 환호했다.

그리고…….

인간의 수명으로는 가늠할 수 없는 기나긴 세월을 살아온 악의 정화가 마침내 깨어났다.

(3)

대륙의 남쪽 끝자락 해남도에서 올려다본 밤하늘은 먹구름이 잔뜩 낀 서북방의 태원과는 달리 먼지 한 점 없이 쾌청하기만 했다. 만월에 가까운 십육야의 둥근달이 검푸른 하늘과 더 검푸른 바다가 만나는 수평선 먼 끝까지 교교한 빛을 뿌리고 있었다. 달빛을 비껴 일렁이는 수많은 은파들은 마치 추위를 피해

남녘으로 내려온 철새 떼를 보는 듯했다.

맑은 날이면 상제가 사는 옥경까지 볼 수 있다는 오지산五指山 만경봉望京峰 정상.

깃털처럼 가벼운 일신 위로 누덕누덕 기운 낡은 도포를 걸친 노인 하나가 엉덩이 하나 간신히 올려놓을 작은 짚자리에 앉아 밤하늘을 올려다보고 있었다. 피죽도 못 먹은 양 앙상히 말라붙은 육신과는 달리 밤하늘을 향한 노인의 오관에는 달빛을 닮은 탈속한 신기가 미소처럼 어려 있었다. 과거 태백관의 관주로서 천하 도문의 존경을 받으며 고덕한 가르침을 베풀던 중 홀연히 깨닫는 바가 있어 신상을 수습하고 남해의 오지로 은거, 탈각등선脫殼登仙을 위한 마지막 관문을 두드리고 있는 공문삼기의 일인, 한운자閑雲子가 바로 이 노인이었다.

노송처럼 부동하게 살아왔다. 선학처럼 고고하게 살아왔다. 속진을 일찌감치 벗은 까닭에 물상에 현혹되지 않는 평명안平明眼과 욕망에 집착하지 않는 청정심淸淨心을 이룬 지 오래였다. 그러나 지금 이 순간 밤하늘을 올려다보는 한운자의 얼굴에는 한 꺼풀 근심의 그늘이 드리워 있었다. 밤의 아득한 궁륭은 맑기만 하건만, 오랜 수행으로 이룬 고격한 도력은 그 위로 악취처럼 번져 나가는 대흉살의 기미를 놓치지 않았다. 그가 오지산 중턱에 지어 놓은 움막을 벗어나 이 높은 곳까지 오른 이유도 바로 그 불길한 기미를 감지했기 때문이었다.

오래전에 태동하여 지난해 여름부터 부풀어 오르기 시작한 악의 정화가 오늘밤 마침내 묵은 껍질을 벗고 세상 밖으로 나오려 하고 있었다. 인간의 역사에는 기록되지 않은 태고의 망령이 기나긴 세월을 뛰어넘어 다시금 광기와 살육의 축제를 벌이려 하고 있었다. 가장 아름다운 열매를 맺어야 할 가장 기름진 밭에서 가장 치명적인 독초가 피어나려 하고 있었다. 이에 한운자는 탄식할 수밖에 없었다.

'참으로 잔인하도다, 천의라는 것은.'

우주를 움직이는 보이지 않는 인과의 끈은 인간에게 결코 자비롭지 않았다. 그 끈에 맺힌 혹독한 악의는 그 어떤 악당이라도 감히 넘보지 못할 것 같았다. 한운자는 지난 원소절 밤, 바람처럼 이 섬을 찾아와 자신의 오랜 적공이 담긴 세심단洗心丹을 강탈하듯 가져간 노우를 떠올렸다.

'그가 과연 막을 수 있을까?'

하지만 쉬울 것 같지는 않았다. 만물은 물질적인 면과 정신적인 면으로 구성되어 있었고, 한운자는 세심단이 그중 정신적인 면밖에 도움을 주지 못한다는 점을 알고 있었다. 물질을 무시한 채 정신에만 작용한다는 것은 달리는 말의 편자를 갈려고 하는 것과 같았다. 편자를 갈려면 우선 말을 멈춰야 한다. 하지만 누가 저 광포한 말의 고삐를 잡아챌 것인가!

한운자가 판단하기에 인력으로는 불가능했다. 태고의 망령은 인간이 감당할 수 없는 무적의 존재이기에.

"부디 힘을 내 주시게."

이 미력한 응원이 한운자가 친구를 위해 해 줄 수 있는 유일한 일이었다.

바로 그때였다.

'저것은……?'

밤하늘을 향해 열려 있던 한운자의 눈에 이채가 떠올랐다. 화산 같은 기세로 천구를 뒤덮어 가는 대흉살의 악기惡氣 위로 한 줄기 이질적인 기운이 가로지르는 것을 보았기 때문이다. 수양 깊은 참도인의 심장마저 저릿저릿 울리게 만들 만큼 강맹순

양강맹순양强猛純陽한 그 기운은 마치…….

벼락같았다.

───❦❦❦───

예전에도 기억력이 그리 좋은 편은 아니었지만, 각의 대계가 본격적으로 발동되면서부터 하급 비영들의 서열을 외우는 것은 거의 불가능한 일이 되어 버렸다. 죽거나 부상으로 빠지는 자도 있었고, 그것을 메우려 새로 들어오는 자도 있었으며, 징계로 강급당하는 자, 포상으로 진급하는 자, 심지어 동창 같은 외부 기관으로부터 발탁되는 자까지 있는 마당이니…….

그래서 제초온은 가슴 부위가 움푹 꺼진 채 뒤로 날아가는 저 인상 더러운 털보가 몇 번째 비영인지 알지 못했다. 솔직히 말하면 별호와 이름도 가물가물했다. 그나마 손 속에 사정을 두어 참마도의 넓적한 도배로 후려친 것은 이번 일의 여파로 반드시 뒤따를 문책을 조금이라도 덜어 보기 위함인데, 이 또한 천성과는 맞지 않는 일이라 기분은 갈수록 나빠지고 있었다. 하기야 하기 싫은 일을 계속하다 보면 짜증이 나는 것이 인지상정일 터였다.

"넘어오지 말라니까!"

붕— 붕— 붕— 부우웅—!

사방기풍四方起風의 수법으로 청강참마도를 네 차례 크게 휘돌림으로써, 찌르려는 것도 아니고 막으려는 것도 아닌 어정쩡한 의도로 내밀어진 대여섯 자루의 병기를 물러나게 만든 제초온이 그 주인들의 뒷전을 흘깃 쳐다보고는 눈을 빛냈다. 다른 것은 몰라도 보신하는 재주만큼은 천하제일이 분명한 늙은 협잡꾼과 눈길이 딱 마주쳤기 때문이다. 그의 눈길을 받고 당황한 기색을 드러낸 늙은 협잡꾼이 무죄를 주장하는 순박한 피고처럼 고개를 도리도리 흔들었다. 순박 좋아하시네!

"너!"

외마디 노호가 투석기를 떠난 바위처럼 날아가고, 허공을 돌아 내려오던 청강참마도가 소나무 밑동처럼 우람한 뒷목에 텅 소리와 함께 걸쳐졌다. 그 상태 그대로 거구를 팽이처럼 휘돌리며 늙은 협잡꾼을 향해 몸을 날리니, 일도양단으로는 직성이 풀리지 않는 밉살맞은 상대를 위해 제초온이 특별히 창안한 난자육시亂刺戮屍의 초식, 유류상면留留相面이 바로 이것이었다. 평소에도 원체 밥맛없이 여기던 작자라 뒷일 따위는 생각하지 않기로 마음먹었다.

"흐이크!"

늙은 협잡꾼, 패륵이 기겁하며 펄쩍 몸을 피했다. 그러나 유류상면의 무서움은 한두 번 피한다고 해서 끝나는 것이 아니었다.

콱-콱-콱-콰작!

기다리고 기다리다 만난 친구와 차마 떨어질 수 없다는 듯, 패륵을 향해 내리꽂히는 난도질은 곰비임비 이어졌다. 칼 빛이 번뜩이고 요란한 소음이 터져 나올 때마다 돌바닥 위로 큼직한 동혈들이 쩍쩍 입을 벌렸다. 앙상한 사지를 물풀처럼 흐느적거리며 청강참마도의 패도적인 연환 공세를 가까스로 피해 내던 패륵이지만 결국에 가서는 금란가사의 푸한 소맷자락 밖으로 그 비싼 양손을 뽑아낼 수밖에 없었다.

깡!

그래도 비장의 한 수가 있었던 것인지, 금빛 감도는 두 자루

삼고저三鈷杵가 가위 모양으로 겹쳐지며 청강참마도의 거대한 칼날을 가로막았다.

"어쭈."

뒷목으로 버텨 잡은 청강참마도의 자루를 통해 전달된 찌르르한 반탄력이 제초온의 눈썹을 꿈틀거리게 만들었다. 마라살 魔羅煞罡이라고 했던가. 허풍인 줄로만 여겼던 패륵의 밀종 공부가 예상외로 만만치 않았기 때문이다. 그러나 성과는 이 정도로도 충분했다. 미꾸라지처럼 요리조리 달아나던 놈을 한자리에 붙잡아 놓는 데는 성공했으니까. 고리눈을 눈을 치뜬 제초온이 양 볼을 둥글게 부풀렸다. 그 자리에다 아예 박아 주마!

거경 제초온의 장기는 바람의 칼, 풍백도법風伯刀法과 거인의 주먹, 거령권巨靈拳 두 가지인데, 그 바탕에는 강맹하기로 이름 난 건곤혼원기乾坤混元氣가 깔려 있었다. 그의 단전에서 회오리치며 일어난 건곤혼원기가 백육십 근 청강참마도의 강철 몸체를 넘실 넘어 폭포처럼 쏟아져 내렸다.

"흡!"

패륵이 숨을 들이켜며 삼고저에 공력을 불어넣었지만, 힘으로 제초온과 맞서는 것이 강호도상에서는 이미 널리 알려진 자살 방법임을 알았다면 무슨 수를 써서든 그 자리에서 몸을 빼낼 궁리부터 했을 터였다. 제초온은 뒷목을 지지대 삼아 양손으로 나눠 잡은 청강참마도의 각도를 한층 더 기울였다. 왼손은 더욱 아래로, 오른손은 더욱 위로. 그 기울기의 정도가 지옥의 강도를 결정했다.

끄기기기—

포개진 삼고저 속으로 뭉툭한 칼날이 조금씩 박혀 들며 소름 끼치는 쇳소리가 울려 나왔다. 잠시간 힘겹게 버티던 패륵의 무룹이 마침내는 돌바닥을 무기력하게 내리찍고, 점점 가까워지는 칼날을 향해 흡떠진 녹색 눈알 주위로 고통스러운 경련이 파르르 일어났다. 그러면 그렇지, 한솥밥을 먹은 지난 육 년 동안 패륵이 어디 가서 수련한다는 얘기는 한 번도 들어 본 적이 없었다. 제초온은 청강참마도의 패도에 짓눌려 갈수록 납작해지는 패륵을 내려다보며 즐거운 고민에 빠졌다. 이 늙은것을 죽여, 살려?

그러나 이 고민은 결코 반갑지 않은 외부적 요인에 의해 해결되었다.

수아아앗―

제초온은 굵고 억센 체모에 덮인 전신의 살갗 위로 좁쌀 같은 소름들이 일제히 돋아 오르는 것을 느꼈다. 가죽 끈처럼 질긴 신경이 자지러지는 비명을 지르고, 말술에도 끄떡없던 위장이 뒤집힌 주머니처럼 속을 내보이려 하고 있었다. 생명을 가진 존재라면 누구나가 불가피하게 품을 수밖에 없는 원초적인 공포가 차가운 손을 뻗어 심장을 덥석 움켜쥐는 듯했다.

'……뭐냐?'

반 각의 약속을 시작한 뒤로는 제 풀에 켕겨 뒤를 돌아보지 않던 제초온이었다. 노각주나 이비영 같은 꺼림칙한 인간들과 눈을 마주치고 싶지 않았기 때문이다. 그러나 지금 이 순간만큼은 청강참마도에 쏟아붓던 건곤혼원기의 공력마저 풀어 버린 채 등 뒤에서 무슨 일이 벌어지는지를 확인하지 않을 수 없었다.

제초온은 고개를 돌렸다. 그리고 괴이한 망연함에 사로잡힌 채 '붉은 그것'을 보았다.

판다라는 동방의 무공을 그리 높이 평가하지 않았다. 천하 무공의 근원은 천축에서 발원한 유가공瑜伽功이었고, 그것을 더욱 발전시켜 영육합일靈肉合一의 지고한 수행 수단으로 완성한 것은 밀종의 여덟 개 종맥이라는 것이 평소 그의 지론이었다. 그의 지론에 따르면 동방은 원류로부터 멀리 떨어진 변방에 지나지 않았고, 본신의 능력보다는 병기의 이로움에 의존하는 편벽한 잡배들이 득세하는 천박한 뒷골목이나 다름없었다. 그래서 그는 동방에서 가장 강한 검객으로 칭송받는다는 저 남자에 대해서도 크게 신경 쓰지 않았다. 검왕이라고? 교만한 중생들 같으니라고! 만일 탄트라의 가르침이 전해지지 않은 이역에서는 참으로 보기 드문 음정陰井을 공양물로 바치지 않았다면, 그는 감옥을 지켜 달라는 문강이라는 책사의 무례한 청을 일언지하에 거절했을 것이다. 그런데…….

'옴 아모가 바이로짜나 마하 무드라…….'

입속으로 광명진언光明眞言을 부지런히 암송하는 판다라의 구릿빛 정수리 위에는 구슬 같은 땀방울들이 송알송알 맺혀 있었다. 법왕들의 으뜸이자 밀종 무공의 일인자인 데바와 직접 공력을 겨룬 적은 없지만, 그래도 상대하지 못할 수준이라고 지레 움츠러든 적은 한 번도 없던 그였다. 하지만 검왕이라는 남자가 고개를 슥 돌려 그에게 눈길을 주었을 때, 그는 기세에 대응하기도 전에 그 눈길을 피할 곳부터 찾고 있는 자신을 발견하고는 참담한 심정에 사로잡혔다. 그다음으로 찾아온 것은 고통이었다. 보기 드문 음정에서 보배로운 두레박으로 길어 올린 황룡의 힘이 더욱 크고 강한 힘에 의해 속절없이 짜부라지고 있었다. 단지 버티는 것만으로도 체내의 모든 보륜寶輪(차크라)들이 삐걱거리고 있었다. 그 힘에 담긴 바르고, 굳세고, 뜨거운 속성을 접한 그는 경악하지 않을 수 없었다.

'뇌정雷霆?'

그럴 리가 없었다. 천지간 가장 바르고 굳세고 뜨거운 뇌정으로써 세상의 모든 사악한 것들을 불태우는 인드라의 화신은 데바였다. 동방의 잡배들 가운데 데바와 견줄 만한 인물이 출현한다는 것은 사리에 맞지 않았다. 한데 더욱 환장할 일은, 단지 견주는 정도가 아니라는 점이었다. 데바의 제석천뢰세세帝釋天雷洗世가 비록 밀종의 제 공력 중에서 으뜸이라고는 해도 눈빛에 담긴 뇌정의 기세만으로 팔부중의 이 인자인 그를 제압하지는 못할 터였다. 한데 동방의 잡배 따위가 그 일을 해낸다고? 판다라는 부정하고 부정하고 또 부정했다. 하지만……

그게 아니라면 지금 겪는 이 상황을 어떻게 설명할 수 있단 말인가!

'옴 예 다르마 헤뚜 쁘라마와 헤뚬 떼샴……'

판다라는 자라처럼 고개를 숙이고 자꾸만 둥지로 숨어들려는 황룡을 북돋아 주기 위해 미친 듯이 진언을 암송했다. 그나마 어깨를 나란히 하고 나선 가루라가 뇌정의 한 축과 맞서 주지 않았다면 그 일조차도 어려웠을 것이다. 맞선다는 표현이 과연 이 곤궁한 상황과 어울리는지는 모르겠지만.

반면에 검왕이라는 남자는 천산처럼 오연하기만 했다. 오른손을 어깨 너머 비죽 솟은 검자루 위에 슬며시 얹은 채, 오직 눈빛에 실어 보내는 뇌정의 기세만으로 팔부중의 상위 두 법왕을 철저히 봉쇄하고 있었다.

고통의 정도는 시간이 흐를수록 커졌다. 판다라는 체내에 축적한 양기가 풀죽처럼 들끓어 오르고, 온몸을 흐르는 피가 뇌문으로 쏠리는 것을 느꼈다. 안압이 눈알을 밀어낼 것처럼 강해지더니 목덜미 옆 혈관이 개구리의 울음주머니처럼 쉴 새 없이 불룩거리고 있었다. 그리고 땀…… 살갗 위에 맺히던 땀방울이 갈수록 흥건해지더니 이제는 물바가지를 뒤집어쓴 것처럼 승포 안으로 줄줄 흘러내리고 있었다.

'이건…… 아니야.'

아찔한 현기증 속에서 눈앞이 가물거리기 시작했다. 이대로 조금만 더 지나면 선 채로 말라죽을지도 모른다는 두려움이 판다라의 마음을 엄습했다. 고개를 돌려 확인하지 않아도—그럴 능력도 없었다— 가루라의 상태 또한 별반 다르지 않으리라는 것은 능히 짐작할 수 있었다.

그러던 어느 순간, 두 법왕과 검왕이 이루던 이 대 일의 대치에 균열이 생겼다. 검왕에게서 뿜어 나오던 뇌정의 기세가 흐트러지고, 두 법왕에게 주던 시선을 거둔 검왕이 고개를 돌려 크게 외친 것이다.

"아원!"

양쪽에서 한껏 당겨지던 실이 그 외침을 계기로 툭 끊겼다. 판다라와 가루라는 기다렸다는 듯이 몸을 움직였다. 상대의 허점을 놓치지 않으려는 능동적인 움직임이라기보다는, 꽁꽁 틀어막혀 안으로만 팽배해진 공력이 출구를 찾아 배출된 피동적인 움직임에 가까웠다. 하지만 양자 각각이 서역의 대종사다 보니, 능동과 피동을 논하기에 앞서 그 기세만큼은 가히 배산도해 排山倒海라 부를 만했다.

"오옴 바라사야 훔!"

판다라가 양손을 어지러이 내저었다. 보륜에서 일어난 황룡호불공의 맹렬한 기운이 장심을 통해 뿜어 나와 용틀임을 하듯 그의 전방을 휘감았다.

"히햐아앗!"

가루라가 오른발을 힘껏 굴렀다. 그가 딛고 있던 돌계단의 한가운데가 쪼개지며 장정 몸통만 한 암판巖板 두 덩어리가 좌우 대칭을 이루며 솟구쳤다.

서로를 잡아먹기 위해 목숨을 건 싸움을 벌여야 하는 신화 속 영물들과 달리 현실 속 용과 금시조는 마음이 잘 맞는 편이었다. 판다라가 억겁륜전億劫輪轉의 수법으로 휘돌린 강기 다발과 가루라가 서천래음西天來音의 수법으로 때려 낸 화강암 덩어리가 검왕의 좌우를 쾌속히 뒤덮어 나갔다. 위력도 막강하거니와 방위 또한 절묘하여, 판다라는 이 합공 아래에서 무사할 자가 인간 세상에 존재하리라고는 믿지 않았다.

검왕이 두 법왕의 합공으로 말미암아 지독한 사지로 바뀐 전방을 향해 고개를 돌렸다. 뇌정의 기세를 머금은 두 눈 속으로 빙하 같은 냉기가 쭉 가로질렀다. 그 직후, 억겁륜전과 서천래음의 사나운 기세가 검왕을 집어삼켰다. 불법을 수호하는 영물들의 맹위가 미천한 인간의 육신을 갈가리 찢어발겼다. 됐다! 열반 같은 희열이 판도라의 땀에 뒤덮인 얼굴 위에서 마귀처럼 뛰어놀았다.

그런데…… 그게 아니었다.

'둘?'

검왕은 양대 밀종 공력이 격류처럼 휩쓸고 간 지상에도 존재했고, 그 상방으로 일 장 공중에도 존재했다. 한 인간이 어떻게 각기 다른 두 개의 공간에 존재할 수 있단 말인가! 판다라의 머릿속은 한 인간에 의해 부정당한 지극히 기초적인 자연법칙으로 인해 공황에 빠졌다.

잠시 어그러진 자연법칙은 곧바로 복원되었다. 여름밤 기척

없이 스러지는 반딧불처럼, 지상의 검왕이 사르르 사라졌다. 그리고 공중에 존재하는 검왕, 세상에서 가장 단단한 재료들만을 모아 빚은 것 같은 그 강인한 얼굴 뒤로 시커먼 기세가 광휘처럼 떠올랐다. 다음 순간, 검왕의 입술 사이로 우레 같은 한 음절이 터져 나왔다.

"검!"

검이 날아올랐다[劍飛].

그러므로 나는 검이었다[飛劍].

"저, 저것은……!"

등 뒤의 잠룡야가 경악에 찬 외침을 터뜨리며 의자에서 벌떡 일어섰지만, 판다라는 그것을 알아차릴 겨를조차 없었다.

검집을 벗어나 삼 장 허공까지 솟구친 검이, 심장이 떨릴 만큼 박력 있는 호선을 그리며 아래로 방향을 틀었다. 검왕이 오른손 인지와 중지로 세운 검결지를 두 법왕이 올라 있는 돌계단 쪽으로 곧게 내뻗었다. 그저 손가락이건만, 뼈와 살로 이루어진 인간의 손가락이건만 판도라는 수천수만 개의 칼끝 앞에 발가벗고 선 듯한 기분에 사로잡혔다. 비슷한 위기감을 느낀 것일까? 옆에 선 가루라의 마른침 삼키는 소리가 천둥처럼 들려왔다. 그 직후, 두 법왕이 뭔가에 놀란 초식동물처럼 펄쩍 뛰어 갈라선 것은 사고 이전에 본능의 발로였을 것이다.

검왕이 말했다.

"염염주사苒苒蛛絲."

검광이 가루라를 향해 유성처럼 곤두박질쳤다. 검봉에서 뿜어 나온 청사靑絲 같은 검기가 흑청색 그물을 이루며 가루라의 전면을 빽빽이 뒤덮어 갔다. 대경한 가루라가 승포의 소맷자락을 정신없이 내두르며 뒷걸음질을 쳤다. 그의 묘시화현법妙翅化

現法이 실린 소맷자락은 철판처럼 단단해졌을 것이 분명하지만, 검기의 삼엄한 그물 앞에서는 한낱 종잇장보다 나을 것이 없었다.

짜자자작!

"흐허억!"

가루라가 비명을 지르며 엉덩방아를 찧었다. 순식간에 너덜너덜해진 소맷자락 밖으로 드러난 그의 양 팔뚝은 붉은 실뱀 같은 가느다란 상처들로 빼곡히 들어차 있었다.

삐―이이이이잇―

검이 휘파람 소리처럼 드높은 검명劍鳴을 뽑으며 허공으로 솟구쳐 오르고, 검왕의 검결지가 이번에는 판다라를 겨누었다. 검이 강철로 이루어진 몸뚱이를 살아 있는 뱀처럼 꿈틀거리더니 판다라를 향해 방향을 틀었다.

판다라의 굵은 눈썹이 파르르 떨렸다. 가루라를 격퇴시킬 때와는 비교할 수 없을 만큼 위험한 기세가 공간을 순식간에 채워 버렸다. 허공에 둥둥 뜬 한 쌍의 눈과 한 점의 검봉이 서역에서 가장 용맹한 법왕을 그 자리에 얼어붙게 만들었다. 죽지 않고서는 도저히 벗어날 수 없을 것만 같은 그 불가항不可抗의 살의 앞에 판다라는 절망할 수밖에 없었다. 그것은 숫제 '천벌' 같았다!

"연가비검燕家飛劍이다! 맞서선 안 되오!"

"판다라, 물러서게!"

잠룡야와 데바의 다급한 경호성 속으로, 시구를 읊는 듯 자약하기만 한 검왕의 목소리가 두부를 가르는 칼처럼 부드럽게 파고들었다.

"편편안영翩翩雁影."

지극한 움직임은 오히려 멈춤을 닮았는지도 모른다. 하늘로 떠오른 검이 멈추고, 떨어지고…… 멈추고, 떨어지고…… 멈추고, 떨어졌다. 그러나 멈춤과 떨어짐 사이의 간극은 판다라의 심상에서만 존재할 뿐, 현실에서는 허공으로부터 내리꽂히는 한 줄의 흑청색 빛살밖에 보이지 않았다. 그 빛살이 판다라의 망막 속으로 눈부시게 확대되었다.

"옴! 옴바라 훔!"

이 마당에 믿을 것은 오직 황룡뿐이었다. 판다라는 아귀도 안 맞는 진언을 비명처럼 토해 내며 젖 먹던 힘까지 끌어 올려 황룡호불공을 운용했다. 그의 쌍장에서 뿜어 나온 두 마리 황룡이 흑청색 빛살로 내리꽂히는 검을 향해 악에 받친 몸부림을 치며 달려 나갔다.

"오오오옴!"

검과 강기 다발이 부딪치는 순간, 판다라는 뻗어 낸 양손을 재빨리 휘돌리기 시작했다. 그 형상이 마치 보이지 않는 밧줄을 사리는 것 같았다. 마화麻花(꽈배기)처럼 얽힌 두 마리 황룡이 검의 궤적을 겹겹이 감으며 몸집을 부풀렸다. 누른 강기에 가려진 흑청색 검광이 일순간 제빛을 잃는 듯했다. 그러나 판다라는 기뻐하거나 안도할 수 없었다. 턱관절이 빠져나간 듯 쉴 새 없이 덜거덕거리는 아래위 이빨들이 그 증거였다. 숙명이라는 기분마저 들게 만드는 천벌 같은 살의는 조금도 줄어들지 않았다. 두 마리가 아니라 아흔아홉 마리의 황룡이 달라붙어도 그것을 깎아 내기란 어려울 것 같았다.

"횡횡분마橫橫奔馬."

검왕의 검결지가 수평으로 반 자가량 움직였다. 누른색에 갇혀 있던 흑청색이 한 바퀴 수형 회전을 펼치고, 썩은 밧줄처럼 토막 난 황룡의 파편들이 사방으로 비산되다가 흐릿한 잔영으로 소멸되었다. 그리고…….

'음?'

판다라는, 지상으로부터 일 장 상공에 떠 있어 이제껏 올려다보기만 하던 검왕을 보다 높은 위치에서 내려다보는 듯한 기분이 들었다. 착각이었을까? 그러나 착각이 아니었다. 점점 높아지는 그의 시야 속으로 보다 멀리 떨어진 경물들이, 이를테면 공터 중앙에서 본격적으로 살육을 펼치기 시작한 붉은 덩어리 같은 것들이 들어오고 또 빠져나가기를 반복하고 있었다. 다른 때라면 대경실색했을 장면임에도 그는 별다른 감흥을 느끼지 못했다. 아니, 그는 이미 어떠한 감흥도 느낄 수 없는 상태로 접어든 뒤였다.

그러다가 하늘과 땅이 천천히 뒤집어졌다.

급속도로 낮아지는 판다라의 시야에 마지막으로 담긴 것은 머리통을 잃은 채로 분수 같은 핏줄기를 뿜어 올리는 자신의 몸뚱이였다.

모두 미쳤다!

제초온은 그렇게밖에 생각할 수 없었다.

거대한 붉은 몸뚱이 전체를 통해 붉은 안개를 뭉클뭉클 뿜어내는 '붉은 그것'이 이루 말할 수 없이 사악한 붉은 눈으로 주위를 둘러보았을 때, 그 시선을 접한 비각의 각원들이 눈물과 콧물과 침을 질질 흘리면서도 비칠비칠 앞으로 나간 것은 제초온의 눈에 집단 발광으로밖에 보이지 않았다. 천하에서 가장 싸움을 좋아하는 그마저도 저절로 뒷걸음질 치게 만드는 저 붉은 그것과 싸우겠다고?

그러나 붉은 그것에게 가장 먼저 다가간 두 명의 하급 비영,

철련쌍비鐵鍊雙匕 이괴李槐와 환공미수幻空迷手 장손후長孫厚가 손한 번 휘둘러 보지 못한 채 홍시처럼 짓이겨지는 광경을 목격한 순간, 제초온은 자신의 판단이 근본적으로 잘못되었음을 깨달았다. 저들은 싸우려고 달려 나간 것이 아니었다. 죽으려고 달려 나간 것이었다. 비유하자면, 붉은 그것은 모닥불이고 저들은 부나방이었다. 모닥불의 이글거리는 불길이 부나방을 유혹하여 태워 죽이듯, 붉은 그것으로부터 흘러나온 정체불명의 기운이 저들의 영혼을 포박하여 스스로를 제물로 바치게끔 강제하고 있었다. 붉은 그것을 처음 대한 순간 자신의 머릿속으로 밀려든 괴이한 망연함 또한 그 기운의 산물일 터였다.

제정신이 아닌 각원들에게 경고를 주기 위해 제초온은 공력을 끌어 올려 외쳤다.

"가면…… 안……."

그런데 무슨 영문인지 목소리가 제대로 살아 나오지 않았다. 그러더니 별안간 비릿한 냄새가 입속으로 확 번져 나갔다. 그것이 스스로 혀를 깨문 탓임을 알아차린 제초온은 소스라치게 놀랐다. 붉은 그것이 뿜어내는 권능은 너무나도 강대했다. 단지 거역하려는 마음을 품는 것만으로도 스스로에게 상처를 입힐 만큼.

제초온은 불그죽죽해진 가래침을 거칠게 뱉은 뒤 주위를 돌아보았다. 멀찍이 떨어진 돌바닥에 주저앉아 운기에 몰두하고 있는 패륵의 모습이 시야 한쪽 끝에 잡혔다. 어쩌면 저렇게 하는 것이 붉은 그것의 강대한 권능으로부터 자신을 보호하는 가장 좋은 방법일지도 몰랐다. 하지만 제초온은 늙은 협잡꾼처럼 이기적이지 않았다. 아무리 무정한 마두라도 한솥밥을 먹는 식구들이 부나방처럼 죽어 나가는 것을, 아무 가치도 없이 소멸당하는 것을 방관만 할 수는 없었다. 지금 이 순간에도 부나방들은 자신을 태울 모닥불 쪽으로 느리게, 그러나 끊임없이 다가가고 있었다.

"우으읍!"

단전에서 일어난 혼원의 힘이 제초온의 거구 구석구석을 야생마처럼 치달렸다. 땀에 젖어 살갗에 들러붙은 회흑색 무복이 일순 공처럼 훅 부풀었다가 꺼지고, 제초온은 정신의 말단부에 물때처럼 끼어 있던 불쾌한 기분이 한결 씻겨 나갔음을 느낄 수 있었다. 그는 때마침 자신의 곁을 질질 지나가는 작달막한 노인에게 팔을 뻗었다.

"영감, 뒈지고 싶어?"

멱살을 틀어잡힌 음자송이 혼탁한 눈을 들어 제초온을 쳐다보다가 다시금 붉은 그것이 서 있는 방향을 돌아보았다.

"정신 차려!"

제초온은 신지를 잃고 반송장이 되어 버린 늙은이의 머리통에 이마를 내리꽂았다. 박 깨지는 소리가 퍽 하고 울리더니 음자송의 혼탁한 눈 속으로 고통의 기색이 빠르게 차오르는 것이 보였다.

"아그그그…… 혀, 현제?"

"현제 소리 집어치우랬지."

늙은이 재롱을 받아 줄 때가 아니었다. 제초온은 쥐고 있던 음자송을 짐짝 팽개치듯 멀찍이 던져 버린 뒤, 걸음을 성큼 내디디며 아홉 자 길이의 청강참마도를 수평으로 크게 휘돌렸다.

"가지 말라고, 이 미친놈들아!"

붕!

그 거대한 회전 반경 안에 걸린 각원들이 낫질을 피하는 메뚜

기처럼 사방으로 흩어져 날아갔다. 그들 모두가 어디 한두 군데
는 부러졌을 만큼 과격한 수법이었지만, 피 곤죽으로 으스러지
는 것보다는 나을 테니 미안해할 필요는 전혀 없었다.

"이것들이!"

팔다리가 꺾여 바닥에 널브러진 몸으로도 벌레처럼 버둥거리
며 붉은 그것에게로 기어가는 각원 몇을 내처 집어 던지던 제초
온이 어느 순간 우람한 어깨를 부르르 떨다가 자신도 모르게 고
개를 들고 말았다. 참으로 염병맞을 일인 것이, 붉은 그것과 눈
을 마주쳐서는 안 된다는 생각이 붉은 그것과 눈을 마주친 직후
에야 떠올랐다는 점이었다.

'제기랄……'

악의로 뭉쳐진 붉은 눈이 제초온의 눈을 삽시간에 붙들었다.
붉은 그것이 자신의 눈 속으로 뛰어 들어오는 환상과 자신이 붉
은 그것의 눈 속으로 뛰어 들어가는 환상이 동시에 펼쳐지더니,
제초온은 맨 처음 붉은 그것을 대했을 때보다 훨씬 더 깊은 망
연함에 빠져들고 말았다.

붉은 눈은 거대한 연옥煉獄이었다. 그 연옥에 푹 잠겨 버린 제
초온은 제초온으로서 가지고 있던 모든 인간적인 색깔을 빠르
게 잃어 갔다.

─나를 거역하려 하느냐?

머릿속에서 목소리가 울렸다. 인간성을 망실케 만들 만큼 유
혹적인 목소리였다. 혼원의 힘이 가녀린 꿈틀거림으로 저항해
보았지만 목소리에 담긴 강대한 권능을 이겨 내기란 역부족이
었다. 제초온의 눈빛이 곯은 달걀처럼 혼탁해졌다.

─이리로 오라.

목소리가 명령했다. 제초온은 작아지고 작아지고 또 작아져

마침내 한 마리의 부나방이 되었다. 부나방이 갈 곳은 본래부터 정해져 있었다. 그는 양손으로 움켜쥐고 있던 청강참마도를 축 늘어뜨린 채 붉은 그것을 향해 비척걸음을 내딛기 시작했다. 목소리가 즐거워했다.

―인간 중 보기 드물게 강한 자로구나. 어서 와서 나를 기쁘게 해 다오. 옳지. 옳지…….

이제 제초온에게 가장 중요한 일은 저 목소리를 만족시켜 주는 것이 되었다. 그는 아무 생각도 떠올리지 못한 채 목소리가 들려오는 방향으로 몸을 움직였다.

한 발, 또 한 발…….

만일 그 즈음에 울린 또 다른 소리가 제초온의 심령에 채워진 족쇄를 깨트리지 않았다면, 그는 한낱 부나방으로서 생을 마감했을지도 모른다.

삐―이이이이잇―

검이 드높은 검명으로 솟구친 순간, 제초온은 퍼뜩 정신을 차렸다. 그의 심령을 속박하던 붉은 눈은 지금 이 순간 그에게서 시선을 떼고는 밤하늘을 올려다보고 있었다.

그 시선을 좇아 고개를 든 제초온은 허공을 자유로이 비행하는 한 자루 검과, 그 검의 물수리처럼 박력 있는 낙하와, 그 낙하를 막으려는 두 다발 누른 강기들의 완강한 저항과, 그 저항을 간단히 무력화시키고 판다라 법왕의 수급을 하늘 높이 띄워 올리는 검왕 연벽제의 경천동지할 비검술을 순차적으로 목격하게 되었다.

"아아!"

제초온은 자신이 붉은 그것의 속박에서 벗어났다는 사실조차 망각한 채 연벽제의 강함에 감탄했다. 완전히 매료당했다. 그는 반각지쟁 이후 육 년간의 고련을 통해 자신이 충분히 강해졌다고 믿어 왔다. 이제는 연벽제의 검을 견뎌 낼 수 있으리라 여겨 왔다. 그런데…… 저런 강함이라니!

신기한 점은, 이 자리에서 연벽제의 강함에 감탄하고 매료당한 것이 비단 제초온 혼자만이 아니라는 사실이었다.

—그자만큼 강한 인간이 다시 나타나다니!

붉은 그것에게도 마음이라는 것이 있어 외부 상황에 의해 흔들리기도 하는 것일까? 제초온은 붉은 그것을 둘러싼 붉은 안개가 촘촘하던 밀도를 풀고 출렁거리는 것을 보았다.

바로 그때, 붉은 그것의 발치로부터 시허연 덩어리가 폭죽처럼 솟구쳐 올랐다.

폭발의 혼란을 가로질러 자신을 덮친 거한의 정체가 이 대 혈랑곡주임을 안 것은 그자로부터 날아든 광풍 같은 일 검에 우낙의 칼이 산산이 깨져 나간 직후였다. 파르르 진동하는 칼자루로부터 비롯되어 손아귀, 손목, 팔꿈치, 어깨를 타고 급류처럼 밀려든 검기는 일비영 이명이 오십 평생 처음으로 겪어 보는 괴이하기 짝이 없는 것이었다.

본시 천지간에 존재하는 기운에는 고유한 성질이 있어 냉冷하면 온溫으로 막을 수 있고 중重하면 경輕으로 상쇄할 수 있다 알고 있건만, 그 검기 속에는 냉의 차가움과 온의 뜨거움, 중의 눌림과 경의 펴짐이 도가니 속의 쇳물처럼 뒤엉켜 맴도는 듯했다. 더욱 견디기 힘든 점은 각각의 성질들이 극한의 강도로써 인간을 해친다는 사실이었다. 동시에, 혹은 찰나지간 교차하며 경맥을 공격하는 극냉과 극온과 극중과 극경의 검기 앞에는 이명이 수십 년간 성심으로 수련해 온 옴다라니진력의 탄탄한 호심결도 별다른 구실을 하지 못했다. 그 결과, 이명은 상대의 얼굴조차 제대로 확인하지 못한 채 내상을 입고 말았다. 내외로 혼란스러운 상태에 가해진 예상치 못한 기습임을 십분 감안한다 하더라도 실로 어처구니없는 일이 아닐 수 없었다.

'이런 검기가 존재하다니!'

크게 당황한 이명은 제 기능을 잃어버린 오른손 대신 왼손에 끌어 올린 밀종대수인密宗大手印의 공력으로써 거한의 다음 공격에 대비하는 와중에서도, 청년 시절 부친과 나누었던 대화의 한 토막을 떠올릴 수 있었다.

―혈랑검법을 달리 천하제일 마검법이라고 부르는 까닭은 무엇입니까?

―천하제일 마검기가 실려 있으니 천하제일 마검법이라 부르는 것이 당연하지 않겠느냐.

―천하제일 마검기란 대체 어떤 것인지요?

―말로 설명하기는 어렵지만 실제로 접해 보면 금세 알게 될 게다, 그것이 천하제일 마검기라는 것을.

이명은 당시 부친에게서 들은 아리송한 대답의 의미를 이십여 년이 지난 오늘에야 제대로 이해하게 되었다. 이 검기를 천하제일 마검기라 부르지 않으면 천하의 어떤 검기에 그런 명칭을 붙일 수 있으랴! 그러므로 거한은 혈랑검법의 전승자였다. 이 대 혈랑곡주 석대원!

석대원은 무슨 이유에서인지 분노해 있었고, 무엇인가에 절실해 보였다. 그 분노와 절실함은 붉은 검이 뿜어내는 마검기로 고스란히 전화轉化되어 이명을 향해 쏟아지고 있었다. 무시무시한 공세가 줄줄이 이어지고, 이명은 터무니없을 만큼 일방적으로 몰렸다. 두 사람 사이에 쓰러져 있는 바르라는 밀승이 석대원의 움직임에 미묘한 지장을 주지 않았다면, 이명은 구원자들이 등장하기도 전에 목숨을 잃고 말았을 터였다.

그 구원자들이 지금 이 순간 이명의 앞에 창백한 얼굴을 하고서 누워 있었다. 여자와 남자. 여자인 진금영은 아랫배에 붉은 검이 깊숙이 꽂힌 채로, 남자인 이군영은 오른쪽 가슴 아래가 움푹 함몰된 채로.

진금영은 이미 생명이 끊어진 뒤였다. 그러나 이군영은 아직 아니었다. 반쯤 벌어진 입안 가득히 고인 선혈 위로 부글부글 떠오르는 크고 작은 거품들이 그 삶의 증거였다. 하지만 어쩌면 죽어 가는 증거일 수도 있었다.

"안 돼……."

이명은 부들부들 떨리는 오금에 억지로 힘을 넣어 몸을 똑바로 세웠다. 그러고는 쓰러진 아들에게 다가가 뒷머리 밑에 왼손을 넣어 받쳐 올렸다.

"크르르, 킥!"

선혈로 막혀 있던 기도가 기침과 함께 열리며 이명의 얼굴로 비릿한 핏방울들이 쫙 뿌려졌다. 이명은 저린 기운이 가시지 않은 오른손을 올려 아들의 뺨을 두드렸다.

"군영아! 군영아!"

그때 진금영과 이군영을 저 꼴로 만든 장본인, 석대원에게 어떤 변화가 생기기 시작했다. 이군영을 때려 날린 자신의 왼손을 망연히 내려다보던 석대원이 고개를 부스스 들고 산처럼 장대한 몸을 천천히 펴 올린 순간, 이명은 석대원이라는 인간을 구성하는 아주 중요한 무엇인가가 다른 것으로 대체되었음을 직감적으로 알 수 있었다.

　이명은 침을 꿀꺽 삼켰다. 물론 석대원만으로도 충분히 위험했다. 그러나 변화한 석대원은—이미 석대원으로 불릴 수 있는 존재가 아니므로 '그것'이라고 표현해야 옳을 것이다— 이전의 석대원과 비교조차 할 수 없을 만큼 위험한 존재로 보였다. 석대원에게는 분노와 절실함이라도 있었지만, 그것에게서는 어떤 인간적인 감정도 찾아볼 수 없었다. 핏물로 그린 것 같은 붉은 눈 속에서 회오리치는 것은 공포의 근원에 닿아 있는 듯한 끔찍한 악의뿐이었다. 그리고 왼손 위에 노을처럼 어룽거리던 홍광이 이제는 거대한 붉은 벌레의 촉수들처럼 불쾌하고 징그러운 혈무血霧로 화하여 그것의 주변을 맴돌고 있었다.

　본능이 이명에게 명령했다. 그것으로부터 당장 떨어지라고! 이명은 온전한 왼팔로 아들을 끌어안고 본능이 내린 명령을 따랐다. 그렇게 예닐곱 걸음 힘겹게 몸을 물리자 생각이 비로소 또 다른 사람에게 미쳤다.

　'그 아이를 잊고 있었다니!'

　진금영. 사천의 어느 홍등가 뒷골목에 죽은 고양이처럼 버려져 있던 마르고 조그만 계집아이.

　이명은 잔인한 악당과는 거리가 멀지만, 그렇다고 그런 뒷골목에서 심심찮게 만나 볼 수 있는 버림받은 생명에게 덮어 놓고 구원의 손길을 내미는 보살 같은 사람도 아니었다. 그런 이명이 그 계집아이를 그냥 지나치지 못한 것은, 숨조차 제대로 할딱이지 못하는 계집아이의 얼굴 위로 몇 해 전 쌍둥이를 출산하다가 산고를 못 이겨 숨을 거둔 아내의 까맣게 타들어 간 얼굴과, 죽은 채로 태어나 어미보다 한발 앞서 강보에 쌓여 산실을 떠난 딸아이의 피와 양수로 얼룩진 조막만 한 얼굴이 겹쳐졌기 때문이었다. 그러므로 쌍둥이 중 살아남은 어린 이군영이 부친이 데려온 계집아이에게 혈육 이상의 정을 쏟아부은 것도 이해 못 할 일은 아니었다. 부지불식간에도 그리웠을 것이다. 그래서 찾고 싶었을 것이다, 어미의 배 안에서 아홉 달 반을 함께 지낸 자신의 반쪽을.

또한 진금영은, 아들과의 관계로 인한 호불호를 따지기에 앞서 이명 본인에게는 딸처럼 여겨 온 아이이기도 했다. 혹독한 수련 중에도 보은의 도리를 다하기 위해 조석으로 문안을 오는 아름다운 소녀에게 어찌 살가운 마음을 느끼지 않으리오. 이명 또한 감정을 가진 인간인지라, 그녀가 작전에 실패한 것으로도 모자라 외간 남자의 씨를 밴 몸으로 돌아왔다는 사실을 알았을 때에는 분노와 배신감에 몸을 떨기도 했지만, 잉토증으로 고생한다는 이야기를 들은 뒤부터는 그 고생을 어떻게든 덜어 줄까 궁리궁리하는 스스로를 발견하고 허탈한 웃음을 삼켜야만 했다. 그래서 이명은 아들의 청승맞은 외사랑을 탓할 수 없었다. 부전자전이라고 하지 않던가. 외로움이 많은, 하여 정 붙일 곳을 찾아 헤매기로는 그리 다를 바가 없는 부자였다.

'금영이도 데려와야 해!'

안고 있던 이군영을 바닥에 조심스레 내려놓은 이명은 진금영이 누운 자리를 향해 고개를 돌렸다. 그러고는 눈을 부릅떴다.

"어떻게⋯⋯?"

한 사람이 진금영의 시신을 두 팔로 받쳐 안은 채 이명 앞에 서 있었다. 그런데 이명이 판단하기로 그 사람은 저렇게 움직일 수 없는 처지여야 옳았다. 그 점에는 오판의 소지가 끼어들 수 없었다. 내가 고수인 그가 직접 그 사람의 뒷덜미 요혈을 통해 확인한 사실이기 때문이었다.

기식이 엄엄한 이군영 옆에 진금영의 시신을 내려놓는 그 사람에게, 이명이 떨리는 목소리로 물었다.

"그대가 어떻게 움직일 수 있는 거지?"

진금영을 안고 온 사람, 지난 십 년간 서장과 중원을 오가며 바르라는 이름으로 살아왔지만 그 진정한 정체는 이 대 혈랑곡주 석대원과 밀접한 관련이 있는 강동의 명망 높은 검객임이라 짐작되는 그 사람이 피딱지가 덕지덕지 말라붙은 입술을 벌렸다. 그 입술 사이로 흘러나온 것은 철사 조각처럼 거슬리고 마른 흙처럼 퍼퍽한 기성奇聲이었다.

"대법왕의 제석천뢰세세에는 모든 밀종 공력을 해소하는 공능이 담겨 있소. 시간이 다소 필요했을 뿐, 판다라의 황룡호불공도 예외는 아니오."

연벽제를 얻기 위해서는 누구도 바르의 진실한 정체를 알지 못해야 한다고 생각했다. 그래서 비영지수秘影之首라는 직위도 돌아보지 않은 채 망나니처럼 직접 도도를 들고 나서기까지 했다. 그러나 지금 이 순간 이명은 자신이 그토록 덮으려 했던 질문을 쏟아 내지 않을 수 없었다.

"정녕 강동제일가의 석안 대협이시오?"

"그렇소."

바르, 아니 강동제일가의 전대 가주 검군자劍君子 석안이 고개를 짧게 끄덕였다. 이명은 말문이 턱 막혔다. 자신 앞에서 당당히 본색을 드러낸 저 남자를 상대로 어떤 태도를 취해야 할지 얼른 판단이 서지 않았던 것이다.

다행히 두 사람은 애써 대화를 나눌 필요가 없어졌다. 인간의 보편적 상식으로는 받아들이기 힘든 괴기한 외부 상황이 개인 간 대화의 여지를 말살해 버렸기 때문이다.

석안의 뒤편, 그것이 서 있는 자리를 중심으로 붉은 기류가 소용돌이쳐 나가는 것이 이명의 눈에 들어왔다. 곧이어 공물들이 등장했다. 타의에 의해 바쳐진 공물이 아니었다. 스스로가 스스로를 봉신奉身하는 진정한 의미에서의 공물이었다.

퍼퍽! 퍼퍼퍽!

그 괴기한 생뢰牲牢의 제단 주위로 소름 끼치는 파육음들이 연이어 울려 나오는 가운데, 이명은 철련쌍비 이괴와 환공미수 장손후를 필두로 한 두세 명의 하급 비영들과 그 곱절에 달하는 일반 각원들이 그것에게 딸려 들어가 피 모래로 스러지는 과정을 아연한 눈으로 바라볼 수밖에 없었다.

"가지 말라고, 이 미친놈들아!"

게게 풀린 동공과 반쯤 벌어진 입, 그런 행시주육行尸走肉의 몰골로 그것에게 다가가는 각원들을 향해 육비영 제초온이 욕설을 퍼부으며 참마도를 크게 휘둘렀다. 붕 하는 파공성이 공터를 울리고, 그 바람에 봉신의 행렬이 잠시 멈추는 듯했다. 그러나 그러한 저항도 잠시뿐. 바닥에 널브러진 각원들을 닥치는 대로 잡아 뒤로 내던지던 제초온이 무엇에 놀란 사슴처럼 목을 삐죽 빼 올리더니 우람한 어깨를 부르르 떨었다. 잠시 후 이명은 앞서 각원들과 마찬가지 몰골이 되어 그것을 향해 비척비척 나아가는 제초온의 모습을 보게 되었다. 이명은 자신의 눈을 믿을 수 없었다.

천하의 거경을 눈빛만으로 포박하여 집어삼키는 존재라니!

그것은 더 이상 인간이 아니었다. 인간 세상에 속해 있는 무엇도 아니었다.

외부 상황에 의해 끊긴 대화를 다시 이은 것은 석안이었다.

"영애분께서 당한 일, 아들을 대신해 사과하겠소."

그러면서 진금영의 시신을 향해 손을 뻗으니, 퍼뜩 놀란 이명이 노성을 터뜨렸다.

"지금 무슨 짓을 하려는……!"

하지만 이명의 노성은 중도에서 끊기고 말았다. 진금영의 아랫배에서 붉은 검을 뽑아내는 석안의 손길이 얼마나 조심스러운지를 알아보았기 때문이다.

붉은 검은 마검이었다. 방금 인간의 배 속에서 뽑혀 나왔건만 홍옥처럼 요요한 검신에는 한 방울의 피도 묻어 있지 않았다. 그 붉은 검을 가슴 앞으로 올리며 석안이 말했다.

"본래는 처남과 힘을 합쳐 그대들과 싸워야겠지만…… 지금은 더 중요한 일이 생겼소."

그 순간 이명은 검군자 석안의 진면목을 확인하게 되었다. 피투성이의 초췌한 승려가 강동 제일의 검호로 탈바꿈하는 데 필요한 것은 오직 검 한 자루였다. 이명은 상황의 급박함마저 잊은 채 탄복했지만, 더욱 급박하게 돌아가는 상황이 그의 소박한 감상을 삼켜 버렸다.

삐—이이이이잇—

길고 높은 검명이 살기로 어수선한 밤공기를 가르며 솟구쳤다. 검명을 좇아 황급히 고개를 든 이명은 어둠을 가르며 떨어져 내린 연벽제의 검이 지상에 서 있는 판다라의 목을 날려 올리는 광경을 목격했다.

"살수를 쓰기 전에 이유 정도는 가르쳐 주는 위인인데 지금은 단단히 화가 났나 보군."

석안의 혼잣말 같은 중얼거림이 이명을 의아하게 만들었다.

"화가 났다고? 연 형이?"

석안은 대답 대신 시선을 공터 어딘가로 돌렸다. 그 시선이 향한 곳에 놓여 있는 둥그스름한 물체가 청강마조 두전의 수급임을 확인한 이명은 그가 한 말을 이해하게 되었다. 강호에서 흔히 말하는 혈채血債라는 것, 목숨의 빚은 목숨으로만 갚을 수 있었다. 연벽제가 판다라에게서 받아 낸 것은 바로 그 혈채였다.

석안이 붉은 검을 쥔 오른손 위에 왼손을 포갠 뒤 진금영의 시체를 향해 고개를 숙였다.

"내 무슨 염치로 이 처자를 며느리라 주장할 수 있겠소만, 그래도 감히 부탁드리겠소. 부디 양지바른 곳에 묻어 주시구려, 사돈어른."

석안의 말을 들은 순간 이명의 눈빛이 세차게 흔들렸다. 그는 진금영을 딸처럼 여겼다. 석안은 석대원의 아비 되는 사람이었다. 만일 시국이 평화롭고 인심이 넉넉하다면 두 사람은 정말로 사돈지간이 되었을지도 모른다. 그래서 서로의 기품과 덕망, 자신을 향한 진심 어린 우의에 탄복하며 허심탄회하게 술잔을 나눴을지도 모른다. 어찌 그러지 않겠는가. 어찌 그러지 않겠는가!

그러나…….

거듭 말하거니와, 갈수록 급박해지는 상황은 이명의 소박한 감상을 허락하려 들지 않았다.

파-앙!

석안이 숙인 고개를 들었을 때, 붉은 안개에 덮여 있던 그것의 발치에서 시허연 덩어리가 폭죽처럼 솟구쳐 올랐다. 시허연 덩어리는 얼음으로 뭉쳐진 창 같았다. 이루 말할 수 없이 차갑고 뾰족한 그 창끝이 그것의 아랫배를 무자비하게 파고들었다.

―후아아앙!

인간이 아닌 것이 내지르는 비명 혹은 고함 혹은 괴성이 울렸다. 그와 동시에 이명의 눈앞에 서 있던 석안이 회흑색 잔영으로 흩어졌다.

석년 강동 제일의 검호가 마침내 움직인 것이다.

안랍安拉(알라)의 종들은 영혼의 존재를 믿었다. 그래서 '인간의 주인은 육체인가 영혼인가?'라는 질문 앞에 학산은 분명히 대답할 수 있었다. 육체는 신발이요, 영혼은 발이었다. 닳고 해진 신발은 갈아 신을 수 있지만 발은 한번 잘리면 그만일 뿐, 다른 발로 대체할 수 없었다. 그러므로 인간의 주인은 영혼이었다. 그것이 안랍의 가르침이었고, 영혼의 안락을 위해 육체를 초개처럼 던져야 한다는 둥지의 기본 강령이기도 했다.

그런 학산이기에, 영혼의 절대적인 가치를 믿는 학산이기에, 영혼이 통째로 바뀌어 버린 듯한 석대원을 상대로 한 점의 망설임도 없이 저격을 감행한 것은 매우 의외로운 일이 아닐 수 없었다. 그 이유는 학산 본인도 명확히 알지 못했다. 지난여름 시체조차 남기지 못함으로써 영원한 안식을 박탈당한 아들에 대한 복수심의 발로일지도 모르고, 둥지의 상급 자객 세 사람을 한꺼번에 잃어버린 데 대한 상실감의 표출일지도 모른다. 아니, 그 두 가지가 함께 어우러져 항시 냉철하기만 하던 늙은 자객의 사고를 일시간 흥분 상태에 빠져들게 만들었을지도 모른다.

그러나 저격을 감행한 이유를 따지는 것은 이미 중요하지 않았다. 본시 행동에 옮기지 않으면 무無로 남고 행동에 옮기면 유有가 된다. 그 두 가지 항목 사이에 중간점이란 존재하지 않앉고, 누군가를 저격하는 일처럼 극단적인 행위라면 더더욱 그러했다. 일단 행동에 옮겨 유가 된 이상, 중요한 점은 성패였다.

학산이 몸을 감추고 있던 혼돈지混沌池의 일부가 창처럼 뾰족이 뭉쳐지더니 상방에 거대하게 드리운 석대원의 육체를 향해 힘차게 솟구쳐 올랐다. 둥지의 주인이자 자객들의 왕이기도 한 산로가 자랑하는, 비록 천하제일의 절기는 아닐망정 천하제일인이라도 능히 죽일 수 있다는 무쌍일첨無雙一尖의 필살기가 바로 이것이었다.

─후아아앙!

무쌍일첨은 이제껏 단 한 번도 학산을 실망시킨 적이 없었다. 이번에도 그랬다. 빙결로 이루어진 듯한 무쌍일첨의 첨부에 아랫배를 꿰뚫린 석대원의 육체가 괴성을 내질렀다. 그 소리를 들으며 학성은 주먹을 불끈 움켜쥐었다.

'마침내!'

학산의 회교식 이름은 하산 자바냐. 자바냐는 '무자비하게 꿰뚫은 자'를 의미했다. 그는 지난 재월 기간에 석대원을 꿰뚫는 일에 평생을 바치겠노라 다짐한 바 있었다. 그리고 바로 지금 그 다짐을 달성했다. 혼돈지에 감춰져 있는 그의 노안에 기쁨의 눈물이 한 방울 맺혔다. 그러나…….

그렇게 맺힌 눈물이 닭 껍질처럼 주름진 눈두덩으로 흘러내린 순간, 뭔가 잘못되었다는 생각이 학산의 머릿속을 흔들었다. 무쌍일첨에는 인간의 생기를 파괴하는 둥지의 비술이 담겨 있었고, 그 시전자인 한로는 인간의 생기가 파괴되는 과정을 정확히 감지할 수 있었다. 한데 그 과정이 전혀 감지되지 않았다. 아랫배를 관통한 것을 두 눈으로 똑똑히 보았는데도 말이다! 지금 느껴지는 촉감은 마치 찰흙 막대로 찰흙 덩어리를 찌른 것 같았다. 보다 정확히 표현한다면 찌른 것이 아니라 가져다 붙인 것 같았다. 아니, 가져다 붙인 것도 아니라…….

'먹혔다?'

다음 순간 혼돈지 속으로 뭔가가 불쑥 들어왔다. 그것의 정체가 거대한 붉은 손이라는 것을 알아차리기도 전에, 학산은 그것에 목이 틀어잡힌 채 혼돈지 밖으로 후루룩 끌려 나갔다.

혼돈지로부터 강제로 분리당한 학산을 기다리는 것은 붉은 눈, 아랫배를 꿰뚫린 존재의 것이라고는 믿기지 않을 만큼 선명한, 너무도 선명한 탓에 붉다는 느낌마저 들지 않는 붉은 눈이었다. 그 눈을 대했을 때 살의에 앞서 떠오른 것은 위기감이었지만, 동기가 무엇이든 간에 첫 번째 저격에 실패한 학산이 취할 행동은 하나였다. 바로 두 번째 저격!

"홉!"

학산은 합장하듯 가슴 앞으로 모은 양손을 힘차게 내질렀다. 그 손짓에 따라 혼돈지로부터 딸려 올라온 시허연 송곳이 붉은 눈과 붉은 눈 사이의 미간을 정확히 파고들었다. 그러나 양손의 끝단을 통해 전해 온 촉감은 앞서의 것과 조금도 다르지 않았다. 찌른 것이 아니라 먹힌 것 같은 느낌. 그 순간 학산은 깨달았다. 석대원의 육체에게는 무쌍일첨의 필살기가 전혀 먹히지 않았다!

그때 붉은 눈이 웃었다. 인간이라면 결코 들여다봐서는 안 되는 그 금단의 동혈로부터 울려 악의가 공기 대신 심령을 매개 삼아 학산의 머릿속을 진동시켰다.

─작은 죽음으로 큰 죽음을 찌르려는 어리석은 인간이여!

학산의 앞에 붉은 심연이 펼쳐졌다. 둥지의 비원에서는 자객들의 용기를 북돋아 주는 각종 마약麻藥들이 만들어지는데, 그 중 가장 강력한 것에 흠뻑 취해 자아가 사라지는 기분이었다. 그는 붉은 심연 속으로 아스라이 떨어지는 의식의 끄트머리를 죽을힘을 다해 붙잡았다.

'저 붉은 눈과 눈을 마주쳐서는 안 된다!'

학산은 둥지의 자객이라면 누구나 거쳐야 하는 오련지관五鍊之關을 가장 먼저 통과한 최상급 자객이자 관문 자체를 설계한 창안자이기도 했다. 그 다섯 관문 중 첫 번째는 오감을 다스리는 주감지관主感之關이었고, 다섯 번째는 인지와 행동 사이의 시차를 제거하는 삭망지관削茫之關이었다. 그 두 가지 관문에서 얻은 경험이 학산으로 하여금 상식에 위배되는 행동을 하게끔 만들었다. 가장 단호한 그 행동은, 그러나 가장 효과적인 행동이기도 했다.

푹!

학산의 왼손 인지와 중지가 학산의 양쪽 눈알에 틀어박혔다. 무감지신無感之身을 오래전에 완성한 늙은 자객에게 안구가 터지는 고통 따위는 전혀 문제가 되지 않았다. 심령을 점령하고 있던 붉은 심연 위로 백색의 암막暗幕이 순간적으로 덮이고, 학산은 붉은 눈의 완강한 감옥 안에서 자아를 빼내 올 수 있었다.

—호오?

놀랐을까? 아니면 그저 흥미로웠을까? 석대원의 육체가 잠시간 머뭇거리는 사이, 학산은 재빨리 주문을 외었다.

'혼돈의 연못이여, 입을 열어 나를 받아들이라.'

목을 움켜쥔 거대한 손아귀가 마른 갈잎처럼 버석버석 갈라지는가 싶더니, 실제로는 거대한 손아귀에 움켜쥐어진 목이 물에 분 한지처럼 흐물흐물 흩어지더니, 학산은 혼돈지 안으로 다시금 녹아들 수 있었다.

둥지의 비술로써 보호받는 혼돈지는 시전자인 학산에게 있어서 절대적으로 안전한 공간이었다. 그 안에 머무는 한 학산은 외부로부터 가해지는 공격을 염려하지 않아도 되었다. 방금 전 혼돈지가 허무하게 뚫린 것은 무쌍일첨의 필살기를 펼치기 위해 그 공능의 일부를 스스로 해제한 탓일 뿐, 오직 시전자를 지킬 목적으로 단단히 닫아건 혼돈지 속으로는 그 무엇도 침입할 수 없었다. 학산은 그렇게 철석같이 믿었고, 그러므로 이제는 이 자리를 벗어나기만 하면 되었다. 한데…….

학산은 다시금 혼돈지 속으로 무엇인가가 무단히 뚫고 들어오는 것을 느꼈다. 그 거대한 손아귀였다! 몸을 뒤척여 피해 봐야 아무 소용 없었다. 그의 목은 거대한 손아귀에 의해 간단히 틀어잡히고, 그의 몸은 항거 불능한 힘에 의해 또다시 혼돈지 밖으로 끌려 올라갔다.

'어떻게 이런 일이!'

붉은 목소리가 학산의 머릿속에서 울렸다.

─놀이로구나.

그것은 정말로 '놀이'였다. 학산은 작은 연못 속으로 숨어드는 물고기였고, 석대원의 육체는 그 물고기를 장난삼아 건져 올리는 새끼 곰이었다. 학산은 혼돈지 속으로 숨어들고 숨어들고 숨어들었지만, 석대원의 육체는 그런 학산을 건져 올리고 건져 올리고 건져 올렸다.

"으으으…….'

무감지신을 완성하는 과정에서 돌멩이처럼 단단해진 학산의 심장 위로 급기야 공포가 깃들기 시작했다.

아무리 재미있는 놀이라도 몇 번씩 반복되면 질리는 법일까?

혼돈지로부터 다섯 번째로 건져 올려진 학산을 향해 붉은 목소리가 입맛을 다시며 말했다.

　─죽음의 맛을 아는 인간에게서는 과연 어떤 맛이 날지가 궁금하구나.

　목을 움켜 오는 힘이 갑자기 강해졌다. 죽음이 드리우고 있었다. 그러나 이미 학산은 자신에게 떨어지는 죽음을 향해 어떠한 저항도 할 수 없었다. 과거 무수한 표적들이 그가 드린 죽음에 대해 저항할 수 없었던 것처럼.

　우두둑.

　경추에서 닭 뼈가 부서지는 듯한 작은 소리가 울려 나오고, 구강 안쪽으로 말려들던 혓바닥이 파드득 경련을 일으키더니 어느 순간 혀뿌리가 풀리며 턱 아래로 뽑혀 나왔다. 학산에게 마지막으로 찾아든 것은 하나의 깨달음이었다.

　'진실로 나는…… 작은 죽음에 불과했…….'

　채 마무리 맺지 못한 깨달음 뒤로, 우묵한 안와 속에 묻혀 있던 피 흘리는 안구 두 알이 얼굴 밖으로 툭 튀어나왔다.

　쭈아아앗!

　어디선가 공기 압축되는 소리가 매섭게 울리고.

　─어허허헝!

　석대원의 육체로부터 또 한 번의 괴성이 터져 나왔지만, 개구쟁이가 힘껏 쥐어짠 밀가루 반죽처럼 거대한 손아귀를 중심으로 머리와 몸통이 분리된 학산에게는 어떤 종류의 소리도 더 이상 의미를 가질 수 없었다.

　─어허허헝!

　석안은 그것을 아들의 잔재라고 믿었다. 아들의 영혼은 옛

문헌이 '혈마귀血魔鬼'라고 명명한 존재에 의해 먹힌 뒤지만 그 잔재는 껍질 안쪽에 여전히 남아 핏줄을 향해 울부짖고 있다고 생각했다.

지금 이 순간, 석안은 아들의 손때가 묻은 혈랑검을 내뻗고 있었다. 혈랑검의 검봉은 그 주인 되는 자의 왼손 팔뚝을 정통으로 꿰뚫고 있었다. 그곳은 혈옥수라는 이름의 마공으로 스스로를 위장한 혈마귀의 보금자리였다. 아들의 왼팔을 보금자리 삼아 조금씩 힘을 키워 온 혈마귀는 더할 나위 없이 끔찍한 수단을 통해 아들의 인성을 붕괴시켰고, 그 틈을 노려 아들의 육체를 차지했다. 이제 아들의 육체는 사악함의 정화였다. 사악함의 정화를 사악함으로써 공격하는 것은 지극히 어리석은 짓이었다. 괴란乖亂한 술법을 통해 그 일을 시험하였다가 처참하게 죽은 저 늙은 유생이 그것을 입증해 주고 있었다.

석안은 그렇게 할 이유도, 그렇게 할 수단도 없었다. 다만 그에게는 밀종 제 공부 중에서 가장 뛰어난 것으로 알려진 제석천뢰세세의 공력이 있었고, 그 공력을 한 점에 담아 낼 수 있는 절세의 검초가 있을 따름이었다. 제석천뢰세세의 공능을 품은 석가검법의 정수, 혼류만다라가 혈마귀의 왼손 팔뚝에 꽂혀 들었다. 무소불위일 것만 같던 혈마귀의 사악한 힘도 그것만큼은 막아 내지 못했다. 하긴 아들의 잔재가 도와주지 않았다면 어려운 일이었을 테지만.

그 아들의 잔재가 혈마귀의 얼굴 위로 스르르 떠올랐다. 마치 거대한 운해 속에서 작은 봉우리 하나가 떠오르는 것 같았다. 아들의 잔재는 슬픈 눈으로, 울부짖는 눈으로 아비를 바라보고 있었다. 실체가 아닌 탓에 그것 말고는 의사를 전달할 방법이 없었을지도 모른다.

석안이 아들의 잔재에게 속삭였다.

"미안하다."

그는 십이 년 전부터 이 말을 아들에게 반드시 해 주고 싶었다. 그럼으로써 달라지는 것이 아무것도 없을지라도.

아들의 잔재가 퍽 사라졌다. 아들의 잔재에 의해 붙들려 있던 혈마귀가 망아지간忘我之間에서 깨어난 것도 바로 그 순간이었다.

—네에! 가아! 가암! 히이이이이!

인간의 혼백을 갈아 마시는 듯한 외침과 함께 석안의 가슴 위로 거력이 작렬했다.

"크흑!"

석안의 코와 입과 귀에서 핏물이 쭉 뿜어 나왔다. 그러나 석안은 혈랑검에 불어넣은 제석천뢰세세의 공력을 풀지 않았다. 뇌정의 바르고 굳세고 뜨거운 속성은 모든 사악함의 상극. 때문에 그는 자신의 행동이 무의미하지 않다고 믿었다.

'물러나지 않을 것이다!'

석안은 선혈에 물든 아랫입술 속으로 윗니를 깊이 박아 넣었다. 설령 이 자리에서 몸뚱이가 갈가리 찢긴다 하더라도 그는 혈랑검의 검자루를 절대로 놓지 않을 작정이었다. 그것이 아들에게 지은 죄를 조금이라도 씻을 수 있는 유일한 길이므로.

—주우! 거어! 라아아아아!

혈마귀가 외쳤다. 그 안에 담긴 거대한 악의가 피의 비로 바뀌어 현실 위로 쏟아져 내렸다. 붉고 붉고 붉었다. 석안의 눈에 비친 세상은 온통 핏물뿐인 것 같았다. 온몸의 뼈와 근육이 뒤틀리는 듯한 고통 속에서 그는 죽음을 각오했다.

'이렇게…… 끝인가?'

만일 석안에게 천하에서 가장 바르고 굳세고 뜨거운 기운을 가진 처남이 없었다면, 그는 목전에 닥친 죽음을 결코 피할 수 없었을 것이다.

"검!"

우레 같은 한마디가 세상을 가득 메운 핏물의 한복판을 쪼갰다. 그리고 '벼락으로 이루어진 도장[雷霆印]'이 혈마귀의 뇌문에 정통으로 찍혔다.

……그 순간 삼화취정의 첫 번째 꽃이 피었다.

(4)

꽃이 피었다.

한 인간의 이마에, 그리고 한 마물의 이마에.

인간의 이마에 핀 꽃에 붉은 꽃물이 차올랐다. 그러나 꽃물은 아래로 흘러내리기 직전 붉은 수증기로 타들어 공기 중으로 사라졌다. 치이이, 물기가 증발하는 작은 소리가 우레처럼 압도적인 정적 속으로 화향처럼 흘러갔다.

한 송이 꽃을 이마에 피워 낸 인간, 연벽제가 어느 결엔가 공터로 내려선 이악을 향해 고개를 돌렸다. 그러나 비슷한 모양의 꽃을 피운 마물의 이마를 향해 뻗어 낸 그의 오른손은 강철로 빚은 조각상처럼 미동조차 하지 않았다. 오른손 인지와 중지로 맺은 저 검결지가, 허공에 둥둥 뜬 채 마물의 이마를 정확히 겨누고 있는 거무튀튀한 검과 한 몸처럼 연결되어 있음을 모르는 자는 이제는 없을 터였다. 이악도 물론 알고 있었다.

이악이 아는 것은 그것만이 아니었다.

사십여 년 전인 홍무제 말엽을 붉게 물들인 '남옥의 옥'.

당시 북천거령신 하후방과 더불어 남북쌍천南北雙天 혹은 남검북권南劍北拳으로 불리던 남천비검 연일심은 연가비검이라 알려진 절정의 비검술로써 사십구비영에 속한 비영 넷을 연속하여 참살하는 놀라운 신위를 드러낸 바 있었다. 금군禁軍을 지원하여 연씨 일족 숙청에 나선 이악은 그날 목격한 연일심의 비검술을 잊지 않고 있었다. 검객은 땅에 머물러 있건만 검은 새처럼 하늘을 날아다녔다. 그 검에 목숨을 잃은 사람은 네 명의 비영을 포함하여 물경 이십여 명. 그 검이 눈부신 비행을 멈춘 것은, 보다 못한 이악이 싸움에 개입한 뒤였다. 답뇌홀멸踏惱忽滅의 보법을 펼쳐 연일심에게 다가간 이악은 주인을 지키기 위해 방향을 튼 비검이 당도하기 전 몽인장夢刃掌의 한 수로써 연일심의 심맥을 으스러뜨렸다. 주인과의 영통이 끊긴 검은 끈 떨어진 연처럼 돌바닥으로 추락했고, 그때 울린 쇳소리는 지금까지도 이악의 귓전에 생생했다.

　―뎅겅…….

하여 이악은 조금 전 연벽제가 보여 준 경천동지할 비검술이 연가비검에 근원하였음을 알게 되었다. 하지만 연벽제의 그 비검술을 과연 비검술이라 부를 수 있을까? 연일심은 이미 비검술의 극의極意를 터득했지만 연벽제의 것과 같은 신이神異함은 보여 주지 못했다. 비검술의 극의를 초월한 비검술은 더 이상 비검술에 머물지 않을 터. 오늘 밤 이악의 눈에 비친 연벽제는 검 그 자체였다. 아니, 저 거무튀튀한 검이 연벽제의 화신이라고 해야 옳을지도 모른다. 게다가…….

'저건 또 뭘까?'

연벽제의 검결지가 향한 방향으로 시선을 돌린 이악은 쓴웃음을 지을 수밖에 없었다. 지금 이 순간 연벽제가 여덟 자 허공을 격하여 겨눈 검봉과 마물의 이마 사이에는 한 자의 공간이 있었고, 그 안에는 진주알만 한 광구光球 하나가 빛나고 있었다. 그리고 광구 주위로는 빛으로 이루어진 가느다란 화선火線들이 더 작은 빛의 파편들로 산란散亂하고 있었다. 그 형상이 흡사 번개에서 뽑아낸 실들을 보는 듯했다.

광구가 크든 작든, 또 어떤 형상을 하고 있든, 중요한 사실은 연벽제가 그 광구로써 마물을 제압하고 있다는 점이었다. 둥지의 주인이자 죽음의 전령인 하산 자나뱌의 목을 밀떡 자르듯 간단히 잘라 버린 무시무시한 마물을 말이다. 광구의 기운에 눌린 마물은 거미줄에 걸린 벌레처럼 옴짝달싹하지 못했다. 소름 끼치는 악의를 사방으로 뿌려 대던 붉은 눈은 광구에 못 박힌 채 들판에 켜 놓은 촛불처럼 가물거리고 있었다.

"살아생전에 '바즈라—우파야'를 보는 날이 오게 될 줄은 몰랐습니다."

곁으로 다가온 데바가 말했다. 이악은 투실투실한 목을 어깨 위로 살짝 기울였다. 그는 서장어에 능했다. 바즈라Vajra는 번개로 상징되는 금강저를 뜻하는 말이요, 우파야Upaya는 방편으로 사용하는 도구를 가리켰다. 그러므로 바즈라—우파야는 번개의 도구, 뇌기雷器라고 할 수 있었다. 다만 그가 고개를 갸웃거린 것은, 바즈라—우파야가 인간에 닿아 있는 힘이 아님 또한 알기 때문이었다. 인드라의 나라인 천축국天竺國 어딘가에 잠들어 있는 것으로 알려진 바즈라—우파야는 천지조화의 힘이요, 신의 힘이었다. 이는 밀교의 여러 비전서들이 공통적으로 전하는 신화이기도 했다.

"저것이 바즈라—우파야라고요?"

이악의 반문에 데바가 자신의 정수리, 상단전 부위를 손가락으로 가리켰다.

"인정하고 싶지 않지만, 이 안에 자리 잡은 인드라의 기운이 그렇게 말하고 있군요."

이악이 고개를 끄덕였다.

"하긴 저런 마물을 일 검으로 제압한 것을 보면 대법왕의 말씀이 옳을지도 모르겠습니다."

낮은 대화를 주고받는 두 사람 사이로 연벽제의 질문이 불쑥 들어왔다.

"두 분께선 연 모의 검이 저 혈마귀를 '제압'했다고 보십니까?"

이악은 연벽제의 검에 이마를 겨눔 당한 마물, 혈마귀에게로 눈을 돌렸다. 다시금 향한 그의 눈에 들어온 것은 거무튀튀한 검의 끄트머리가 조금씩 깨져 나가는 모습이었다. 그럴 때마다 광구 위를 맴도는 전화들이 자지러지며 사라지고, 혈마귀로부터 흘러나오는 사악한 기세는 풀무질을 받은 풍로 속 불길처럼 거푸거푸 몸집을 키워 올렸다. 저 일련의 현상들이 의미하는 바는 명백했다. 연벽제는 혈마귀를 완전히 제압한 것이 아니었다. 어쩌면 이 인간 세상에는 혈마귀를 완전히 제압하는 수단 자체가 존재하지 않을지도 몰랐다.

"이제 보니 그런 것 같지는 않군."

이악의 말에 데바가 동감이라는 듯 고개를 끄덕였다. 그러자 연벽제가 말했다.

"제 검이 신병神兵이라면 가능했을지도 모릅니다만, 아쉽게도 저 야뢰는 신병이 아닙니다. 오히려 마병 쪽에 가깝지요. 팔비영의 죽음으로도 알 수 있듯이 마병은 저것에게 큰 영향을 끼치지 못합니다. 야뢰도 마찬가지인 것 같군요."

이악은 묵묵히 고개를 끄덕이기만 했다. 팔비영은 조금 전 마물에게 죽임을 당한 학산의 직위였다. 그리고 불괴의 방패이자 필살의 창이기도 한 혼돈지는 학산이 둥지의 비술로써 빚어낸 요력妖力의 결정체라고 할 수 있었다. 학산은 그 혼돈지로부터 필살의 창인 무쌍일첨을 뽑아내어 혈마귀의 요체를 두 번이나 적중시켰다. 그러나 혈마귀에게는 아무런 피해도 입히지 못했다. 혈마귀가 피해의 징후를 처음으로 드러낸 것은 가짜 밀승이 찔러 낸 붉은 검에 의해 왼쪽 팔뚝이 꿰뚫린 때였다. 그 직후에 놈이 드러낸 가없는 분노란……. 이악은 가볍게 진저리를 쳤다.

연벽제가 말을 이었다.

"더 큰 문제는 혈마귀의 힘이 이 순간에도 조금씩 강대해지고 있다는 점입니다."

이악은 눈썹을 찌푸렸다.

"지금까지 보여 준 모습이 혈마귀의 전부가 아니란 뜻인가?"

"놈은 긴 잠에서 방금 깨어났습니다. 진정한 힘을 드러내기 위해서는 약간의 시간이 필요하겠지요."

이악은 아연해질 수밖에 없었다. 지금까지 보여 준 능력만으로도 혈마귀는 능히 천하를 피로 씻을 수 있는 마물이었다. 한데 그것이 전부가 아니라니!

연벽제가 혈마귀의 이마를 겨누고 있는 허공을 검을 일별한 뒤 말했다.

"그래서 지금 저는 어떻게 하면 저 야뢰로 뇌정인雷霆印을 완벽히 담아 낼 수 있을까 궁리 중입니다."

"뇌정인? 그것이 뭔가?"

이악의 질문에 연벽제가 쓸쓸한 미소를 지었다.

"제게는 빚 같은 것이지요. 덕분에 원하는 힘을 얻을 수 있었지만, 결국에는 대가를 치러야 할 테니까요."

이악은 연벽제의 말을 이해하기 힘들었다. 하지만 연벽제는 더 이상 설명해 주지 않았다. 잠시 기다리다 어깨를 으쓱거린 이악이 화제를 돌렸다.

"좋아, 저 마물에 관한 얘기는 잠시 접어 두기로 하고, 삼비영에게 묻고 싶은 것이 두 가지 있는데 대답해 주겠는가?"

연벽제가 고개를 끄덕였다.

"자네는 누군가?"

이 질문이 끝났을 때, 이악은 연벽제의 키가 한 뼘 가까이 커진 것 같은 착각에 사로잡혔다. 사람의 키가 별안간 커졌을 리는 없고, 마음 안에 억눌러 놓았던 무엇인가를 개방함에 따라 외부로 표출되는 당당함의 크기가 그만큼 신장된 것이리라.

연벽제는 그렇게 신장된 당당함을 목소리에 담아 이악의 질문에 대답했다.

"십이 년 만에 정식으로 저를 소개하게 되었군요. 제 본명은 연해옥燕楷玉, 선친이신 일一 자, 심心 자, 연일심 공께서 제가 태어난 날에 지어 주신 이름입니다."

옥玉을 본받는다[楷]는 의미의 '해옥'이라는 이름은 이악으로 하여금 다시 한 번 사십여 년 전의 그날을 떠올리게 해 주었다. 새처럼 날아다니던 공중의 검, 고치실처럼 새하얀 검기로써 검을 조종하던 지상의 검객, 강렬한 호목과 위맹한 구레나룻, 강남을 주름잡던 비검의 주인공……

이악이 감회 어린 목소리로 중얼거렸다.

"석년 자네의 선친은 양국공凉國公(남옥의 존호)을 유달리 흠모했었지. 천승만금千乘萬金의 영화로도 그 두터운 흠모를 무너뜨리지는 못하겠더군."

"선친을 무너뜨린 것은 천승만금의 영화가 아니라 노각주의 몽인장이었지요."

이 담담한 말의 밑바닥을 흐르는 한류 같은 살기에 이악은 어깨를 움찔거렸다. 그러나 그 살기는 잠시에 불과했다. 가볍게 숨을 내쉰 연벽제가 말을 이어 갔다.

"벽제는 강호에 나온 뒤 직접 지은 자字입니다. 그러니 이름을 가지고 노각주를 기만한 것은 아니라고 생각합니다."

이악은 통통한 손을 내저었다.

"내가 한평생 즐겨 온 권도權道가 바로 기만이라네. 그런 내가, 본명을 밝히지 않았다는 점을 내세워 어찌 자네를 탓할 수 있겠는가. 하물며 자네의 별호가 검왕이지 않던가. 검왕이라, 그 별호처럼 자네를 잘 드러내 주는 말이 또 있을까? 자네는 처음부터 솔직할 수밖에 없는 사람이었던 게야. 그러니 신경 쓸 필요 없네."

이악은 웃었지만 연벽제는 웃지 않았다.

"처음부터 신경 쓰지 않았습니다. 두 번째 질문을 하시지요."

이악의 혈색 좋은 볼에서 볼우물이 지워졌다.

"자네는 판다라 법왕과 가루라 법왕을 상대할 때처럼 대법왕과 나를 수월히 상대할 수 있으리라고 생각하는가? 혹시라도 도움을 기대한다면……."

이악은 말꼬리를 늘이며, 마물의 왼손 팔뚝에 붉은 검을 꽂은 채 서 있는 가짜 밀승, 강동제일가의 전대 가주 석안을 돌아보았다. 석안의 몸 상태는 과히 좋아 보이지 않았다. 코와 입으로도 모자라 양쪽 귓구멍으로도 핏물을 뚝뚝 떨어뜨리는 모습이 당장 눈을 까뒤집고 절명해도 그리 이상할 것 같지 않았다. 물론 그런 몸으로도 꿋꿋이 버티는 의지력 하나만큼은 감탄할 만한 일이지만······.

"자네의 손에 죽은 것으로 알려진 자네의 매제는 지금 상황에서 별다른 도움이 못 될 것 같은데 말일세."

이악의 말에 연벽제가 입꼬리를 슬쩍 비틀었다.

"두 분을 상대하려면 누군가의 도움이 반드시 필요할 거라는 말씀처럼 들립니다."

이악은 당연하다는 듯이 고개를 끄덕였다. 그는 실제로도 그렇다고 믿었다.

"그렇게 대단한 분들께서 진작 나서시지 않은 까닭이 갑자기 궁금해지는군요."

풍자가 다분히 담긴 연벽제의 이 말에, 돌계단을 내려선 이후로 줄곧 온화함을 잃지 않던 이악의 얼굴에 푸르스름한 노기가 어렸다. 그는 태산처럼 무거운 공력을 담아 호통을 터뜨렸다.

"이 잠룡야 이악이 어떤 사람인데 다수의 힘으로써 한 사람을 핍박하는 일을 거든단 말인가! 그리고 판다라와 가루라 두 법왕이 어떤 존체들인데 한 사람을 합공하는 것으로도 모자라 우리에게 도움의 손길을 뻗친단 말인가!"

이제껏 말을 아끼던 데바가 이악의 창로한 웅변을 거들고 나섰다.

"두 법왕이 나선 이상 꺾든 꺾이든 두 법왕이 해결할 일이었다. 만일 본 법왕이 나서서 그들을 도왔다면, 설령 그대의 검을 꺾는다 하더라도 그들 스스로가 팔부중의 일원으로 남을 수 없을 것이다. 그대가 동방의 대종사면 그들 또한 삼장三藏(서변지방)의 대종사, 지고한 위치에 오른 자로서 반드시 짊어져야만 하는 그 존엄한 위의당당威儀堂堂을 어찌 몇 마디 말로써 조롱하려 든단 말인가?"

"자식의 목숨이 경각에 달해도 나서지 않는 위의당당함에는 동의하고 싶지 않습니다만."

연벽제가 차갑게 말했지만 이악은 움츠러들지 않았다.

"명이는 자네를 감싸기 위해 나선 순간부터 본 각과는 다른 입장에 서게 되었네. 그것은 명이 스스로가 선택한 길이었고, 나는 내 아들의 선택을 존중해 주었네. 그래서 나서지 않았을 뿐, 혈랑곡주의 후예가 두려워 가만히 있었다고 여긴다면 자네는 이 이악이라는 사람을 잘못 보았네."

이 말에는 한 점의 거짓도 없었다. 이악은 아들 이명이 오늘 밤 드러낸 유약함에 크게 실망했고, 심지어는 버릴 각오까지도 했다. 때문에 어둠 속에서 나타난 이군영이 전장으로 뛰어드는 것을 목격했을 때에는 크게 당황할 수밖에 없었다. 이군영은 그를 실망시킨 못난 아들을 대신해 그가 이룩한 모든 과업을 물려받아야 할 유일한 손자이기 때문이었다. 다행히 손자를 뒤따라 전장에 뛰어든 계집 하나가 이 대 혈랑곡주의 검을 막아 준 덕분에 손자는 목숨을 건지게 되었고, 그는 남몰래 가슴을 쓸어내릴 수 있었다.

잠시 생각하던 연벽제가 이악과 데바를 향해 말했다.

"제 생각이 일면 짧았음을 인정하겠습니다."

이악은 한 갑자 넘게 몸담은 정계를 통해 노회함의 미덕을 충분히 배운 사람이었다. 노회함이란 왕왕 자신의 감정을 능숙히 통제하는 방식으로 드러난다. 그런 그가 진정성이 배제된 노기를 푸는 데 걸린 시간은 당연히 길지 않았다.

"과실을 알면 곧바로 고치니 공문孔門(공자의 문하, 여기서는 공자와 자공)이 말한 군자가 바로 자네인가 보이."

가당치 않은 소리라는 듯 연벽제가 냉소했지만 이악은 개의치 않았다.

"자, 이제 내 두 번째 질문에 대답을 줄 차례군. 자네는 나와 대법왕을 상대할 자신이 있는가? 아, 판다라 법왕과 가루라 법왕 때처럼 우리가 함께 나서는 일은 없을 것일세."

만약 둘 중 한 사람이 나섰다가 밀릴 경우 저 약속이 실제로 지켜질지는 두고 볼 문제지만, 바닥까지 떨어졌을 이쪽의 사기를 생각하면 이 대목에서 주장들의 위세를 보여 줄 필요가 있었다. 그리고 이악에게는 이를 뒷받침할 만한 충분한 자격이 있었다. 곤륜지회 당시 그가 답뇌홀멸과 몽인장의 공능을 십분 드러내지 않은 것은 어린 시절부터 경외의 대상이었던 석무경이 혈랑곡주라는 신분으로 그 자리에 있었기 때문이었다. 만일 그가 귀보鬼步와 신장神掌의 양대 절기를 감춤 없이 드러냈다면, 구중잠룡이 북악신무와 남패무양의 아래라는 세간의 평은 절대로 나오지 않았을 터였다.

그리고 자격을 논하라면 아두랍찰의 주지이자 팔부중의 수좌인 데바도 마찬가지. 이악의 말을 데바가 곧바로 받았다.

"이 장원에 손님으로 와서 하는 일 없이 공양만 여러 끼 축낸 만큼, 본 법왕이 먼저 나선다 해도 이 각주께서 탓하지는 않을 것 같습니다만?"

이악은 반색하고 싶은 속내와 다르게 점잖게 혀를 차며 고개를 흔들었다.

"저런, 대법왕께서 아직 모르시는 모양인데 이곳은 아들놈이 관장하는 장원입니다. 손님 입장인 것은 이 사람이라고 해서 별반 다르지 않지요. 먼저 나서야 할 사람은 검왕, 저 친구와 하루라도 더 안면을 쌓은 제 쪽에서……."

동서방의 정세를 쥐락펴락하는 두 구렁이의 수작을 깨트린 것은 바로 그 검왕이었다.

　"두 분이 함께 나서도 제 검을 막진 못합니다."

　저 말 안에 담긴 확신이 너무도 견고하여, 마치 밤이 끝나면 아침이 온다는 말처럼 너무도 천연하여, 이악과 데바 두 사람은 눈을 크게 뜨고 연벽제를 쳐다보았다. 안색을 차갑게 굳히는 데바와 달리, 이악은 태어나서 가장 어처구니없는 농담을 들은 기분이라서 화조차 나지 않았다. 연벽제의 검법이 무적지경無敵之境에 오른 것을 부정하는 것은 아니지만, 그것은 어디까지나 일대일로 겨룰 경우였다. 아무리 연벽제라도 동서방을 대표하는 절대자 둘을 한꺼번에 상대하지는 못한다는 것이 그의 판단이었고, 그는 그 판단이 무척 객관적이라고 믿었다.

　"진심으로 그렇게 생각하는가?"

　이악의 질문에 연벽제가 담담히 대답했다.

　"생각이 아닙니다. '사실'입니다."

　사실이란 곧 객관, 이악은 저 대답으로부터 자신의 객관과 연벽제의 객관이 같지 않음을 알게 되었다. 객관은 근거를 요구했고, 각기 다른 객관이 충돌할 시에는 어느 쪽 근거가 더 타당한지를 따져 볼 필요가 있었다. 이악은 자신의 객관이 바탕으로 삼는 근거를 따져 보고, 그다음으로 연벽제의 그것을 따져 보았다. 그러자 일말의 두려움이 일어났다. 놀랍게도 연벽제의 것이 더 타당하다는 기분이 들었기 때문이다. 정말일까? 정말로 자신과 데바, 두 사람이 함께 덤벼도 저 연벽제를 당해 내지 못하는 것일까?

　이악이 연벽제의 객관으로부터 일말의 두려움을 느꼈다면, 데바가 느낀 것은 분노였던 모양이다.

"광오한 중생이로다."

데바의 정수리 뒤로 보광처럼 찬란한 빛이 떠올랐다. 순간적으로 치밀어 오른 노기를 참지 못하고 인드라의 기운, 제석천뢰 세세의 공력을 본격적으로 끌어 올린 것이었다. 그러나 연벽제는 급속도로 팽창하는 밀종 최고의 신공을 앞에 두고도 눈썹 하나 꿈쩍하지 않았다.

"다만 아쉬운 것은, 그 '사실'을 두 분께 확인시켜 드리지 못한다는 점입니다."

"그게 무슨 뜻인가?"

연벽제는 이악의 질문에 대답하지 않았다. 그 대신 시선을 오른쪽으로 돌렸다. 그곳에는 이 밤이 시작할 무렵보다 조금 창백해진 책사의 얼굴이 있었다.

"참으로 긴 밤이오. 그렇지 않소, 이비영?"

연벽제가 달변가라고 생각한 적은 한 번도 없는 문강이지만, 이 순간만큼은 그 적절한 표현력에 감탄할 수밖에 없었다. 문강은 고개를 끄덕였다.

"그렇습니다. 참으로 긴 밤이로군요."

기껏해야 해시亥時(오후 9시~11시) 초엽이니 밤이 무르익으려면 아직 많은 시간이 남아 있었다. 그러나 이 밤은 참으로 길었고, 문강은 세 번의 밤을 연속으로 새운 것만큼 커다란 피로를 느꼈다. 그 피로를 애써 억누르며 문강이 연벽제에게 물었다.

"이 사람에게 하실 말씀이라도 있으신지?"

"우선 고백할 것이 있소."

잠시 말을 끊은 연벽제가 문강의 눈을 정시하며 말을 이었다.

"나는 이비영 그대가 독사처럼 싫고 두렵소. 처음 만났을 때도 그랬거니와, 지금 이 순간에도 그 생각에는 변함이 없소."

문강은 묵묵히 고개를 끄덕였다. 실망 같은 것은 하지 않았다. 그는 그를 아는 모든 사람들이 그를 독사처럼 싫어하고 두려워하기를 원했다. 연벽제 같은 위인마저 그렇게 여긴다면, 그는 뜻을 이룬 셈이었다.

연벽제의 말이 계속 이어졌다.

"하지만 한 가지, 이비영에게서 높이 사는 면이 있소. 그대는 한번 뱉은 말을 지키기 위해 노력하는 사람이오. 약속할 만한 가치가 있는 사람이라는 뜻이오. 그런 면에서 볼 때 그대는 저기 있는 육비영과 닮은 데가 있소."

육비영 제초온과 닮았다는 말만큼은 절대로 동의할 수 없지만, 약속을 지키는 것이 무인의 덕목에 국한되지 않는다는 말에는 십분 공감했다. 무인과는 달리 약속을 맺는 과정에 이해관계와 효율성에 대한 고려가 개입되기는 하지만, 책사도 자신이 한 약속을 지키기 위해 노력해야만 했다. 역사적으로 이름난 모든 책사들이 그러한 노력에 소홀하지 않았다. 적을 기만하는 것과 약속을 지키지 않는 것은 엄연히 달랐다.

"그리고 육비영은……."

멀찍이 떨어진 곳에 청강참마도를 늘어뜨린 채 서 있는 제초온을 일별한 연벽제가 말했다.

"아까 육비영을 움직이게 만든 것은 나였소. 향후 그를 문책할 때 이 점이 반영되기를 바라오."

"삼비영이 간여할 문제는 아닌 것 같습니다만."

문강의 정중하지만 싸늘한 대꾸에 연벽제가 고개를 끄덕였다.

"하긴 그렇구려."

"객담을 길게 나누기에는 제가 좀 피곤하군요. 삼비영은 어서 본론을 꺼내십시오."

연벽제는 문강의 요구를 거부하지 않았다.

"나는 이비영에 두 가지 선택권을 주려고 하오. 단, 두 번째를 선택할 경우 이비영은 나와 한 가지 약속을 해야 하고, 그것을 지켜 주었으면 좋겠소."

문강은 주위를 둘러보았다. 연벽제의 절대적인 신위神威와 혈마귀라는 마물의 절대적인 마위魔威에 의해 제법 많은 수의 아군이 죽거나 다쳤지만, 아직까지도 단천원 안에는 그 몇 곱절에 해당하는 아군이 남아 있었다. 거기에 아군이 보유한 가장 강력한 패라고 할 수 있는 노각주와 데바는 터럭 하나 다치지 않은 상태로 건재했다. 반면에 연벽제의 편이라고는 단지 서 있는 것만으로도 칭찬받아 마땅한 중상자 하나가 있을 따름이었다. 연벽제를 돕기 위해 각의 방침을 거스른 제초온도 더 이상은 그럴 의사가 없어 보였다. 그럼에도 연벽제는 저리도 당당히 문강을 공갈하고 있었다. 놀랍지 않은가! 하지만 정작 놀라운 것은……

'그 공갈이 전혀 공갈처럼 들리지 않는다는 점이지.'

연벽제는 현재 가진 능력의 대부분을, 설령 대부분이 아니라도 꽤나 많은 부분을, 혈마귀를 제압하는 데 쏟고 있었다. 적진 한복판에서 중상자를 건사하는 것도 모자라 가진 능력의 많은 부분을 엉뚱한 곳에 쏟아야 하는 만큼 연벽제로서는 설상가상의 형국이라 아니 할 수 없었다. 하지만 책사의 예리한 안목은 겉으로 드러난 현상의 이면을 꿰뚫어 보고 있었다. 지금 연벽제에게 가장 큰 약점으로 작용하는 저 혈마귀의 존재가 어떤 경우에는 가장 큰 장점으로 작용할 수도 있다는 점을 문강은 간파했다.

문강이 혈마귀를 돌아보며 물었다.

"저 수법의 이름이 뇌정인이라고 했던가요?"

"그렇소."

처음에는 마주하기도 힘들 만큼 강렬하던 광구의 빛이 지금은 부쩍 흐려져 있었다. 가물거리던 붉은 눈이 조금씩 뚜렷해지고, 가라앉았던 붉은 안개가 스멀스멀 되살아나는 것은 그에 따른 반작용인 것 같았다. 문강은 검봉 부분이 거의 깨져 나간 거무튀튀한 검을 바라본 뒤 연벽제에게로 시선을 돌렸다.

"그리 오래 유지될 것 같지는 않군요."

이 말에 연벽제가 미소를 지었다. 문강은 그 미소를 구구한 설명을 생략할 수 있도록 해 준 데 대한 고마움의 표현이라고 생각했다. 연벽제와 같은 상대에게 사례를 받는 것은 흔히 경험할 수 있는 일이 아니었다. 그래서 문강은 상대의 구구함을 마저 덜어 주기로 마음먹었다.

"삼비영이 말씀하신 두 가지 선택권이란 셋 모두가 남거나, 셋 모두가 떠나는 것이겠군요."

여기서 셋이란 연벽제와 석안과 혈마귀였다.

"전자를 택하면 삼비영은 즉시 저 혈마귀를 억누르고 있는 뇌정인을 거두겠지요. 이 단천원은 필시 아수라장이 되어 버릴 테고요."

감탄을 감추지 않는 연벽제의 얼굴과는 달리, 노각주와 데바의 얼굴은 딱딱하게 굳었다. 그들은 연벽제가 가진 가장 큰 약점 속에 숨어 있던 정반대의 요소를 놓치고 있었던 것이다. 비록 둘이서 힘을 합치면 연벽제 한 사람은 어떻게든 감당할 수 있다고 자신하는—그 자신감의 타당성에 대해서는 이견의 소지가 있더라도— 눈치지만, 그 전에 연벽제가 혈마귀의 금제를 푼다면 얘기는 전혀 달라진다. 최강의 검객과 최강의 마물을 한 자리에서 상대한다는 것은 어지간한 용기로는 꿈도 꾸기 힘든 일이었다. 아니, 그것은 용기의 문제가 아니라 역량의 문제였다. 문강이 기억하기로, 그 둘을 함께 감당할 역량은 단천원이 건립된 이래로 단 한 번도 없었다. 그러므로 연벽제는…….

"소생을 속이셨군요. 제가 선택할 수 있는 길은 처음부터 하나뿐이었으니까요."

문강이 쓸쓸히 말하자 연벽제가 탄식했다.

"이비영에게 높이 살 면이 또 한 가지 있음을 오늘에야 알게 되었소. 그대는 긴말이 필요치 않는 영민한 사람이오. 우리가 다른 길을 걷는다는 사실이 한스러울 따름이오."

이 순간 비범한 책사는 비범한 무인의 저 탄식에 무서우리만치 공감하고 있는 자신을 발견했다.

－그는 죽었소.

문강은 산월월의 어둠을 뚫고 나타난 연벽제가 자신을 향해 한 그 짧은 말과, 그 말을 들은 순간 등골을 따라 치달려 내려간 강렬한 전율을 다시 한 번 떠올렸다.

아! 연벽제, 이제는 '불가해한 존재'를 뛰어넘어 '인간이 어찌할 수 없는 존재'로 평가할 수밖에 없는 저 비범한 무인과 같은 길을 걸을 수만 있다면 얼마나 좋겠는가!

그래서 문강은 연벽제를 감싸기 위해 모든 것을 팽개친 이명의 처사를 나무랄 수 없었다. 연벽제라는 인물에게는 그렇게 해서라도 자기편으로 두고 싶은 가치가 차고도 넘치기 때문이었다. 단지 이명과 문강의 차이는, 그렇게 함으로써 연벽제의 마음을 돌릴 수 있으리라고 믿느냐 믿지 않느냐였다. 이명은 믿었고 문강은 믿지 않았다. 결과는 문강이 옳은 것으로 판명되었지만, 그는 그 결과에 즐거워할 수 없었다…….

'……어울리지 않군.'

고개를 한차례 흔들어 자신과는 어울리지 않는 감상을 털어 낸 문강이 연벽제를 바라보았다.

"소생이 지켜야 할 약속이란 아마 추격대를 보내지 않는 것이겠군요."

"그렇소."

"검왕과 혈마귀를 추격할 커다란 간담을 가진 사람이 과연 있을까요? 기우라고 봅니다만, 약속을 원하시니 약속해 드리지요. 추격대를 보내는 일은 없을 겁니다. 솔직히 말해 이 난장판의 뒷수습을 할 생각만으로도 골치가 지끈거리는 중이니까요."

이 대답을 듣고도 한 번 더 보증을 받으려는 듯 연벽제가 고개를 돌려 노각주를 쳐다본 것은 조금 서운한 일이지만, 비각의 주인은 엄연히 노각주였다. 아무리 유능한 책사라도 중요한 결정을 내릴 때에는 주인의 허락이 필요했다.

"이비영의 뜻은 내 뜻과 같네."

잠시 망설이는 시늉을 하던 노각주가 문강의 체면을 세워 주었다. 그러나 사실은 보증을 요구함으로써 노각주의 체면을 세워 준 쪽은 연벽제였다. 최종적인 결정권이 노각주에게 있음을 증인 앞에서 보여 준 셈이니까.

체면을 세우고 싶어 하는 사람은 또 있었다. 데바가 성큼성큼 앞으로 나서자 연벽제가 그를 향해 말했다.

"판다라의 목숨 값을 따지고 싶거든 그의 손에 죽은 내 친구의 목숨 값부터 따져야 할 거요."

"본 법왕이 따지려는 것은 죽은 목숨이 아니라 산목숨이다."

데바가 손을 들더니, 이제는 혈마귀를 찌른 것이 아니라 혈마귀에게 매달려 있다고 표현해야 옳을 것 같은 석안을 가리켰다.

"저자는 신분을 감춘 채 본 법왕의 신공을 십 년간이나 익혔다. 그 빚은 어떻게 청산할 셈인가?"

빚을 청산한 사람은 대리인이 아니라 본인이었다.

"돌려 드릴 수는 없지만 없앨 수는 있소."

힘겹게 흘러나온 석안의 탁성에 연벽제가 눈썹을 꿈틀거렸다.

"매제!"

"이것은 나와 사부 사이의 문제라네. 처남은 끼어들지 말게."

석안은 붉은 검을 쥐지 않은 왼손 손바닥을 펼쳐 자신의 하단전에 가져다 붙였다. 흉하게 망가진 얼굴 위로 달무리처럼 은은한 빛이 어리는가 싶더니, 시뻘건 선혈이 석안의 입을 통해 울컥울컥 뿜어 나오기 시작했다.

토혈을 마친 석안이 데바를 쳐다보았다.

"사부께 배운 신공의 원정元精이오. 그것을 스스로 없앰으로써 사제지연을 끊고자 하는 제자의 불초함을…… 용서하시오……."

이 말을 끝으로, 오른손에 쥐고 있던 붉은 검을 놓치며 자신이 토해 놓은 정혈 위로 무너지는 석안을 향해, 연벽제가 왼손을 쭉 뻗었다. 바닥과 부딪치기 직전 둥실 떠오른 석안이 일 장 반 남짓한 허공을 날아 연벽제의 왼쪽 어깨에 사뿐히 실렸다. 인간이 어디까지 놀랄 수 있는지를 시험해 보려는 것일까? 오른손으로는 뇌정인을, 왼손으로는 격공섭물隔空攝物을 동시에 펼치면서도 연벽제는 힘에 부친 기색을 드러내지 않았다. 아니, 숫돌에서 방금 벼려 낸 칼날처럼 그의 기세는 오히려 시퍼 레져 있었다.

"청산하고 싶은 것이 아직 남아 있다면 매제를 대신해 내가 해 드리리다."

연벽제가 차갑게 말했다. 연벽제와 연벽제의 어깨에 얹힌 석 안과 석안이 토해 놓은 정혈을 번갈아 쳐다보던 데바가 '음!' 하 고 짧은 침음을 흘린 뒤 원래 있던 자리로 물러났다.

연벽제의 시선이 노각주를 향했다.

"시운이 인간의 뜻과 같지 않음에 노각주께 받아야 할 빚은 부득이 다른 사람에게 넘기고자 합니다. 다만 노각주께서 그 사 람을 보게 될 시기는 그리 머지않을 겁니다."

연벽제가 노각주에게 목례를 보냈다.

"연 모는 이 시각부로 삼비영 직에서 물러나겠습니다. 함께 갈 일행이 있어 하직 인사를 제대로 올리지 못하는 점, 양해해 주십시오."

당연한 얘기지만 허락은 필요 없었던 모양이다. 노각주에게 서 시선을 거둔 연벽제가 한차례 심호흡을 한 뒤 혈마귀를 향해 내뻗고 있던 검결지를 둥글게 구부렸다가 슬쩍 퉁겼다. 빛을 잃 어 가던 광구 위로 새로운 화선들이 타타탁 뜀을 뛰더니, 혈마 귀로부터 뿜어 나오던 붉은 안개가 물벼락이라도 맞은 것처럼 쫙 가라앉았다. 이야기 속에서나 나올 법한 그 기경할 광경에 주위가 다시 한 번 정적 속으로 떨어졌다. 꿀꺽! 이제는 순수한 구경꾼으로 전락한 각원들 중 누군가의 침 삼키는 소리가 저토 록 또렷하게 들릴 만큼.

그 정적 속으로 연벽제의 한마디가 파고들었다.

"제제취구提提醉狗."

검결지가 한일자를 긋듯 수평으로 움직였다. 허공의 한 점에 붙박여 있던 거무튀튀한 검과 그 검의 부러진 검봉에 매달린 광구도 덩달아 움직였다. 일정한 높이를 유지한 채 둥둥 떠가는 광구는 커다란 반딧불처럼 보이기도 했다. 그리고 혈마귀는, 문강이 보기에 최소한 지금까지는 광구에 예속된 것처럼 보였다. 석안의 손에서 벗어난 붉은 검을 왼손 팔뚝에 꽂은 혈마귀가 광구의 움직임을 따라 비척비척 걸음을 떼어 놓기 시작했다.

연벽제가 문강을 돌아보았다. 적대하지만 인정할 수밖에 없는 상대의 눈을, 두 사람은 잠시 마주 보았다. 이윽고 연벽제가 문강에게 고개를 까닥였다. 문강은 왠지 저 작은 고갯짓으로써 두 사람 사이의 인연, 혹은 악연에 커다란 매듭이 지어지는 듯한 기분이 들었다.

비범한 무인의 퇴장에는 두 번의 작은 의식이 뒤따랐다.

혈마귀의 장대한 신형을 뒤따라 걸어가던 연벽제가 처음 발길을 멈춘 곳은 자신을 위해 망나니 노릇도 불사한 순진하고도 호의적인 상급자의 앞이었다. 젖은 솜이불처럼 축 늘어진 아들을 부축하고 있던 이명이 자신 앞에 멈춰 선 연벽제를 향해 입술을 달싹거렸다.

"연 형, 나는…… 나는……."

먼저 말을 꺼낸 쪽은 연벽제였다.

"이제는 내 검이 무엇을 인내하고자 했는지 아셨으리라 믿소."

연벽제가 살던 집의 당호는 인검원이었다. 검은 검객과 더불어 그 집 안에서 인내했다. 오늘 밤 보여 준 극강한 힘을 인내했고, 십이 년이란 긴 세월을 인내했고, 그 이전으로 더욱 연장되는 깊디깊은 구한仇恨을 인내했다. 이제 모든 인내는 끝났고, 검과 검객은 더 이상 인검원을 필요로 하지 않았다.

이명은 그 뒤로도 몇 차례 더 입술을 달싹거렸지만 소리로 바뀌어 나온 것은 한 토막도 없었다. 그 모습을 지켜본 문강은 이명을 진심으로 동정하게 되었다. 이명은 지난 수십 년간 쌓아 온 일비영으로서의 지위와 위엄과 신의를 오늘 밤 연벽제 한 사람을 붙잡기 위해 스스로 헐어 버렸다. 그럼으로써 인간적인 감정에 호소하려 했다. 이명의 불운은, 상대가 '인간이 어찌할 수 없는 존재'임을 몰랐다는 점이었다. 그 존재에게는 인간적인 힘이 통하지 않았다. 인간적인 감정도 통하지 않았다.

"군영이가 무사하길 기원하겠소."

이 말을 끝으로 멈춰 있던 검이 다시 움직이고, 광구가 움직이고, 혈마귀가 움직이고, 연벽제가 움직였다.

연벽제의 발길이 그다음으로 멈춘 곳은 청강참마도를 돌바닥 위로 축 늘어뜨린 채 서 있는 제초온의 앞이었다. 제초온의 부릅뜬 두 눈은 맹수를 처음 본 아이의 것처럼 줄곧 혈마귀에게만 꽂혀 있었다.

연벽제가 제초온에게 말했다.

"반각지쟁의 약속을 지켜 주어 고맙네."

그제야 정신을 차린 듯 어깨를 부르르 떤 제초온이 혈마귀를 가리키며 물었다.

"내가 이 물건에 그냥 한칼 먹이면 안 되는 거요?"

연벽제는 대답 대신 빙긋 웃기만 했고, 제초온은 인상을 구기며 투덜거렸다.

"하긴 그렇게 해서 죽일 수 있는 물건 같았으면 당신이 이제 껏 살려 뒀을 리가 없지."

"아니, 그렇게 해서 죽일 수 있는 물건이라도 살려 뒀을 걸세."

"잉?"

연벽제가 혈마귀를 턱짓으로 가리켰다.

"저 몸의 원주인이 누군지 잊은 모양이군."

"아!"

입까지 벌리며 새삼스레 놀라는 제초온을 미소 띤 눈으로 잠시 올려다보던 연벽제가 아쉽다는 듯이 말했다.

"약속을 지켜 주었으니 육비영의 칼을 한 번 더 받아 주는 게 도리일 텐데……. 미안하게 되었군."

"당신이 미안해할 필요는 없소."

고개를 저은 제초온이 정색을 하고 말을 이었다.

"나는 내가 호랑이인 줄 알았소. 사자와도 능히 싸울 수 있다고 믿었지. 한데 당신과 한번 붙어 보니, 제기랄, 내가 고양이에 지나지 않았다는 것을 깨닫게 되었소. 그래서 육 년을 고련했소, 진짜 호랑이가 되기 위해. 그래서 사자와 당당히 싸워 보기 위해. ……하지만 오늘 나는 또다시 깨달았소. 지난 육 년간 그저 덩치만 조금 커졌을 뿐, 나는 여전히 고양이에 지나지 않다는 점을 말이오."

제초온은 말을 끝냄과 동시에, 바닥에 늘어뜨렸던 청강참마도를 머리 위로 한 바퀴 붕 휘돌린 다음 칼날이 아래로 향하도록 비스듬히 떨어트렸다. 그러고는 그를 아는 사람이라면 눈을 부릅뜨지 않을 수 없을 만큼 깍듯한 예도로써 고개를 깊이 숙인 뒤 연벽제에게 말했다.

"나는 검왕의 검을 더 이상 시험하지 않겠소. 당신은 이 제초온이 진심으로 싸움을 포기하게 만든 유일한 인간이오."

연벽제가 빙긋이 웃었다.

"좋군. 술을 끊은 지 십 년이 넘는데 자네의 말을 들으니 꼭 취하는 기분일세."

"나는 누구 기분 좋으라고 알랑방귀나 뀌는 아첨꾼이 아니오."

노한 듯이 으르렁거리는 제초온의 얼굴은 이전보다 조금 더 거무튀튀해져 있었다. 하지만 멀찍이서 지켜보는 문강의 눈에는 그 모습이 꼭 수줍어하는 것처럼 보였다. 연벽제의 입에서 커다란 웃음소리가 터져 나왔다.

"하하하, 육비영은 아첨꾼이 아닐뿐더러 고양이는 더더욱 아니라네. 자네는 고래지. 커다란 고래."

연벽제가 제초온에게 왼 주먹을 내밀었다.

"고래 같은 친구, 그동안 즐거웠네."

"제기랄."

제초온은 그 주먹에다 자신의 왼 주먹을 부딪친 뒤 바닥에 침을 뱉었다.

멈춰 있던 검이 다시 움직이고, 광구가 움직이고, 혈마귀가 움직이고, 연벽제가 움직였다.

이후 사람들의 시야에서 완전히 사라지도록 연벽제의 걸음이 멈추는 일은 벌어지지 않았다. 비범한 무인은 단천원이라는 무대에서 그렇게 퇴장했다. 바라보는 모든 사람들의 마음에 죽는 날까지 잊지 못할 강렬한 인상을 새겨 놓은 채로.

"후우."

연벽제가 사라진 어둠을 한동안 응시하던 문강이 길게 한숨을 내쉬었다. 불과 한 시진 전만 해도 연벽제가 저런 방식으로 퇴장하리라고는 예상조차 하지 못했다. 하지만 그가 오늘 밤 예상하지 못한 것이 어디 그뿐이랴. 너무나도 많은 변수들로 인해 모든 예상들을 빗나갈 수밖에 없었던 밤이었다. 그래서 더욱 길게 느껴지는 밤이기도 했다. 거기에 뒷수습 문제는…….

골치가 다시 지끈거리기 시작했다. 문강은 엄지손가락으로 관자놀이를 꾹꾹 눌렀다.

"이비영, 정녕 추격대를 보내지 않으실 작정이오?"

지끈거리는 골치를 더욱 후벼 오는 쇳소리를 들으며, 문강은 쇳소리의 주인보다는 육비영 제초온을 원망했다. 저 머리통에다 눈 딱 감고 한칼만 찍어 주었다면 문책 자체를 면제해 줄 의향도 있건만……. 아쉬움을 삼킨 문강이 쇳소리의 주인, 패륵에게 말했다.

"칠비영께서 몸소 가시겠다면 말리지 않겠습니다."

"아, 그게…… 본 법왕이 직접 가겠다는 것이 아니라……."

낯빛이 허예져서 뒷걸음질 치는 패륵을 보며 문강은 비소를 참지 않았다. 하기야 말 한마디조차 아까운 비루한 인간에게 거경의 청강참마도를 동원하는 것은 닭 잡는 데 소 잡는 칼을 쓰는 격일 터. 효율성을 항시 고려해야 하는 책사로서는 그리 바람직한 처사가 아니었다. 비각에는 사람은 많되 인물은 드물었다. 제초온에 대한 문책의 수위를 섣불리 높일 수 없는 까닭이기도 했다.

톡.

그때 차가운 물방울 하나가 콧등 위 떨어졌다. 문강은 밤하늘을 올려다보았다. 초저녁부터 몰려들던 먹구름이 이제는 밤하늘 전체를 두껍게 뒤덮은 가운데, 서북 지방 특유의 흙냄새가 진득한 습기를 머금고 콧속으로 흘러들어 오고 있었다. 비라도 내리려는 것일까? 기왕에 내릴 비라면 거세게 내리기를 바랐다. 그럼으로써 이 공터에 밴 구역질나는 피비린내가 씻겨 나가기를 바랐다. 하지만 아무리 거세게 내리는 폭우라도 그의 어깨를 묵직하게 짓누르는 피로감은, 그의 마음에 진득하게 들러붙은 열패감은 씻어 내지 못할 것 같았다. 더욱 나쁜 점은, 그 피로감과 열패감에도 불구하고 그에게는 아직 해야 할 일이 남아 있다는 사실이었다.

'피곤한 자리군, 책사란.'

두통이 점차 심해지는 머리를 절레절레 흔든 문강은 이 의외롭고도 긴 밤의 뒷수습을 논의하기 위해 노각주에게로 다가갔다.

(5)

조금 전부터 떨어지기 시작한 빗방울이 찻종지만큼이나 큼직해진 것은 순식간이었다. 이참에 가을 가뭄 근심을 해소해 주려는지 오늘 새벽 그친 것보다도 세찬 비였다.

쏴아아—

억수처럼 퍼붓는 그 빗줄기를 뚫고서 작은 불빛 한 점이 가물거리며 다가오는 모습이 보였다. 커다란 연잎을 삿갓 모양으로 말아 쓰고 주변을 두리번거리던 작달막한 괴승, 매불이 버들가지 밑에 웅크리고 있던 몸을 발딱 일으키며 소리쳤다.

"봐라, 봐라! 이래도 내가 돌팔이 점쟁이냐?"

손차양을 대고 매불이 가리키는 광점光點을 살피는 한로의 귓전에 매불의 으스대는 탁성이 쟁쟁하게 울렸다.

"내가 뭐랬어, 비 내리는 밤을 보려거든 실 걸린 문을 찾으라고 했어, 안 했어?"

"스님 말씀이, 그러니까 저 깜빡이는 불빛이 우리 소주라 이 말씀이지요?"

미심쩍어하는 기색을 여전히 떨치지 못한 한로의 말에 매불이 벌컥 짜증을 부렸다.

"그놈의 소주 타령 좀 집어치우라니까! 네 소주지 왜 우리 소주냐? 그리고 누차 말했잖아, 네 소주는 이미 천랑성天狼星에 먹혔다고. 그 배 속에서 온전히 기어 나오려면 비 내리는 밭을 봐야 한다니까. 그래서 우리가 실 걸린 문을 찾아온 거잖아."

매불이 말하는 '비 내리는 밭'과 '실 걸린 문'에 대해 설명하자면, 맛은 좋지만 몸에는 별로였던 그 개고기 이야기부터 거슬러 올라가야 했다. 시장통을 돌아다니다 개고기를 얻어먹은 것은 좋았다. 간만에 들어온 기름기에 놀란 아랫배를 진정시키려 관도를 벗어나 숲으로 들어간 것까지도 좋았다. 하지만 볼일을 보고 나왔을 때 일단의 강호인들에게 둘러싸인 것은 한로의 예상에는 전혀 들어 있지 않은 매우 안 좋은 일이었다. 찰떡처럼 붙어 다니던 노복도 팽개치고 홀몸으로 내뺀 매정한 주인을 찾기 위해 들르는 곳마다 수소문하고 다닌 것이 끝끝내 사달을 일으킨 모양이었다.

병들고 지친 몸으로도 악착같이 저항해 봤지만 끝내 팔극문주란 놈에게 마혈이 찍혀 쓰러지고 말았다. 의식을 잃기 직전까지도 자신의 명운이 여기서 끝이라는 두려움에 앞서 소주의 얼굴을 더 이상 볼 수 없으리라는 아쉬움에 하늘을 원망했다. 그런데 밤이 이슥한 뒤에야 의식을 되찾은 한로 앞에는 뜻밖의 인물이 기다리고 있었다.

─자네가 그토록 애달게 찾아 헤매는 그 소주, 이 부처님이 만나게 해 줄까?

시장 좌판에서 개고기를 사 주고, 고기에 문제가 있다는 것은 어찌 알았는지 설사약까지 미리 챙겨 준 작고 늙고 괴상한 승려였다. 하지만 작고 늙고 괴상한 게 무에 대수겠는가. 한로는 자신을 매불이라고 밝힌 그 괴승의 승포 자락에 눈물 콧물을 문지르며 매달렸다.

─우리 소주만 다시 만나게 해 주시면 그 은혜는 죽을 때까지 잊지 않겠습니다!

매불이 혀를 찼다.

─다시 만나는 거야 어렵지 않은데, 자네가 아는 소주로 돌아오려면 제법 시간이 걸릴 거야. 고초살枯焦煞이 제대로 끼어서 오늘을 넘기기 전에 천랑성에 잡아먹히게 생겼거든. 자네 소주가 사람으로 돌아오려면 우선 천랑성부터 때려잡아야 하는데, 그게 영 쉽지가 않아. 나도 못 잡고, 짐꾼도 못 잡지.

고초살은 뭐고 천랑성은 뭐며 사람 행세에다 짐꾼은 또 뭔가? 한로는 매불이 지껄이는 소리를 단 한 마디도 알아들을 수 없었다.

─대체 무슨 말씀을 하시는 건지…….

─잘 모르겠지? 나도 정확히는 몰라. 호수처럼 고요하기도 하고 강물처럼 흐르기도 하는 게 천기인데, 오늘 밤은 변덕이 아주 지랄 같거든. 아무래도 점괘를 다시 뽑아야 할 것 같아.

그러면서 동행하던 점잖은 승려에게 손바닥을 내미니 그 승려가 걱정스러운 표정으로 매불에게 말했다.

─기가 많이 상하셨습니다, 태사부. 안색도 안 좋고요. 천수天數를 뽑는 것은 가급적 자제하시는 편이…….

─죽으면 날아가는 것이 기고 문드러지는 것이 몸뚱인데 아껴 뭐하니? 잔말 말고 어서 내놔.

한숨을 쉰 승려가 약낭에서 꺼낸 잉어 눈알만 한 밀랍 구슬을 매불에게 내밀었다. 매불은 밀랍을 쪼개 그 안에서 나온 금빛 환단을 날름 삼켰다. 그런 다음 품에서 쌀알만 한 글자들이 빽빽이 수놓인 보자기 한 장을 꺼내 땅바닥에 펼친 뒤, 짝짝이 눈을 감고 입속으로 염불도 아니고 주문도 아닌 요상한 소리를 남남이 외우기 시작했다.

매불이 다시 눈을 뜬 것은 반 각가량 지난 뒤였다.

ㅡ옳거니!

눈을 뜬 매불은 보자기 위의 몇 글자를 연달아 짚었다. 그러고는 내뱉는 말이 바로…….

ㅡ비 내리는 밭이 실 걸린 문에서 천랑성과 맞붙게 되는구나! 우리는 실 걸린 문만 찾아가면 된다!

……여기까지 이어진 한로의 상념을 깨트린 것은 등 뒤에서 갑자기 터져 나온 음산한 목소리였다.

"혈옥수로구나! 사형과 사라진 저것이 어떻게 여기에……?"

깜짝 놀란 한로가 뒤를 돌아보았을 때에는 일행이 한 명 늘어나 있었다. 적통이라는 법명을 가진 점잖은 승려 옆자리에 밤귀신처럼 홀연히 나타난 사람은 검은 승복에 검은 삿갓을 쓴 장신의 독안 노승이었다. 독안 노승의 얼굴과 그 얼굴이 뿜어내는 기세는 한로 같은 사람마저도 숨을 헉 들이켤 만큼 흉악했지만, 한 사람에게만큼은 먹히지 않는 것 같았다.

생색내기를 유달리 좋아하는 매불이 독안 노승을 돌아보며 좁은 어깨를 으쓱거렸다.

"내 뭐래든? 날 따라오면 네 사형의 자취를 찾을 수 있을 거라고 했니, 안 했니?"

하지만 독안 노승은 아무 대꾸도 하지 않았다. 그의 하나뿐인 검붉은 눈알은 빗줄기를 뚫고 가까워지는 작은 불빛에 똑바로 고정되어 있었다. 그 눈알 위로 일렁거리는 감정은 너무 복잡하여 한두 가지 단어로는 표현할 수 없을 것 같았다.

그때 불빛이 멈추고 남자의 중후한 목소리가 빗소리를 뚫고 들려왔다.

"한 노인이셨군요."

자신을 알아본 것도 놀랍거니와 그 목소리가 귀에 익어 한로는 목을 빼고 전방을 바라보았다. 하지만 가장 먼저 그의 눈에 들어온 것은 불빛도 아니고 목소리의 주인도 아닌, 불빛을 받아 희부예진 우막雨幕 위로 흐릿하게 떠오른 한 사람의 거대한 윤곽이었다. 한로가 어찌 알아보지 못하랴! 어떤 시간, 어떤 장소에서 보더라도 절대로 지나칠 수 없는 그 윤곽은 바로 그의 젊은 주인, 석대원의 것이었다.

다음 순간 한로의 눈이 휘둥그레졌다. 석대원의 왼팔에 꽂힌 혈랑검을 알아보았기 때문이다.

"소주!"

한로는 눈이 뒤집혀 앞으로 달려 나갔지만, 세 발짝도 채 못 떼고 뒷덜미를 낚아채여 질퍽한 진창에 엉덩방아를 찧었다.

"저건 네 소주가 아니다."

한로의 뒷덜미를 움켜쥔 독안 노승이 말했다. 그러자 앞서 한로를 알아본, 석대원의 윤곽에 절반쯤 가려져 있던 남자가 옆으로 한 걸음 나서며 말했다.

"그렇소. 이건 조카가 아니오."

밤비에 젖어 어둠보다 더욱 검어진 암녹색 무복 차림에, 왼쪽 어깨에는 한 사람을 업고 오른손에는 검봉이 부러진 검을 쥔 중년 남자. 한로는 그제야 남자의 정체를 알아보았다. 석대원의 외삼촌인 연벽제였다.

"연 대인, 그게 대체 무슨 말씀이오? 설마하니 이 늙은이가 소주도 못 알아볼⋯⋯."

한로의 말문이 턱 막혔다. 이마 한 뼘쯤 앞에서 빛나는 광구에 비친 저 얼굴은 석대원이 분명했지만⋯⋯ 석대원이 아닌 것도 분명했다. 저것은 그가 지난 십이 년간 먹이고 입히고 키워온 석대원이 절대로 될 수 없었다. 그렇다면, 석대원의 껍질을 쓰고 있되 석대원은 절대로 아닌 '저것'의 정체는 대체 무엇이란 말인가!

그 순간 한로의 머릿속에 울리는 어떤 목소리가 있었다. 과거의 어느 때, 한로의 손에 들린 채 주저하던 채찍을 움직이게 하던 목소리이기도 했다.

─자고, 어서 휘둘러라. 안 그러면 그것이 아이를 먹을 것이다.

한로는 그 목소리를 좇아 채찍을 휘둘렀다. 채찍에 맞은 아이가 숨넘어가듯 울부짖었지만 한로는 이를 악물고 약해지는 마음을 다잡았다. 아이의 몸속에 있는 그것을 억누르기 위해서였다. 그 아이가 바로 석대원이었다.

한로는 이제 '저것'의 정체를 알게 되었다.

진창 위에 주저앉아 완전히 다른 존재로 넘어가 버린 젊은 주인을 망연히 올려다보는 한로에게 연벽제가 말했다.

"조카를 위하시는 마음은 알지만 이 일은 내게 맡겨 주시오. 시간이 없어 자세한 설명을 못 드리는 점, 이해하시길."

연벽제의 얼굴에 어린 피로감은 억수처럼 퍼부어지는 밤비 탓만은 아닌 듯했다. 비단 얼굴만이 아니었다. 한로는 연벽제가 석대원의 이마를 향해 뻗어 낸 거무튀튀한 검의 검신이 가늘게 떨리는 것을 볼 수 있었다. 그때 매불이 한로의 옆으로 나서며 말했다.

"비 내리는 밭[田上雨]이란 바로 벼락[雷]이지. 그대가 벼락의 주인이었구먼."

연벽제의 시선이 매불을 향했다.

"연 모가 과문하여 대사의 존호를 알지 못하는 점, 용서해 주시기 바랍니다."

"아아, 시간 없다는 사람 붙들고 통성명이나 할 만큼 바보는 아니네. 데려온 사람은 여기 내려놓고 어서 들어가시게나."

연벽제는 한로 일행이 비를 긋는 버드나무 뒤쪽으로 시선을 옮겼다. 한로는 그가 바라보는 곳에 높고 기다란 건축물의 그림자가 병풍처럼 펼쳐져 있음을 알고 있었다. 오대십국 시대에 세워져 여러 왕조를 거치며 중건, 지금은 이 지역의 지명이 되어 버린 천문관天門關이 바로 그 건축물의 이름이었다.

연벽제가 매불에게 말했다.

"제가 천문관으로 들어가리라는 것을 아셨군요."

"실 걸린 문[門下絲]이라면 관關이 아니겠는가. 벼락과 천랑성이 싸울 만한 관문은 이 일대에서 천문관밖에 없지."

천랑성은 흉성凶星이었다. 별자리를 통해 앞일을 예견하는 성복술星卜術에서는 천랑성의 기운이 세를 얻으면 인간 세상에 갖가지 재앙들이 닥친다고 말하고 있었다. 고개를 갸웃거린 연벽제가 중얼거렸다.

"천랑성…… 그저 다른 사람들이 접근할 수 없는 공간을 찾아왔을 뿐입니다."

매불은 석대원의 이마 앞에 떠 있는 광구를 흘깃 돌아본 뒤 연벽제를 향해 손부채질을 보냈다.

"시간 없다며. 어서 들어가라고."

하지만 연벽제는 곧바로 천문관에 들어갈 수 없었다. 한 사람 때문이었다.

"네게 물을 것이 있다."

독안 노승이 한로의 뒷덜미를 놓고 앞으로 나섰다.

"나와 사제들은 태고의 망령이 인간의 껍질을 빌려 윤생輪生하는 것을 끊기 위해 오랜 세월 어둠 속에서 살아야만 했다. 하지만 큰 성과는 없었다. 너는 어떻게 혈옥수의 화신, 저 혈마귀를 죽일 작정인가?"

연벽제의 시선이 독안 노승의 얼굴, 그중에서도 안대로 가려진 왼쪽 눈에 고정되었다. 연벽제의 눈 속에 푸르스름한 벼락의 기운이 떠올랐다.

"스님은…… 조카와 같은 업을 짊어지고 있구려."

독안 노승은 놀라지 않았다.

"역시 알아보는구나. 우리 사형제 중 넷이 사부의 명으로 그 망령을 몸 안으로 받아들였다. 범업 사형과 나 그리고 범조凡照와 범료凡了, 지금으로부터 오십여 년 전의 일이었다."

"아미타불, 아미타불."

뒷전에 서 있던 적통이 급히 불호를 외웠지만 독안 노승은 말을 멈추지 않았다. 세상의 그 무엇도 지금 그의 말을 멈추게 할 수는 없을 것 같았다.

"망령 중 가장 강한 혈마귀가 우리 사형제 중 가장 강한 사형에게 둥지를 튼 것은, 가장 강한 짐승이 가장 맛있는 살코기를 먹는 것처럼 당연한 이치였다. 하지만 나는 사형을 믿었다. 사형은 하늘이 내린 인물. 만일 사형이 없었다면, 우리는 사부의 명이 아무리 지엄해도 망령을 몸 안으로 받아들이는 짓은 하지 않았을 것이다. 그런데 그 사형이, 나와 사제들에게는 사부보다 훨씬 듬직한 버팀목이 되어 주었던 사형이 어느 날 갑자기 소림에서 사라졌다. 그리고 사형이 사라진 이유를 아는 사부는 당시 장문 방장이던 사백을 만난 뒤 스스로 참회동懺悔洞에 들어가셨고, 두 번 다시 나오지 않으셨다. 사부가 참회동에 들어가시기 전 장문 방장에게 청하여 하신 마지막 일은…… 나와 두 사제에게 오십 년 금제를 내리신 것이었다.”

독안 노승이 어깨를 떨었다. 그에게서 뿜어 나오던 기세가 비등하기 시작했다.

“오십 년은 긴 세월이다. 나는 그 긴 세월에 걸쳐 범조와 범료가 차례로 죽는 모습을 지켜보아야만 했다. 사제들은 품고 있던 망령을 다스리지 못했고, 결국 친형제처럼 지내 온 내 손 아래 죽어야 했다. 나는 목숨이 끊어지기 직전에야 제정신으로 돌아온 그들이 나를 올려다보던 눈빛을, 피에 물든 손을 스스로 짓이기며 울부짖는 나를 올려다보던 그 눈빛을 잊지 못한다.”

독안 노승은 흉터로 뒤덮인 자신의 두 손을 내려다보았고, 적통은 다시 한 번 불호를 외우며 참괴한 표정으로 얼굴을 돌렸다.

샤아아―

한로는 아래로 향한 독안 노승의 검은 안대 주위에서 검붉은 기운이 일렁거리는 것을 보았다. 안와와 안대가 맞닿은 원을 따라 검붉은 연기 가락들이 실처럼 가느다랗게 뒤틀며 스멀스멀 빠져나오고 있었다. 이를 허용하지 않으려는 듯, 독안 노승이 반쯤 펼치고 있던 손바닥을 주먹으로 움키었다. 그 주먹 안에서 뼈마디 퉁기는 소리가 섬뜩하게 울리더니, 독안 노승의 좌반면 위를 일렁거리던 검붉은 기운이 빨려 들 듯 안대 안으로 사라졌다.

독안 노승이 고개를 들어 연벽제를 바라보았다.

"사제들은 죽었지만 사제들의 몸속에 있던 망령은 죽지 않고 어디론가 사라졌다. 내가 가진 사악한 힘으로는 사악한 존재들을 죽일 수 없는 까닭이었다. 이후 내 안에서 숨 쉬는 망령은 하루하루 커져만 갔다. 나는 그것에게 나를 빼앗기지 않기 위해 죽을힘을 다해야만 했다. 그러면서도 하루빨리 사형이 돌아와 점점 무거워져 가는 이 짐을 덜어 주기를 기다렸다. 하지만 오십 년이 흐른 지금은……. 다시 말하지만 오십 년은 긴 세월이다. 범업 사형은 끝내 돌아오지 않았고, 나는 지쳤다. 모든 것이 무의미해졌다. 이제는 나 자신보다 더 나처럼 느껴지는 망령에게 모든 것을 넘겨주고 싶다는 욕망이 일기 시작했다. 만일 이대로 본사로 돌아가 오십 년 금제가 풀린다면, 나는 주저 없이 그렇게 할는지도 모른다. 그런데 바로 지금, 내 앞에 범업 사형이 품고 간 가장 강한 망령이 나타난 것이다."

독안 노승이 왼손을 올려 안대를 잡았다. 검붉은 실 가락들이 기뻐하듯 고개를 곧추세웠다.

"자, 다시 너에게 묻겠다. 너는 범업 사형조차 어쩌지 못한 혈옥수의 화신을 어떻게 죽일 작정인가? 방법이 없다면 이 자리에서 내가 죽이겠다. 혈마귀를 죽이지는 못하지만 놈이 쓴 껍질은 죽일 수 있을 것이다."

한로로서는 기절초풍할 소리를 너무도 간단히 내뱉는 독안 노승에게, 연벽제가 말했다.

"내가 이곳까지 오는 동안 줄곧 고민했던 것이 바로 그 문제였소. 한데 스님의 말씀을 들으니 해결할 방법이 떠올랐소."

"정말이냐?"

연벽제의 눈이 광구처럼 빛났다.

"나를 믿으시오."

독안 노승이 안대 위에 올려놓은 왼손을 천천히 떼었다. 연벽제는 그 왼손이 아래로 내려오는 것을 벼락의 기운이 어린 눈으로 끝까지 지켜본 뒤, 몸을 옆으로 기울여 왼쪽 어깨 위에 얹혀 있던 사람을 진창 위에 조심스럽게 내려놓았다.

"누군지는 아시리라 믿소. 부상이 심하니 한 노인께서 돌봐주시오."

한로가 뭐라 대답하기도 전에 매불이 적통의 소맷자락을 끌고 그 사람에게로 다가갔다.

"흠, 금세 죽을 것처럼 골골거리긴 하지만 걱정하지는 마시게. 나야 돌팔이 침쟁이에 불과하지만 이 친구는 진짜로 약사여래불의 화신이니까."

그러면서 적통의 옆구리를 팔꿈치로 찌르니, 움찔 놀란 적통이 연벽제를 향해 소림사 특유의 독장례獨掌禮를 올렸다.

"소림사에서 약왕당주를 맡고 있는 적통입니다. 환자분은 소승이 돌보겠습니다."

"비 내리는 이 허허벌판에서 소림의 약왕당주를 만나다니, 내 매제의 운도 참 대단하다는 생각이 드는군요."

"모두 약사여래불의 가호 덕분이겠지요."

매불과 적통에게 환자를 넘긴 연벽제가 독안 노승을 돌아보며 경고했다.

"혹시라도 따라올 생각은 마시오. 스님은 나를 도울 수 없소."

독안 노승이 성난 맹수처럼 그르릉 목울음 소리를 냈다.

"어째서 내가 너를 돕지 못한다는 것이냐?"

"스님 안에는 망령이 있소. 혈마귀가 위험에 빠졌을 때, 스님 안의 망령이 스님을 어떻게 움직일지 나로서는 짐작이 가지 않소. 만에 하나 내가 염려하는 일이 벌어진다면…… 나는 두 마리 망령을 동시에 상대할 자신이 없소."

독안 노승의 얼굴이 악귀처럼 일그러졌지만 연벽제의 말에 반박하지는 못했다. 연벽제가 매불에게 말했다.

"제가 들어간 뒤 저 관문 안으로 누구도 들어오지 못하게 막아 주십시오."

"당연하지. 우리 소주에 목매단 이놈까지도 얼씬 못 하게 하겠네."

우리 소주에 목매단 한로는 매불의 저 약속을 실행에 옮길 사람이 누군지 짐작할 수 있었다. 반쯤은 인간이고 반쯤은 귀신인 저 독안 노승. 그가 이 자리에 버티고 있는 한 저 관문 안으로는 누구도 들어가지 못할 터였다.

매불이 연벽제의 눈치를 살피며 물었다.

"우리가 언제 들어가면 되겠는가?"

"오래 기다리시게 하진 않겠습니다. 그리고……."

말을 멈춘 연벽제는 빗줄기를 줄기줄기 퍼붓는 하늘을 올려다보았다. 그의 눈빛이 비구름 낀 밤하늘처럼 어두워졌다.

"……때가 되면 저절로 아실 겁니다."

군사적 요충지로서의 기능을 오래전에 잃어버린 천문관에는 상주하는 인원이 그리 많지 않았다. 뇌정인으로써 혈마귀를 제압하는 일에 점차 버거움을 느끼던 연벽제로서는 다행한 일이 아닐 수 없었다.

관문에 상주하던 예닐곱 명의 관원들을 달아나게 만드는 데에는, 오동나무에 쇠테를 덧대 만든 높이 스무 자, 두께 한 자두 치의 정문과 그 정문 위에 걸려 있던 '천문관'이라는 큼직한 금장 현액을 동시에 쪼개며 떨어진 비검술 한 초식만으로도 충분했다. 잠자리에서 혼비백산 뛰쳐나온 관원들은 의복조차 변변히 갖추지 못한 채 쪼개진 정문을 통해 줄행랑을 놓았고, 이 어둠이 물러가기 전까지 그들이 돌아오지 않는다는 것은 그때까지 저 정문이 고쳐지지 않는다는 것만큼이나 확실해 보였다.

관문 바로 안쪽에는 십여 동의 창고 건물들로 양옆이 가로막힌 제법 널찍한 공터가 자리하고 있었다. 밝을 때라면 장성을 오가는 상인들이 보따리 바리바리 진 채 길게 줄을 서고, 그 사이사이로 배불뚝이 감별관들이 오가며 통과비 조로 푼돈을 뜯어내고 있을 그 관내 공터 위에 연벽제와 혈마귀, 최강의 검객과 최강의 마물이 마주 섰다. 인간과 이물을 대표하는 그들의 머리 위로 무심한 밤비가 쉼 없이 쏟아지고 있었다.

잠시 전 뇌정인을 거둬들인 연벽제는 열 걸음쯤 떨어진 곳에서 장대한 육신을 꿈틀거리며 본연의 마기를 서서히 회복해 가는 혈마귀를 반석처럼 안정된 눈으로 지켜보았다. 하방으로 자연스럽게 늘어뜨린 그의 오른손에는 오늘 하루, 주인의 손보다는 허공에 더 오래 머물렀던 희대의 마검, 야뢰가 들려 있었다. 검봉이 부러져 나간 야뢰의 칙칙한 검신은 검자루로부터 타고 내려온 빗물을 피처럼 흘리고 있었다.

'꼭 그날 같군.'

요란한 빗소리에 둘러싸인 채, 연벽제는 지금으로부터 이십구 년 전 만추로 접어들던 어느 밤을 떠올렸다. 그날도 밤비가 억수처럼 내렸고, 약관을 막 넘긴 젊은 검객은 열 걸음쯤 떨어진 곳에 서서 자신을 바라보는 붉은 인영을 마주하고 있었다.

　－귀하가 정녕 혈랑곡주시오?

　－그렇다네.

　－광망한 말이지만 강호에 나와 이날 이때까지 제대로 된 적
수를 만나 보지 못했소. 오늘 곤륜지회의 고인을 만나 드높은
절학을 견식할 것을 생각하니 기쁜 마음 감출 수 없소.

　억새로 둘러싸인 그 광활한 강변으로 연벽제를 불러낸 것은
한 장의 서찰이었다. 서찰 안에 담긴, 남천일검 연일심의 비검
술을 구경하고 싶다는 구절이 이제껏 출신을 감춘 채 살아온 연
벽제로 하여금 서찰에 적힌 장소로 나올 수밖에 없도록 만들
었다. 역적의 후손을 남김없이 제거하려는 관의 함정일지도 모
른다는 의심도 들었지만, 지근에서 사는 두 살 터울의 여동생이
몸을 피할 시간을 벌어야 한다는 생각에 단신으로 나선 것이
었다. 한데 그를 기다린 것은 붉은 장포에 붉은 늑대 탈 그리고
붉은 검의 주인인 괴인, 바로 혈랑곡주였다.

　연벽제는 사막을 헤매는 것 같은 갈증을 느꼈다. 천하에서
가장 강한 검객과 싸우고 싶다는 열망에 사로잡혔다.

　－당신과 싸우고 싶소.

　혈랑곡주는 거절하지 않았다. 곧이어, 과거의 천하제일검과
미래의 천하제일검 간의 비무가 시작되었다.

　비무는 일견 팽팽하게 진행되는 것 같았다. 그러나 연벽제는
자신의 펼친 모든 검법이, 심지어는 남의 눈을 피해 익히기만
했을 뿐 드러내지는 않았던 가전의 비검술마저도 혈랑곡주에게
는 아무런 위협이 되지 못함을 인정하지 않을 수 없었다. 혈랑
검법은 명불허전, 그 이상이었다. 혈랑검은 언제나 그의 검

보다 앞섰지만 결정적인 순간에는 그의 몸을 비켜 갔다. ……피한 것이 아니었다. 비켜 간 것이었다.

몇 차례의 경험을 통해 그 점을 확신한 연벽제는 이를 악물었다. 패배감과 수치심에 몸을 떨었다. 누구보다 강해졌다고 여겼건만, 비무 상대에게 목숨을 동정 받다니! 그때 혈랑곡주가 붉은 검을 늘어뜨리며 물었다.

─아직도 싸우고 싶은가?

우물 안 개구리에 불과한 자신을 조롱하는 말이라고 여겼다. 그런데…….

─세상에서 가장 강한 존재에게 이기고 싶은가?

고개를 번쩍 들고 자신을 노려보는 연벽제에게 혈랑곡주가 말을 이었다.

─원한다면 그런 존재와 싸울 수 있는 기회를 주겠네.

저 말이 또 한 번 갈증을 불러일으켰다. 연벽제는 대답했다.

─원하오.

─그렇다면 이것을 자네의 것으로 만들게.

연벽제는 혈랑곡주가 내민 목합을 바라보았다.

─이것은 바즈라─우파야. 이것을 찾느라 천축에서 삼 년을 보냈네. 이것을 자네의 것으로 만들면 자네는 역사상 그 어떤 인간도 이겨 보지 못한 무적의 존재와 싸울 힘을 갖게 될 걸세.

연벽제는 목합을 받았다. 그는 한 줄기 바르고 굳세고 뜨거운 기운이 손바닥을 통해 전해 오는 것을 느꼈다. 그는 지금 자신에게 닥친 상황이 무인이라면 누구나 열망하는 천고의 기연임을 깨달았다. 그는 궁금해졌다. 혈랑곡주는 왜 일면식도 없는 자신에게 이런 기연을 내려 주는 것일까?

─이것을 왜 내게 주는 거요? 이것을 당신의 것으로 만들어

그 존재와 싸우면 될 게 아니오?

　―나는 그 존재와 싸울 수 없네. 그 존재가 바로 이 안에 있기 때문이지.

　혈랑곡주가 왼손을 들어 올렸다. 붉은 장포의 소맷자락 위로 드러난 그 손바닥 위에는 요악한 홍광이 맺혀 있었다.

　―그 존재는 지금 깊은 잠에 빠져 있네. 하지만 내가 바즈라―우파야를 받아들이는 즉시 깨어날 걸세. 바즈라―우파야는 누가 받아들인다고 해서 곧바로 힘을 주는 것이 아니네. 그 힘을 제대로 사용하기 위해서는 오랜 시간과 많은 노력이 필요하지. 지금은 그 존재를 깨울 때가 아니네. 하지만 언젠가는 깨어날 걸세. 그때까지 자네가 바즈라―우파야의 힘을 완성시킬 수 있으면 좋겠군.

　연벽제는 바즈라―우파야가 담긴 목합을 혈랑곡주에게 내밀었다.

　―아무 연고도 없는 당신에게 이처럼 큰 은혜를 받을 수 없소.

　혈랑곡주는 목갑을 받으려고 하지 않았다.

　―지금까지는 연고가 없지만 앞으로는 생길지도 모르지.

　―그게 무슨 뜻이오?

　늑대 탈 아래로 소탈한 웃음소리가 한 토막 흘러나왔다. 그러고는 혈랑곡주가 물었다.

　―과년한 여동생이 있다고 아네만, 올해로 몇 살이지?

　……밤비에 젖은 혈랑곡주의 붉은 신형 위로 조카의 모습이 겹쳐졌다. 아니다. 혈마귀였다. 조카의 육체를 차지한 혈마귀를 몰아내기 전까지 조카는 돌아오지 못할 것이다.

　혈마귀를 몰아낼 방법이 아주 없는 것은 아니었다. 조카의 육체를 죽이면 놈은 어디론가 달아날 것이다. 그리고 무엇인가의, 혹은 누군가의 몸속에서 수십 년, 어쩌면 수백 년 숨죽이고 지내다가 적당한 먹잇감이 나타나면 그 몸을 차지해 다시 세상에 나올 것이다. 연벽제는 조카가 죽어서는 안 된다고 생각했다. 실타래처럼 뒤엉킨 운명과 인연의 악의 속에서 조카는 이미 지나치게 많은 것을 잃었고 지나치게 큰 고통을 받았다. 그 상실감과 고통의 유일한 해방구가 죽음이어서는 안 되었다.

연벽제는 조카를 살림과 동시에 혈마귀를 죽이는 방법에 대해 생각해 보았다. 그는 관문 앞에서 마주친 독안 노승에게 들은 말을 잊지 않았다.

—망령 중 가장 강한 혈마귀가 우리 사형제 중 가장 강한 사형에게 둥지를 튼 것은, 가장 강한 짐승이 가장 맛있는 살코기를 먹는 것처럼 당연한 이치였다…….

혈마귀의 왼쪽 팔뚝에 박혀 있던 혈랑검이 보이지 않는 힘에 의해 조금씩 빠져나가더니 진창 위로 툭 떨어지는 모습이 보였다. 붉은 눈이 더욱 생생해지고, 붉은 안개가 한층 짙어졌다. 놈은 이제 거의 회복된 것처럼 보였다.

연벽제는 야뢰를 들어 자신의 왼쪽 팔뚝으로 가져갔다. 슥. 팔뚝에 가로로 생겨난 붉은 금이 아가미처럼 입을 벌리고, 곧이어 핏물이 뭉클뭉클 흘러나오기 시작했다. 그는 혈마귀에게로 시선을 돌렸다. 상처를 입어 피를 흘리는 그와는 달리, 관통해 있던 검이 빠져나갔음에도 놈의 팔뚝에서는 피 한 방울 흘러나오지 않았다. 하지만…… 이러면 어떨까?

연벽제가 왼손을 가볍게 털었다. 덩어리진 핏물이 누에고치에서 뽑아낸 실처럼 가늘어지더니, 혈마귀를 향해 쭉 뻗어 나가 놈의 왼쪽 팔목을 친친 휘감았다. 그 순간, 놈의 눈빛이 바뀌었다. 이제껏 그토록 비인간적이던 붉은 눈 속에 새롭게 떠오른 것은 지극히 인간적인 감정, 바로 탐욕이었다.

그것에게는 이름은 없었다. 그래서 그것은 인간들이 자신을 부르는 많은 이름들 중 하나를 자신의 이름으로 삼았다. 마라魔羅. 마음에 드는 이름이었다.

마라는 아주 오래오래 잠들어 있었다.

먼지 냄새, 좀 냄새, 오래된 나무 냄새가 후각을 간질였지만, 마라는 눈을 뜨지 않았다. 마라에게 필요한 것은 그따위 저급한 것들이 아니었다. 마라는 몸이 필요했다. 기왕이면 인간의 몸으로. 마라는 인간의 몸 안에 있을 때가 가장 좋았다.

마침내 몸을 얻어 잠에서 깨어났을 때, 마라는 무척 만족할 수 있었다. 많은 윤생을 통해 많은 몸을 만나 본 마라였지만 이번처럼 강한 몸을 만난 것은 처음이었다. 마라는 어서 힘을 키워 이 강한 몸을 먹고 싶었다. 완전히 자신의 것으로 만들고 싶었다. 그러기 위해서는 몇 년의 시간이 필요하겠지만 마라에게는 전혀 문제가 되지 않았다. 아득한 시간 위에 여러 방식으로 존재해 온 마라에게 몇 년이란 그야말로 찰나에 불과했다.

그러던 어느 날 마라에게 어떤 힘이 밀려들었다. 마라는 그 힘에 담긴 넓고 폭신한 이질감에 놀랐다. 자신이 접해 보지 못한 힘이 이 세상에 존재한다는 것 자체가 믿기지 않았다. 더욱 믿기지 않는 것은, 몸의 주인인 인간이 그 힘을 자유자재로 움직이고 있다는 점이었다. 마라는 처음으로 인간에게 감탄했다.

─이런 인간이 존재하다니!

그러는 사이, 마라가 품고 있는 한없는 악의마저 감싸 안을 만큼 넓고 폭신한 힘이 강하에 쌓이는 모래톱처럼 몸 안에 차곡차곡 쌓여 갔다. 졸음이 밀려들었다. 이전처럼 강제적이지 않은, 스스로 잠들고 싶은 기분 좋은 나른함에 휩싸인 채, 마라는 깊은 잠 속으로 빠져들었다.

　　……다시 눈을 뜨고 기지개를 켰을 때, 마라에게는 새로운 몸이 준비되어 있었다. 이전의 몸보다 작고 어리지만, 이전의 몸과 비슷한 냄새를 풍기는 몸이기도 했다. 주위를 둘러보던 마라는 깜짝 놀랐다. 새로운 몸의 거죽을 뚫고 자신을 빤히 들여다보는 어떤 눈을 발견한 때문이었다. 이전의 몸이었다. 그 몸이 곁에 머무는 것을 안 순간, 마라는 숨을 죽일 수밖에 없었다.

　　마라가 숨죽이고 있는 사이 새로운 몸에게도 이전의 몸이 가진 힘이 쌓이기 시작했다. 이전의 몸이 가지고 있던 것과는 비교할 수 없을 만큼 약한 힘이지만 마라를 나른하게 만들기에는 충분했다. 마라는 다시 잠들고 싶지 않았다. 이제는 자유를 얻고 싶었다. 그때 마라의 눈앞에 울고 있는 아이가 나타났다. 그 아이가 새로운 몸에 달려 있는 가장 여린 살, 가장 어두운 구멍임을 마라는 금세 알아보았다. 마라는 아이를 꾀었다. 스스로를 방으로 만들어 아이를 그 안으로 받아들였다. 아이가 가진 슬픔과 두려움, 증오와 살기가 마라에게 각성제 역할을 해 주었다. 아이가 가진 어둠을 통해, 마라는 잠을 이겨 내고 자기를 유지할 수 있었다.

　　시간이 흘렀다. 새로운 몸은 무럭무럭 자라나 성체가 되었다. 그에 따라 이질적인 힘도 커졌다. 마라는 아이와 함께 숨을 죽였다. 그러나 새로운 몸을 먹을 때가 머지않았음을, 마라는 알고 있었다.

그리고 마침내 때가 찾아왔다. 인간이란 감정과 그 감정에서 유발된 관계에 특히 취약했다. 그것들이 붕괴되면 인간도 함께 붕괴되곤 했다. 덕분에 오늘 밤 마라는 새로운 몸을 완전히 차지할 수 있었다. 마라는 자기가 만든 방 안에 새로운 몸의 주인과 아이를 함께 가둔 뒤 밖으로 뛰쳐나왔다. 마라는 포만감에 희열했다. 상상해 온 것 이상으로 강한 몸이었다. 이제 시작이었다. 마라는 자신의 방식대로 자유를 만끽할 생각이었다. 인간의 피를 땅처럼 딛고 광기와 살육의 축제를 벌일 작정이었다. 그런데 바로 그때 '그자'가 나타났다. 하늘을 나는 검과 벼락 도장의 주인! 방금 차지한 몸보다 훨씬 강한, 강약 자체를 논하기 힘든 이전의 그 인간을 제외하면, 마라가 이제껏 만나 본 인간 중에서 가장 강한 인간이었다.

그자가 지금 마라를 유혹하고 있었다. 그 몸 대신 자신의 몸은 어떠냐며 속삭이고 있었다. 마라는 확 달아올랐다. 벼락 도장으로써 자신마저 움직이지 못하게 만든 저 힘을 차지하고 싶었다. 탐욕이 용암처럼 들끓었다. 그것은 마라의 본성과도 같은 파괴욕을 훌쩍 뛰어넘는 거대한 식욕이기도 했다. 기나긴 세월을 살아오는 동안 지금처럼 허기를 느낀 적은 없었다. 마라는 그 허기를 도저히 참을 수 없었다.

먹고 싶다!

먹고 싶다아아아아!

─크와아아아아아아아앙!

혈마귀의 왼손 팔뚝을, 정확히는 혈랑검이 빠져나간 뒤 빠르게 메워지는 상처 구멍을 비집고 얼굴을 드러낸 '그것'이 시뻘건 살갗의 일부를 움푹하게 함몰시키며 무시무시한 포효를 터뜨렸다. 끔찍하게 추괴하고 지독하게 사악할 뿐만 아니라 매순간 모습을 바꾸어 대는 그것을 인간의 제한된 언어로 묘사하기란 불가능할 것 같았다. 더러운 표피를 쉴 새 없이 열어젖히며 갖가지 연령대의 인간, 수많은 종류의 짐승, 심지어는 벌레와 잎사귀 같은 초충류草蟲類의 형상으로까지 미친 듯이 화신하던 그것이 더 이상은 못 견디겠다는 듯 상처 구멍으로부터 빠져나오더니 연벽제가 만들어 놓은 '피의 다리[血橋]' 위를 달려오기 시작했다. 그것에 깃들어 있는 가없는 허기는 이 세상 전부를 삼켜 버릴 것만 같았다.

"결結!"

연벽제의 입에서 우레 같은 한마디가 터져 나왔다. 혈교 위로 둥근 매듭이 맺히더니 그것을 막아 묶었다. 지금 그에게 있어서 저 혈교는 검이나 다름없었다. 연가비검마저 초월한 언어검言馭劍, 의어검意馭劍의 지극한 묘의가 한 줄의 길고 가느다란 핏물을 통해 펼쳐지고 있었다.

이때부터 시작이었다.

아무도 보지 않는 곳에서 펼쳐진 검객과 마물의 대결은, 최소한 초기에는 별다른 움직임이 드러나지 않았다. 연벽제와 석대원은 한 가닥 길고 가느다란 혈교로 연결된 채 그 자리에 꼼짝 않고 서 있었다. 그러나 눈으로 볼 수 없는 내면의 세계에서는 달랐다. 형태가 정해지지 않은 그 진아眞我의 공간에서 마물은 굶주린 맹수처럼 사납게 검객의 정신에 상처를 입혔다. 하지만 천부적인 재능을 한평생 갈고닦아 마침내 검 자체가 된 검객의 금강처럼 단단해진 정신은 그 공격을 꿋꿋이 견뎌 냈다.

잠시 후 연벽제와 석대원의 코에서 동시에 검은 피가 흘러내리기 시작했다. 연벽제는 몸을 떨었다. 석대원의 몸도 떨렸다.

연벽제는 고통을 느꼈다. 진아의 공간으로부터 실제의 육체로 폭포수처럼 쏟아져 내린 그 고통은 그가 한평생 경험해 보지 못한 거대한 것이었다. 그는 자신의 입속에서 울려 나온, 악다문 이빨의 어느 부분이 깨져 나가는 소리를 들었다. 그러나 그는 어떤 순간에도, 어떤 고통에도 굴복하지 않았다.

한낱 먹잇감에 불과한 인간과 이토록 팽팽하게 승강이를 벌인다는 사실이 견디기 힘들었을까. 열 걸음쯤 떨어진 석대원의 몸이 수치심에 겨워하듯 부르르 진동하더니 혈마귀의 힘이 별안간 강해졌다.

툭.

작은 소리와 함께 혈마귀의 거세진 힘이 연벽제가 혈교 위에 맺어 놓은 매듭을 끊었다. 결박에서 풀려나 기세를 되찾은 그것이 연벽제를 향해 빛살 같은 속도로 날아들었다. 그 순간 연벽제의 입가에 얼음 위에 난 균열처럼 차가운 웃음이 떠올랐다.

"인간이 네 먹이로 보이느냐."

팍.

연벽제의 이마에 두 번째 꽃이 피어났다. 거의 같은 시간, 열 걸음쯤 떨어진 석대원의 이마 위에도 같은 모양의 꽃이 찍혔다. 다음 순간, 삼화취정의 두 번째 꽃을 피워 낸 검객이 오른손에 쥐고 있던 검을 번쩍 치켜들었다. 야뢰의 거무튀튀한 검신이 빛의 분수로 바뀌며 아홉 줄기의 벼락을 뿜어 올렸다. 벼락이 품은 열기가 소용돌이로 뻗어 나가고, 주변으로 쏟아지던 빗물이 폭발적으로 증발되며 우렛소리가 울려 나오기 시작했다.

구르르르릉!

연벽제의 목전까지 이르렀던 그것이 기겁을 하며 질주를 멈췄다.

─이게 뭐어냐아아아!

극한까지 개방한 바즈라─우파야의 절대적인 힘이, 탐욕에 눈이 뒤집혀 무엇도 두려워하지 않을 것만 같던 그것을 달아나도록 만들었다. 연벽제는 그것이 조카의 육체로 돌아가는 것을 결코 용납하지 않았다.

"결! 결! 결!"

팽팽하던 혈교가 여러 개의 매듭으로 묶이며 그것의 퇴로를 가로막더니 연벽제에게로 몰아붙였다.

─안 돼애애애애!

처절히 절규하며 자신에게 딸려 오는 그것을, 연벽제는 벼락을 품은 눈으로 노려보았다. 인간의 몸 밖에 있을 때 혈마귀는 말 그대로 망령, 언제든 어디로든 달아날 능력이 있었다. 지금 저것을 때려 달아나게 만드는 것은 진정한 의미의 승리가 아니었다. 그는 이 싸움에서 진정한 승리를 거두고 싶었다. 저 추함과 악함의 정화를 영멸永滅시키고 싶었다. 그러기 위한 결심은 이 천문관에 들어서기 전 이미 끝낸 상태였다. 그것만이 조카의 육체에 피해를 주지 않고 혈마귀를 죽일 수 있는 유일한 방법이었다.

"인뤠!"

혈교 위로 딸려 온 그것이 왼손 팔뚝의 상처를 통해 연벽제의 몸 안으로 빨려들어 왔다. 혈관으로 파고드는 극렬한 이물감이 그의 눈썹을 꿈틀거리게 만들었다. 그러나 그는 목적을 달성했다. 혈마귀를 가장 단단한 감옥, 바로 자신의 몸 안에 가둔 것이다. 그 감옥은 영생을 이어 오던 추하고 악한 존재를 위해 마련된 처형장이기도 했다.

삐이이이이잇─

야뢰가 드높은 검명을 터뜨리며 하늘로 솟구쳤다. 아홉 줄기의 벼락이 시허연 몸통을 꿈틀거리는 아홉 마리의 용이 되어 야뢰의 뒤를 따랐다.

바로 이것이 검왕 연벽제의 검뢰대구식, 그 마지막 수법인 구중검뢰九重劍雷였다!

바즈라-우파야를 통해 얻은 뇌정인은 연벽제가 가진 힘의 원천, 검뢰대구식은 그 발현이었다. 인간 연벽제에게는 몇 가지 목표가 있었지만, 검객 연벽제의 목표는 오직 하나였다. 자신의 검 안에 벼락의 기세 전부를 담는 것. 인간은 자신의 목표를 모두 이루지 못했다. 그러나 검객은 달랐다.

지상에서 솟구친 아홉 줄기의 시허연 벼락이 머리를 돌려 주인에게로 떨어지기 시작했다. 이십구 년 전 혈랑곡주는 연벽제에게 물었다. 세상에서 가장 강한 존재에게 이기고 싶냐고. 그러나 세상에서 가장 강한 존재는 이제 혈마귀가 아니었다. 연벽제 자신이었다. 그러므로 인간의 역사상 가장 강력한 수법인 저 구중검뢰를 받을 자격은 오직 그에게만 있었다. 연벽제는 아홉 줄기의 벼락을 꼬리처럼 매단 채 자신을 향해 수직으로 내리꽂히는, 열네 살 때 부러뜨린 첫 번째 친구 이후 유일하게 애정을 준 친구를 향해 두 팔을 벌렸다.

……내가 이겼소, 선배.

연벽제의 얼굴에 미소가 떠올랐다.

번쩍-

어두운 밤하늘로 천지간 가장 바르고 굳세고 뜨거운 빛이 작렬했다. 태고의 망령이 내지르는 단말마가 두꺼운 비구름을 뚫고 하늘 끝까지 울려 퍼졌다.

-끼아아아아오오아아아오오오오아아이이이……

태원 외곽 천문관 바깥을 서성거리던 매불은 어깨를 떨었다.

오지산 망경봉 정상에 앉아 하늘을 올려다보던 한운자는 긴 탄식을 내뱉었다.

그리고 소림의 전혀 알려지지 않은 공간 속을 부유하던 광비는 눈까풀을 지그시 내려감았다.

───◆◆◆───

야뢰가 거뭇한 재로 흩어져 빗물에 쓸려 나갔다. 재가 되어 사라져 가는 것은 야뢰만이 아니었다. 연벽제는 검게 탄 자신의 왼손을 들어 올렸다. 혈마귀를 담았던 상처 부위부터 시작된 탄화炭化가 팔꿈치 쪽으로 점차 올라오고 있었다. 피부가 타고 속살이 타고 뼈가 탔다. 그러나 뜨겁지는 않았다. 강함을 향한 오랜 갈망에서 마침내 해방된 그는 오히려 시원함을 느끼고 있었다. 이제 더 이상은 목말라하지 않아도 될 것 같았다.

석대원은 열 걸음쯤 떨어진 곳에 죽은 물고기의 것처럼 혼탁한 눈을 한 채 우두커니 서 있었다. 싸움이 시작되기 전과 같은 모습이었다. 그런 석대원에게 연벽제가 말했다.

"이제야 네 검을 받아 주겠다는 약속을 지키게 되었구나."

팍.

연벽제의 이마에서 또 하나의 꽃이 피어났다. 삼화취정의 마지막 세 번째 꽃이었다. 그 꽃에서 뻗어 나온 작은 빛 구슬이 허공을 둥실 날아가 석대원의 이마에 박혀 들었다. 석대원의 이마 위에도 세 번째 꽃이 피었다. 비로소 한자리에 모인 세 송이 꽃이 독초에 잠식당해 황폐해진 밭에 봄날 같은 생기를 불어넣기 시작했다.

세 송이 꽃 위로 머리를 빼꼼 든 어린 조카가 눈을 동그랗게 뜨며 말했다.

―우와! 검왕이라고요? 그럼 검 쓰는 사람 중에서 임금이란 뜻인가요?

세 송이 꽃 위로 조카를 내려다보던 외삼촌이 빙긋 웃으며 고개를 끄덕였다.

―그렇단다. 아원이라고 했지? 이리 오렴. 이 외삼촌이 한 수 가르쳐 주마.

꽃과 꽃이 얽혔다. 검과 검이 어우러졌다. 외삼촌과 조카가 함께 추는 춤은 화무花舞인 동시에 검무劍舞이기도 했고, 그 옛날처럼 정겹고 아름다웠다. 그 춤 안에서 바르고 굳세고 뜨거운 힘이 상속되었다. 외삼촌이 피워 낸 가장 숭고하고 가장 비장하며 가장 위대한 세 송이 꽃은 이제 오롯이 조카의 것이 되었다. 외삼촌이 조카를 끌어안았다. 외삼촌으로부터 일어난 광휘가 조카를 포근히 감쌌다. 그 광휘가 걷힌 뒤⋯⋯.

연벽제는 더 이상 세상에 존재하지 않았다. 벼락이 자신의 존재를 하늘 위에 남기지 않듯이.

연해옥燕楷玉.

자는 벽제蘗濟, 호는 검왕劍王, 향년 오십 세였다.

━━━◆◆◆━━━

우렛소리가 울렸다. 벼락이 솟구쳤다. 그리고 악의의 영멸을 고하는 끔찍한 단말마가 하늘을 갈랐다. 그다음…….

천문관의 높고 기다란 그림자 뒤로 솟구쳐 오르던 휘황한 광휘가 걷혔을 때, 매불은 벼락의 주인이 말한 '때'가 바로 지금임을 알 수 있었다. 그는 비로소 걸음을 떼어 놓았다.

천문관에는 이름과 달리 문이 달려 있지 않았다. 크고 두꺼운 그 문은 앞서 들어간 누군가에 의해, 아마도 그 검객에 의해 두 쪽으로 쪼개진 채 질척한 흙탕 위에 발판처럼 깔려 있었다. 지붕을 타고 흘러내린 빗물이 주렴처럼 떨어지는 그 뻥 뚫린 공간을 바라보던 매불이 입속말로 중얼거렸다.

"문 없는 관문이라."

관문 안쪽 공터에는 한 사람이 쓰러져 있었다.

"소주!"

한로란 놈이 진창을 철벅거리며 달려 나가는 것을 매불은 말리지 않았다. 그는 여전히 눈앞에 펼쳐진 현실이 믿기지 않았다. 여러 해 전부터 천기를 어지럽히던 천랑성의 드센 기운을 한 인간이 본신의 능력만 가지고 막아 냈다는 것을 어찌 쉬 믿을 수 있겠는가! 인간이라면 그렇게 할 수 없었다. 절대로 그렇게 할 수 없었다. 그러므로 벼락의 주인은, 그 검객은…….

"초인이다."

매불의 뒤통수 위로 음산한 목소리가 실렸다. 이번 태원행에 짐꾼으로 데려온 소림의 마승, 범제凡除였다.

"사람은 살리고 혈마귀는 죽였다. 그는 초인이었다."

묵묵히 고개를 끄덕인 매불이 맨 뒤에 서 있던 적통에게 턱짓을 보냈다. 적통이 짊어지고 있던 약낭을 끌러 내리며 바닥에 쓰러져 있는 거한에게로 총총히 달려갔다.

한로가 오매불망 찾아 헤매던 석대원이라는 거한은 범제가 어깨에 짊어진 그 아비 되는 위인보다도 멀쩡하다는 것이 적통의 진단이었다. 다만 염려되는 점은, 이마에 뚜렷이 새겨진 세 개의 작은 상처와 말라붙은 가지 섶처럼 쪼그라들어 버린 왼손인데, 그것 말고는 딱히 상한 곳이 없으니 깨어나는 데에는 별 문제가 없을 것 같았다. 하지만 매불은 석대원에게 외상보다 더 큰 문제가 있음을 알고 있었다.

"이건 그냥 껍질이군."

다 늙은 주제에도 검동劍童이라고 바락바락 우기더니만, 적통이 주인의 상세를 살피는 사이 남루한 윗도리를 벗어 진창에 떨어진 붉은 검을 소중히 감싸던 한로가 이 말에 놀라 매불을 돌아보았다.

"그게 무슨 말씀이십니까?"

"무슨 말씀이긴. 속은 여전히 저 안 어딘가에 틀어박혀 나올 생각을 하지 않는다, 이 말씀이지."

대흉살의 기운은 천랑성의 현신에만 국한된 것이 아니었다. 그 기운은 소림의 음지에도 깃들어 있었고, 강호의 도상에도 퍼져 있었다. 검객은 초인적인 능력으로 혈마귀를 죽이는 데 성공했지만, 그것으로 모든 문제가 해결되지는 않았다. 남은 문제는 남은 사람의 몫이었다.

'바로 이 아이겠지.'

빗물이 줄줄 흘러내리는 석대원의 얼굴을 바라보며 매불은 그런 생각을 떠올렸다. 하지만 그런 속을 알 리 없는 한로는 울상이 되어 물었다.

"하면 어찌해야 합니까?"

"늙은 말코가 나처럼 돌팔이가 아니기를 빌어야지."

매불은 품에서 작은 목갑을 꺼내어 그 안에서 나온 새알만 한 환단을 석대원의 입안에 욱여넣었다. 의식을 잃은 석대원을 일으켜 앉혀 목덜미를 꾹꾹 눌러 줌으로써 안에 문 환단을 삼키게 만든 다음, 웅크렸던 허리를 펴고 천문관의 입구를 돌아보았다. 문짝이 날아간 관문을 잠시 바라보던 그의 입에서 혼잣말 같은 탄식이 흘러나왔다.

"문 없는 관문이니 무문관無門關인가. 결국 늙은 중놈의 말대로 돌아가는구나. 이 아이는 결국 무문의 수인囚人이 될 운명이었어."

그사이 독안 노승이 석대원을 둘러업었다. 새로 생긴 짐의 덩치가 워낙 컸기에 본래 짊어지고 있던 짐은 소림사 약왕당주의 몫으로 돌아갔다. 만일 맨 처음 주운 짐이 제 발로 걸을 수 없었다면 매불도 꼼짝없이 짐꾼의 대열에 합류해야 했을 터. 그래서 매불은 시장통 개고기 장수에게 마음으로 감사를 보냈다. 맛이 조금 가기는 했어도 근력을 되찾는 데는 역시 개고기만 한 게 없는 모양이었다.

"가자."

매불이 일행에게 말했다.

"어딜요?"

윗도리로 감싼 붉은 검을 가슴에 품은 한로가 매불에게 물었다. 매불은 대답 대신 반문을 던졌다.

"향과 초 살 돈은 있어?"

"예?"

멍청히 입을 벌리는 한로에게 매불이 말했다.

"부처님 전에 갈 날이 머지않았다고 했잖아. 우리가 지금 가려는 곳이 바로 거기라고."

인렵호 人獵虎

(1)

　법가를 확립한 한비韓非의 사상을 인용하지 않더라도, 어떤 조직이 제대로 굴러가기 위해서는 공정하고 명문화된 규율에 의거한 신상필벌信賞必罰이 반드시 필요하다. 때문에 조직 내에서 그 일을 수행하는 집법의 중요성은 아무리 강조해도 모자라지 않을 것이다. 그러나 조금만 달리 생각하면, 특별히 생기는 이익 없이 업무만 많은 자리가 집법인 것도 사실이다. 게다가 인간의 본성상 상은 시기를 불러오고 벌에는 원망이 뒤따른다. 그런 잡음들까지 잠재울 만한 완벽한 공정성이란 본래 존재하지 않는다. 자연, 그런 잡음들로 뭉쳐진 살촉은 신상필벌을 수행하는 집법에게로 쏠리게 되고, 집법은 과중한 업무 속에서도 주위의 경원을 견뎌야 하는 이중고에 시달릴 수밖에 없다.

이렇듯 집법이란 피곤하면서도 외로운 자리였다. 그래서 내일부로 그 자리에서 물러나게 된 염위는 평소 짓지 않던 후련한 표정과 느긋한 미소를 함께 머금을 수 있었다. 그는 스스로를 내려다보며 생각했다.

'푸른색이 붉은색보다 좋다는 사실을 이제야 알게 되는군.'

지금 이 순간, 염위는 품이 넉넉한 푸른색 장포를 입고 있었다. 주작대를 관장하던 시절의 그는 언제나 붉은색 무복만을 입고 다녔다. 남방의 신수를 상징하는 색깔이기도 한 그 붉은색이 영향을 끼친 것은 단지 복식만이 아니었다. 붉은색 무복을 입던 시절의 그는 날카롭고 신경질적이고 야박하다는 평가를 받았다. 한데, 단지 붉은색 무복을 벗고 푸른색 장포를 걸쳤을 뿐인데도, 그는 스스로부터가 전혀 다른 사람이 된 듯한 기묘한 기분을 느낄 수 있었다. 갑자기 원만해지고 느긋해지고 너그러워진 듯한 기분이랄까. 새로 걸친 푸른색 장포가 신무전의 살림을 총괄하는 청룡대주의 상징물이라는 점이 그런 기분을 한층 부채질하고 있었다.

'아주 좋아.'

염위는 강퍅하게 말라붙은 하관에 또 한 번 느긋한 미소를 떠올렸다. 심중에서 일어나는 양양함이 어찌나 그윽한지, 건물 입구로부터 흘러나오는 구슬픈 곡소리마저 그의 해방과 승진을 축하해 주는 음악 소리처럼 들리는 듯했다.

아이고오- 아이고오- 아이고오-

신무전주 소철이 기거하던 포세각抱世閣에 딸린 이 넓은 단층 건물의 본래 용도는 사실 연회용이라고도 할 수 있었다. 소철의 급속한 노화로 말미암아 연회의 흥겨움이 끊긴 것까지는 이해할 수 있다지만, 지금처럼 구슬픈 곡소리가 건물 전체를 차지하고 있다는 것은 분명 괴이한 일이 아닐 수 없었다. 그러나 이유를 알고 나면 그리 괴이할 것도 없었다.

'주인이 죽은 건물에 곡소리가 가득한 것은 당연하지.'

이렇게 생각하며 염위는 건물 안쪽으로 성큼성큼 걸음을 옮겨 놓았다.

건물 안쪽, 두 명의 백의 무사가 안벽에 붙여 놓은 간이의자에 앉아 있다가 입구로 들어서는 염위를 보고 급히 일어서서 허리를 숙였다.

"주작대주님을 뵙습니다!"

"아아, 내일부터는 청룡대주라고 불러 주기 바라네."

염위의 이 말에 무사들의 표정이 가볍게 변했다. 그중 하나가 조심스럽게 질문했다.

"승진하시는 건가요?"

승진이란 표현에는 전적으로 공감하지만, 염위는 고개를 가로저으며 의뭉스럽게 말했다.

"같은 대주인데 승진은 무슨. 그 말은 자네들의 대주에게 써야 어울리겠지. 아니, 이제는 신임 전주님이라고 불러야 하나?"

백호대의 대주인 독안호군 이창은 내일 신무전 전주에 정식 취임하기로 되어 있었다. '정식'이란 말을 붙인 것은, 그동안에도 비공식적으로는 전주의 소임을 맡아 오고 있었기 때문이다.

강호인들이 '제남혈사'라고 부르는 한 달여 전의 참극이 신무전에 끼친 피해는 실로 다대 막심했다. 전주인 소철이 시신조차 변변히 남기지 못한 채 죽고, 전의 실직적인 운영자인 군사 운소유 또한 처소인 삼절각에서 극독에 중독된 시신으로 발견되었다. 그뿐만이 아니었다. 사방대 중 두 곳인 청룡대와 현무대가 주인을 잃었으며, 그중 청룡대는 증가사소룡이라 불리던 증천보의 네 아들마저 모두 실종되어 가문의 대승代承을 걱정해야 하는 처지로 전락했다. 그런 마당이니 백호대주 이창이 차기 전주 일순위로 물망에 오른 것은 당연한 수순일 터.

잘하면 전주 후보에 낄 수도 있었던 염위는 이창을 전주로 옹립하는 일에 발 벗고 나섬으로써 별안간 점잖아진 외눈박이 호랑이가 본래의 과격하고 난폭한 모습으로 돌아가는 것을 미연에 방지했다. 자족의 미덕을 실천한 이 처세술의 대가는 오래지 않아 돌아왔다. 염위는 지금 자신이 걸치고 있는 푸른색 장포가 바로 그 대가라고 믿었다.

"감축드립니다."

백의 무사들이 차기 청룡대주로 내정된 염위를 향해 포권을 올렸다.

"어허, 축하할 일이 아니라는데도……."

그러나 말과는 달리 축하할 일이 분명했다. 겉으로 드러나지는 않았지만 사방대주 간의 서열은 분명히 존재했다. 동서남북 그대로 청룡, 백호, 주작, 현무의 순이었다. 하지만 무력을 가진 백호는 청룡과 우열을 가릴 수 없었고, 배분이 가장 높다는 이유 하나로 현무는 항시 서열에서 열외로 쳤다. 자연 사방대주의 말석은 주작대주 염위의 몫으로 떨어졌고, 이 구도가 바뀌는 일은 어지간해서 벌어지지 않을 것 같았다. 하지만……

'한 치 앞도 예측할 수 없는 게 세상일이라더니…….'

마른벼락이 유난히도 기승을 부리던 그날 밤 북악에는 엄청난 해일이 들이닥쳤고, 그 여파로 이전까지의 서열은 의미를 잃게 되었다. 해일에 쓸려 사라진 청룡과 현무 대신 백호와 주작에게 뜻하지 않은 기회가 찾아온 것이다. 횡액을 당한 증천보와 종청리에게는 미안한 얘기겠지만 세상 이치라는 게 본래 그럴

지도 몰랐다. 화와 복이 이렇듯 무시로 교차되니, 인생지사 새옹지마라는 말도 그래서 나온 것이리라.

"곡부曲阜에서 온 자들이 저들인가?"

염위가 목소리에 차기 청룡대주다운 진중한 무게를 실어 물었다. 아까 질문을 한 백의 무사가 얼른 대답했다.

"그렇습니다."

염위는 열두 개의 굵은 기둥으로 받쳐진 드넓은 천장 아래 무릎을 꿇은 채 납작 엎드려 있는 삼십여 명의 사람들을 둘러보았다. 남녀노소가 무작위로 섞여 있는 그들에게는 한 가지 커다란 공통점이 있었다. 모두가 상중에 입는 효복孝服(상복) 차림을 하고 있다는 점. 그들의 앞에는 임시로 만들어져 아귀가 제대로 맞지 않는 제단이 세워져 있었고, 그 위에는 이름 자리에 아무것도 적히지 않은 빈 위패 하나가 올라 있었다.

'연습……이로군.'

서예가는 작품을 쓰기 전 모래판 위에다 습작을 한다. 무인은 결전에 나가기 전 연무장에서 수련을 한다. 저들, 곡인哭人(남의 장례 때 대신 울어 주는 사람)들도 마찬가지였다. 목구멍에서 저마다 뽑아내는 구슬픈 음조의 곡성을 더욱 구슬프게 울려 주는 이 넓은 공간이 저들에게는 모래판이요, 연무장인 셈이었다.

그때 제단 바로 앞에 엎드려 있던 두 명의 효복 여인 중 하나가 곡을 멈추고 일어서더니 조신한 걸음걸이로 염위에게 다가왔다. 염위는 여인의 얼굴 중 눈 아랫부분이 한 장의 면사로 가려져 있음을 보았다. 그의 내공은 녹록하다고 폄하할 수준이 결코 아니었지만, 거친 광목 뒤에 천잠사를 덧댄 저 면사를 뚫어볼 수는 없었다.

일 장 거리까지 다가온 면사 여인이 염위를 향해 고개를 숙이며 말했다.

"대현상장회大賢喪葬會를 맡고 있는 곡두견哭杜鵑이 음양판관陰陽判官 염 대주께 인사 올립니다."

대현상장회는 신무전이 있는 이곳 제남에서 그리 멀지 않은 곡부에 본거지를 둔 산동성 장의사들의 연합체였다. 그리고 곡을 하는 두견새, 곡두견은 여러 해 전부터 대현상장회를 이끌어온 여장부의 별호였다. 사십을 훌쩍 넘긴 것으로 알려진 그녀지만 면사 위로 드러난 두 눈은 초롱초롱 빛났고, 그 주위의 피부는 잔주름 하나 없이 팽팽하기만 했다.

'상복을 입은 미녀라.'

굳이 독특한 취향을 갖지 않았더라도 남자라면 누구나 야릇한 감흥을 일으킬 만한 조건이 아니겠는가. 염위는 호색한처럼 입맛을 다시지 않기 위해 어금니를 지그시 물어야 했다. 그러는 사이 곡두견의 말이 이어졌다.

"한 지붕 아래 있다 보니 청룡대주에 오르신다는 얘기를 본의 아니게 엿듣게 되었습니다. 용서해 주십시오."

염위가 손을 내저으며 점잖게 답했다.

"내일이면 만천하에 알려질 일, 오늘 안다 하여 무슨 대수겠는가. 반갑네, 공孔 회주."

염위는 대현상장회가 공자의 후손 중 한 갈래가 운영하는 사업체임을 알고 있었다.

"신임 청룡대주께서는 무척 너그러우시군요. 천녀는 감탄했사옵니다."

"그런 걸로 뭘 감탄까지……. 허허."

입에 발린 말인 줄 모르는 것은 아니지만 첫 대면부터 풀린 마음이 염위의 얄팍한 입술을 자꾸만 잡아 늘리고 있었다. 그는 흔들리는 마음을 몇 번의 헛기침으로 다잡은 뒤 곡두견에게 말했다.

"한데 머릿수가 조금 부족한 것 같군. 본 전에서 대현상장회에 주문한 수는 오십 두頭인 것으로 아는데?"

눈물과 곡성을 파는 곡인은 세상에 알려진 대표적인 천직이었다. 가축을 헤아리듯 머릿수로써 헤아린 것은 그 때문인데, 곡두견은 오랜 기간 대현상장회를 운영해 온 여자답게 불쾌해하는 내색을 조금도 드러내지 않았다.

"오십 두를 데려온 것은 맞지만 그들 모두가 곡인인 것은 아닙니다. 그들 중에는 장례 때 쓰일 조화造花며 답온낭答溫囊 따위의 물품들을 제작하는 장인도 여러 두 포함되어 있으니까요."

"답온낭? 그게 뭔가?"

강호인 중 많은 수가 그렇듯, 염위는 정식 예법을 갖춘 장례에 참석한 경험이 없었다. 가짜 꽃, 조화는 그렇다 쳐도 답온낭이라는 물건은 금시초문이었다.

"이름 그대로 '온정에 보답하는 주머니'가 답온낭이지요."

"어떻게 보답한다는 겐가?"

"조문객은 빈손으로 상가에 오지 않습니다. 많든 적든 조의금을 가져오지요. 상주는 그것에 보답하는 것이 예의입니다. 답온낭 안에 들어가는 금액은 상가의 형편에 따라 다르지만, 북악신무전의 경우라면 은 한 냥은 넣어야겠지요."

염위가 눈살을 찌푸리며 물었다.

"본 전에 조문을 온 사람이라면 못해도 천 냥 이상씩은 들고 올 터인데, 겨우 한 냥으로 보답을 한다고? 그렇게 하면 우리 체면이 너무 깎이지 않겠는가?"

곡두견이 면사 아래로 작게 웃었다.

"천녀의 설명이 미흡했나 봅니다. 답온낭에는 예의만이 아니라 불길함을 방비하는 미신적인 의미도 담겨 있습니다."

"불길함을 방비한다?"

"방금 천 냥이라고 말씀하셨는데, 천 냥에 딱 맞춰 조의금을 가져온 조문객은 아마 없을 겁니다. 그들이 내민 조의금 봉투 안에는 천 냥짜리 전표와 한 냥짜리 은전이 함께 들어 있을 테니까요."

염위는 점점 더 영문을 모르게 되었다.

"그 말은, 천 냥에 한 냥을 더한 천한 냥을 조의금으로 낸다는 뜻인가?"

"그렇습니다. 아까도 말씀드렸다시피 답온낭은 상주가 예의를 지키는 의미에서 조문객에게 여비조로 돌려주는 돈입니다. 대개의 백성들은 동전 한 문을 넣고, 부귀가에서는 은전 한 냥을 넣지요. 여기서 중요한 것은 액수가 아니라 '하나'라는 숫자를 맞추는 일입니다. 만일 은 천 냥을 받고 은 한 냥을 돌려주면 상가에서는 구백구십구 냥을 조의금으로 받은 셈이 됩니다. 물론 오백 냥을 받으면 사백구십구 냥을 받은 셈이 되고요. 끝자리에 '구'를 남기는 것은 아주 좋지 않습니다. '구'는 '아홉[九]'인 동시에 '오래가다[久]'라는 의미도 있으니까요. 세상에 어떤 상주가 자신이 치르는 상사를 오래 끌고 가고 싶어 하겠습니까. 그래서 조문객들은 자신이 낼 조의금에 하나를 더하여 내는 것이고, 상가에서는 그 하나를 답온낭에 담아 돌려줌으로써 끝자리를 남기지 않는 겁니다."

'구九'와 '구久'는 발음이 같았다. 곡두견이 앞서 언급한 미신이란 바로 이를 두고 한 말이리라.

"허, 조의금을 내는 데에도 그런 격식이 있는 줄은 몰랐군."

정식 예법을 갖춘 장례 경험이 없다 뿐이지 염위가 조문객으로서 상가를 찾은 적은 당연히 여러 번 있었고, 그중 두세 번인가는 푼돈이 들어 있는 주머니를 영문도 모른 채 받아 온 기억도 있었다. 하지만 그 주머니에 담긴 깊은 속뜻은 이제야 알게된 것이다.

"답온낭에 대해 대주께서 모르고 계셨던 것도 당연한 일입니다. 본래 이런 시시콜콜한 예법을 싫어하는 분들이 강호인 아니겠습니까. 다만 북악이라는 큰살림을 총괄하는 자리에 오르신 만큼 그런 사항에 대해서도 관심을 가지시는 것이 어떨까 싶은 마음에 올린 말씀이오니, 부디 천녀의 방자함을 불쾌히 여기지 않으셨으면 좋겠습니다."

곡두견의 말에 염위가 짐짓 눈썹을 곤두세웠다.

"불쾌하다니! 그 말이 더 불쾌하군. 회주는 이 염위를 속 좁은 소인배로 여기는 모양이지?"

"그럴 리가요. 음양판관의 엄정한 위의를 오래전부터 앙모해 온 천녀가 어찌 감히……. 황공하신 말씀은 거두어 주십시오."

곡두견이 염위를 향해 깊이 허리를 접었다. 분위기부터 육감적인 데다 영리하고 나긋나긋하기까지 하니, 한창 때에는 인정사정 봐주지 않는 매서운 일 처리로 빙귀氷鬼라는 악명까지 얻은 남자가 촛농처럼 흐물흐물해진 것도 그리 이상한 일은 아닐 터였다.

그러는 가운데에도 곡인들의 곡소리는 구성지게 이어지고 있었다.

아이고오— 아이고오— 아이고오—

뒤숭숭한 마음을 추스르려고 곡두견으로부터 눈길을 떼어 낸 염위가 마룻바닥 위에 엎드려 있는 곡인들을 다시금 둘러보

앉다. 그러던 중 유달리 눈에 띄는 누군가를 발견하고는 자신도 모르게 입 밖으로 중얼거렸다.

"저 처자는 가짜 제단에 가짜 위패를 앞두고도 어찌 저리 실감나게 울 수 있을꼬."

조금 전까지만 해도 곡두견과 나란히 앉아 곡을 하던 효복 차림의 여자였다. 맨 앞줄에 나와 있는 것을 보면 대현상장회 내에서의 지위가 상당한 듯한데, 한 가지 아쉬운 사실은 그 여자의 얼굴 위에도 곡두견의 것과 같은 면사가 씌워져 있다는 점이었다.

"아, 천녀의 질녀를 두고 하시는 말씀인가 보군요."

"회주의 질녀 되는 처자였던가?"

염위의 반문에 곡두견이 작게 한숨을 쉰 뒤 말했다.

"먼 친척이지요. 얼마 전 조부를 여의고 길바닥으로 나앉은 것을 천녀가 거뒀습니다. 본성이 명랑 쾌활하여 곡인 일에는 어울리지 않는 아이인데, 모진 꼴을 한바탕 당하고 나니 성격이 조금 바뀐 모양입니다. 어쩌면 고인이 되신 소 전주님 위에 감히 자신의 조부를 투영했을지도 모르겠군요. 사실 곡인들 중 대부분이 그런 식으로 일을 한답니다. 아무리 곡하는 일을 업으로 삼았다 해도, 일면식도 없는 분의 죽음에 눈물을 흘리기란 쉽지 않은 일이니까요."

그렇다고는 해도, 제단 앞에서 곡을 하는 여자는 정말로 실감나게 울고 있었다. 중간중간에 목이 메어 꺽꺽거리는 모습은, 남의 장례에서 울어 주다가—그것도 실전도 아닌 연습에서— 덩달아 밥줄을 놓는 것은 아닌지 걱정이 들 정도였다. 오늘따라 터무니없이 자비로워진 염위는 왠지 짠한 마음이 되어 말했다.

"딱한 아이로세. 일도 좋지만 저러다 몸이라도 상하지 않을까 걱정되는군."

"대주님의 너그러우심에 저 아이를 대신에 감사드립니다. 그 너그러우심에 보답하는 뜻에서, 내일 치를 장례 때 저 아이가 더욱 분발하여 활약할 것을 약속드립니다."

천한 곡인 하나가 제아무리 분발한들 신무대종의 장례식처럼 커다란 행사에 무슨 영향을 끼치겠느냐마는, 저리도 실감나게 울어 주는 여자라면 쟁쟁한 조문객들을 숙연하게 만드는 데 미력이나마 보탤 것 같기도 했다.

고개를 끄덕인 염위가 점잖게 말했다.

"나는 이만 가 봐야겠네. 연습도 좋지만 내일을 위해 너무들 힘을 빼지는 말게나."

"분부를 따르겠습니다. 살펴 가십시오."

날아갈 듯 하직 인사를 올리는 곡두견과 헤어져 포세각 정문을 나선 염위는 푸른 소맷자락을 차양 삼아 하늘을 올려다보았다. 저 안에서 그리 오랜 시간을 보낸 것 같지도 않은데 하오의 태양은 어느덧 서쪽으로 기울어져 있었다.

저 태양이 저물었다가 다시 떠오르면 신무전에는 두 가지 행사가 연이어 열린다. 전임 전주의 장례식과 신임 전주의 등위식. 본래 흉사와 길사를 연이어 여는 것은 보편적인 일이 아니었지만 신임 전주로 내정된 독안호군 이창에게 보편과 비보편의 구분은 큰 의미가 없는 모양이었고, 전 내의 어느 누구도 그의 뜻을 꺾지는 못했다. 하기야 그렇게 함으로써 주군의 비극적인 최후를 뼛속 깊이 새기겠노라는 충신의 갸륵한 뜻을 어느 누가 꺾을 수 있겠는가. 다만 염위는 다년간 봉직한 집법으로서의 경험을 통해 인간이란 눈에 보이는 대로 믿어서는 안 되는 동물이라고 여겼고, 동물 중에서도 맹수로 분류되는 이창이 지난 한 달여간 보여 준 소씨들에 대한 열렬한 충절을 곧이곧대로 믿지 않았다.

그러나 그런 것들이 이미 중요하지 않게 되어 버렸다. 이제 중요한 점은, 저 태양이 다시 떠오를 때면 북악의 주인이 바뀐다는 사실이었다.

"호랑이가 주인이 된 북악이라니……."

입속말로 중얼거리던 염위는 갑자기 치밀어 오른 오싹한 전율에 어깨를 부르르 떨었다.

❦

신무전이 있는 제남부와 경계를 맞댄 태안부泰安府의 서쪽 끝에는 안산호安山湖라는 이름의 커다란 호수가 자리 잡고 있었다. 수당 시절에 건설된 대운하가 산동성 서쪽을 종단하는 과정에서 물길이 끊겨 내륙호로 바뀐 호수인데, 민물치고는 염분이 매우 높아 다른 곳에서는 찾아보기 힘든 염백어鹽伯魚라는 어종의 군생지로도 유명했다.

성어의 크기가 어른 손바닥 크기를 넘지 않는다는 염백어는 민물고기의 담백함과 바닷고기의 간간함을 동시에 갖춘 특이한 물고기였다. 비늘이 억세지 않고 잔가시가 없는 덕에 여러 종류의 요리법도 가능케 했다. 그중에서 가장 간단하면서도 가장 널리 알려진 요리법은 호수 바람에 달포쯤 말려 꾸덕꾸덕해진 놈을 어포로 먹는 것이었다. 크기도 적당한 데다 간까지 배어 있어, 머리부터 꼬리까지 한입에 집어넣고 씹으면 그 맛이 그야말로 일품. 하여 염백어 어포 서너 장이면 밥 한 공기 비우는 데

다른 반찬이 필요 없다는 것이 태안호 서쪽 주민들의 공통된 말이기도 했다.

그 염백어 어포가 단단한 어금니 사이에서 고소하고 짭짤한 육즙으로 으깨지고 있었다. 그러나 어포를 질겅거리는 어금니의 주인은 그 맛을 전혀 느끼지 못했다. 남자의 모든 신경은 석양이 비끼기 시작한 수면을 부드럽게 가로질러 호수 기슭으로 다가오는 작은 나룻배에 쏠려 있었다. 나룻배에 실려 점점 가까워지는 몇 개의 얼굴을 살피던 남자의 눈이, 비록 지금은 차갑게 가라앉아 있지만 하시라도 광기를 뿜어낼 것 같은 그 위험한 눈이 어느 순간 실처럼 가늘게 접혔다.

"쯧, 거북한 호위를 달고 왔군."

남자의 뒷전에는 그가 입은 것과 동일한 복식의 백색 무복을 입은 다섯 명의 무사들이 일렬로 시립해 있었고, 조금 떨어진 곳에는 약낭과 침낭을 복대처럼 두른 초로의 의원 하나가 불안한 기색으로 주위를 두리번거리고 있었다. 백의 무사들 중 이마 한가운데 커다란 사마귀가 달린 자가 남자를 향해 조심스럽게 물었다.

"아시는 자입니까?"

남자는 질겅거리던 어포 찌꺼기를 모래밭에 뱉은 뒤 짧게 대답했다.

"신기보주神機堡主 왕민王敏."

굳이 고개를 돌리지 않아도 이 이름을 들은 수하들의 표정이 썩 좋지 못하리라는 점을 충분히 짐작할 수 있었다. 당금 강호에서 신기보가 누리는 성세는 수백 년 역사를 자랑하는 구파일방에 못지않았고, 그렇게 만든 일등공신이 십수 년 전부터 신기보를 이끌어 온 문무겸전한 젊은 주인이라는 것은 강호인이라면 누구나 아는 사실이었다. 문제는 그 재주 많은 신기보주가 지금 '그자'의 곁을 지키고 있다는 사실이었다. 호위가 붙었으 리라는 점은 사전에 짐작한 바이나 설마 신기보주 정도 되는 인 물일 것이라고는 생각지 못했기에, 남자는 고민하지 않을 수 없 었다.

대주는 남자를 보내며 이렇게 말했다.

─죽일 수 있다면 죽여라. 단, 흔적을 남길 위험성이 있다면 확인하는 선에서 그쳐야 한다.

남자에게 있어서 대주의 지시는 언제나 절대적이었다. 남자 는 그 지시를 바탕으로 자신이 취할 행동의 한계선을 가늠해 보 았다. 나룻배에 실려 다가오는 호위는 신기보주 하나만이 아니 었다. 안면이 있는 백상당원 두 명과 처음 보는 늙은이 세 명이 왕민과 더불어 '그자'의 주위를 에워싸고 있었다. 세 명의 늙은 이 중 붉은 장포를 입은 두 명은 아마도…….

'신기보의 양대 호법이라는 쌍호선雙狐仙들이겠지.'

나머지 작달막한 늙은이는 배때기에 두른 복대가 없었더라도 오활하고 깐깐한 인상만으로 영락없는 의원이었다. 하기야 죽다 살아난 중환자를 데리고 악양에서 제남까지 삼천 리가 넘 는 길을 오기 위해서는 중도에 상세를 돌봐 줄 의원이 반드시 필요했을 것이다. 남자 쪽에서 데려온 의원도 비슷한 용도에서 인데, 한 가지 다른 점이 있다면 이쪽 용도에는 '확인'이 포함되 어 있다는 것 정도였다.

남자는 머릿속으로 따져 보았다. 저쪽의 전력은 신기보주와 쌍호선과 백상당원 둘. 반면에 이쪽은…….

아니, 이쪽의 전력을 따지는 것은 이미 무의미해졌다. 다섯 명이 아니라 오십 명의 대원들을 이끌고 왔더라도 저쪽의 다섯

이 목숨을 걸고 저항한다면 '그자'를 흔적 없이 죽이기란 불가능한 일이기 때문이었다. 그래서 호수 기슭 모래밭에 서서 나룻배를 바라보던 남자, 백호대 삼단 중 이올단의 단주인 광혈자 혁련격은 마침내 마음을 정했다. 이제부터 그의 임무는 제거가 아닌 확인이었다.

그러는 사이 나룻배의 뱃머리가 기슭에 닿았다. 열 명 태우기도 버거울 만큼 작은 배라서 그런지 접안을 위한 시설 같은 것은 딱히 필요치 않아 보였다. 가장 먼저 쌍호선이 나룻배에서 내리고, 다음으로 '그자'가 앉은 대나무 가마를 앞뒤에서 든 백상당원들이 내렸다. 그러나 혁련격에게 가장 먼저 말을 건 사람은 의원으로 보이는 작달막한 늙은이와 함께 가장 나중에 내린 신기보주 왕민이었다.

"호상湖上에서 처음 보았을 때는 설마 했는데 정말로 혁련 단주셨구려."

큰 키에 길쭉길쭉한 팔다리를 가진 왕민은 남의 녹을 받는 혁련격과 달리 한 집단의 수장, 연배가 엇비슷하다 해도 예의를 지킬 필요가 있었다. 혁련격은 왕민을 향해 깍듯한 포권을 올린 뒤 대답했다.

"백호대주님의 지시로 본 전의 백상당주님을 마중 나왔소. 하지만 왕 보주께서 동행 중임을 아셨다면 대주님께서도 그런 지시를 내리시지는 않았을 거라 생각하오."

왕민이 길쭉한 두 팔을 들어 포권으로 답례하며 말했다.

"연로한 호법에 기대 먹고사는 뻔뻔한 사람을 너무 높이 쳐주시는구려. 하여튼 반갑소. 초면들이실 텐데 인사 나누시지요. 이쪽은 백호대의 이올단주이신……."

혁련격의 예상은 정확했다. 붉은 장포를 걸친 두 늙은이는 신기보의 양대 호법인 쌍호선이었고, 자신을 유 당사라고 소개한 작달막한 늙은이는 악양의 활인장에서부터 '그자'를 따라온 의원이었다. 이어 대나무 가마를 뭍에 내려놓은 백상당원 두 명에게서 인사를 받은 혁련격은 비로소 눈길을 돌려 문제의 '그자', 철인협 도정을 살펴보았다.

'사형이 위중하다는 비응당주의 말이 거짓 같지는 않군.'

아군이라고 철석같이 믿었던 용봉단주 강이환에게 불의의 암습을 받은 뒤 팔부중 두 명으로부터 합공까지 당해 사경을 넘나들었다는 그 불운아는 신기보주 급의 든든한 호위가 반드시 필요할 만큼 위태로워 보였다. 병색이 완연하다는 말 가지고는 표현이 안 될 만큼 부자연스러워 보이는 안색과 큰비가 지나간 길바닥의 진창처럼 총기라고는 한 점 찾아볼 수 없는 혼탁한 눈빛이 그 증거였다.

"대공자, 제 말을 알아들으시겠습니까?"

혼탁한 눈이 혁련격을 향해 천천히 들렸다. 잠시 후 도정의 고개가 힘겹게 끄덕였다.

"전주께서 귀천하신 일은 아십니까?"

혼탁한 눈이 잠시 흔들리다가 더욱 어둡게 가라앉았다. 도정은 고개를 무겁게 떨구었고 혁련격은 그것을 긍정의 의미로 받아들였다.

"장례식은 내일 정오로 정해졌습니다. 그리고 장례식이 끝난 뒤에는 곧바로 신임 전주의 등위식이 열릴 예정입니다."

대답 한 토막 제대로 못 하는 중환자를 대신해 왕민이 혁련격에게 물었다.

"신무전에서 백호대의 이 대주를 신임 전주로 옹립했다는 소식은 활인장으로 온 전령을 통해 들었소. 그게 사실이오?"

"그렇소이다."

"신무대종 소 노전주의 정통을 이은 이 친구가 엄연히 살아 있거늘 어찌 이리도 급히 신임 전주 자리를 다른 사람에게 넘긴단 말이오? 그것이 신무전이 내세우는 충절이란 말이오?"

왕민이 결기 어린 목소리로 따졌지만 혁련격은 눈썹 하나 까딱하지 않았다. 그는 대나무 가마에 앉은 도정을 일별한 뒤 왕민을 향해 차갑게 말했다.

"단지 살아 있기만 할 뿐이오. 본 전의 신임 전주는 앞으로 많은 일을 해야 하오. 단지 살아 있기만 할 뿐인 대공자께 그 무거운 짐을 지울 수 없다는 것이 전 내 모든 사람들의 공통된 생각이었소. 왕 보주와 대공자 간의 친분은 익히 아는 바이나, 그 친분이 본 전의 행사에 왕 보주께서 이래라저래라 하실 만한 이유는 되지 못한다고 생각하오."

왕민은 평소 유들유들하던 모습과는 다르게 거친 숨을 씨근덕거렸지만 뭐라 반박하지는 못했다. 쇠는 달궈졌을 때 두드리라고, 혁련격은 이참에 잘나가는 동년배의 기세를 확실히 눌러 놓기로 마음먹었다.

"내일 신임 전주에 오르실 대주께서는 천하가 다 아는 것처럼 명리에 담백하신 분이오. 전 내의 어지러운 사정이 수습되고 대공자의 상세가 회복되면 다른 조치를 취한다는 말씀이 계셨던 만큼, 왕 보주께서는 순간의 화를 참지 못해 본 전과 신기보 사이의 두터운 우의를 상하게 만드는 일이 없도록 유의해 주시오."

그러고는 뒷전에 서 있는 의원에게 눈짓을 보내니, 의원이 쭈뼛거리는 걸음으로 도정을 향해 다가갔다. 왕민이 도정의 앞을 가로막으며 경계하는 목소리로 물었다.

"그 사람은 누구요?"

"본 전의 선지각仙芝閣에서 나오신 구침선생九針先生이란 의원이오. 아마 백상당 소속인 저들은 구침선생의 얼굴을 알고 있을 거요."

왕민이 두 명의 백상당원을 돌아보았다. 그들 중 한 명이 왕민에게 말했다.

"선지각은 약사 어른께서 거하시는 의방의 당호입니다. 저분은 그곳에서 의술을 펼치시던 의원분이 맞고요."

약사는 신무대종의 친자인 구양자 소흥의 직위였다. 하지만 백상당원의 보증에도 불구하고 왕민은 도정의 앞에서 비켜나려 하지 않았다. 그는 혁련격을 노려보며 고집스럽게 말했다.

"의원은 우리에게도 있소."

이 말만을 기다렸다는 듯이 유 당사라는 늙은이가 고개를 빳빳이 세우고 왕민의 옆자리로 나섰다.

"아무렴, 천하에서 우리 활인장의 의술을 능가할 의원이 있을 턱이 있나."

광혈자라는 별호에서 알 수 있듯 혁련격은 본래부터 인내심이 많은 사람이 아니었다. 때문에 그는 허리춤에 걸린 철검을 뽑아 구침선생을 가로막은 두 놈 함께 베어 버리고 싶은 충동을 억누르기 위해 큰 노력을 쏟아야 했다.

이윽고 긴 숨을 내쉰 혁련격이 왕민에게 말했다.

"의술을 겨루고자 하는 것이 아니오. 대공자께서는 누가 뭐래도 본 전의 요인인데, 그 상세에 대해 본 전에서 파악해 두려는 것에 대체 무슨 문제가 있다고 이리 방해를 받아야 하는지 모르겠구려."

이 말이 효과가 있었다. 두 사람은 앙앙불락한 얼굴로도 길을 터 줄 수밖에 없었고, 구침선생은 도정의 앞으로 나아가 진맥을 시작했다. 잠시 후 구침선생이 구정물처럼 찜찜한 표정이 되어 도정에게서 물러났다.

"어떻소?"

"이걸 대체 어떻게 설명해야 할지……."

"진맥한 대로만 설명하면 되오."

"노부가 이날까지 수많은 환자들을 진맥해 보았지만 이처럼 괴이한 내기는 처음 접하는 것 같소. 경맥 안에서 음기와 양기가 교차하여 날뛰는데, 각각의 정도만으로도 생명에 위협을 줄 만큼 위중하오. 저런 몸을 하고도 제정신을 유지하고 있다는 것 하나만으로도 대공자의 체력이 얼마나 뛰어난지 알 수 있소."

"치료는 가능하오?"

구침선생은 말없이 고개를 절레절레 흔들었다.

'치료가 불가능하다!'

비록 이 자리에서 죽이는 것은 물 건너간 일이 되었지만, 회복 불능의 상태임을 확인한 것만으로도 혁련격은 만족할 수 있었다. 이제 남은 것은 마지막 확인인데, 그것을 위해서는 특별한 수단이 필요했다.

혁련격이 도정을 굽어보며 말했다.

"변고 중에 백상당 부당주이신 부인분께서 불행을 당하신 점은 무척 유감스럽게 생각합니다. 백호대를 대표하여 삼가 조의를 표하는 바입니다."

이 말과 함께 고개를 짧게 숙였다가 다시 들었을 때, 혁련격은 똑똑히 보았다. 도정의 눈구멍에서 그렁그렁 차오른 눈물이 칙칙하고 꺼칠한 볼살을 타고 주르륵 흘러내리는 광경을. 이윽고 도정이 허옇게 갈라진 입술을 달싹거렸다.

"그, 그녀를…… 나는 그녀를…… 마, 만나야……."

그러다가 벌린 입술을 괴상하게 뒤틀며 눈알을 허옇게 까뒤집는 도정을 왕민이 급히 끌어안았다.

"이 친구야! 그녀가 죽었다는 사실을 지금 처음 안 것도 아니잖아! 어서 숨을 내쉬어!"

얼굴이 벌게진 유 당사도 혁련격을 향해 악을 질렀다.

"아니, 다 죽어 가는 환자한테 대체 무슨 소리를 지껄이는 게요! 평심서기平心舒氣(마음을 평온하고 순화롭게 함)를 유지하는 것이 요양에 가장 기본임을 모른단 말이오!"

물론 모르지 않았다. 그럼에도 제남혈사 때 목숨을 잃은 도정의 부인, 당가영의 얘기를 꺼낸 것은 숨을 헐떡거리며 대나무 가마 위로 몸을 축 늘어뜨리는 저 도정이 진짜 도정인지 확인할 필요가 있었기 때문이었다.

─곰의 거죽을 쓰고 있지만 속은 여우처럼 교활한 놈이다. 무슨 수작을 부릴지 몰라. 제거가 힘들 경우, 부상 정도와 함께 놈이 가짜는 아닌지를 반드시 확인해라.

처음 이창으로부터 이 말을 들었을 때 혁련격은 대주가 지나치게 앞서 간다고 여겼고, 그러한 생각에는 지금도 변함이 없었다. 하지만 그에게는 대주의 지시를 수행할 의무가 있었다. 그래서 동원한 특별한 수단인데, 결과는 그의 생각이 옳은 것으로 판명 났다. 체격도 도정이 맞고, 얼굴도 도정이 맞지만, 저 자가 진짜 도정이라는 가장 명확한 증거는 방금 전에 흘린 눈물이었다. 다른 것들은 거짓일 수 있어도 그 눈물만큼은 절대로 거짓일 수 없었다. 그러므로…….

'……끝난 셈인가?'

혁련격은 임무의 가장 중요한 부분이 완수되었음을 깨달 았다. 남은 임무라면 도정 일행을 장례식 시간에 맞춰 신무전으 로 데려가는 일인데, 사실 그가 마중 나오지 않았더라도 어차피 알아서 찾아왔을 터이니 임무라고 하기도 뭣했다.

임무를 완수한 데 따른 만족감은 평소의 광혈자답지 않은 너 그러움으로 이어졌다. 혁련격은 얼굴 살갗 위에 단단히 뭉쳐 놓 았던 냉기를 비로소 풀고 왕민에게 말했다.

"본래는 곧바로 출발할 예정이었소만, 대공자의 상태를 보니 그렇게 해서는 안 된다는 것을 알겠소. 가까운 곳에 숙소를 잡 을 테니 거기서 하룻밤 정양하고 내일 아침 일찍 출발하도록 합 시다."

이 안산호에서 목적지인 신무전까지는 평보로 반나절 거리도 되지 않지만, 일행 중에 중환자가 끼어 있음을 감안하면 꽤나 일찍 출발해야 할 것 같았다.

혁련격은 곱절로 불어난 일행이 모두 움직인 뒤에야 비로소 걸음을 떼어 놓기 시작했다. 그가 택한 위치는 일행의 맨 끄트 머리. 그럴 리는 없지만, 만에 하나 도정이 그의 감시로부터 벗 어나는 것을 막기 위함이었다.

그렇게 몇 발짝을 떼어 놓던 혁련격이 문득 걸음을 멈추고 뒤 를 돌아보았다. 안산호의 수면 위에서 반사된 석양의 파편들이 핏물로 만든 비늘처럼 강렬한 느낌으로 그의 눈을 찌르고 있 었다. 호수 위에 낀 옅은 운무 속으로 스러지는 붉은 태양을 쳐다보며 그는 생각했다. 바로 내일이었다. 저 태양이 저물 었다가 다시 떠오르면 북악의 주인은 바뀌는 것이었다.

"호랑이가 주인이 된 북악이라니……."

입속말로 중얼거리던 혁련격은 갑자기 치밀어 오른 짜릿한 전율에 어깨를 부르르 떨었다.

(2)

차기 전주 이창의 강경한 주장에 떠밀려 신무전에서는 내일 하루 중 흉한 행사와 길한 행사를 연달아 치르기로 결정했다. 때문에 오늘 밤은 흉사의 전야인 동시에 경사의 전야이기도 했다. 전야란 다음 날 치를 행사를 위해 분위기를 띄우는 시간이었다. 대개의 경우 술과 안주만 풍족히 공급하면 알아서 살아나는 게 분위기인데, 상황이 매우 특별한지라 이번에는 달랐다. 추모와 축하를 한 입에 담는 것은 여간 머쓱한 일이 아니어서, 원로를 마다않고 찾아온 손님들은 선뜻 슬퍼해 주지도, 그렇다고 선뜻 기뻐해 주지도 못하는 어정쩡한 심경으로 애꿎은 주찬만 축낼 따름이었다. 그러니 분위기가 살 턱이 있겠는가.

'삼도 아니고 사도 아니야.'

불삼불사不三不四라는 말이 있다. 역경에서 유래한 이 말은, 괘卦를 이루는 육효六爻 중에서 가장 핵심이 되는 부분은 가운데에 오는 세 번째 효와 네 번째 효인데, 삼도 아니고 사도 아니니 결국 이도저도 아니라는 뜻이다. 한데 지금 분위기가 딱 불삼불사였다. 오늘 낮 차기 청룡대주로 내정됨으로써 내일 치를 양대 행사에서 본의 아닌 책임자가 되어 버린 음양판관 염위의 눈에는 불삼불사로 흘러가는 이 찜찜한 분위기를 타파하는 일이 북악의 이 인자 자리로 올라서기 위한 마지막 관문처럼 비쳤다. 숫자란 본시 명명백백하여 삼과 사를 모두 끌어안기란 처음부터 불가능한 일이었다. 그는 다음번 전주에게서 듣는 첫 번째 치하가 내일 치를 양대 행사의 성공적인 마무리이기를 바랐고, 그러기 위해서는 이 찜찜한 분위기를 삼이든 사든 어느 한쪽으로 유도할 필요가 있다고 판단했다.

염위는 오늘따라 유난히 공들여 다듬은 턱수염을 쓸어내리며 생각해 보았다. 흉사와 길사 중에 어느 한쪽을 택해야 한다면?

답은 금세 나왔다. 전자는 죽은 자를 위한 행사요, 후자는 산 자를 위한 행사였다. 죽은 자를 기리기 위해 산 자의 흥을 꺾는 것은 어리석은 일이었고, 염위는 어리석은 자가 되고 싶지 않았다. 그는 십여 걸음 떨어진 곳에 서서 그의 얼굴에 떠오른 것과 비슷한 심각한 표정으로 장내를 바라보고 있는 초로인에게 손짓을 보냈다. 초로인이 비대한 몸을 뒤뚱거리며 다가와 허리를 접었다.

"찾으셨습니까."

초로인과 염위의 공통점은 얼굴에 떠오른 심각한 표정만이 아니었다. 넓고 좁은 품만 다를 뿐 몸에 걸친 장포도 같은 색깔, 같은 양식으로 지은 것이었다. 차이가 있다면, 그 장포를 오늘 처음 입은 염위와 달리 초로인은 아주 오래전부터 입어 왔다는 정도랄까.

내일부터 염위를 도와 청룡대를 이끌어 갈 이 초로인의 이름은 증천산曾川算. 전임 청룡대주 증천보의 사촌이기도 한 그는 증가의 어른으로서 신무전 외부에서 이십 년 넘게 마장을 경영하다 제남혈사를 기화로 청룡대 부대주라는 중책을 맡게 된 인물이었다. 전장과 마장은 증가의 주력 종목이자 청룡대의 양대 돈줄이기도 했다. 그중 한 곳을 큰 잡음 없이 오랜 기간 관리해 온 위인인 만큼 상리商理에 밝고 일 처리에 능하다는 점은 충분히 인정하는 바이나, 염위는 상인이 아니라 무인이었다. 무인의 눈에 비친 상인이란 손익에 따라 언제든 낯을 바꿀 수 있는 못

믿을 족속이어서 청룡대 부대주 자리에 부족하다는 것이 염위의 판단이었다. 하지만 어쩔 수 없었다. 지금으로서는 외눈박이 호랑이로부터 하달되는 인사 방침을 무조건 수용할 수밖에 없는 처지였으니…….

장내를 슥 둘러본 염위가 말했다.

"분위기를 바꿀 필요가 있겠군. 대기시켜 놓은 악공들을 데려오고, 술도 더 독한 놈으로 내오도록 하게."

증천산은 투실투실한 얼굴에 난색을 띠며 어물거렸다.

"그, 그것은 조금…… 술은 그렇다 쳐도 악공들을 데려오는 것은 예법에 어긋나는……."

장례식 전야에 악공이 웬 말이냐는 뜻이리라. 하지만 장례식보다 그 뒤에 있을 등위식에 더욱 무게를 두기로 작정한 염위는 낯빛을 차갑게 하여 다시 말했다.

"지시에 따르게."

일개 말 장수 따위가 음양판관의 시퍼런 위엄을 어찌 거역하겠는가. 증천산이 허리를 접고 복명한 뒤 상관의 지시를 시행하기 위해 총총히 물러났다.

반 각쯤 지난 뒤, 예복을 차려입은 악공들 십여 명이 저마다 다루는 악기를 가슴에 품고 장내로 나왔다. 무슨 죄라도 지은 양 목소리를 낮춘 채 술잔을 기울이던 손님들이 악공들을 향해 호기심 어린 시선을 모았다. 악공들은 장내 한쪽에 마련된 붉은 천막 아래 자리를 잡았다. 강북 제일의 피리 명인이자 내일 등위식을 위해 특별히 고용한 악공들의 우두머리 격인 장소공藏簫公이 염위를 쳐다보았다. 염위가 슬쩍 고개를 끄덕이자 장소선생은 들고 있던 피리를 입가로 가져갔다. 곧바로 연주가 시작되었다. 처음에는 낮고 느리고 장중하던 악공들의 음률은, 한 곡을 마친 뒤부터 조금씩 크고 빠르고 흥겨워졌다. 고래로 술자리를 지배하는 기본 법칙 중 하나는 주위가 소란스러워지면 주객들의 목청도 덩달아 커진다는 점이었다. 아까와는 비교할 수 없을 만큼 시끄러워진 장내를 돌아보며 염위는 비로소 만족스러운 미소를 지을 수 있었다.

금상첨화랄까, 염위의 만족감을 더욱 고취시켜 주는 일들이 다음 차례로 기다리고 있었다.

"소림사 나한당주께서 왕림하셨습니다!"

활짝 열린 문을 통해 장내로 들어선 사람은 승려라기보다는 장수에 더 걸맞은 용모와 체구를 가진 중년승이었다. 뒤따라 들어선 네 명의 젊은 승려들 또한 산문을 지키는 사천왕만큼이나 위맹해 보였다. 염위는 그들에게로 다가가 청룡대주다운 권위가 실린 손놀림으로 포권례를 올렸다.

"오랜만이외다, 대사. 환영하오."

권법의 대가로 유명한 적오寂悟가 소림사 특유의 독장례로 화답했다.

"오랜만에 뵙소이다, 염 대주. 장문 방장께 사정이 있어 부족한 소승이 폐사를 대표하게 된 점, 양해하시길 바라오."

소림사 장문 방장의 신상에 모종의 변고가 생겼다는 것은 이미 비밀이라고 할 수도 없을 만큼 강호 도상에 널리 알려진 얘기였다. 염위는 가능한 한 가장 기품 있는 미소를 지으며 왼손을 천천히 내둘렀다.

"과공은 비례라 했거늘 소림의 나한당주께서는 어찌하여 스스로를 부족하다 비하하시는지? 본인의 배포로는 도저히 감당할 수 없구려. 자, 이리로!"

장내에는 이미 많은 수의 손님들이 자리하고 있었다. 조문객인 동시에 하객으로서 어제오늘 사이 신무전으로 들어온 그들은 제남을 포함한 산동 경내의 유지들이었다. 그들을 박대하려는 것은 딱히 아니지만, 청룡대에서 특별히 마련한 귀빈석에 앉히기에는 격이 모자란 것도 사실이었다. 때문에 귀빈석의 대부분은 현재 비어 있는 상태인데, 그중 한 자리에 임자가 정해졌다. 그리로 적오를 안내하는 염위는 좌중의 시선이 자신에게 쏠린 것을 느꼈다. 북악을 대표하여 소림의 대표를 맞이하고 있다는 우쭐한 자긍심은 집법 시절에는 결코 느끼지 못할 감정이리라.

적오에 뒤이어 염위를 기쁘게 해 준 사람은 아미파의 속가장로인 편검선생編劍先生이었다. 소림사 나한당주와 비교하면 아무래도 떨어지는 감이 있지만 그 또한 서부 일대에서 삼십 년 가까이 명숙 소리를 들어온 인물. 귀빈석으로 안내받을 자격은 충분했다.

분위기가 바뀌기를 기다리기라도 한 듯 손님들이 연이어 입장하기 시작했다. 그때마다 염위는 '반갑소이다.'라든가 '환영하오.' 따위의 형식적인 인사말을 적절히 내보이며 그들을 맞이했다.

거물일수록 느직하게 등장하는 것일까?

청룡대의 푸른 옷을 입은 무사 하나가 가장자리에 금박을 두른 호화로운 배첩拜帖 한 장을 들고 염위에게 달려온 것은, 적오와 편검선생에게 돌아간 것 말고도 두 자리의 귀빈석이 더 채워진 다음이었다. 이제는 주눅을 완전히 떨쳐 버린 악공들이 저마다 재주를 마음껏 드러내며 일곱 번째 곡을 연주할 무렵이기도 했다.

"오! 진짜 귀빈들이 오셨구나! 어서 안으로…… 아니, 내가 직접 나가 영접하는 것이 예의겠군."

염위는 배첩에 적힌 쟁쟁한 인물들을 여유 있게 안으로 인도하는 차기 청룡대주의 기품 있는 모습을 머릿속에 그리며 몸을 일으켰다. 그런데…….

"영접은 동東 대주께서 이미 하셨습니다."

배첩을 가져온 청룡대 무사가 말했다. 염위의 얇은 입술에 맺혀 있던 미소가 일그러졌다.

"누구라고?"

"금번 주작대 대주에 임명되신 동앙東殃 대주 말씀입니다. 정문 부근에서 부대주인 아우분과 함께 기다리고 계셨던 모양입니다. 지금쯤 손님들을 안내하여 이리로 오시는 중일 겁니다. 속하가 서둘러 달려온 것도 그 때문입니다."

염위는 아랫입술을 지그시 깨물었다.

'왜구 종자들이 감히 내 일을 가로채?'

외눈박이 호랑이가 동영 출신 친구들을 신무전으로 데려온 것은 제남혈사로 어지러워진 전 내 사정이 수습 국면으로 접어든 보름 전이었다. 두 해 전인가 동영 내 권력 다툼에 패하여 산동으로 건너온 어떤 제후 가문의 비밀 호위였다는 그들 히 시[東] 형제는, 해적으로 전락하여 노략질을 일삼는 본가에 환멸을 느낀 끝에 관민 합동으로 구성된 토벌군에 투항, 토벌전을 성공으로 이끄는 데 큰 공을 세웠다고 한다. 당시 민간 측 토벌군의 주장으로서 현장을 지휘한 이창의 설명인 만큼 거짓은 없을 테지만, 또한 독술과 암기술에 달통해 웬만한 명숙쯤은 간단히 죽일 수 있다는 점에도 굳이 토를 달고 싶지는 않지만, 그런 이유만으로 사방대의 한 곳인 주작대를 왜인 형제에게 넘겨준다는 것은 받아들이기 힘든 처사가 아닐 수 없었다. 하물며 염위에게는 친정과도 같은 주작대가 아니던가!

이윽고, 누가 듣더라도 장례식과는 절대로 어울린다고 하지는 못할 높고 빠르고 흥겨운 음악이 울려 퍼지는 가운데, 한 무리의 사람들이 장내에 모습을 드러냈다. 바로 저들을 앉히기 위해 공들여 귀빈석을 만들었다고 해도 과언이 아닌 '진짜 귀빈들'이었다.

"원시안진! 청룡대주로 승격하셨다는 얘기는 여기 계신 주작대주로부터 들었소. 축하드리오, 염 대주."

염위는 '여기 계신 주작대주'에게 눈길을 주지 않으려고 노력하며, 창로한 도호를 말머리 삼아 자신에게 인사를 건넨 키 작은 도사에게 포권을 올렸다.

"대무당파의 장문 도장께서 몸소 왕림하실 줄은 몰랐습니다. 염위가 인사 올리겠습니다."

소림사와 더불어 무림의 양대 태두로 추앙받는 무당파의 장문 도장, 현학이 너털웃음을 흘렸다.

"허허, 오늘만큼은 무당파의 늙은 구렁이 자격으로 온 것이 아니니 살펴 주시기 바라오, 염 대주."

일부 강직한 강호인들의 경멸이 담긴 자신의 아름답지 못한 별명을 아무렇지도 않게 입에 담으며, 현학은 왼손에 쥔 불진 拂塵(먼지떨이)으로 뒤를 가렸다. 현학의 왜소한 어깨 너머로 향한 염위의 시선 속으로 붉은 능라 기폭 위에 금물로 쓰인 커다란 네 글자가 꽂히듯 들어찼다.

척사건정斥邪建正.

'아!' 하고 짐짓 탄성을 뱉은 염위가 현학에게 말했다.

"오늘은 건정회주로서 왕림하셨군요. 진작 알아 모셨어야 하는데, 불민한 후배가 실수를 저질렀습니다."

"그깟 일로 무슨 실수랄 것까지야……. 다만 빈도와 함께 오신 여러 영웅들의 체면도 신경을 써 주십사 하는 뜻에서 드린 말씀이외다."

건정회의 주장기인 건정척사번建正斥邪幡은 장강 전선이 무양문 삼로군에 의해 돌파되는 과정에서 불타 버린 것으로 알려져 있었다. 그러므로 저 건정척사번은, 아니 척사건정번은 그 이후 다시 제작한 물건일 터였다. 옛것과 더불어 제 가루로 날아간 위세를 어순만 바꿔 만든 새것으로써 대신해 보려는 늙은 구렁이의 속셈이 못내 가소로웠지만, 염위는 비웃음 대신 감격한 목소리를 끌어 올려 상대의 수작에 장단을 맞춰 주었다.

"회주께서 손수 휘호하셨다는 바로 그 깃발이로군요. 저 위에 적힌 네 자를 보노라니 웅심이 절로 일어나는 듯합니다."

"허허, 그럴 만도 하실 게요. 사필귀정을 바라는 수많은 의혈들의 염원이 담긴 깃발이니 말이오. 자, 자, 인사들 나누시오. 존귀하신 청룡대주의 안면을 빈도 혼자서 독차지하는 것은 너무 염치없는 일 아니겠소?"

현학이 거느리고 온 건정회 인물들의 위세는 장강 전선에서 당한 허망한 패퇴가 거짓 소문이 아닐까 의심스러울 만큼 당당하고 대단했다. 현학의 사제이자 무당오검의 넷째인 현청玄淸과 건정회 십팔 대 공봉 중 수석 공봉인 봉은사의 주지 적광 대사가 염위와 인사를 나누었고, 이어 공동파의 속가장로인 벽수노인碧水老人 앙여산昻如山, 장강쌍절 중 동생이자 채찍의 대가인 와선동편渦旋銅鞭 위응호魏應滈, 감숙의 도법 고수인 함룡도陷龍刀 이왕李旺 등 건정회 십팔 대 공봉에 속하는 쟁쟁한 백도 명숙들이 차례차례 소개되었다. 염위는 그제야 아까 현학이 한 말, 무당파 장문 도장이 아니라 건정회주로 대해 달라는 그 말의 진의를 알게 되었다. 무당파의 명성이 아무리 드높은들 일개 문파에 불과한 것은 어쩔 수 없는 일이었다. 하지만 건정회주라면……백도의 맹주였다. 늙은 구렁이는 신무전에서 내일 열리는 두 개의 행사들을 전기로 삼아 장강 전선에서 추락한 건정회의 위상을 회복하려는 작정인 것이다.

'뭐, 신무전의 새로운 주인이 저 깃발 아래로 고개를 숙이고 들어간다면 불가능한 일도 아니지.'

생각이 여기에 미친 순간, 염위는 바로 그 주인이 아직까지 모습을 드러내지 않고 있다는 사실을 깨달았다. 그가 접대할 수 있는 한계는 여기까지다. 현학을 필두로 한 건정회 인사들이, 그러니까 진짜 귀빈들이 저 귀빈석에 앉는 순간부터는 진짜 주인이 나설 필요가 있었다. 바로 그때, 무당파 도사도 아닌 주제에 현학의 양옆에 매미처럼 들러붙어 있던 히가시 형제 중 형 되는 놈이 입을 열었다.

"염 대주, 귀빈들께서 왕림하셨는데 어서 신임 전주님을 모셔 와야 하지 않겠소?"

영접 일만이 아니라 하려던 말까지 빼앗긴 염위가 황당해하는 얼굴로 그것들을 빼앗아 간 장본인을 쳐다보았다.

"지금 나더러 신임 전주님을 모셔 와라, 이 말인가?"

내일부로 주작대주가 될 동앙이 오종종한 얼굴 가득 뻔뻔한 웃음을 지으며 말했다.

"뭐, 우리 형제가 가도 되겠지만 회주님께 들려 드릴 얘기가 아직 끝나지 않아서……."

현학이 고개를 끄덕여 동앙의 말에 힘을 실어 주었다.

"빈도가 과문해서 그런지 이분들이 해 주시는 섬나라 얘기는 무척 흥미롭더이다."

거보란 듯이 어깨를 으쓱거린 동앙이 염위에게 말했다.

"그래도 전주님을 모셔 오는 일인데 아랫것들을 보내면 격에 안 맞는다 여기실지도 모르고……. 그래서 드리는 말씀인데, 귀빈들은 우리 형제가 영접할 테니 염 대주께서 조금 수고해 주시구려."

만일 이 자리만 아니었다면, 쟁쟁한 명숙들이 지켜보는 자리만 아니었다면, 주제 모르고 나대는 후임자에게 전임자의 무서움을 똑똑히 가르쳐 주었을 것이다. 그러나 상황은 염위의 편이 아니었다. 염위는 자신을 쳐다보는 늙은 구렁이의 의뭉스러운 얼굴과 이제는 제법 잔치 분위기를 느낄 수 있는 전야장을 둘러본 뒤, 부글거리는 마음을 지그시 억눌렀다. 건방진 왜놈에게 가르침을 내릴 시간이 굳이 지금일 필요는 없었다. 청룡대주로서 치르는 첫 번째 행사가 아니던가. 지금껏 애써 끌어 올린 분위기를 스스로 망치고 싶지는 않았다.

"알았네. 내가 모셔 오도록 하지."

동앙이 히죽 웃었다.

"고맙소, 염 대주."

지난 한 달여간 이창의 숙소는 백호대 연무장 가장자리에 설치한 작고 낡은 천막이었다. 주군과 주군의 혈족을 지키지 못한 불충한 몸으로 제대로 된 천장 밑에서 잠을 이룰 수는 없다는 것이 그러한 천막 잠의 명분이었다. 이창을 아는 모든 이들은 난폭함과 과격함 이면에 감춰져 있는 대장부의 눈물겨운 충절에 찬사를 보냈고, 심지어는 그러한 자벌自罰의 대열에 동참하는 이들도 생겨났다. 건정회를 지원하기 위해 장강으로 파견 나 갔다가 제남혈사 직후에 전으로 복귀한 소철의 셋째 제자 구양 현도 그중 한 사람이었다.

불의의 암습으로 중상을 입은 대사형 도정을 천하제일 명의 인 부친에게 맡긴 채 비응당 청년 무사들을 인솔하여 돌아온 구 양현이 사부의 부음과 아내의 실종 소식 앞에 눈물을 흘리며 천 막을 세운 곳은 그의 거처이자 신혼집이기도 한 단봉당 앞뜰. 전야장을 떠난 염위가 이창을 발견한 곳은 뜻밖에도 백호대 연 무장이 아닌, 바로 그 단봉당 대문 앞이었다.

뜻밖인 것은 또 있었다. 언제나 호랑이 같던 이창이 지금은 고양이 짓을 하고 있는 것처럼 보였다. 활짝 열린 대문의 옆벽 에 몸을 붙인 채 안쪽의 동정을 살피던 이창이 담 모퉁이를 돌 아 나온 염위를 보고는 왼손 인지를 코끝에 갖다 붙였다. 조용 히 하라는 뜻 같았다.

'무슨 일이지?'

곧바로 이창의 전음이 날아들었다.

─이리 오게.

정확히 언제부터 그랬는지는 모르지만, 이창의 말투에는 윗 사람으로서의 권위가 실리기 시작했고, 염위는 그것을 당연한 것으로 받아들였다. 염위는 기척을 지우려 애를 쓰며 이창이 있 는 대문 쪽으로 다가갔다. 이창이 열린 대문을 향해 눈짓을 보 냈다. 염위는 표정을 굳히고 주의를 집중했다. 그러자 대문 안 쪽으로부터 흘러나오는 대화 소리가 들리기 시작했다.

"……진심으로 하는 말인가, 자네?"

지긋한 연륜이 느껴지는, 어제오늘 사이 들어 본 것 같기는 한데 누구의 것인지 얼른 떠오르지는 않는 사람의 목소리였다.

"진심입니다."

평소보다 쉬고 가라앉긴 했지만 저 목소리의 주인은 금세 알수 있었다. 단봉당의 주인인 구양현의 목소리였다.

"그 아이는 내 아들인 동시에 자네에게는 사형이기도 하네. 그런데도 그 아이가 의심스럽다는 말을 하는 것인가? 그것도 그 아이의 아비인 내 앞에서?"

염위는 그제야 첫 번째 목소리의 주인이 누군지 알아차렸다. 소철의 둘째 제자 백운평은 제남혈사가 일어나기 얼마 전 폐관 수련에 들어간다는 이유로 전에서 모습을 감춘 바 있었다. 그 백운평의 부친이 바로 저 목소리의 주인이었다. 그 주인의 이름이 갖는 무게는 결코 가볍지 않았다. 하북의 유서 깊은 명문 천추백가의 당금 가주인 북관비붕北關飛鵬 백적견白寂堅. 지금으로부터 이십여 년 전인 장년 시절부터 하북제일검으로서 명성을 떨친 그에게는 아들 백운평에서 비롯된 연줄과 스스로 쌓아 올린 명성을 제외하고도 이번 행사에 정식으로 초청받을 만한 자격이 충분히 있었다. 그 자격이란……

'저 호랑이에게 형님 소리를 듣는 자격이겠지.'

염위는 옆자리에서 찌푸린 얼굴로 대문 안을 바라보는 이창을 흘끔거리며 그렇게 생각했다. 그가 아는 한 호랑이가 형님 대접을 해 준 것은 청룡과 비붕 오직 둘뿐인데 청룡은 지난 제남혈사 때 죽었다. 이제는 비붕 혼자만 남게 된 것이다. 신무전 초청장이 제아무리 비싼들 비붕이 명단에서 제외되는 일은 있을 수 없었다.

'전야장에서 안 보인다 했더니만 여기 와 있었던 게로군.'

백적견은 몇 명의 가원들과 함께 오늘 점심 무렵 신무전에 들어왔다. 염위는 자신의 안내로 귀빈석에 자리를 잡은 그가 아까부터 보이지 않던 이유를 이제는 알게 되었다.

그러는 동안에도 구양현과 백적견의 대화는 이어졌다.

"어르신 입장에서는 노하실 만한 소리겠지요. 예, 당연히 그러실 겁니다. 하지만 혈사가 일어난 지 한 달이 지난 지금까지도 둘째 사형이 얼굴을 비치지 않는 것은 어떻게 설명하시겠습니까?"

"그 아이가 폐관에 들어갔다는 것은 자네도 아는 사실 아닌가. 어느 심산유곡에 틀어박혀 바깥소식을 모두 끊고 있는 상태라면 사문에 무슨 일이 닥쳤는지 모를 수도 있는 것 아닌가."

"폐관이라, 공교롭군요."

멀리서 엿듣는 입장임에도 비웃음임을 분명히 알 수 있는 웃음소리가 낮게 깔린 뒤, 구양현의 말이 이어졌다.

"정말 공교롭습니다. 공교롭게도 대사형과 저는 파견 길에 오르고, 공교롭게도 둘째 사형은 아무도 모르는 장소로 폐관에 들어가고, 공교롭게도 우리 사형제 모두가 전을 비운 시기에 적당들이 쳐들어오고…… 우연도 여러 번 겹치면 필연이라고 하더군요. 소생은 둘째 사형이 폐관에 들어갔다는 것을 믿지 않습니다. 누구에게도 장소를 알려 주지 않는 폐관이라니요. 과연 알려 주지 않은 걸까요? 알려 줄 수 없기 때문은 아닐까요? 만일 폐관 자체가 거짓이라면……."

"그만!"

더 이상 참기 어려웠던 듯 백적견이 버럭 노성을 터뜨렸다. 염위가 아는 천추백가의 가주는 다혈질과 거리가 먼 사람이지만, 아들에 대한 애정과 신뢰만큼은 어떤 다혈질이 부친보다 못하지 않은 것 같았다. 하물며 왕년의 하북제일검이 아니던가. 저대로 놔두었다가는 어떤 불상사가 벌어질지 모른다는 걱정이

든 것은 그 때문이었다.

"전주님."

염위는 이창을 돌아보았다. 침중한 얼굴로 대문 안쪽을 쳐다보던 이창이 고개를 무겁게 끄덕인 뒤 대문 안으로 성큼 발을 들여놓았다. 단지 문턱 하나를 넘어섰을 뿐이건만 남의 대화를 엿듣던 조심스러운 고양이는 흔적도 없이 사라졌다. 고양이가 사라진 자리를 차지한 것은 호랑이, 한 번 포효로 천하를 떨게 만드는 무시무시한 외눈박이 호랑이였다.

"현이는 밖으로 나와라."

잠깐 사이에 본색을 되찾은 이창이 특유의 낮지만 맹렬한 목소리로 안쪽을 향해 말했다. 단봉당 앞뜰에 세워진 천막의 포장 너머로 사람의 그림자가 어른거리더니, 천막 입구가 들리며 효복 차림의 청년 하나가 밖으로 나왔다. 바로 구양현이었다.

"오셨습니까."

소철의 제자들은 이창을 숙부로 받들었다. 정식 항렬과는 무관한 이 호칭은 지극히 무인다운 이창의 성정에 기인한 것이라고 볼 수 있었다. 그래서인지 이창을 향해 공손히 고개를 숙이는 구양현에게선 조금 전까지 사형의 부친을 상대로 드러내던 격렬하고도 날 선 무례를 찾아볼 수 없었다.

펄럭!

구양현이 등지고 선 천막의 입구가 거칠게 젖혀지더니 자줏빛 장포를 입은 백적견이 씨근덕거리며 밖으로 나왔다. 백적견의 얼굴을 살핀 염위는 낮게 혀를 찼다.

'저러다 울겠군.'

구양현으로 말미암은 심화가 어찌나 컸던지, 언제나 차분히 가라앉아 있던 백적견의 두 눈은 토끼의 것처럼 새빨갛게 충혈

되어 있었던 것이다.

"내 그렇게 안 보았네만, 소 노전주께선 제자를 잘못 들인 것 같으이. 감히 이런 짓을 하다니……."

이창을 향해 냉랭하게 쏘아붙인 백적견이 오른손에 움켜쥐고 있던 종이를 갈가리 찢기 시작했다. 하나뿐인 눈을 가늘게 접고 그 모습을 지켜보던 이창이 백적견에게 물었다.

"그 종이는 뭡니까?"

"내 아들의 죄과를 고발하는 방문이라네. 젊은 놈이 죽을 것처럼 낙백해 있다는 얘기를 듣고 위로나 해 줄까 해서 찾아왔는데, 때마침 쓰고 있는 것을 보았다네. 어깨너머로 내용을 읽고 하도 어이가 없어 종이를 빼앗았더니, 글쎄 평이가 어디 있는지 말하라며 바락바락 대드는 것이 아닌가. 그 아이가 신무전에 벌어진 변고와 반드시 관련이 있을 거라면서 말일세."

이창의 차가운 외눈이 구양현을 향했다.

"형님 말씀이 사실이냐?"

사실인 것은 염위도 엿들어 알고 있으니 그보다 더 일찍부터 엿들은 이창이 모를 리 없었다. 구양현은 대답 대신 입술을 지그시 깨물었다. 다음 순간, 염위는 파상적이라고 해도 좋을 만큼 맹렬한 기세가 이창의 어깨 위로 퍼져 오르는 것을 느꼈다. 그 기세에 실려 호랑이의 목털이, 모래색에 가까운 잿빛 머리카락이 꿈틀거리며 일어서고 있었다.

짝!

구양현의 고개가 팩 돌아갔다. 차기 신무전주로부터 행해진 갑작스러운 손찌검에 염위는 깜짝 놀랐고, 백적견 또한 몹시 놀란 눈치였다.

"바, 바보 같은 놈! 아무리 이성을 잃었기로서니 가, 가, 감히 네 사형의 부친 앞에서 그, 그런 망발을 부려! 어, 어서 사과드리지 못해!"

외눈박이 호랑이가 말을 더듬기 시작하면 알아서 움츠리는 것이 상책이다. 이는 신무전에서는 이미 상식이 되어 버린 경구였다. 이성을 잃고 사형의 부친 되는 사람에게 대들던 구양현도 그 상식만큼은 잊지 않은 모양이었다.

잠시 주저하던 구양현이 백적견을 향해 고개를 숙였다.

"……죄송합니다."

이 짧은 말을 하기 위해 구양현이 입을 벌리자 붉은 핏물이 주르륵 아래로 흘러내렸다. 따귀 한 대에 입속 살이 터지기라도 한 모양이었다.

"으음."

효복의 하얀 가슴자락이 붉게 물들어 가는 모습이 딱해 보였는지, 이창으로부터 뿜어 나오던 맹렬한 기세가 조금씩 수그러들었다. 올올이 곤두선 잿빛 머리카락이 가라앉은 것도 그 즈음이었다.

"그날 희생된 사람은 노전주 한 분만이 아니었다. 네게는 형수가 되는 평이의 아내도 거처인 취운당에서 꽃다운 생을 마감했지. 평이가 아내를 얼마나 사랑했는지는 너도 익히 알고 있을 것이다. 그런 평이가 아내를 죽음으로 몰고 간 변고와 관련 있을 거라고 생각한다면, 너는 정말로 바보다."

말을 멈춘 이창이 화강암처럼 단단한 느낌을 주는 얼굴 위로 강개한 표정을 떠올렸다.

"평이의 아내는…… 네 형수는…… 내게는 딸 같은 아이였다. 그 아이가 부친인 중 형님과 더불어 사지가 찢긴 시신으로 발견되었다는 소식을 들었을 때 내 심정이 어떠했는지를, 염하는 일조차 불가능한 그들의 잔해를 긁어모아 함께 화장한 뒤 잿더미를 헤집어 유골을 수습하던 내 심정이 어떠했는지를, 가슴이 생으로 찢어지는 듯한 그 심정이 어떠했는지를 너는 알지 못할 것이다. 너만 슬픈 것이 아니다. 너만 분노하는 것이 아니다."

구양현이 고개를 번쩍 들어 이창을 마주 보았다. 격정을 참으려는 듯 두 주먹을 움켜쥔 채 전신을 와들와들 떨던 그는 결국 아무 말도 하지 못하고 고개를 푹 떨구고 말았다. 낮게 혀를 찬 이창이 백적견을 돌아보며 말했다.

"슬픔과 분노로 제정신이 아닌 아이입니다. 펑이를 봐서라도 그만 노여움을 푸시지요, 형님."

구양현이 제정신이 아니라는 말에 염위는 어느 정도 공감하고 있었다. 슬픔과 분노를 안으로 삼키면서 사후 수습에 나선 이창과는 대조적으로, 지난 한 달을 반미치광이 상태로 보냈다고 해도 과언이 아닌 구양현이었다. 그사이 그가 가장 오랜 시간을 보낸 곳은 자신의 집이 아니라 금랑호였다. 잔해조차 변변히 남기지 못한 사부의 자취를 찾겠노라며 호반도 모자라 배까지 띄워 헤매고 다닌 그를 많은 사람들은 안타까워하고 동정했지만, 염위는 오직 비웃었을 따름이었다. 세상이 이미 바뀌었음에도 과거에서 벗어나지 못하는 것은 늙은이가 가지는 대표적인 악덕 중 하나였다. 한데 서른도 넘지 않은 새파란 애송이가 그 짓을 하고 있으니 어찌 비웃음이 나오지 않겠는가.

염위가 그런 생각을 하는 사이, 이창과 구양현을 번갈아 쳐다보며 어깨를 부들부들 떨던 백적견이 후우, 하고 긴 숨을 내쉬더니 목덜미에 넣은 힘을 풀었다.

"펑이를 위해…… 지금은 내가 참겠네."

그것으로 한고비가 지나갔다. 염위는 그제야 자신이 찾아온 용건을 밝힐 수 있었다.

"건정회주이신 무당파 장문진인을 비롯한 많은 귀빈들이 오셨습니다. 전주님께서도 슬슬 전야장 자리에 나가 보셔야 할 것 같습니다."

"현학 도장이 오셨다고?"

이창의 외눈이 염위를 향했다.

"허! 그런 소식은 빨리 알렸어야지."

빨리 알리지 못한 이유가 있음은 두 사람 모두 알 터였다. 굳이 그 이유를 입에 담아 신임 전주의 심기를 건드리고 싶지는 않았다. 이런 경우 정답은 매우 간단했다. 염위는 절도 있게 고개를 숙이며 그 정답을 말로 옮겼다.

"죄송합니다."

마음이 통한 것일까? 이창이 씩 웃은 뒤 말했다.

"곧바로 나갈 테니 염 대주가 앞장서게. 아, 좀처럼 뵙기 힘든 귀한 분들이 여럿 오신 모양인데 형님도 함께 나가시지요."

백적견은 의동생의 청을 거절하지 않았다. 양손에 그러쥐고 있던 종잇조각들을 허공에 홱 뿌린 그는 고개를 푹 숙인 채 우두커니 서 있는 구양현을 한차례 돌아본 뒤 단봉당 대문을 향해 성큼성큼 걸음을 옮겼다.

염위를 앞세운 이창이 막 발걸음을 떼어 놓으려 할 때, 구양현이 숙인 고개를 치켜들고 불쑥 말했다.

"드릴 말씀이 있습니다."

이창이 구양현을 돌아보았다.

"뭐냐?"

"내일 장례식에 이어 등위식이 열리는 것은 알고 있습니다. 하지만 장례식이 끝난 뒤에도 소질은 이 효복을 도저히 벗을 수 없을 것 같습니다. 불상不祥한 복식을 걸침으로써 등위식의 품위를 깎아내리는 죄, 미리 사과드리고 싶습니다."

복잡한 감정이 실린 눈으로 구양현을 잠시 바라보던 이창이 고개를 천천히 끄덕였다.

"사부를 기리고자 하는 네 갸륵한 마음을 내가 어찌 외면하겠느냐. 등위식 때 누구도 네 복식을 탓하지 않을 터이니 마음이 시키는 대로 하려무나."

"감사합니다."

황공하다는 듯이 급히 고개를 숙이는 구양현을 바라보며 염위는 다시 한 번 비소를 머금었다.

'새롭게 시작하는 신무전에서 너처럼 과거에 연연하는 애송이가 설 자리는 없을 것이다.'

염위는 그 애송이로부터 고개를 돌렸다.

(3)

은그릇이 보였다.

굵은 은사를 꼬아 만든 서역풍의 기묘한 덩굴 문양이 운두(그릇이나 접시의 가장자리 단)를 대신한, 작지만 고급스러운 은그릇이었다.

은그릇은 비어 있었다. 그러나 그는 저 은그릇이 계속 비어 있지 않으리라는 것을 알고 있었고, 그렇게 만들어야 하는 사람이 자기 자신이라는 것도 알고 있었다. 그가 저 은그릇 안에 넣어야 할 물건은 바로…… 공물이었다.

은그릇 너머에서, 온화한 얼굴을 한 남자가 온화한 목소리로 그 점을 확인시켜 주었다.

―거기 넣어.

그는 무서웠다. 그래서 뒷걸음질을 쳤다. 달아나려고 했다. 그러나 금세 붙들렸다. 박명薄明처럼 어스름한 주위 어딘가에서 뻗어 나온 수많은 억센 손들이 그의 팔을 붙들고 그의 다리를 휘감고 그의 어깨를 찍어 눌렀다. 옴짝달싹할 수 없게 된 그는 남자에게 간원할 수밖에 없었다.

―제발 이러지 마세요. 제가 한 맹세로도 부족한 겁니까?

그러나 남자로부터 돌아온 것은 아까와 똑같은, 마치 동생의 잘못을 타일러 고쳐 주려는 친형의 것 같은 온화한 목소리였다.

―거기 넣어.

그는 남자의 얼굴과 목소리에 깃든 온화함이 남자의 철저하고 잔인하고 집요한 심성을 감추기 위한 도구임을 모르지 않았다. 그가 남자의 말을 따르지 않으면 남자는 그를 죽일 것이다. 그가 남자에게서 받을 수 있는 것들은 매우 빈약했고, 그중에 자비는 포함되어 있지 않았다. 그와 남자 사이에 이어진 반쪽짜리 혈연은 남자의 결심을 더욱 확고하게 만드는 요인에 지나지 않았다. 그러므로 그가 선택할 수 있는 길은 오직 둘뿐이었다. 목숨이냐, 아니면 공물이냐. 다른 선택은 없었다.

그는 은그릇을 쳐다보고, 남자를 쳐다보고, 다시 은그릇을 쳐다보고, 덜덜 떨리는 손을 자신의 얼굴로 가져갔다. 그러고는……

은그릇이 보였다.

별다른 장식 없이 질박하게 만들어진 평범한 은그릇이었다. 그 은그릇 너머에서 여자가 말했다.

"안 좋은 꿈을 꾸셨나 봐요."

그는 방금 뜬 하나뿐인 눈으로 은그릇을 멀거니 쳐다보다가 화들짝 놀라 상체를 일으켰다. 그 바람에 은그릇에 담겨 있던 액체의 일부가 그의 벗은 가슴 위로 쏟아졌다. 투명한 액체가 근육으로 뭉쳐진 가슴골을 따라 흘러내리다가 잿빛 거웃이 시작되는 배꼽에 고였다.

"어머, 꿀물이라서 끈끈할 텐데."

여자가 그의 얼굴 앞에 내밀고 있던 은그릇을 얼른 치우며 말했다. 그는 땀에 젖은 얼굴로 은그릇을 쳐다보고, 주위를 둘러보고, 다시 은그릇을 쳐다보고, 여자를 쳐다보았다. 사방에 연자주색 휘장을 드리운 이 커다랗고 푹신한 침대와 잘 어울리는 그 여자는 현무대의 부대주인 절검선자 요수향이었다. 그녀는 오늘 등위식을 기해 현무대의 대주로 정식 임명될 예정이었다. 바로 그에 의해서. 그러므로 그는…… 그는…….

놀랄 만큼 거대한 안도감이 딱딱하게 긴장된 어깨 근육을 부드럽게 만들었다. 그는 꿈속에서 했던 것처럼 목숨을 부지하기 위해 신체의 일부를 공물로 바쳐야 하는 무력한 약자가 아니었다. 지금의 그는 강자 중의 강자, 강호의 양대 세력 중 한 곳인 북악의 주인이었다. 공물을 바치는 존재가 아닌, 공물을 받는 존재가 된 것이다. 고개를 짧게 흔듦으로써 그날 이후 무수히 반복된 악몽을 완전히 털어 버린 그는 그제야 특유의 단단한 얼굴을 되찾을 수 있었다. 욕망과 야심의 화신, 외눈박이 호랑이 이창의 얼굴을.

단단해진 것은 얼굴만이 아니었다. 불룩불룩 맥동하며 곤두선 남성의 첨단이 하체를 가린 비단 이불을 팽팽히 받쳐 올리는 것이 느껴졌다. 이창은 연자주색 휘장 사이로 스며든 아침 햇살이 산월월 이후 취한 첫 번째 공물의 기름진 허리선 위에서 반짝이며 미끄러지는 것을 바라보다가 불쑥 말했다.

"끈끈한 건 질색인데."

"닦아 드릴게요."

요수향은 비단 이불의 끝자락을 끌어다 이창의 가슴과 배에 묻은 꿀물을 닦으려고 했다. 이창은 손을 내밀어 그녀의 손길을 막았다. 그녀가 그를 쳐다보았다. 그는 천천히 고개를 끄덕였다. 그녀의 양 볼이 발그레해졌다. 잠시 망설이는 기색을 보이긴 했지만, 그녀는 그의 뜻을 거역하지 않았다.

잠시 후, 이창은 흰 털이 간간이 섞인 요수향의 풍성한 머리카락이 그의 배 위에서 물풀처럼 흔들리는 모습을 포만감에 취한 맹수의 눈으로 내려다볼 수 있었다.

사실 요수향을 취하는 일은 조금도 어렵지 않았다. 이창은 그 일을 위해 어떤 강압적인 수단도 동원하지 않았다. 당연한 얘기지만 절검선자 요수향은 창부가 아니었다. 강호에 널리 알려진 대로 만화검법이라는 고명한 무공의 소유자였고, 쉬 흔들리지 않는 굳센 심지의 소유자이기도 했지만, 산월월이 가져온 충격은 그녀가 두르고 있던 단단한 갑옷들을 단숨에 깨트릴 만큼 강력했다.

설상가상이랄까. 현무대주 종청리가 죽은 것은 아무 값어치도 없는 늙은 호기심 때문이었지만, 요수향은 순진하게도 그 죽음을 직속 수하인 자신의 책임으로 받아들였다. 충격을 받고 자책에 빠진 여심을 흔드는 것은 쉬웠다. 평소의 독안호군과는 어울리지 않는 부드러운 위로와 친절한 말 몇 마디, 거기에 사향과 용연향을 아주 조금 가미한 따뜻한 술 한 병이 이창이 동원한 수단의 전부였다. 버팀목을 찾아 헤매던 중년 여자는 자석에 들러붙는 쇳가루처럼 그에게 기울었고, 일찍이 청룡대주의 여식을 통해 입증한 바 있는 그의 남성다움과 지칠 줄 모르는 정력 앞에 완전히 함락되었다.

어쩌면 난생처음 맛보는 것일지도 모를 지옥처럼 격렬한 절정에 울부짖다가 축 늘어진 요수향에게 이창은 속삭였다.

─슬프고 고통스러워도 이미 벌어진 일을 어찌 되돌릴 수 있겠소. 우리에게는 미래를 생각해야 하는 의무가 있소. 신무전은 내가 지키리다. 그대는 현무대를 맡아 주시오.

그때 이창은 초점 풀린 요수향의 눈 속에 새로운 빛이 반짝이는 것을 발견했다. 남성의 우월감이 하체로부터 또 한 번 부풀어 올랐고 그는 그것을 다시금 공물의 축축하고 미끄러운 자궁 속으로 힘차게 찔러 넣었다. 그 순간만큼은 모든 것이 순조롭게 흘러가고 있었다. 그러나…….

'모든 것이 순조롭지만은 않았어.'

신체의 일부로써 은그릇을 채운 날 이후 그 남자보다 더 철저하고 더 잔인하고 더 집요해지기로 결심한 이창은 하초로부터 올라오는 짜릿한 쾌감 속에서도 그런 생각을 떠올리고 있었다.

순조로운 흐름에 걸림돌이 되는 요소는 네 가지나 있었다.

첫 번째는 단봉당의 안주인인 석지란의 신병을 확보하기 위해 보낸 무정도 상완의 소식이 들려오지 않는다는 점이었다. 다만 그것만으로 상완이 임무에 실패했다고 단정하기에는 섣부른 감이 있었다. 본시 상완은 납치한 석지란을 태원의 비각으로 이송하기로 되어 있었고, 그 과정에서 뜻하지 않은 변수─예를 들면 석지란이 이동이 곤란할 정도로 큰 부상을 입었다든지─가 발생했다면 시일이 늦어질 가능성도 충분히 존재했다. 어쨌거나 도정은 비각의 책사가 마련한 암수에 당하지 않았던가. 이창은 도정의 추락을 상완이 임무에 성공한 증거로 받아들였다. 등위식이 끝나면 어떤 식으로든 태원과 다시 연락할 일이 생길 테니, 상완에 관한 문제는 그때 확인하면 될 것 같았다.

두 번째는 산월월 당야에 신무전 앞에 모습을 드러낸 증가사 소룡 중 두 사람, 증혁과 증훈을 추적하기 위해 병력을 이끌고 출동한 사해검우 고동비의 종적이 강물 속에 던져진 돌멩이처럼 사라졌다는 점이었다. 이창은 그 일을 어떻게 받아들여야 할지를 놓고 제법 고민해야만 했다. 고민 끝에 나온 결론은 하나였다. 고동비가 증가 형제들에게 역으로 당했다는 것. 이것 말고는 무엇으로도 설명이 되지 않았다. 산월월 당야에 청룡대주 증천보를 죽인 사람은 바로 이창이었다. 자신의 손으로 죽인 의형의 자식들이 살아남았다는 것은 못내 찜찜한 일이지만, 그 찜찜함이 대세에 지장을 줄 정도는 아니었다. 증가 형제에게는 이창을 성토할 증거도 능력도 있을 리 없었다. 그들이 다시 나타나면 두 팔을 벌려 환영해 줄 작정이었다. 원한다면 염위에게 내준 청룡대주 자리도 흔쾌히 넘겨줄 터였다. 그리고 얼마의 시간이 흐른 뒤, 그들을 부친의 곁에 묻어 줄 것이다. 고동비의 부재는 조금도 아쉬울 게 없었다. 보기 드문 호인으로 널리 알려진 고동비의 존재는 이창이 그간 뒤집어썼던 난폭하고 과격한 가면의 보완책에 지나지 않았다. 이창은 이제 그 가면을 벗으려 하고 있었고, 그러므로 고동비의 용도는 어차피 끝난 셈이었다.

세 번째는 신무전의 원주인인 소씨의 대를 완전히 끊어 놓지 못했다는 점이었다. 생존한 소씨는 두 명이었다. 산월월 이전 운소유의 밀명을 받아 강호로 나간 소홍과 산월월 당야 신무전 일대에 설치된 천라지망을 빠져나간 소소. 그들의 존재는, 문강의 술책에 걸려 반병신이 되었다는 도정과 아무것도 모른 채 이창에게 순종하는 구양현보다 더 골치 아팠다. 도정과 구양현은 이미 수중에 들어온 셈이었고, 처리하는 데 번거로움은 있을망정 어려움은 없을 터였다. 하지만 소씨 부녀는 달랐다. 신무전이 회복기에 접어들었다는 사실을 모를 리 없음에도 그들은 한 달 넘게 모습을 보이지 않고 있었다. 이창은 이를 그들이 현재 신무전 내에 있는 누군가를 경계하고 있다는 증거로 받아들였다. 그들은 과연 누구를 경계하는 것일까? 이창은 자신일 가능성이 높다고 판단했다. 문제는, 지난 한 달간 행한 갖가지 시도에도 불구하고 그들의 행방을 찾을 수 없다는 것이었다.

네 번째는, 이것이야말로 이창을 정말로 곤혹스럽게 만든 요소인데, 산월월에 참가하기 위해 관동에 남겨 두고 온 백호대 본대와의 연락이 보름 전부터 끊겼다는 점이었다. 배신이란 손잡이가 없는 칼날과 같아서 타인과 함부로 공유할 수 없었다. 이는 그토록 오랜 세월 대주 자리를 지켰음에도 백호대원 전부를 수중에 넣지 못한 이유이기도 했다. 실제로 산월월 당시 백호대에는 백육십 명의 사망자가 발생했다. 그들의 몸에 난 상처는 제각각이었지만 그들의 진정한 사인은 오직 하나였다. 외눈박이 호랑이와 배신의 음모를 공유하지 못한 것. 그날 밤 충성스러운 호랑이들을 물어 죽인 것은 그들이 동료라 믿어 의심치 않았던 배신한 호랑이들이었던 것이다. 불가피한 일임을 모르지는 않지만 이창은 그 일을 진심으로 가슴 아프게 생각했다. 백호대는 자타가 공인하는 신무전 무력의 핵심이었고, 그는 더 이상 백호대에 결원이 생기는 것을 원치 않았다. 얼마 후면 온전히 자신의 것이 될 신무전의 전력에 흠집이 생기는 것을 원치 않았다. 그런데 관동에 남겨 두고 온 백호대 본대와 연락이 갑자기 두절된 것이다. 이 문제만큼은 정말로…… 정말로……!

"후읍!"

이창은 숨을 들이켜며 자신의 배 위에서 흔들리는 머리카락을 움켜잡아 위로 들어 올렸다. 색정에 젖어 반짝거리는 눈이 놀란 듯 그를 향했다. 그날 남자가 내민 은그릇도 저 눈처럼 반짝거리고 있었다. 어떻게 잊을 수 있겠는가, 자신이 흘린 핏물에 덮여 칙칙하게 죽어 가던 그 은그릇의 반짝거림을.

이창은 침대에 묻었던 상체를 벌떡 일으켰다. 창귀 따위 한두 마리 사라진들 무슨 대수겠는가! 걸림돌이라고? 네 가지가 아니라 사백 가지라도 상관없었다. 그는 모든 걸림돌을 뛰어넘을 각오가 되어 있었다.

'나는 이미 돌아설 수 없는 길에 올라섰다!'

오직 앞으로 나아가 죽이고, 쟁취하고, 승리하고, 성공해야만 했다. 그럴 것이다. 반드시 그리할 것이다. 그는 꿈속에서 본 남자를 향해 마음속으로 외쳤다. 다시 한 번 내 앞에 은그릇을 내밀어 보시지! 이번에 그것을 채워야 할 사람은 내가 아니라는 것을 똑똑히 가르쳐 줄 테니까!

이창은 요수향의 달아오른 얼굴을 자신의 하초 쪽으로 거칠게 끌어당겼다.

정사의 음습한 냄새가 감도는 요수향의 침소를 떠나 백호대 연무장 가장자리에 설치해 놓은 자신의 투박한 천막으로 돌아왔을 때, 이창은 천막 밖에서 그를 기다리고 있는 두 사람을 볼 수 있었다. 두 해 전 왜구를 토벌하는 과정에서 비밀리에 거둬들인 동영 출신의 새로운 창귀들, 동앙과 동잔 형제가 바로 그들이었다. 이창은 천막을 들추며 그들에게 말했다.

"들어가자."

'앙殃'과 '잔殘' 모두 왼쪽에 붙은 부수만큼이나 불길한 글자였고, 그 주인들의 성정을 매우 잘 드러내 주는 이름이기도 했다. 그들 형제는 지난 두 해간 이창이 내린 몇 가지 비밀 임무를 성공적으로 수행함으로써 이창의 신임을 얻었는데, 가장 최근에 세운 공은 산월월 당야에 신무전에 들어와 시건방지기 짝이 없던 백상당의 암고양이를 잡아 죽인 일이었다. 그들은 암고양이의 육신에 수십 개의 바람구멍을 내 놓음으로써 동영의 암기술이 사천당가의 그것에 비해 별 손색이 없음을 입증했다. 충력기의 독특한 흔적이 새겨진 증씨 부녀의 시신들과 달리 암고양이의 시신은 따로 손볼 필요가 없었다. 이창이 아는 한, 동영의 암기술에 의한 상흔을 한눈에 알아볼 만한 전문가는 이 신무전 내에 없었으므로.

견폐를 벗어 천막 기둥의 못걸이에 건 이창은 근처에 있던 간이의자를 끌어당겨 털썩 앉았다. 그에게 다가온 동앙이 품에서 꺼낸 봉서 한 장을 제미로 내밀며 말했다.

"지난밤 이올단주가 보낸 전령이 당도했습니다. 자리를 비우신 관계로 곧장 전해 드릴 수 없었습니다."

동씨 형제의 관화官話(중국 표준어)는 수준급이었다. 복식도 동영의 것을 버린 뒤라 왜인 특유의 길고 높은 상투만 아니라면 한족이라고 해도 믿을 정도였다. 여러모로 쓸모가 많은 창귀들이었다.

봉서를 뜯어 서찰에 적힌 내용을 죽 읽어 내려가던 이창이 빙긋 미소를 지었다. 이올단주 혁련격은 이 서찰을 통해 제남으로 오는 환자가 도정 본인이 분명함을 확신했고, 그 증거로써 아내인 백상당 암고양이의 부음을 접한 환자의 즉각적이고도 진실한 반응, 즉 눈물을 제시했다. 그것에 더하여, 도정의 상세가 이쪽에서 생각한 것보다 훨씬 더 위중하다는 점도 동행한 구침선생의 말을 인용해 전해 왔다.

그 밖의 사항들은, 도정의 호위로 신기보의 요인들과 활인장의 의원이 따라왔다는 점이라든가 도정의 몸 상태가 악화되어 안산호 인근에서 하룻밤을 보내고 귀환하겠다는 점 따위는 별로 중요하지 않았다. 회복 가능성이 희박하다는 그 환자가 정말로 도정 본인이라면, 그를 처리할 기회와 방법은 셀 수 없을 만큼 많았다.

'역시 큰일을 맡길 만한 친구로군.'

혁련격은 이창으로부터 받은 주의를 잊지 않았다. 도정을 제거하려는 섣부른 행동을 삼간 대신 상황에 맞는 영리한 대처를 한 것이다. 교활하고 줏대 없는 굴각단주 고동비와 우직하고 융통성 없는 육혼단주 상완 대신 이올단주 혁련격을 차기 백호대주로 점찍은 이창으로서는 그 점이 몹시 흡족했다.

다음 보고는 동잔이 준비하고 있었다.

"동창에서 파견한 사절단으로부터 오늘 오전 중에 입전하겠다는 연락을 받았습니다. 전령의 행색으로 미루어 성내의 객잔을 잡은 것 같았습니다."

"영리한 자로군."

강호인들에게 있어서 동창은 공포의 상징인 동시에 혐오의 대상이기도 했다. 자신들을 사갈시하는 강호인들과 한자리에서 밤을 새우는 것은 아무래도 거북할 터. 사절단의 우두머리를 맡은 동창의 좌첩형은 그 점을 아는 것 같았다.

동잔에 뒤이어 동앙이 어제까지 입전한 방문객의 명단과 오늘 입전 예정인 방문객의 명단을 구두로 보고했다. 예상에서 벗어나는 부분은 거의 없었다. 이창이 손을 들어 동앙의 보고를 끊은 것은 딱 한 번뿐이었다.

"방금 그 부분을 다시 말해 봐라."

"개방에 관해…… 말씀이십니까?"

이창이 고개를 끄덕이자 동앙의 눈이 손에 든 목록을 향했다.

"에…… '개방의 우두만박개 황우 외 사 인'이 오늘 입전하기로 되어 있습니다."

"흠."

이창은 억센 턱수염 몇 가닥을 손가락으로 비틀면서 어제 전야장에서 인사를 나눈 소림사 나한당주의 찌무룩한 얼굴을 떠올렸다.

오늘 열릴 장례식과 등위식 중 중요한 것은 물론 후자였고, 그 행사의 주빈은 건정회였다. 산월월의 혼란을 수습한다는 명분하에 신무전의 전권을 장악한 이창은 가장 먼저 건정회에 밀사를 파견했다. 신무전은 그가 이제껏 먹은 그 어떤 것보다도 크고 살진 먹잇감이지만, 충력기처럼 맹렬한 소화력을 자랑하는 그의 야심을 충족시켜 주기에는 부족한 감이 있었다. 다음 목표는 올봄 백도 무림맹을 표방하여 창설된 건정회. 그는 장강 전선의 패퇴로 인해 기세가 꺾인 건정회에 신무전을 정식으로 가입시킴으로써 위축된 대對무양문 전선에 활기를 불어넣는 한편, 종달새의 둥지를 빼앗는 뻐꾸기 새끼처럼 종국에는 건정회 전체를 집어삼키고 말겠다는 원대한 계획을 품고 있었다. 가능성은 충분했다. 신무전은 자타가 공인하는 강북 최강의 문파였고, 강호에서 신무전주가 차지하는 비중은 무당파 장문진인의 그것에 비해 절대로 떨어지지 않았다. 다만 그 일을 추진하기 위해서는 특별히 주목해야 할 문파가 두 곳 있었다. 건정회와는 창설 시점부터 거리를 두었던 소림사와 개방이 바로 그들이었다.

'그들을 품어 안을 필요가 있어.'

각각이 최고最古와 최대最大를 자랑하는 소림사와 개방이 아니던가. 늙은 구렁이조차 해내지 못한 일을 이창이 해낸다면, 건정회를 다음 먹잇감으로 삼겠다는 원대한 계획은 날개를 달게 될 터였다.

"염위에게 전해라, 개방의 후계자를 정중히 모시라고."

중은 중대로, 거지는 거지대로 쓸모가 있었다. 무슨 까닭인지는 몰라도 비각의 책사는 중과 거지에게 소홀했고, 이창은 그가 범한 실수를 되풀이하지 않을 작정이었다.

"알겠습니다."

그때 이창이 있는 천막을 향해 누군가의 발소리가 자박자박 가까워졌다. 잠시 후, 천막 밖에 보초로 세워 두었던 백호대원의 목소리가 들려왔다.

"전주님, 포구에서 전령이 왔습니다."

이창은 새로 받아들인 창귀들이 보는 앞에서 체통 없이 벌떡 일어서려던 몸을 애써 멈췄다. 포구라면 신무전이 있는 제남부의 동쪽 끄트머리에 위치한 이진포利津浦를 가리켰다. 발해만의 조수가 밀려들어 오는 마지막 포구이기도 한 그곳은 백호대가 배편을 통해 관동으로 출발한 장소인 동시에 귀환할 장소이기도 했다. 그가 세 명의 대원을 따로 빼내 포구 인근에 상주시킨 까닭은 언제 당도할지 모르는 백호대로부터의 연락을 기다리기 위함이었다.

"들여보내라."

천막 안으로 들어온 남자는 과연 이진포를 지키던 세 대원 중 하나였다. 들썩거리는 어깨와 상기된 얼굴로 미루어 신무전까지 말을 몰아오는 데 두 번 이상 쉬지 않았음을 알 수 있었다.

"무슨 일이냐?"

남자가 들고 있던 전서를 이창에게 내밀었다.

"연락이 끊겼던 본대에서 보낸 것입니다."

"그래?"

"동틀 녘 포구에 들어온 고깃배들 중 한 척에 실려 왔습니다. 병력을 다수 태운 배들이라 하구로 진입하는 데 몇 가지 통관 절차가 필요했던 모양입니다. 때문에 앞서 통과하는 고깃배 편에 전서를 보냈다고 합니다."

그 전서는 백호대에서 통용되는 포호咆虎 문양의 밀랍으로 봉해져 있었다. 아가리를 위협적으로 벌린 밀랍 호랑이의 머리통이 이창의 손톱에 의해 반으로 갈라졌다.

― 시월 구일 사시경(오전 10시경) 이진포 상륙 예정.

지난 보름 동안 끓인 마음고생을 보상받기에는 너무 짧은 글이었지만, 그럼에도 이창은 만족할 수 있었다. 진시경에 이진포에 상륙하여 행보를 서두른다면 장례식은 몰라도 등위식 전에는 입전할 수 있었다. 신임 전주의 위엄을 돋보이게 해 줄 호랑이들이 최소한 너무 늦게 도착하는 일은 피할 수 있게 된 셈이었다. 저간에 어떤 사정이 있어 연락이 두절된 것인지는 여전히 알 수 없었지만, 마음을 무겁게 하던 가장 큰 요소가 해결되었음에 그는 홀가분함을 느낄 수 있었다.

하기야 백호대가 골치를 썩인 데에는 이창의 책임도 어느 정도 있다고 봐야 할 터였다. 산월월은 전격적으로 감행된 작전이었고, 그로 인해 백호대의 지휘 체계에는 짧은 기간이나마 공백이 생길 수밖에 없었다. 때문에 이창은 작전의 종료와 함께 관동으로 복귀, 백호대를 인솔해 올 책임자로 굴각단주 고동비를 염두에 두고 있었다. 한데 증혁과 증훈을 잡으러 나간 고동비는 종적이 끊겼고, 그가 돌아오기를 기다리다 못해 관동과 연락을 취했을 때에는 이미 백호대마저도 사라진 뒤였던 것이다. 타지에서 지휘자도 없이 갈팡질팡했을 호랑이들을 생각하면 덮어놓고 노여워할 수만도 없었다.

명령 계통이 제대로 서지 않는 군대는 개개의 능력이 아무리 뛰어나도 오합지졸에 지나지 않았다. 출동의 목표인 비적을 토벌하겠노라─그들로서는 그렇게 알고 있을 수밖에 없었다─저희들끼리 관동 벌판을 헤매고 돌아다니다가 신무전에 변고가 발생했다는 소식을 접하고는 부랴부랴 회군에 나선 모양이니, 등위식에 늦지 않는 것만으로도 다행스러운 일이 아닐 수 없었다. 지금 그들에게 필요한 것은 문책이 아니라 지휘자였다.

'입전하는 대로 새로운 어미를 붙여 줘야겠군.'

혁련격이면 모자라지도 남지도 않으리라.

생각을 정리한 이창은 딱딱한 간이 의자에 불편하게 걸치고 있던 엉덩이를 떼었다.

"슬슬 나가 봐야 할 것 같군."

천막 기둥에서 새하얀 견폐를 내리는 이창에게 히가시 형제가 허리를 직각으로 접었다.

"저희가 모시겠습니다."

이창의 바람만큼은 아니지만 날씨는 그런대로 좋은 편이었다. 회색 구름이 다소 낀 가을하늘은 저 높은 곳에 걸려 있었고, 바람이 조금 소슬해도 추위를 느낄 만큼은 아니었다. 이창은 열두 개의 커다란 차일 아래에 마련된 상석에 앉아 장례식장으로 탈바꿈한 대연무장을 천천히 둘러보았다.

자정부터 철야로 진행된 장례식 준비는 동트기 전에 이미 끝났다고 했다. 문파나 가문에 집단으로 초상이 발생했을 경우 합동으로 장례를 치르는 것이 강호의 오래된 관행이었다. 때문에 흑색과 백색으로 꾸민 넓은 제단 위에는 무려 삼백 개에 달하는 위패가 올라가게 되었다. 제단으로 향하는 분향로焚香路 양편에는 백국을 위시한 갖가지 조화들이 장식되었고, 흰 명주를 감은 대나무 장대에 회양목 가지를 엮어 만든 크고 높은 왕생문往生門이 길 입구에 세워져 있었다. 대연무장을 빙 두른 담벼락보다도 높이 솟은 수백 개의 만장들이 가을바람에 이리저리 나부끼며 망자의 한을 위로하고 있었다.

제단 뒤편으로는 흰 바탕에 극락정토의 신비하고 아름다운 정경이 그려진 병풍들이 벽처럼 길게 늘어서 있었다. 본래는 저 병풍 뒤에 위패에 주인이 들어 있는 관을 모두 가져다 놓는 것이 상례지만, 그러기엔 그 수가 너무 많았다. 장례식을 주관하는 청룡대에서는 부득불 전임 전주의 관 하나만 모시는 것으로 방침을 세웠고, 이창은 짐짓 비통한 표정으로 그것을 윤허했다. 생각해 보면 우스운 일이 아닐 수 없었다. 이 웅대하고 비장한 장례식이 기리고자 하는 유일무이한 관 안에 들어 있는 것이 소철의 생전 모습을 본떠 조각한 나무 인형 한 구와 구양현이 금랑호를 헤매며 찾아낸 의복 쪼가리 몇 점에 불과하다는 사실을 아는 이창에게는 말이다.

그런 의미에서, 검왕 연벽제는 명불허전이었다. 곤륜지회의 다섯 전설 중 한 축을 시신조차 남기지 못한 재 가루로 태워 버린 장본인이 바로 그였으니……. 하여 검왕이 비각을 배신했다는 소식을 전해 들었을 때, 이창은 얼음처럼 차가운 공포가 심장을 옥죄는 것을 느꼈다. 세상에는 적대 자체를 불허하는 인물이 있었다. 그는 연벽제가 바로 그런 인물이라고 믿었다.

다행히도 연벽제는 비각의 전력에 별다른 피해를 입히지 않고 떠났다고 했다. 마물로 변한 이 대 혈랑곡주와 함께라던가. 뒤늦게 탐문에 나선 비이목 밀정들의 보고에 따르면, 검왕과 마물은 그날 밤 태원 경내에서 양패구상했을 공산이 크다고 했다. 이창은 그 보고가 사실이기를 바랐다. 검왕 연벽제는 단지 존재하는 것만으로도 천하의 모든 강자들을 불편하게 만들 만큼 독보적인 인물이므로. 그가 불편해하고 극복해야 하는 자는……

'한 명으로 족하겠지.'

이창은 이 정도에서 상념을 접었다. 오늘만큼은 그 남자와 그 남자가 내밀던 은그릇을 떠올리고 싶지 않았다. 오늘의 주인공은 호랑이였다.

"제독태감이 보낸 사절단이 입전했습니다."

어느 틈엔가 상석으로 다가온 염위가 이창에게 고했다. 사례태감과 제독태감을 겸하는 왕진은 환복천자라는 별명이 있을 만큼 무소불위의 권력자였고, 그 입김은 대륙 구석구석에 미치고 있었다. 그런 권력자가 보낸 사절을 앉은 자리에서 맞이하는 것은 영리하지 못한 일이었다.

"앞장서게."

이창은 새하얀 견폐를 늘어뜨리며 자리에서 일어났다.

대연무장으로 통하는 커다란 월광문月光門(담벼락에 원형으로 뚫은 문) 앞에는 검은 관복을 차려입은 사절단이 모여 있었다. 열한 명으로 구성된 그들의 책임자는 동창의 정복인 흑포홍대黑袍紅帶에 네 겹의 은사로 장식된 검은 관모를 쓴 훌쭉한 키의 중년 남자였다. 떴는지 감았는지 분간이 안 되는 실눈과 길쭉하게 튀어나온 하관을 가진 그 남자는 뒷짐을 진 채 장례식장 안을 둘러보다가 자신의 앞으로 안내되어 온 이창을 발견하고는 합죽한 입술을 히죽 잡아 늘렸다.

"동창에서 나온 조휘경이오. 흉사와 경사가 한자리에서 열리는 경우는 처음이라 조의를 표해야 할지 축하를 표해야 할지 얼른 판단이 서지 않는구려."

동창의 좌첩형이자 도법의 고수인 조휘경은 사용하는 병기의 이름도 무류도, 도법의 이름도 무류도, 별호도 무류도였다. 북경의 정가에서만이 아니라 강호에도 널리 알려진 인물이지만 실제로 얼굴을 대한 사람은 그리 많지 않다고 했다. 이창도 마찬가지였다.

"원로를 오시느라 수고 많으셨소, 좌첩형 영감. 신무전의 이창이 인사드리오."

동창의 뒤에는 왕진이 있고 왕진의 뒤에는 제국이 있다. 이창은 몸가짐을 바로 하여 정중히 포권을 올렸고, 조휘경은 얼굴만큼이나 그를 대변하는 '무류無類(적수가 없음)'라는 용어에 걸맞은 익숙한 오만함으로 그의 인사를 받았다.

"북악의 새 주인을 뵈러 오는 길이라 그런지 전혀 수고롭지 않더이다."

그러면서 왼손을 가볍게 까닥거리니, 이창이 조휘경에게 얼굴을 가까이 붙였다. 조휘경이 목소리를 은근히 깔아 말했다.

"제독태감 영감께서는 관동 만린방萬隣幇에서 일어난 변고에 관해 궁금히 여기고 계시오."

관동에 있는 만린방은 두어 달 전 천산철마방의 오랑캐들에 의해 약탈을 당한 바 있었다. 신무전에 벌어진 변고에 비하면 만린방의 그것은 조족지혈이라 해도 무방했지만, 환복천자의 주된 관심은 만린방에서 채취되어 그의 사저로 정기적으로 상납되는 누런 금모래에 있었던 모양이었다. 이창은 마찬가지로 목소리를 깔아 대답했다.

"비록 만린방은 불탔지만 그 창고 안에 있던 물건은 여러 달 전에 본 전으로 옮겨 놓았소. 어수선한 이곳 상황이 정리되는 대로 예년과 똑같은 물량을 올려 보낼 예정이니 안심하고 기다리시라 전해 드리면 감사하겠소."

조휘경의 실눈이 한층 더 가늘어졌다.

"이 전주의 일 처리를 보니 북악의 앞날은 밝을 것 같구려. 태감 전에서 북악의 새 주인을 위해 좋은 술을 하사하셨소. 행사가 끝난 뒤 함께 맛봅시다."

동창의 좌첩형에게 있어서 오늘 행사란 따분한 요식행위에 불과한 모양이었다. 아무려면 어떤가. 권력이란 오만의 자격증이나 마찬가지였고, 이창은 그 점에 전적으로 동의했다.

"그럼 행사 뒤에 뵙겠소이다."

이창은 암중으로 공을 들여 초빙한 동창의 실력자를 향해 두 주먹을 모아 보였다.

동창의 사절단 다음 차례로 입장을 기다리는 자들의 행색은 참으로 다채로웠다. 소 닮은 얼굴로도 뭐가 좋은지 연신 히죽거리는 젊은 거지, 눈을 감고 염불을 외우는 젊은 중, 금방 주저앉을 것처럼 콜록거리는 늙은 도사, 거기에 덩치만 커다랄 뿐 차마 눈 뜨고 봐주기 힘든 추남과 추녀가 쌍으로 붙어 있었으니, 애써 꾸리려 해도 좀체 꾸리기 힘든 기묘한 조합이 아닐 수 없었다. 어중이떠중이들까지 일일이 영접하는 것은 차기 전주의 위신에 걸맞지 않음을 모르는 바는 아니나, 그럼에도 이창은 자신의 자리로 돌아가지 않았다.

"개방의 후계자가 오셨군."

소 닮은 상판을 한 유식한 거지는 제법 유명하여 얼굴만으로도 능히 알아볼 수 있었기 때문이다. 이창의 말에 젊은 거지가 반색을 하며 한 걸음 나섰다.

"제가 바로 그 황우네요. 옛말에 선비는 선비와 사귀고[善士交善士] 호한은 호한을 알아본다[好漢識好漢]더니 역시 금세 알아봐 주시네요."

소라면 몰라도, 누가 선비고 누가 호한이란 말일까. 자신도 모르게 나오려는 코웃음을 참은 이창이 근엄한 목소리로 물었다.

"사부는 모시고 오지 않았는가?"

"참말로 아쉽게 되었네요. 산동에 큰 잔치가 열리는 줄 아셨다면 당연히 오셨을 텐데, 중도 아니고 도사도 아닌 고약한 노인네 하나가 오라 가라 해 대는 통에 풀내 나는 절밥으로 만족하시게 생겼네요."

"잔치?"

이창은 짐짓 노한 체 잿빛 눈썹을 추켜올렸다.

"오늘 본 전에서는 중요한 장례식이 열린다는 것을 모르는가!"

하지만 황우는 유들유들한 웃음을 지우지 않았다. 어찌 된 영문인지 이 소는 호랑이를 그리 두려워하지 않는 것 같았다.

"남화진인南華眞人(장자)께서 말씀하셨네요. 천지는 삶으로써 나를 피곤하게 만드나니, 늙음은 나를 편안케 하는 침대고 죽음은 나를 쉬게 하는 집이라고. 감히 물동이를 두드리며 노래를 부르지는 못해도 마음만은 성현의 높은 교의敎義를 본받고 싶네요."

주먹을 쓰는 일이라면 모를까, 말끝마다 고사와 문자를 줄줄이 엮어 내는 유식한 달변가 앞에 무부의 투박한 언변은 힘을 잃을 수밖에 없었다. 쓰게 입맛을 다신 이창은 황우의 뒷전에 선 기묘한 일행을 슥 둘러보았다.

"함께 오신 분들은 뉘신가?"

"근자에 사귄 친구들인데 음식이 모자라지 않는다면 한 끼 얻어먹고 갈까 해서 데리고 왔네요. 원하신다면 소개시켜 드릴 용의도 있네요."

한 끼 아니라 열 끼를 얻어먹는다 한들 신무전 주방에 음식 떨어질 일은 없겠지만, 소개만큼은 사양하고 싶었다. 그들도 마찬가지의 심정인지 이창의 눈길을 피하는 눈치였다. 이야말로 고소원固所願인 일인지라, 황우를 잠깐 상대한 것만으로도 충분히 골치가 아파진 이창은 손을 절레절레 내저었다.

"인사는 나중에 하기로 하지. 들어가게."

그러면서도 개방에 대해 사전에 언질받은 염위에게 눈짓을 보내는 것을 잊지는 않았고, 거지의 기묘한 일행은 청룡대원 한 사람의 안내를 받아 상석으로 안내되었다.

외눈박이 호랑이의 가장 유능한 창귀가 모습을 나타낸 것은 거지의 기묘한 일행이 장례식장 내의 인파 속으로 사라진 직후였다. 월광문으로 입장을 기다리는 긴 줄을 헤치며 당당하게 걸어온 이올단주 혁련격이 이창을 향해 두 주먹을 모아 보인 뒤 짧게 고했다.

"모셔 왔습니다."

이창은 혁련격의 어깨 너머를 쳐다보았다. 백상당의 무복을 입은 청년 무사 둘이 대나무 가마 한 채를 맞든 채 이쪽으로 다가오고 있었다. 가마의 의자 위에는 푹신한 방석과 등받이가 깔려 있었고, 그 위에는 삶은 돼지 간처럼 칙칙한 안색을 한 장년 남자가 전신을 무력하게 늘어뜨린 채 앉아 있었다. 한눈에도 병색이 완연함을 알아볼 수 있었다.

'상세가 중하다는 말이 거짓은 아닌 것 같군.'

이창이 기억하는 저 남자는, 신무대종 소철의 장제자이자 신무전의 후계자 도정은, 세상의 그 어떤 사람보다도, 심지어는 그 어떤 짐승보다도 건강한 육체의 소유자였다. 그러므로 도정의 얼굴을 하고 있지만 도정이라고는 도저히 믿기지 않는 저 남자가 도정 본인이라는 유일한 증거는, 혁련격이 봉서를 통해 알려 온 눈물—아내 당가영의 부음 앞에 흘린—밖에는 없을 것 같았다. 하지만 인간의 눈물을 과연 믿어도 좋을까?

이창은 혁련격을 돌아보았다. 그의 눈길에 담긴 무언의 질문을 읽은 혁련격이 고개를 작게 끄덕임으로써 무언의 답을 보내왔다, 도정 본인이 확실합니다라고.

그러는 사이 대나무 가마가 땅에 내려앉았다. 이창은 도정을 향해 걸음을 떼어 놓았다. 그런데 그보다 한발 앞서 도정에게 달려간 사람이 있었다. 상복을 입고 머리를 풀어헤친 그 청년은 도정의 막내 사제인 구양현이었다.

"자, 자네로군."

허옇게 말라붙은 입술을 벌려 더듬거리던 도정이 가늘게 떨리는 손을 들어 구양현에게로 힘겹게 내밀었다. 구양현은 양손으로 도정이 내민 손을 그러잡더니 아무 말도 하지 못하고 닭똥 같은 눈물만 뚝뚝 흘리기 시작했다. 제남혈사 과정에서 사부와 부인을 함께 잃은 불행한 사형제의 상봉은 주위에서 지켜보던 모든 사람들을 숙연하게 만들었다. 이창 또한 숙연함과 가장 근접한 표정을 지었다.

사형제의 손이 떨어지기를 기다려 이창이 도정에게 말했다.

"이제야 돌아왔구나."

도정이 이창을 돌아보았다.

"질부의 일은 유감이다."

암소처럼 크고 둥근 눈망울 밑에 그렁거리던 눈물이 까칠한 볼을 따라 주르륵 굴러떨어졌다. 그 눈물에 배인 슬픔과 고통은 도정의 지금 심경을 그대로 보여 주는 듯했다. 이창은 그제야 비로소 혁련격이 한 보증을 믿을 수 있었다. 저 눈물과 슬픔과 고통은 연기가 아니었다. 만일 저것들이 연기라면, 도정은 무인이 아니라 배우가 되었어야 할 터였다.

"전주님, 곧 장례식이 시작될 예정입니다. 이만 좌정하시지요."

염위가 조심스럽게 고했다. 고개를 끄덕인 이창이 도정과 구양현에게 말했다.

"너희들의 자리는 상석에 따로 마련해 두었다. 나와 함께 가자꾸나."

도정이 구양현을 올려다보았다. 사형과 눈을 마주친 구양현이 이창을 돌아보더니 고개를 천천히 저었다.

"불초한 제자들이 무슨 면목으로 상석을 차지하고 앉아 있겠습니까."

"그래도……."

"당치도 않습니다. 저희들은 먼발치에서 사부님의 장례식을 지켜보는 것만으로도 충분합니다. 숙부님께서는 저희들에게 신경 쓰지 마시고 장례식을 집전해 주시기 바랍니다."

지켜야 할 사람들을 지키지 못한 데 대한 자책감 때문이었을까? 구양현은 예상 밖으로 강경하게 나왔고, 그 뜻을 꺾기란 쉽지 않을 것 같았다.

"전주님."

염위가 다시 한 번 재촉했다. 잠시 머뭇거리던 이창이 도정에게 말했다.

"그간에 있었던 일에 관해 많은 대화를 나누고 싶었는데, 지금은 내가 기다려야 할 것 같구나."

도정이 입술을 달싹거렸다. 워낙 작기도 하거니와 군데군데가 토막 난 말소리라서 이창은 그의 말을 제대로 알아듣지 못했다.

"뭐라고 한 거냐?"

환자 대신 대답한 사람은 육신이 멀쩡한 구양현이었다.

"너무 오래 기다리시게 하지는 않을 거라고 합니다."

"나도 그러길 바란다."

고개를 무겁게 끄덕인 이창은 사형제로부터 몸을 돌렸다. 그는 화근을 남기는 것을 좋아하지 않았다. 그는 저들을 오래 기다리게 하지 않을 작정이었다.

천 명이 넘는 조문객이 모인 가운데에도 장례식은 침중하고 엄숙한 분위기 속에서 진행되었다. 염위가 주작대주 시절 메마르고 신랄한 어조와는 전혀 다른 풍부하면서도 감성적인 어조로 죽은 주군을 기리는 조문을 낭독할 때에는, 진심인지 가식인지는 알 수 없지만 상석과 객석 여기저기에서 구슬픈 울음소리가 흘러나오기도 했다.

조문객의 수가 많은 만큼 분향에는 긴 시간이 소요되었다. 신무전의 차기 전주로서 첫 번째로 분향을 마친 이창은 상석에 있는 자신의 자리에 돌아온 뒤로도 제법 오랜 시간을 기다려야만 했다. 분향이 이어지는 동안 아이고, 아이고, 하는 곡소리는 구성지게 이어지고 있었다. 조문객이 내는 곡소리가 아니었다.

분향로를 따라 장식된 조화와 마찬가지로 이번 장례식을 위해 돈을 주고 산 곡인들이 내는 곡소리였다.

분향을 위해 늘어선 조문객의 줄이 거의 끝날 무렵, 분향로 노변에 엎드려 곡을 하던 곡인들 중 가장 앞줄에 있던 두 명의 효복 여인이 몸을 일으켰다. 하얀 광목 면사로 얼굴을 가린 두 여인 중 하나가 이창을 향해 낭랑한 목소리로 말했다.

"천녀는 대현상장회를 이끄는 곡두견이라 하옵니다. 운구 전 마지막 분향은 상장회의 대표가 맡는 것이 상례입니다. 망자의 안식을 기원하며 감히 향을 올리는 것을 허락하여 주십시오."

곡두견이라는 별명으로 주로 불리는 대현상장회의 회주는 산 동에서 제법 유명한 여자였다. 이창은 거칠고 푸한 베천 밑에 감춰진 그녀의 창백하고 야들야들한 맨살을 상상하며 고개를 끄덕였다.

"그렇게 하라."

이창의 예상과 달리 분향에 나선 사람은 곡두견 본인이 아니었다. 이창은 그녀와 함께 일어섰던 조금 작은 체구의 효복 여인이 제단을 향해 하얀 치맛자락을 끌며 걸어가는 것을 엄숙한 얼굴로 지켜보았다. 향촉에 댄 세 대의 향이 빨간 불꽃을 머리에 이더니 이윽고 가느다란 향연이 하늘로 올라갔다. 제단 아래 마련된 커다란 무쇠 향로에 향을 꽂은 효복 여인이 그 자리에 무릎을 꿇고 엎드렸다. 그러고는 곡이 시작되었다.

"아이고오-."

지금껏 저 제단 앞에서 곡을 하는 조문객은 간혹 있었지만 저 여인처럼 절절하게 곡을 하는 사람은 없었다. 처음에는 그저 직업이 곡인이라 그렇겠거니 하며 들어 넘기던 이창도, 그 절절한 곡성이 끊어질 듯 끊어질 듯하면서도 반 각이 넘도록 이어지자 괴이한 기분이 들기 시작했다. 그런 기분이 절정에 달한 것은 객석의 수군거림이 상석에까지 들려오고, 한도 없이 이어질 것 같던 곡을 마침내 끝낸 효복 여인이 엎드린 몸을 일으켜 세운 뒤 이창이 앉은 상석을 돌아보며 쉬고 갈라진 목소리로 한 구절의 시를 읊을 때였다.

> 가을 무덤의 귀신 되어 포가의 시를 노래하니
> 한 맺힌 피는 천 년을 두고 흙 속에 푸르리라.
> 秋墳鬼唱鮑家時詩 限血千年土中碧(당나라 시인 李賀가 지은 《秋來》의 마지막 구절. 鮑家는 망자의 감개를 주로 노래한 전대의 시인 鮑照(?~466)를 가리킴)

저 시는 거대한 포한인 동시에 섬뜩한 저주이기도 했다. 이창은 미간을 찌푸렸다. 그는 지금 벌어지고 있는 상황을 납득할 수 없었다.

"이게 어찌 된 일인가?"

이창이 염위에게 힐문했다. 그는 오늘 치러질 두 행사의 준비와 진행을 염위에게 맡긴 바 있었고, 염위는 그것들을 차질 없이 치러 낼 의무가 있었다.

"요망한 것! 너 따위 천것이 어찌 감히 노전주님의 빈소를 어지럽히려 드느냐! 목숨이 아깝거든 당장 물러가라!"

염위가 제단 앞의 효복 여인을 향해 노갈을 터뜨렸다. 그러나 여인으로부터 돌아온 것은 싸늘한 냉소였다.

"음양판관의 엄정함이 청룡대의 푸른 장포 값만도 못하다는 것을 이제야 알겠군요."

"뭐, 뭣이 어쩌고 어째? 회주는 저 방자한 년을 당장 끌어내지 않고 무엇 하는가!"

차마 제단으로 뛰쳐나갈 수는 없었던지, 염위의 분노는 효복 여인을 대표로 내보낸 곡두견에게로 향했다. 하지만 이번의 분노 또한 별다른 효과를 보지는 못했다.

"천녀는 저 아이를 끌어낼 수 없습니다. 이 장례식장에 계신 누구도 저 아이를 끌어내지는 못할 겁니다."

곡두견이 차분한 목소리로 대답했다. 평소 저승사자의 것처럼 창백하던 염위의 얼굴이 이제는 가지에서 떨어지기 직전의 홍시처럼 시뻘겋게 달아올랐다.

"뭐라? 오늘부로 상장회 문을 닫고 싶은 모양이지?"

제단 앞의 효복 여인이 말했다.

"이것은 대현상장회와 무관한 일이에요, 염 할아버지."

그 순간 이창은 외눈을 번득였다. 장시간 곡을 하느라 목소리가 쉬고 갈라졌다고는 해도 그 속에 담긴 고유한 무엇인가는 변하지 않고 남아 있었던 것이다. 이제 그는 저 효복 여인이 누구인지 알 것 같았다. 십여 년간 지켜 온 엄정함을 푸른 장포 한 벌에 팔아넘긴 소인배도 막 그 점을 알아차린 눈치였다. 염위가 찢어진 눈을 한껏 부릅뜨며 효복 여인을 향해 더듬거렸다.

"너, 너…… 설마……."

"예, 바로 저예요."

효복 여인이 손을 들어 얼굴을 가리고 있던 면사를 단번에 뜯어냈다. 면사 아래로 나타난 얼굴의 주인은 산월월 당야에 신무전을 탈출하여 행방이 묘연해진 소철의 손녀, 소소였다.

"소아야, 정말로 너냐? 소아가 맞느냐?"

이창과 마찬가지로 상석에 앉아 있던 절검선자 요수향이 놀람과 반가움이 뒤섞인 외침을 터뜨렸다. 정식으로 사제의 연을 맺지는 않았지만 소소는 그녀에게서 두어 해 검법을 배운 바 있었다. 이를테면 무기명無記名 제자인 셈이었다.

소소가 요수향에게 말했다.

"복수가 먼저고 예의는 나중이니, 사부님께 인사 올리지 못하는 잘못을 용서하세요."

"복수? 복수라니?"

소소는 요수향의 물음에 대답하지 않고 이창에게로 눈길을 돌렸다. 물기에 젖은 둥근 눈망울에는 스물도 안 된 처녀와 어울리지 않는 표독스러운 기운이 맺혀 있었지만, 산전수전 다 겪은 외눈박이 호랑이를 겁먹게 하기에는 어림도 없었다. 이창은 천천히 몸을 일으킨 뒤 두 팔을 벌렸다.

"주군의 핏줄을 이제야 찾았구나. 잘 돌아왔……."

"닥쳐!"

이창의 얼굴근육이 꿈틀거렸다. 저런 식으로 그의 말을 끊은 사람은 이제껏 없었다. 악몽 속의 그 남자도 이창의 말은 끝까지 들어 주었다.

소소가 이창을 손가락으로 똑바로 가리키며 날카롭게 말했다.

"그날 밤 이 집에서 일어난 모든 비극의 뒤에 배신한 호랑이가 있다는 것을 내가 모를 줄 알아?"

이창은 상석을 돌아보았다. 건정회주로서 이 자리에 온 늙은 구렁이는 흰 눈썹을 역팔자로 찌푸리고 있었고, 동창을 대표하는 오만한 도객은 합죽한 입가를 미묘하게 실룩거리고 있었다.

'고약하게 됐군.'

이창의 미간에 굵은 주름이 잡혔다. 미꾸라지 한 마리가 맑은 개울을 흐리게 만든다고 하던가. 이 소동을 빨리 가라앉히지 못하면 저들이 새로운 신무전주의 능력을 의심하게 될지도 모른다는 생각이 들었다.

"저, 전주님, 배신이라뇨? 소아가 지금 무슨 말을 하고 있는 거죠?"

요수향이 충격과 혼란에 빠진 얼굴로 이창에게 물었다. 이창은 윗사람의 관대함을 한숨에 담아 길게 내쉬었다.

"가엾게도 그날 받은 충격이 너무 컸나 보오, 선자. 그런 상태로 강호를 떠돌다가 저 천것들에게 붙들려 무슨 망측한 소리라도 들은 모양이지. 아무래도 선지각의 의원들을 불러와야겠소."

이창이 염위를 돌아보았다.

"우선 저 아이를 요망한 무리로부터 떼어 놓을 필요가 있겠군. 저 아이를 이리 데려오시오."

"알겠습니다."

장례식의 흐름이 어그러진 시점부터 좌불안석하던 염위였다. 즉시 복명하고 제단을 향해 달려 나간 것은 당연한 일이었다.

그때 노변에 엎드려 있던 곡인들 중 한 남자가 몸을 일으켰다. 이창은 초로의 나이로 보이는 그 남자가 제단을 향해 성큼 내딛은 첫 번째 걸음에 방패를 보았고 그다음 두 번째 걸음에 망치를 보았다. 하지만 아니었다. 남자가 가진 것은 방패가 아니라 손바닥이었고 망치가 아니라 주먹이었다. 그런데 왜 그런 기분이 든 것일까?

남자의 손바닥은 방패가 맞았다.

남자의 갑작스러운 진격에 놀란 염위가 요대 뒤춤에 걸어 둔 붉고 푸른 두 자루 단도, 음양인陰陽刃 중 청음인靑陰刃을 뽑아 남자를 향해 매섭게 내질렀다. 남자의 왼손 손바닥이 그것을 막았다. 그때 울린 것은 깡, 하는 쇳소리. 염위의 단도는 돌멩이를 산적처럼 꿰뚫을 만큼 날카로운 병기지만 남자의 손바닥을 꿰뚫지는 못했다.

그리고 남자의 주먹은 망치가 맞았다.

당황한 염위가 음양인의 남은 하나인 적양인赤陽刃마저 뽑아 음양판관의 성명절기인 음양난분도법陰陽亂奔刀法을 펼치려는 순간, 남자가 왼손 손바닥과 교차하여 뻗어 낸 오른손 주먹이 찰나적으로 열린 염위의 가슴을 때렸다. 그때 울린 것은 쾅, 하는 우렛소리. 푸른 장포를 입은 염위가 붉은 핏물을 뿜으며 뒤로 날아가는 모습은 말 그대로 음양난분을 보는 것 같았다.

"천순뇌격天盾雷擊?"

이창은 방금 한마디를 뱉어 낸 무당파 장문진인 현학을 돌아보았다. 그는 천하의 각종 권장술에 달통해 있었고, 권법의 연원과 내력에도 지식이 두터웠다.

"금철하후가金鐵夏侯家의 천순뇌격 말씀이십니까?"

이창의 질문에 현학이 고개를 끄덕였다.

"좌순우격左盾右擊의 저 독특한 자세를 보니 그것밖에는 생각나지 않는구려."

그러자 동창의 조휘경이 싸늘하게 말했다.

"반역자의 후예군."

하지만 금세 눈초리를 내리며 픽 웃었다.

"시효가 끝난 반역이긴 하지만."

한 번의 철벽같은 방패질과 한 번의 벼락같은 망치질로 음양판관 염위를 격퇴시킨 남자가 소소의 전면에 버티고 섰다. 구부정한 자세에 초로의 연륜을 얼굴에 그대로 새긴 저 남자가 국초 강북 강호를 주름잡던 금철하후가의 후예라는 것은 참으로 믿기 힘든 일이 아닐 수 없었다.

"쯧쯧, 생긴 건 안 그런데 성질은 급한 친구라니까."

누군가의 말이 끝났을 때, 이창은 길고 짧은 두 사람이 곡인들 가운데 일어서서 제단을 훌훌 날아가는 것을 보았다. 짧은 사람을 품에 안고 훌쩍 몸을 솟구쳐 각반을 찬 길쭉한 두 다리로 허공을 몇 차례 화라락 내디딘 뒤 제단 앞에 사뿐히 내려서는 긴 사람의 놀라운 신법은 이야기 속에나 나오는 천마행공天馬行空을 보는 것 같았다. 말을 닮은 것은 신법만이 아니었다. 인간의 것과 말의 것을 반반씩 섞어 놓은 듯한 얼굴을 한 긴 사람이 끌어안고 있던 짧은 사람을 소소의 옆자리에 내려놓았다. 소소가 짧은 사람의 작고 낮은 어깨를 살며시 감싸 안았다.

'저 아이⋯⋯.'

짧은 사람의 얼굴을 이제야 확인하게 된 이창은 어금니를 지그시 사려 물었다. 그는 신무전의 군사가 바둑 제자로 거둬 키우던 고아의 얼굴을 기억하고 있었다.

'문강, 이 멍청한 놈.'

소흥을 놓친 것도 비각이었고, 소소를 놓친 것도 비각이었고, 저 고아를 놓친 것도 비각이었다. 이창의 지금껏 성공적이라고 평가해 온 산월월의 가장 큰 문제점이 무엇인지 깨달았다. 신무전은 비유적으로가 아니라 실제로도 거목이었다. 땅속에 박아 넣은 잔뿌리가 너무나도 많았다. 그런 신무전을 통째로 먹기 위해서는 모든 잔뿌리를 꼼꼼히 제거할 필요가 있었다. 하룻밤 사이에 진행된 기습 작전으로는 어려운 일이었던 것이다.

소소가 말했다.

"이창, 나는 신무대종이신 할아버지의 피에 걸고 천하인들 앞에 당신을 고발한다! 당신은 할아버지를 배신했고 신무전을 배신했어! 당신은 배신자다!"

이창은 투정을 심하게 부리는 아이를 대하는 듯한 어른의 눈으로 소소를 바라보다가 정말 못 말리겠다는 듯이 고개를 절레절레 흔들었다. 소소가 눈초리를 세우며 날카롭게 부르짖었다.

"감히 부정하겠다는 거냐?"

이창이 느긋한 목소리로 대응했다.

"아이야, 나를 고발하려면 그에 합당한 증거가 있어야 한다. 증거는 물론 가져왔겠지?"

증거 같은 게 있을 리 없었다. 소소가 내세울 만한 유일한 증거라면 이창에게 충성을 맹세함으로써 산월월의 내막에 대해 어느 정도 알게 된 백호대 무사들 중 누군가의 자백일 텐데, 조변석개朝變夕改할 수 있는 인간의 말만으로는 외눈박이 호랑이의 단단한 아성을 무너뜨릴 수 없었다. 그는 오랜 세월 신무전 무력의 핵심으로 명성을 쌓아 왔고, 지난 한 달간의 공들인 연극을 통해 천하인들의 신망을 얻었다. 그를 무너뜨리기 위해서는 보다 확실한 증거, 즉 물증이 필요했다. 그러나 물증은 없었다. 그는 그렇게 확신했다.

소소가 갑자기 처연한 얼굴로 말했다.

"할아버지께서는 제게 되바라진 계집애는 시집을 못 간다고 늘 말씀하셨죠. 특히 사형들에게 공손해야 한다고 하셨고요. 하지만 저는 못된 아이라서 할아버지의 가르침을 어기고 사형들에게 함부로 대했어요. 특히 막내 사형에게 가장 못되게 굴었고요."

이 대목에서 격정이 치민 듯 눈물을 주룩주룩 흘리던 소소가 두 손바닥으로 얼굴을 벅벅 문지르더니 객석을 향해 외쳤다.

"막내 사형, 이렇게 못된 저라도 외면하지 않고 도와주실 거죠?"

객석 어딘가에서 대답이 들려왔다.

"물론이지, 사매. 네가 어떤 상황에 처해 있든 네 사형들은 언제나 너를 도울 것이다."

그드드득.

통나무처럼 무거운 물체가 돌바닥에 끌리는 소리가 울렸다. 이창은 객석의 일부가 갈라지며 효복을 입은 청년 한 사람이 앞으로 걸어 나오는 것을 굳은 얼굴로 지켜보았다. 청년은 양쪽 어깨에 굵은 밧줄들을 걸고 있었고, 각각의 밧줄에는 오동나무로 짠 관이 하나씩 연결되어 있었다. 두 개의 관을 끌고 분향로를 묵묵히 걸어 제단 앞에 당도한 청년, 구양현이 밧줄을 어깨에서 내린 뒤 소소에게 말했다.

"힘들었지? 뒷일은 사형들에게 맡기고 견아와 물러나 있으렴."

구양현이 이창을 돌아보았다. 이창이 지난 한 달간 신물 나게 봐 온 그 음울하고 초췌한 얼굴 위로 처음 보는 감정이 날빛처럼 떠올랐다. 그것은 살벌한 증오였고, 통절한 분노였다.

"숙부……."

그 호칭 끝에 매달린 무엇이 목에 걸린 듯 마른침을 삼킨 구양현이 말을 이었다.

"이렇게 부르는 것도 이번이 마지막일 겁니다. 증거를 가져오라고 했습니까? 당신이 바라는 증거가 바로 이 관들 안에 있습니다."

이창은 구양현을 보고, 소소를 보고, 두 개의 관을 본 뒤, 다시 구양현을 보았다.

"너까지 이 미친 짓에 가담하겠다는 거냐?"

구양현은 이창의 말에 대답하는 대신 자신이 나온 객석을 향해 말했다.

"나오십시오."

그 말을 응한 것은 환자였다. 이번에 그 환자를 옮겨 준 것은 대나무 가마가 아니라 절친한 친구의 등이었다. 이창은 신기보주 왕민의 등에 업혀 제단으로 향하는 도정과 그 뒤를 강아지처럼 졸졸 뒤따르는 늙은 의원의 모습을 무서운 눈으로 노려보다가 더 이상은 참지 못하겠다는 듯 노성을 터뜨렸다.

"정말 어처구니가 없구나. 너희들이 단체로 미치지 않고서야 어찌 이 엄숙한 장례식에서 이런 망동을 벌인단 말이냐!"

하지만 구양현은 이 말 또한 무시했다.

"첫 번째 증거입니다."

구양현이 관 하나의 뚜껑을 열었다. 높은 관 벽에 가려 안에 든 시체는 보이지 않았지만 이창은 시체가 부패하는 것을 늦추는 백화향白花香의 냄새와, 그럼에도 감추지 못한 시체 썩는 냄새를 함께 맡을 수 있었다. 객석의 웅성거림이 이제는 상석으로까지 번져 있었다.

왕민의 등에 업힌 도정이 말했다.

"날 내려 주시오. 그녀를 봐야겠소."

왕민이 도정을 바닥에 조심스럽게 내려놓았다. 늙은 의원이 도정에게 다가가 목 뒤와 등골 부위를 어루만졌다. 잠시 후 도정에게서 물러난 늙은 의원의 손에는 길고 반짝이는 쇠붙이 십여 개가 들려 있었다. 이창은 그것들이 금침임을 알아볼 수 있었다.

도정이 몸을 꿈틀거렸다. 그러고는 그 자리에서 일어섰다.

휘청거리던 도정의 두 다리가 이내 굳건히 바닥을 딛는 것을 목격한 이창은 마음 한구석이 차갑게 식는 것을 느꼈다. 병색이 사라지고 있었다. 환자가 정상인으로 돌아오고 있었던 것이다!

도정이 열린 관 쪽으로 걸어갔다. 관 속을 들여다본 그가 이를 악물고 주먹을 움켰다. 쏟아지는 눈물을 애써 참으려는 기색이 역력했다. 눈물을 참으려고 한 이유는 곧 밝혀졌다. 똑똑히 보고 싶었던 것이다. 관 속에서 썩어 가는 시체로부터 무엇인가를 확인하고 싶었던 것이다.

도정이 천천히 고개를 들었다. 그의 입술 사이에서 떨리는 목소리가 흘러나왔다.

"그녀를 죽인 자는 동영의 암기술을 익혔소."

저 말로부터 관의 주인이 누구인지를 유추해 내는 데는 약간의 시간이 필요했다. 그러는 사이 구양현이 도정에게 말했다.

"주작대의 새로운 대주와 부대주가 동영의 암기술을 익힌 왜인들입니다."

지금 이 순간 이창의 머릿속은 번갯불을 방불할 만큼 빠르게 돌아가고 있었다. 그 속에서 몇 개의 단편적인 요소들이 분절되고 맞춰지기를 반복하고 있었다. 저 관은 당가영의 것이었다. 당가영의 시체 위에는 히가시 형제가 펼친 암기술의 흔적이 남아 있었다. 그리고 도정은 그 흔적을 알아보았다. 하지만……이 대목에서 이창의 사고는 갈피를 잃고 혼란에 빠졌다.

암기술에 문외한인 도정이 어떻게 그 흔적을 단번에 알아볼 수 있단 말인가?

상석을 향해 몸을 돌린 도정이 이창에게 말했다.

"주작대의 새로운 대주와 부대주를 만나게 해 주시오."

저것은 도발이었다. 성벽을 두드리는 공성추였다. 이창은 자신이 쌓아 올린 아성에 균열이 생기는 소리를 들을 수 있었다. 성벽이 무너지기 전에 덧댈 것이 필요했다. 그는 오늘 이후 그의 든든한 후원자가 되어 줄 것이라 믿었던 두 사람, 건정회의 회주와 동창의 좌첩형을 돌아보았다. 하지만 그를 향한 두 사람의 뜨악한 얼굴은 같은 대답을 들려주고 있었다. 네 문제는 네가 해결해야 하지 않겠느냐……. 그는 입술을 지근거렸다.

'당가영을 죽인 사람은 내가 아니지 않은가.'

필요하다면 꼬리를 잘라야 한다고 마음먹은 이창이 뒷줄에 앉아 있던 히가시 형제를 돌아보았다.

"이유는 모르겠지만 대공자가 자네들을 만나고 싶어 하는군. 나가 보게."

히가시 형제는 왜인답게 체구가 작았고, 작은 짐승일수록 위험을 감지하는 감각이 발달되어 있었다. 그래서일까. 여느 때와 달리 동앙과 동잔은 이창의 명에 따라 선뜻 나가려고 하지 않았다. 하지만 이창이 시퍼런 외눈으로 무섭게 노려보자 결국 자리에서 일어설 수밖에 없었다.

상석을 벗어난 히가시 형제가 분향로 중간쯤에서 걸음을 멈췄다. 도정과는 십여 걸음 떨어진 거리였다. 이창은 히가시 형제가 영리한 판단을 했다고 생각했다. 도정은 신무대종으로부터 물려받은 권장술을 장기로 삼았고, 히가시 형제는 동영의 자객 일족에 전승되는 암기술을 장기로 삼았다. 거리가 멀수록 유리한 쪽은 당연히 히가시 형제였다. 그러나…….

……정말로 그럴까?

"대공자, 우, 우리는……."

"딱 한 번이다."

낫질 같은 한마디로 히가시 형제의 말을 자른 도정이 두 손을 천천히 허리 뒤로 돌려 뒷짐을 졌다. 그러고는 히가시 형제를 향해 한 걸음을 내디뎠다. 그때부터 시작이었다.

뒷짐을 진 도정의 상체 옆으로 한 쌍이 팔이 환상처럼 뻗어 나왔다. 하늘로 두 송이의 꽃이 둥실 떠올랐다. 다시 한 걸음. 한 쌍의 새로운 환상수幻像手가 처음 뻗어 나온 팔들 위로 겹쳐졌다. 두 송이의 또 다른 꽃이 처음의 것들을 뒤쫓듯 하늘로 떠올랐다. 그리고 또 한 걸음, 또 한 걸음……. 그가 걸음을 내디딜 때마다 환상수는 계속 늘어났고 하늘을 떠다니는 꽃송이의 수도 점점 불어났다.

히가시 형제가 비칠비칠 뒷걸음질을 쳤다. 그러다 비로소 생각해 낸 듯 허리춤의 암기대를 열고 중원에서는 보기 힘든 몇 종의 암기들을 다급히 뽑아 들었다. 동영의 암기들. 당가영의 목숨을 끊은 흉기도 바로 저것들이었다.

다섯 쌍의 환상수를 다섯 쌍의 날개처럼 피워 낸 도정이 걸음을 멈췄다. 이제는 병색을 씻은 듯이 털어 낸 두 눈이 유리알처럼 반들거렸다.

"피하면 살려 주마."

도정이 뒷짐을 풀었다. 다섯 쌍의 환상수가 사라지고, 온 하늘이 색색의 꽃송이들로 자욱하게 뒤덮였다. 신비하고도 가슴 떨리는 이 광경을 홀린 듯이 올려다보던 히가시 형제가 어느 순간 화들짝 놀라며 암기들을 움킨 손을 들어 올렸다. 상석에 앉아 있던 누군가가 자리를 박차고 일어서며 부르짖었다.

"만천화우다!"

그 부르짖음이 채 끝나기도 전, 하늘을 가득 채운 꽃송이들이 금속의 단호한 살기를 품은 폭우로 바뀌어 대지를 향해 쏟아져 내렸다. 그것은 이름 그대로 하늘을 꽉 채운 꽃비였다. 그 꽃비에 갇힌 히가시 형제는 수중에 들고 있던 암기들을 던져 보지도 못했다. 아니, 비명조차 지르지 못했다.

그 광경을 지켜본 이창은 심중에 들끓는 경악과 불신을 도저히 억누를 수 없었다.

'만천화우?'

만천화우가 독과 암기로 이름 높은 어떤 가문의 주인만이 익힐 수 있는 최강의 암기 수법이라는 것은 강호인이라면 누구나 알고 있는 상식 중의 상식이었다. 그러므로 저자는 도정이 아니었다. 도정일 수가 없었다. ……하지만 그 눈물은? 혁련격이 보증하고 이창이 확인한 그 슬픔과 고통의 진실함은?

"아!"

다음 순간, 날벼락 같은 깨달음이 이창의 정수리를 후려쳤다. 당가영의 죽음 앞에 눈물을 흘릴 남자는 도정 한 사람만이 아니었던 것이다. 그녀를 도정만큼이나 사랑하는 또 다른 남자. 강호에서 가장 독하고 가장 집요한 가문의 주인인 그 남자는 바로…….

그때, 장례식이 열리는 대연무장의 담장 밖에서 누군가의 외침이 울려 퍼졌다.

"백호대가 돌아왔다!"

(4)

신무대가 자랑하는 강북 최강의 전투 부대, 백호대는 외눈박이 호랑이가 심혈로써 키워 낸 최고의 작품이자 그의 분신이나 마찬가지였다. 조금 과장한다면 거의 전부라고 표현할 수도 있을 터였다.

이창은 잇달아 벌어진 의외의 상황들로 인해 위축되었던 마음이 '백호대가 돌아왔다!'는 한마디에 기름 솥에 넣은 밀가루 반죽처럼 부풀어 오르는 것을 느꼈다. 신무전은 강호의 어지간한 문파와는 차원이 다른 규모를 가진 강북 제일의 문파였다. 이제 막 정문을 통과한 백호대가 말과 행장 들을 부리고 이곳까지 오는 데에는 아무리 빨라도 일각 가까이 걸리겠지만, 부풀어 당당해진 마음이 그 시간을 견뎌 줄 것 같았다.

이창은 도정, 아니, 이제는 도정이 아닌 것으로 밝혀진 도정을 닮은 남자와 그 남자의 뒤편에 서서 무서운 눈으로 그를 노려보는 구양현을 번갈아 쳐다보았다. 그런 다음 지존의 위엄을 담은 진중한 몸놀림으로 상석을 벗어나 분향로 위로 내려섰다. 뒷줄에 자리하던 이올단주 혁련격이 본분을 잊지 않고 재빨리 달려 나왔지만, 외눈박이 호랑이는 여유로운 고갯짓 한 번으로 충직한 창귀를 제자리로 돌려보냈다. 창귀가 나서는 것은 백호대가 돌아온 뒤로도 충분했다.

분향로에 깔린 붉은 벽돌 위를 유유히 걷던 이창이 발길을 멈춘 곳은 히가시 형제의 시체 앞이었다.

"사천당가의 위세가 아무리 대단해도 북악에서 함부로 살인을 할 수는 없지, 오늘처럼 중요한 날이라면 더더욱."

이창은 지금껏 유지하고 있던 도정의 가면을 방금 전 펼친 만천화우의 암기술로써 벗어 던진 남자, 사천당가의 가주 당앙해 唐央解에게 특유의 낮지만 맹렬한 목소리로 말했다.

사천당가의 가주만이 익힐 수 있는 것은 만천화우 말고도 한 가지가 더 있었다. 암기술을 펼칠 때 빠른 손만큼이나 중요한 것이 빠른 눈인데, 이를 위해 당가의 가주는 실처럼 가느다란 빛살들이 어지러이 비치는 암실 속에서 자신만의 '보배로운 거울'을 닦는다고 알려져 있었다. 당앙해가 그 보경안寶鏡眼의 유리알처럼 반들거리는 눈알로 이창을 노려보며 대답했다.

"당가가 혈채를 받아 내는 방식은 언제나 한 가지, 우리 일족은 그 일을 행함에 있어 때와 장소를 가리지 않소."

목숨을 목숨으로 갈음하는 그 방식은 비단 사천당가에만 통용되는 것이 아니었다. 강호인 전부에게도 통용되었다. 이창은 몇 종인지 헤아릴 수도 없을 만큼 많은 암기들에 의해 고슴도치가 된 두 구의 시체를 흘깃 내려다본 뒤 당앙해에게 물었다.

"고인의 몸에 난 상흔이 동영의 암기술에 의한 것이라고 했던가?"

"나는 중원 각방뿐 아니라 새외와 해외의 암기들을 두루 배웠고, 각각의 암기가 남기는 흔적을 구별할 수 있소. 미심쩍다면 다른 전문가에게 검시를 받아도 좋소. 나는 상석에 계신 귀빈들 중 최소 두 분이 암기술의 전문가임을 알고 있고, 그분들 또한 나와 같은 소견을 내리라는 것을 자신하고 있소."

당앙해의 말에 이창은 고개를 저었다.

"미심쩍지 않네. 암기술에 관한 한 당 가주가 한 말보다 정확한 소견은 없겠지."

도마뱀은 위기에 처하면 스스로 꼬리를 자른다. 차마 호랑이가 취할 처신은 아니지만 상황이 상황인 만큼 이번에는 스스로를 설득시키기로 마음먹었다. 무거운 한숨을 내쉰 이창이 뒤편에서 몸을 일으킨 염위를 돌아보며 말했다.

"선열들을 기리는 분향로에서 흉수들의 시체를 치우도록 하게."

금철하후가의 후예에게는 자신이 펼친 천순뇌격으로 사람의 목숨을 앗아 갈 의도는 없었던 듯했다. 토혈의 흔적을 하관과 앞자락에 고스란히 새긴 염위가 그런대로 몸을 움직일 수 있는 것은 오로지 그 덕분이라는 생각이 들었다.

"잠시 기다리시오."

당앙해가 다가왔다. 벌써 새까맣게 변색된 시체 두 구를 사이에 두고 이창과 마주한 당앙해가 말했다.

"당가의 암기를 함부로 만지는 것은 현명치 못한 일이오."

히가시 형제의 몸에 박힌 암기들이 주인의 손길에 의해 수습되었다. 지근에 있던 이창은 당앙해의 양손에 매미날개처럼 얇고 투명한 장갑이 끼워 있는 것을 비로소 확인할 수 있었다. 은형수隱形手라고 했던가. 사천당가의 보물인 저 장갑은 백독을 차단할 뿐 아니라 자체로 가장 위험한 독병기라고 알려져 있었다.

"암기는 제거되었지만 시체에는 독성이 남아 있소. 시체와 직접 접촉하지 않도록 조심시키시오."

당앙해가 물러나고, 염위의 지시를 받은 무사 넷이서 가래와 담가를 가져와 히가시 형제의 시체를 실어 갔다. 왕생문 밖으로 운반되는 히가시 형제를 쳐다보던 이창이 못내 안타깝다는 듯이 말했다.

"두 해 전 저들 형제가 기암투명棄暗投明(어둠을 버리고 밝음을 좇음)하겠다며 귀순해 왔을 때, 함께 토벌전에 나섰던 노전주의 둘째 제자 펑이가 저들을 적극적으로 비호하지 않았다면 나는 결코 받아들이지 않았을 걸세. 생각해 보니 폐관 수련을 이유로 이날 이때까지도 모습을 보이지 않는 펑이가 조금 수상쩍기도 하군. 그날 밤 저들 형제가 벌인 간악한 범행과 무슨 관련이 있을지도 모르겠어."

당앙해의 뒤편에 서 있던 구양현이 어깨를 부들거리며 눈을 치떴지만 이창은 그에게 눈길조차 주지 않았다. 분노하고 싶다면 얼마든지 분노하라지. 죽은 자는 말을 할 수 없는 법이었다. 시체조차 남기지 못한 자라면 더욱 그럴 것이다.

"그렇다고는 해도 역용易容으로 동도들의 눈을 속이고 본 전에 들어온 것은 사천당가의 가주답지 않은 졸렬한 행동이었어."

이창이 후배를 타이르는 선배의 얼굴로 덧붙였다. 당앙해가 작게 코웃음을 쳤다.

"역용이랄 것도 없소. 눈썹 몇 올 더 붙이고 콧수염을 짧게 잘랐을 뿐이니까."

그러면서 손가락으로 안와상융기眼窩上隆起(눈구멍 위쪽의 수평 방향 융기)를 북북 문지르니, 뻣뻣한 털이 붙은 더러운 살 꺼풀이 때처럼 밀려 아래로 떨어졌다. 그리하여 드러난 것은 올이 가늘고 푸른빛이 약간 감도는 눈썹이었다.

저 눈썹에 더하여, 같은 모양새와 빛깔의 콧수염이 달린 얼굴이라면…….

이창의 눈가가 파르르 떨렸다. 방금 머릿속으로 그려 낸 얼굴이 과거 도정의 혼례식 때 본 신부 오빠의 것과 비슷하다는 점을 이제야 깨달은 것이다. 체형도 비슷했다. 터럭의 모양새와 빛깔이 다르다는 점, 그리고 보경안의 효능으로 인해 눈알의 광채가 유별나다는 점을 제외하면 당앙해와 도정은 놀랄 만큼 닮은 얼굴과 체형을 가지고 있었다.

"어릴 적의 나는 꽤나 노둔했소. 선친께 실망만을 안겨 드리는 못난 장자였지. 네 살 터울의 여동생은 항상 기죽어 사는 큰 오라비를 불쌍히 여겼고, 어깨너머로 몰래 배운 암기술을 짬짬이 가르쳐 줌으로써 내가 선친을 실망시켜 드리지 않도록 도와주었소. 그렇게 늘 챙겨 주면서 함께 자라다 보니 잘생기지도 못한 이 얼굴과 투박하기만 한 이 몸집에 그만 인이 박여 버린 모양이오. 바보 같은 놈이, 시집갈 나이가 되어 강호에 나가더니만 어디서 나와 꼭 닮은 남자를 물고 온 것이오."

이 대목에서 격정이 치민 듯 당앙해가 입술 꾹 깨물고 어깨를 가늘게 떨었다.

'그래서 두 사람이 그토록 닮은 거였군.'

당앙해가 역용술의 큰 도움 없이 도정으로 화신할 수 있었던 데에는 그런 사연이 숨어 있었던 것이다.

당앙해가 말을 이었다.

"콧수염은 그래서 기른 거요. 그 남자와 닮았다는 말은 듣고 싶지 않았거든. 하지만 사람까지 미워하지는 않았소. 매제는 마음이 통하는 대장부였고, 그래서 나는 매제를 동정하기까지 했소. 암범에게 잡혀 사는 게 얼마나 힘든지 누구보다 잘 알고 있었으니까. 아아! 정말로 독하고 못된 계집애였소, 이 오라비에게 저런 모진 꼴이나 보여 주는."

당앙해는 더 이상 말을 잇지 못했다. 사랑하는 여동생에게 닥친 비극을 슬퍼하고 고통스러워하는 오라비의 눈물이 어느 순간부터인가 피처럼 흘러내리고 있었다.

하지만, 다른 사람들은 몰라도, 이창은 숙연함을 뒤집어쓴 얼굴과는 별개로 당앙해의 슬픔과 고통에 조금도 공감하지 않았다. 그 대신 이 곤란한 상대와의 대화를 어느 선에서 끊어야 할지 계산하고 있었다. 너무 짧으면 수상해 보일 것이고 너무 길면 허점이 드러날지도 몰랐다. 대화가 끊긴 지금이 적기라고 판단한 그가 당앙해를 향해 주먹을 모아 보였다.

"동생분이 당한 불행에 다시 한 번 조의를 표하네."

당앙해가 빗물에 젖은 유리알 같은 눈으로 이창을 쳐다보았다.

"빚을 받았으니 이만 물러가라는 뜻이오?"

단도직입적인 질문에 이창은 대답할 말을 얼른 찾지 못했다. 다행히 당앙해는 이창의 대답을 바라지 않았다.

"나는 빚을 받았지만, 다른 사람들은 아닐 것이오. 당신의 빚잔치는 이제 막 시작되었소, 이창."

담담한 목소리로 섬뜩한 선고를 내린 당앙해가 제단 쪽으로 몸을 돌렸다. 그 말이 사실임은 곧바로 밝혀졌다. 당앙해에 이어 이창을 찾아온 빚쟁이는 삼십 년 가까이 교분을 맺어 온 의형이었다.

　"평이가 신무전으로 돌아오지 않는 것이 수상하다고 했나?"

　하북의 명문 천추백가의 가주이자 백운평의 부친이기도 한 북관비붕 백적견의 준수한 얼굴에 어린 냉기는 오늘 새벽 요수향의 처소를 나올 때 신발 밑에서 사각거리며 부서지던 서릿발을 떠올리게 만들었다. 돌변한 의형의 태도는 또 다른 공성추가 되어 성벽을 두드렸고, 이창은 흔들리지 않겠다는 다짐과 달리 그만 당황하고 말았다.

　"혀, 혀, 형님……."

　혓바닥이 뻣뻣해지려고 하고 있었다. 악몽 같은 그날 이후 생겨난 빙충맞은 버릇이 다시 시작되려고 하고 있었다. 이창은 턱 근육을 힘껏 긴장시켰다가 풂으로써 그것을 막았다. 지금 그에게 필요한 것은 당당한 위엄이었다.

　"형님, 이 아우의 말은 그런 뜻이 아니라……."

　눌변을 억누르며 힘겹게 나온 이 말은, 그러나 새파랗게 젊은 놈에 의해 잘렸다.

　"둘째 사형은 돌아올 수 없었습니다. 왜냐하면 처음부터 이 신무전을 떠나지 않았으니까요."

　백적견에게 말한 구양현이 당가영의 관 옆에 놓인 두 번째 관 앞으로 걸어가 뚜껑을 열었다.

　"두 번째 증거입니다."

　훅 풍겨 오른 백화향과 시취는 앞서 당가영의 관을 열었을 때보다 더 강렬했다. 하지만 그것으로도 모자라다 여겼는지, 구양현은 관의 머리 부분을 잡아 일으켜 세웠다. 관 속에 들어 있던 시체가 관 바닥과 함께 일어서며 상석과 객석을 차지한 모든 조문객들의 눈앞에 활짝 공개되었다.

"아!"

"저, 저런!"

경악을 담은 탄식과 비명이 조문객들 사이에서 분분히 일어났다. 그러나 관 속의 시체를 보고 가장 경악한 사람은 누가 뭐래도 이창이었을 것이 분명했다.

'백운평?'

거대한 경악은 즉시 두 개의 의문으로 분화되었다.

첫 번째 의문은 구양현이 백운평의 시체를 어떻게 찾아냈는가 하는 점이었다.

백운평은 이창의 충력기에 의해 반항 한 번 변변히 못한 채 목숨을 잃었고, 사지에 커다란 돌들이 묶인 채 금랑호의 깊은 호수 바닥에 유기되었다. 그 사실을 아는 것은 오직 두 사람, 살인자와 유기자 말고는 없었다. 구양현이 소철의 유품을 수습하겠다며 금랑호를 헤매고 다닌 사실은 알지만, 그러다가 우연히 백운평의 시체를 건지게 될 확률은 솔숲에서 바늘을 찾아내는 것보다 높지 않을 터였다. 무엇보다도, 구양현은 백운평의 죽음을 알지 못하니 백운평의 시체를 찾으려 나설 까닭부터가 없는 것이다.

'그저 운일 뿐이라고?'

이창은 자신의 운이 그 정도로 나쁘다고는 믿지 않았다.

두 번째 의문은 백운평의 시체가 어떻게 저리도 멀쩡한가 하는 점이었다.

늦여름에 호수 깊이 버려진 지 두 달이 넘는 시체였다. 호수 밑바닥의 탁수와 이토에 불어 썩어 들어가는 것은 물론이거니와 소철이 철마다 완상하던 잉어들의 왕성한 식욕이 그 좋은 먹잇감을 가만 놔두었을 리 없었다. 그것이 상식이었다. 그러나 중인환시로 공개된 현실은 그런 상식을 여지없이 짓밟았다. 관속의 백운평은 두 달 동안 물속에 있었다고는 믿기지 않을 만큼 온전해 보였다. 몸에 걸친 의복이 모두 사라지고 머리카락과 눈썹 등의 체모와 살갗의 일부가 벗겨진 점을 제외하면 죽을 때의 모습 거의 그대로였다. 양 주먹을 힘껏 움켜쥐고 이를 악문 채, 충격과 불신과 원망과 증오가 동시에 맺힌 눈알로 분향로 중앙에 서 있는 이창을 노려보고 있었다. 그 끔찍한 형상 앞에서는 외눈박이 호랑이의 담대한 심장마저도 오그라들지 않을 수 없었다. 문득, 아까 소소가 읊은 이하의 시구가 귓전에 울리는 듯했다.

　　─한 맺힌 피는 천 년을 두고 흙 속에 푸르리라[限血千年土中碧]…….

　　푸른 피로 사무친 가없는 원한이 신의 마음을 움직여 백운평의 시체를 저처럼 보전케 해 준 것일까?
　　'그럴 리가 없다!'
　　이창은 특별한 불운을 믿지 않는 것처럼 신의 존재 또한 믿지 않았다. 하지만…….
　　그렇다면 관 속에서 멀쩡한 채로 나타난 저 백운평을 어떻게 받아들여야 한단 말인가!
　　"그 편지대로였어. 평아, 네가 거기…… 있었구나."
　　백적견이 몽유하는 사람처럼 양손을 허우적거리며 시체로 돌아온 아들을 향해 비척비척 걸어갔다.

'편지?'

그 순간 이창의 머릿속에 떠오르는 장면이 하나 있었다. 어제저녁 구양현의 천막에서 나오던 백적견이 손에 움켜쥐고 있다가 박박 찢어발긴 종이 한 장. 백운평을 고발하는 내용이 적혀 있다며 분기를 참지 못하던 백적견과 자신에게 따귀를 맞고 고개를 푹 떨구던 구양현의 모습이 교차로 떠오른 것은 다음 순간이었다. 그 종이에 적혀 있던 것이 정확히 어떤 내용인지는 알 수 없지만, 그것이 지금의 이 상황을 만들었다는 점은 확실했다. 뭐라고 적혀 있었을까? 사형은 이미 죽었고, 그 시체를 내일 보여 드리겠다는 정도가 아니었을까? 천막 밖에서 엿듣는 귀가 있을지도 모르니 백운평을 고발하는 방문을 본 척해 달라는 주문을 덧붙여서 말이다.

'내가 속았구나!'

이창은 비로소 깨달았다. 어제 그는 저 백적견과 구양현을 상대로 훌륭한 연극을 펼쳤다고 믿었다. 그러나 실제로 연극을 한 쪽은 그가 아니라 저들이었다. 그는 자신이 배우라고 착각한 우스꽝스러운 관객에 지나지 않았던 것이다.

그러는 사이 아들의 벗은 가슴을 어루만지던 백적견이 맥 풀린 목소리로 중얼거렸다.

"젊은 시절…… 이 나선흔螺旋痕을 여러 번 보았지."

백운평의 가슴팍 살갗은 시커먼 소용돌이 모양으로 접히고 휘말려 있었다. 저러한 나선흔이 처음부터 비치는 것은 아니었다. 망가진 내부로부터 시작된 출혈이 이삼일에 걸쳐 외부로 배어 나오는 과정에서 생기는 것이었다. 나선흔 아래의 근육과 뼈와 장기 들이 모래처럼 으스러져 있다는 사실은 내공을 수발할 줄 아는 고수라면 쉽게 알아볼 수 있을 터였다.

이창은 당연히 저 나선흔을 알아보았다. 저것은 독안호군의 성명절기인 충력기의 흔적이었다. 아무리 뻔뻔하기로 작정했어도 그 점까지 부정하기란 쉽지 않았다. 자신의 손에 죽은 증천보와 증평 부녀를 분시하여 급히 화장해 버린 것도 바로 저 나선흔을 인멸하기 위함이었는데, 그때까지만 해도 이창은 미처 짐작하지 못했다. 두 달 전 물 속에 버린 백운평의 시체가 충력기의 흔적을 몸에 새긴 채 고스란히 보전되어 있을 줄 어찌 짐작할 수 있었겠는가!

"……자넨가?"

백적견이 고개를 돌리지도 않은 채 물었다.

"자네가 내 아들을 죽였나?"

아아! 정말이지 충력기는 외통수나 다름없었다. 하지만 여기서 인정한다면 막다른 길로 스스로를 몰고 들어가는 것과 마찬가지였다. 아직은 인정할 때가 아니었다. 백호대가 오고 있었다. 외눈박이 호랑이의 분신들이 오고 있었다. 내가 질쏘냐. 이창은 더욱 뻔뻔해지기로 마음먹었다.

"내가 지금 무슨 말을 한들 형님이 믿으실 것 같지는 않구려. 믿지 않을 사람에게 내가 한 짓이 아니라고 아무리 말한들 무슨 소용이 있겠소?"

"이창, 이놈……."

백적견이 몸을 돌려 이창을 마주 보고 섰다. 그의 손이 허리춤에 걸린 장검의 검자루로 향했다. 북관비봉 백적견의 천추검법은 하북일절, 나아가 강호일절 소리를 들을 자격이 충분하지만, 독안호군의 상대로는 손색이 있었다.

'빚쟁이는 적을수록 좋겠지.'

이창은 단전에 도사린 충력기를 암암리에 운용하며 상대가 가급적 빨리 독수를 써 주기를 바랐다. 그래야 정당방위의 명목으로 고약한 빚쟁이 하나를 해치울 수 있을 테니까.

하지만 이창의 바람은 이루어지지 않았다. 그것을 방해한 사람은 구양현이었다.

"어르신, 약속을 지켜 주십시오."

이창을 향해 빳빳하게 곤두선 백적견의 고개가 방해꾼을 향해 홱 돌아갔다.

"아들의 원수를 눈앞에 두고도 참으라는 소린가!"

구양현은 예의 바른 청년으로 알려져 있지만, 이번만큼은 사형의 부친이기도 한 강호의 존장에게 양보하려 들지 않았다.

"어르신의 통절한 마음을 이해 못 하는 바는 아니지만, 그를 처리하는 것은 신무전의 몫입니다."

외인에게 돌아갈 몫은 없다는 뜻이었다.

'내가 먹잇감으로 보이는 모양이군.'

어쩌다 이런 지경까지 되었는지……. 소소가 제단에 나오기 전까지 외눈박이 호랑이를 주인공으로 받들던 장례식장의 분위기를 생각하면 쓴웃음이 절로 나올 수밖에 없었다.

그때 대연무장의 입구인 월광문 부근이 갑자기 소란스러워졌다. 이창은 그의 분신들이 오랜 외유를 끝내고 마침내 주인에게 돌아왔다는 사실을 알 수 있었다. 기세가 되살아난 그는 가슴을 활짝 펴고 주위를 둘러보았다.

"이 이창에게 빚을 받고자 하는 사람이 있다면 누구든 나오시오! 이참에 모든 은원을 해결해 봅시다!"

어처구니없게도 빚쟁이는 또 있었다. 더욱 어처구니없는 것은 그 빚쟁이가 거지라는 사실이었다.

"여기도 있네요."

소 닮은 상판을 한 거지가 큰 소리로 외치며 손을 번쩍 드는 것을 바라보며, 이창은 개방이 자신에게 받을 빚이 과연 무엇인지에 관해 생각해 보았다. 그런 게 있을 턱이 없었다.

"자네도 빚쟁이라고?"

황우가 고개를 도리도리 흔들었다.

"저는 아니지만 제 친구들 중에는 빚쟁이가 있네요."

그러면서 황우가 예의 기묘한 일행들과 함께 분향로로 걸어 나왔다. 그들을 노려보던 이창은 저들의 분위기가 아까 월광문에서 처음 만났을 때와는 달라져 있음을 문득 깨닫게 되었다. 아까는 거지가 주장이었다. 그런데 지금은 아니었다. 다섯의 선두에서 걸어오는 덩치 큰 추남—정확히는 파면남이라고 해야 옳겠지만—이 한눈에 보아도 저들의 주장임을 알 수 있었다. 그자는 당당하고, 여유로웠으며, 강해 보였다. 산이 걸어오듯, 물이 밀려오듯, 행보에 거침이 없었다.

거지 일행은 이창을 본체만체 그 옆을 지나쳐 제단으로 다가갔다. 이창의 외눈에 노기가 어렸다. 면전에서 무시당했다는 기분이 애써 억눌러 놓았던 외눈박이 호랑이의 흉성을 건드린 것이다.

'이것들이 감히……'

전신의 모공을 통해 뿜어 나온 충력기의 사나운 기세가 무성無聲의 포효로써 다섯 사람의 배후를 덮쳐 갔다. 이 거리라면 한두 놈 정도는 능히 피를 토하게 만들 만한 막강한 기세였다.

그때 덩치 큰 추남이 걸음을 멈추고 이창을 돌아보았다. 화상 흉터로 일그러진 커다란 오른손을 새카만 허리띠의 쇠 장식 위에 얹은 채로. 그 순간 이창은 모든 행동을, 눈에 보이는 행동과 눈에 보이지 않는 행동 모두를 멈출 수밖에 없었다. 분노와 그것으로부터 촉발된 살기를 뛰어넘는 충격이 그렇게 만들었다. 그자의 주위로 물결처럼 번져 나가는 저 정명하고도 장대한 검기라니!

추남의 눈이, 화상으로 보기 흉하게 일그러진 반면과는 어울리지 않는 차갑고 엄숙한 남자의 눈이 이창의 외눈과 얽혔다. 추남이 눈으로 말했다, 아쉽지만 지금은 우리가 싸울 때가 아니라고. 정확한 까닭은 모르겠지만, 그 말이 옳다는 생각이 들었다. 그래서 이창은 움직이지 않았다. 추남이 시선을 돌렸고, 잠시 후 그의 일행은 제단에 당도했다.

제단 위에 자리를 잡은 황우가 이창을 향해 말했다.

"아까 역용 얘기를 하실 때는 조금 부끄러웠네요. 하지만 자공子貢 같은 성현께서도 '허물을 고치면 모두가 우러러본다[更也人皆仰之]'라고 말씀하신 만큼 솔직히 고백해야겠네요. 제 일행 중에는 얼굴을 고친 사람이 두 명이나 있네요."

금방 주저앉을 것처럼 콜록거리는 늙은 도사와 추남 옆에 매미처럼 붙어 있던 홀쭉한 추녀가 거지의 말에 호응하듯 얼굴 거죽을 떼어 냈다. 반투명한 돈피와 염색한 인모로써 정교하게 제작된 면구面具 아래로 드러난 그들은 진짜 얼굴은…… 이창을 불안하게 만들던 네 가지 요소에 속한 인물들의 것이었다.

"아빠! 언니! 으아아앙!"

소소가 달려와 두 사람에게 안겼다. 면구를 벗고 정체를 드러낸 두 사람, 소철의 아들 소홍과 구양현의 부인 석지란이 왼팔과 오른팔을 각각 벌려 소소를 마주 안았다.

"가엾은 것, 이 가엾은 것……."

"고생하셨어요, 아가씨. 정말 훌륭히 해내셨고요."

소홍은 회한이 치민 듯 떨리는 눈까풀을 지그시 내려감았고,

석지란은 소소의 뒷머리를 부드럽게 쓰다듬어 주었다. 그들의 곁에 선 황우가 어깨를 으쓱거리며 말했다.

"얼마 전 남녘에 내려갔다가 모某 선생에게서 재미있는 재주 한 가지를 배우게 되었네요. 몇 가지 도구를 써서 사람의 얼굴을 바꾸는 재주인데, 덕분에 우리 예쁜 누님의 얼굴을 이 손으로 토닥토닥…… 에구구!"

석지란의 얼굴 쪽으로 슬그머니 올라가던 거지의 때 묻은 손이 화들짝 움츠러들며 제 머리통을 감싸 쥐었다. 황우는 자신의 뒤통수를 후려친 장본인을 흘겨보며 입술을 삐죽거렸다.

"제가 참 재수도 없는 놈인 게, 조금만 안면을 튼 어른들 눈에는 제 머리통이 동네북으로 보이는 모양이네요."

이창은 황우의 뒤통수를 후려친 덩치 큰 추남에게 시선을 돌렸다. 얼굴 반면에 자리 잡은 화상, 정명하고도 장대한 검기, 거기에 곁자리에 두고 지켜 주려 하는 석지란……. 그 세 가지는 하나로 뭉쳐 어떤 검객의 명호를 이루었다. 천하를 독의 공포로 몰고 간 독중선 군조를 소주의 이름 모를 언덕에서 일패도지시켰다는 그 검객의 명호는…….

"……강동제일인."

이창이 그 명호를 씁듯이 뇌까렸다. 덩치 큰 추남, 강동제일인 석대문이 이창을 향해 두 주먹을 모아 보였다.

"소주의 석대문이오."

답례할 정신조차 없었다. 이제 이창의 온 신경은 등 뒤의 월광문에만 집중되어 있었다. 일각이라는 시간이 이리도 길 줄은 미처 몰랐다. 그사이 외눈박이 호랑이의 단단한 아성은 전혀 예상치 못한 강적들에 의해 거듭거듭 공격을 받았고, 이제는 위태로운 지경에까지 이르게 되었다. 그는 나잇값을 못 하는 늙은이처럼 안달이 났다.

'빨리, 빨리……'

이 안달에 대한 보상은 오래지 않아 찾아왔다.

"흠?"

포권을 풀던 석대문이 이창의 어깨 너머로 눈길을 돌리며 짧은 콧소리를 냈다. 이창은 고개를 반쯤 돌려 뒤쪽을 곁눈질했다. 월광문 안으로 하얀 무복을 입은 남자들이 눈사태처럼 우르르 들어오고 있는 것이 시야 한쪽에 담겼다.

'왔구나!'

온 것은 호랑이들만이 아니었다. 이창은 굴욕의 시간이 모두 지나가고 마침내 반격의 시간이 찾아온 것이라고 믿었다. 그는 제단 위에 모인 인물들의 면면을 빠르게 훑어보았다. 사천당가의 가주, 신기보의 보주, 천추백가의 가주, 거기에 강동 제일의 검객까지 끼어 있는 대단한 무리임에 분명하지만, 그가 자랑하는 팔백 마리의 호랑이들을 감당할 수는 없을 터였다. 눌렸던 자신감이 외눈 속에서 시퍼런 빛으로 일어서고, 그는 그런 외눈으로 상석을 둘러보았다. 건정회의 회주와 동창의 좌첩형이 자못 흥미롭다는 표정으로 그의 눈길에 호응해 주었다.

'누구의 편을 들어야 하는지 이제는 저들도 알겠지.'

냉소한 이창이 목소리에 심후한 내공을 실어 당당하게 외쳤다.

"그토록 찾아 헤매던 노전주의 혈육이 무사히 돌아온 것은 더할 수 없이 기쁜 일! 하나, 저들은 무슨 까닭인지 외인들과 작당하여 이 이창을 배신자라 무고하고 있소!"

이창은 억울함을 호소하는 충신처럼 주먹으로 제 가슴을 탕탕 두드린 뒤 외침을 이어 갔다.

"강호 제현들 앞에 똑똑히 밝히거니와 나는 배신자가 아니오! 내가 오랜 세월 신무전에 바친 충성이 이런 식으로 돌아올 줄은 꿈에도 몰랐소. 나도 더 이상은 참지 않겠소. 나를 배신자라 여기는 사람은 앞으로 나오시오. 우리 모두는 강호인, 강호의 방식으로 해결을 봅시다."

서로의 의견이 부딪칠 때 강호의 해결법은 단순했다. 칼과 검, 주먹과 발, 그 모든 것을 아우르는 힘! 이창은 백호대의 힘으로써 이 난국을 정면 돌파할 작정이었다. 그러나⋯⋯.

이창은 이 시점에서 매우 중요한 사항 하나를 간과하고 있었다. 환자로 위장하고 신무전에 들어온 도정이 다른 사람의 화신이라면, 진짜 도정은 지난 한 달간 어디에서 무엇을 하고 있었을까라는 의문을 미처 떠올리지 못한 것이다.

당앙해의 만천화우에서 촉발되어 백운평의 시체, 백적견의 분노, 거기에 소흥과 석지란 그리고 강동제일인의 등장까지⋯⋯.

일각 남짓한 짧은 시간 사이에 줄줄이 이어진 충격적인 상황들은 이창의 머릿속에서 가장 강력하고도 위협적인 '적'을 지워 놓았다. 그가 이 점을 깨달은 것은 바로 그 적의 목소리가 등 뒤에서 울린 순간이었다.

"그 '강호의 방식'이란 말이 무척 마음에 드는걸."

이창은 불현듯 깨달았다. 그 깨달음이 그를 얼어붙게 만들었다. 깨달음은 곧 공포, 그는 감히 고개를 돌려 공포가 현실임을 확인할 엄두도 내지 못했다.

공포는 분향로의 검붉은 벽돌길 위를 저벅저벅 걸어와 자신이 분명한 현실임을 직접 드러냈다. 이창은 그 자리에 얼어붙은 채, 정말로 눈알조차 움직이지 못한 채, 백호대의 정복을 입은 네 남자가 그의 어깨 옆을 지나쳐 제단으로 향하는 것을 지켜보았다. 공포는 그중에 끼어 있었다.

철인협 도정!

신무대종의 진정한 후계자!

도정을 포함한 네 남자가 제단 앞에서 걸음을 멈춘 뒤 이창을 향해 돌아섰다. 이창의 눈이 도정을 제외한 세 남자의 면면을 빠르게 훑어 나갔다. 증가사소룡 중 살아남은 두 사람인 증혁과 증훈, 그리고 남은 하나는…….

이창은 마른침을 꿀꺽 삼켰다. 이제껏 벌어진 일들이 아무리 놀랍다 한들, 도정과 증혁과 증훈과 함께 나타난 저 네 번째 남자만큼 그를 놀라게 만들지는 못했다. 공포 너머에서 기다리고 있던 공황이 외눈박이 호랑이의 머릿속으로 몰아닥쳤다. 그는 잠시간 아무 생각도 떠올릴 수 없었다.

이창의 홉뜬 외눈이 누구에게 못 박혀 있는지를 알아차린 도정이 입술을 슬쩍 비틀고는 네 번째 남자를 돌아보며 말했다.

"전임자가 후임자의 인사를 기다리는 모양이군."

처음에는 차마 이창을 정시하지 못하겠다는 양 눈길을 피하던 그 남자가 결국 마음을 정한 듯 자세를 바로 했다.

"신임 전주님의 은혜를 입어 이번에 백호대를 맡게 된 고동비가 전임 대주께 인사드립니다."

이창은 자신에게 두 주먹을 모으는 백호대의 부대주이자 굴각단의 단주를 넋이 빠진 얼굴로 바라보다가 어느 순간 소스라치며 정신을 차렸다. 산월월 당야에 증혁과 증훈을 잡아 죽이기 위해 신무전을 떠난 고동비가 아니었던가! 그 고동비가 증가 형제는 물론이거니와 도정까지 이끌고 이 자리에 나타났다는 것은 과연 무엇을 의미하겠는가!

이창은 포권을 위해 모인 고동비의 두 손이 어딘지 이상하다는 점을 발견했다. 평소와 달리 하얀 장갑을 끼고 있었고, 왼쪽 장갑의 천 밑에 가려진 중지와 무명지와 소지의 구부러진 형태가 괴이해 보였다.

"그 손가락들은⋯⋯?"

안색이 변한 고동비가 왼손을 급히 뒤로 감췄다. 대답을 준 사람은 도정이었다.

"별것 아냐, 반성의 증표랄까."

이창은 도정의 말에서 악몽의 냄새를 맡았다. 말 중에 등장하는 '반성의 증표'가 꼭 '충성의 공물'처럼 들린 것이다. 공물로 바쳐진 눈알은 은그릇에 담겼다. 그렇다면 증표로 바쳐진 손가락들은 어디에 담겼을까?

이창의 외눈이 도정을 향했다. 뻣뻣해지기 시작한 혓바닥이 그의 의지와는 무관하게 불안한 경련으로 들썩거렸다.

"네, 네, 네가 시, 신임 전주가⋯⋯ 돼, 돼, 됐다고?"

"하하, 내가 이겼군."

도정이 손뼉을 짝 치더니 말을 이었다.

"관동에 있던 내내 궁금하더라고. 그 말더듬증까지도 거짓이었는지 말이야. 그래서 청룡대주와 내기를 했는데, 나는 진짜라는 쪽에 걸었거든."

증혁이 분한 듯이 투덜거렸다.

"아깝지만 내기에 졌으니 어쩔 수 없지요. 막내를 청룡대에서 내놓을 테니 마음대로 가져다 쓰십시오."

"오! 잘됐군."

반색을 한 도정이 이창을 돌아보며 히죽 웃었다.

"저 집 막내가 꽤 물건이거든."

뿌드득.

이창은 자신의 이빨 사이에서 울리는 섬뜩한 소리를 들었다. 도정은 지금 그를 조롱하고 있었고, 그는 조롱의 대상이 되어 본 경험이 거의 없었다. 호랑이의 이름을 얻은 뒤부터는 누구도 감히 그를 조롱하지 못했다.

이창이 그러거나 말거나, 도정은 히죽거리며 말을 이었다.

"지금도 백호대가 도와주리라고 기대할 만큼 바보는 아니겠지? 네가 배신으로 더럽히려 한 북악의 호랑이들은 이제 눈처럼 깨끗해졌어. 개전의 여지가 없는 악종 몇 마리를 잡아 죽이기는 했지만, 뭐, 그건 감수할 수밖에 없는 일이고. 여기 있는 고 대주의 전폭적인 협조가 없었더라면 그 정도 피해로는 끝나지 않았을 테니, 참 고마운 일이지."

도정은 고동비라는 교활하고 줏대 없는 호랑이를 역으로 포섭—실제로는 굴복이겠지만—하기 위해 채찍과 고깃덩이를 함께 동원한 것 같았다. 고동비의 왼손에서 사라진 손가락 세 개가 채찍이라면, 고동비에게 돌아간 백호대주 자리는 고깃덩이일 터였다.

그러자 아까부터 이창을 괴롭히던 두 가지 의문 중 첫 번째 것, '구양현이 백운평의 시체를 어떻게 찾아냈는가?'라는 의문이 풀렸다. 폭우가 쏟아지던 그 배신의 밤, 이창의 지시를 받고 금랑호로 화방畵舫을 몰고 나가 백운평의 시체를 유기한 장본인은 바로 고동비였다. 그 고동비가 도정에게 굴복당한 뒤 시체를 유기한 위치를 구양현에게 가르쳐 주었다면……. 그러므로 구양현이 지난 이십여 일간 금랑호의 호반과 물 위를 미친 듯이 헤매고 다닌 것은 소철의 유품을 찾기 위함이 아니었다. 구양현이 처음부터 찾고자 했던 것은 백운평의 시체였던 것이다.

이창이 비로소 알게 된 사실은 그것들만이 아니었다. 도정은 농군처럼 순박한 외양과 달리 치밀한 심계를 가진 것이 분명했다. 중천보의 아들들을 추적해 온 고동비를 생포함으로써 신무전에 변고가 발생했음을 알았을 때, 도정은 사문으로 곧장 복귀해야 한다는 상식적인 당위를 외면하고 보통 사람들은 상상하기 힘든 몇 가지 냉철한 조치들을 취했다. 우선 구양현과 파견대를 전으로 복귀시켜 자신이 부상당했음을 알리게 하는 한편, 처남인 당앙해를 부상당한 자신으로 꾸며 구양현의 본가인 활인장에서 치료받게 함으로써 적의 이목을 가짜에게 집중시켰다. 그사이 도정 본인은 적들의 눈에 띄면 안 되는 증씨 형제들과 더불어 관동으로 달려갔다. 그곳에 대기 중이던 백호대 본대에는 외눈박이 호랑이의 심복이라 할 만한 자들이 여럿 머물고 있었지만, 소철의 대제자이자 신무전의 공식적인 후계자인 도정의 무력과 명분 앞에는 속절없이 굴복되거나 제거될 수밖에 없었을 것이다. 그 과정에서 고동비, 저 찢어 죽일 배신자가 수행했을 간교한 역할은 보지 않아도 눈에 선했다.

모든 준비를 마친 도정은 때를 기다렸다. 그가 바란 것은 단순한 복수가 아니었다. 외눈박이 호랑이의 배신을 백일하에 까발림으로써 신무전이 제남혈사 때 당한 굴욕의 불가피함을 입증하는 것! 그는 자신의 사문이 약하기 때문에 쓰러진 것이 아님을 천하인들에게 알리고 싶었던 것이다, 그래야 더 쉽게 일어설 수 있기에, 그래야 더 당당히 일어설 수 있기에.

소철은 생전에 종종 말하곤 했다, 자신의 장제자는 곰의 몸뚱이에 여우의 영특함을 가진 놈이라고. 이창은 그 말에 담긴 진의를 오늘에야 알게 되었다, 그것도 뼈저리도록 절절히!

"슬슬 시작하자고. 아무리 선설후례先雪後禮(복수가 먼저고 예의는 나중)라지만 사부님을 너무 오래 기다리시게 할 수는 없으니까 말이야."

도정이 뒷골목 왈패처럼 목과 양어깨를 풀며 말했다. 이창은 말을 더듬지 않기 위해 필사적으로 애를 쓰며 도정에게 물었다.

"나와…… 일대일로 싸우겠다는 거냐?"

도정이 픽 웃었다.

"바라는 바 아닌가?"

물론 바라는 바였다.

백호대가 도정의 수중으로 넘어갔음을 안 이상, 이창의 유일한 목표는 사지로 변한 이 자리를 무사히 벗어나는 것이 되었다. 그것을 용납하지 않을 자들은 여럿 있었지만, 그중에서 실제적으로 위협이 될 만한 강자는 소수에 불과했다. 도정, 석대문, 독암기의 교묘함을 높이 쳐줄 경우 당앙해까지.

물론 그 셋이서 함께 나선다면 이창은 죽은 목숨이나 마찬가지였다. 그러나 눈치를 보니 그런 일은 벌어지지 않을 것 같았다. 도정은 북악의 새 주인으로서 치르는 첫 번째 행사가 사람들의 뇌리에 인상적으로 남기를 바라는 모양이었다. 그 바람이 이창에게는 구사일생의 기회로 작용할 수도 있다는 점을 미처 생각 못 하고 말이다.

각개격파는 이창의 유일한 살길이었다. 도정을 일방적으로 격파하고 상석으로 급히—아니지, 유유히가 좋겠군— 돌아간다면, 이번 일에 국외자인 석대문과 이미 동생의 원수를 갚은 당앙해가 굳이 따라붙을 것 같지는 같았다. 그다음은 충신의 결백을 믿어 주지 않는 세태를 점잖게 탄식하며 혁련격을 비롯한 심복들과 더불어 신무전을 벗어날 작정이었다. 이 일의 시시비비는 후일에 가리자는 말을 남긴 채. 소씨들을 비롯해 구양현이

나 백적견 같은 몇 놈들이 길길이 날뛰겠지만, 등위식도 올리지 못한 채 반송장이 되어 버린 신임 전주가 그들의 발길을 붙잡아 줄 터였다. 그렇게 신무전을 나간 다음에는…….

'비영 노릇이 몇 년 더 연장되겠지.'

지난달 최강의 검객을 잃은 비각은 신무전을 집어삼키지는 일에 실패했다고 하여 외눈박이 호랑이를 박대할 형편이 못 되었다. 공석이 된 삼비영 자리는 따 놓은 당상이겠지만, 그 남자의 가증스러운 얼굴을 자주 대할 것을 생각하니 마음이 불편했다. 그래도 할 수 없었다. 당분간 외눈박이 호랑이에게는 머리부터 꼬리까지 남김없이 감춰 줄 짙은 숲 그늘이 필요했다. 그러기 위해서는 우선 할 일이 있었다. 도정을 향한 이창의 외눈 속으로 으스스한 기운이 떠올랐다.

'오냐, 딱 숨만 붙어 있을 정도로 뭉개 주마.'

마음을 다잡은 이창이 암암리에 충력기를 끌어 올리고 있을 무렵, 새로 등장한 네 남자 중 유일하게 침묵을 지키고 있던 더벅머리 청년이 도정을 향해 허리를 깊숙이 숙였다.

"전주님, 저를 먼저 내보내 주십시오. 부친과 형제들의 원수를 갚고 싶습니다."

이창은 가늘게 뜬 외눈으로 그 청년을 살펴보았다. 산월월 때 그의 충력기에 의해 죽은 증천보는 네 명의 아들을 두었고, 그들이 각기 다른 방면의 재주를 익히도록 안배하였다. 그들 중 무공 방면으로 일로매진한 사람이 바로 저 청년, 증훈이었다.

증훈은 부친의 기대를 저버리지 않은 것 같았다. 스무 살 전후의 싱싱하고 건장한 육신을 통해 뿜어 나오는 불같은 투지와 왕성한 기세는 이창마저도 감탄시킬 정도였다. 그러나 신오대 고수의 한 축을 차지하는 독안호군의 적수로는 많이 부족했다.

이창은 저 젖비린내 나는 애송이가 채 열 합을 전개하기도 전에 명줄을 끊어 놓을 자신이 있었다.

'그것도 나쁘진 않겠지.'

앞날이 창창한 청년의 비참하고 허망한 죽음은 다음 상대인 도정의 기세를 꺾는 데 다소간 도움이 될 터였다. 이창은 내심 증훈이 어서 전장으로 내려와 주기를 기대했다. 그런데……

도정이 증훈에게 다가가 깊숙하게 접힌 허리를 일으켜 주었다.

"미안하지만 허락할 수 없는걸."

"전주님, 하지만 저자는 부친의……!"

"쉿."

투박한 입술 앞에 세운 손가락 하나로 상대의 항의를 막은 도정이 그 손으로 증훈에게 어깨동무를 하며 말했다.

"자네의 마음은 이해하지만, 조만간 백호대주가 될 인재를 아끼려는 내 마음도 이해해 주기 바라네."

잔인하게도 도정은 저 말을 함에 있어 목소리를 조금도 낮추려 들지 않았고, 때문에 이창은 고동비의 호인풍 얼굴이 흙빛으로 물드는 것을 볼 수 있었다. 문자 그대로 토사구팽. 심지어 이 무자비한 지존은 조만간 솥 안에서 삶길 사냥개로 하여금 비참한 기분을 곱씹을 여유조차 허락하지 않았다.

"자, 자! 다들 입 다물고 뒤로 물러나라고. 이제부터 호랑이의 가죽을 벗길 시간이니까."

도정은 잡동사니를 치우듯 양팔을 뒤로 내저었다. 고동비를 포함한 증혁과 증훈은 도정의 손짓을 좇아 제단 위로 분분히 물러날 수밖에 없었다.

'호랑이의 가죽을 벗길 시간……'

저 말을 듣고 격분해야 할까? 세간에 알려진 과격하고 난폭하한 이창이라면 분명히 그랬을 것이다. 그러나 과격하고 난폭한 가면 밑에 감춰진 철저하고 잔인하고 집요한 남자는 고작 말 따위에 쉽게 흔들리지 않았다. 어깨너비로 벌린 두 다리로 분향로 중앙에 버티고 선 그 남자가 자신을 향해 다가오는 도정을 향해 친근한 목소리를 건넸다.

"평이와는 달리 너하고는 제대로 된 비무를 가진 기억이 없구나."

도정의 발길이 우뚝 멈췄다. 이창이 빙긋 웃으며 말을 이었다.

"평이는 이 숙부 앞에서 몇 합을 못 버티던데, 그래도 너는 사형이니까 그 아이보다는 낫겠지?"

도정이 이창을 쳐다보며 믿을 수 없다는 표정을 지었다. 다음 순간……

"이런 개새끼."

도정이 노호를 터뜨리며 이창에게 달려들었고, 이창은 회심의 미소를 지을 수 있었다.

싸움이 시작되었다. 선공은 도정의 차지였다. 기선의 이로움이야 고수들 간의 싸움에도 어느 정도 적용될 수밖에 없지만, 그럼에도 굳이 선공을 양보한 까닭이 있었다. 이창은 그가 방금 전 언급한 백운평에 대한 몇 마디가 이 싸움에 가져다줄 효과를 기대하고 있었다.

'화나지? 암, 화가 날 거야. 옳지, 오오옳지.'

이창의 기대는 들어맞았다. 아무리 심계가 깊다 해도 도정은 젊었고, 젊은 피는 쉽게 끓어오르는 법이었다. 끓어오른 피에 실린 동작들은 불필요하게 크고, 정교하지 못했다. 지금처럼 살

얼음판을 디디는 것 같은 근신육박近身肉薄의 접전에서는 더욱 금기시되는 요소들이기도 했다.

"합! 흐압!"

도정이 뻗어 내는 권장은 신무대종의 후계자답게 웅대하고 위맹하기 그지없었지만, 이창을 곤란하게 만들지는 못했다. 허공을 때리고 찍으며 헛된 파공성만 남기던 도정의 공세는 오래지 않아 허점을 드러내기 시작했고, 영활한 보법과 노련한 운신으로 상대의 권장을 무위로 돌리던 이창은 기다리던 반격의 기회를 잡을 수 있었다.

도정이 쌍룡탐주雙龍食珠로 번갈아 뻗어 낸 좌권과 우권이 이창의 머리 위와 겨드랑이 옆으로 비켜 흘렀다. 이창은 상대가 보인 공백을 비집고 진격했다. 그러고는 젖은 솜처럼 묵직해진 우권을 회심으로 밀어내 상대의 가슴팍에 갖다 붙였다.

드드드득.

우권의 권심拳心 위로 옷자락과 살갗과 근육이 한꺼번에 말려드는 익숙한 느낌이 전달되었다. 그것은 충분히 치명적이라 할 만한 일격이었고, 이 정도로 마음껏 뿜어낸 충력기를 맞고도 두 다리로 버티고 서 있던 사람은 이창이 기억하는 한 몇 명 되지 않았다.

"크윽!"

신무대종의 장제자에게는 과연 남다른 구석이 있었다. 도정은 두 다리로 버티고 서 있을 뿐만 아니라 두 손을 뻗어 이창의 오른 팔뚝을 양옆에서 감싸 잡기까지 했다. 그럼으로써 그것으로부터 뿜어 나오는 맹렬한 전사력을 막아 보려는 모양이었다.

하지만…… 어림없지!

"훕!"

이창이 뺨을 둥글게 부풀렸다. 우권의 권심으로부터 다시 한 번 뿜어 나간 절세의 충력기가 오른손에 접촉된 모든 것을 갈고 뭉개고 으스러뜨렸다. 회전하는 팽이가 공기를 밀어내듯 도정의 양손이 옆으로 조금씩 벌어지기 시작했다. 이창은 그 틈을 놓치지 않고 힘찬 일 보를 내디뎠고, 반고탱천盤古撑天의 수법으로 뻗어 올린 좌장으로써 도정의 턱을 가격했다.

찌꺽.

가슴을 공격한 우권과 달리 좌장에 걸린 손맛은 다소 부족한 감이 있지만, 어쨌거나 도정은 입으로 피를 뿜으며 둥실 떠올랐고, 그때부터가 시작이었다. 이창은 득의의 포효를 터뜨리며 먹잇감을 향해 온몸을 내던졌다.

"으라라라아아─핫!"

외눈박이 호랑이의 무시무시한 연환 공격이 도정의 몸뚱이 위로 연속해서 꽂혀 들었다. 도정은 양 팔뚝으로 얼굴을 가림으로써 호랑이의 연환 공격을 어떻게든 견뎌 보려 했지만, 결과는 역부족. 우두두둑 하는 둔탁한 파육음들을 허공에 남기며 이 장을 훌훌 날아가 벽돌길 위에 처박히는 꼴을 면치 못했다.

"사형!"

소소와 구양현이 한목소리로 부르짖는 외침을 들으며, 이창은 팔뚝 위에 휘감긴 소맷자락을 여유롭게 펼쳤다. 간교한 창귀와 달리 충력기는 외눈박이 호랑이를 배신한 적이 없었다. 이처럼 연속으로 때려 낸 경우는 더더욱 그러했다.

"작고하신 노전주님을 봐서 손 속에 사정을 두었으니 데려가서 잘 치료하면 죽지는 않을⋯⋯."

점잖게 이어지던 이창이 말이 툭 끊겼다. 분향로 위에 대자로 뻗어 있던 도정이 잠에서 깨어난 사람처럼 상체를 부스스 일으키는 모습을 목격했기 때문이다. 그는 자신의 눈을 믿을 수 없었다. 충력기에 그렇게 연달아 당하고도 어떻게……?

도정이 입고 있던 백색 무복의 상의는 걸레쪽으로 바뀌어 있었다. 그 점 또한 이창을 의아하게 만들었다. 충력기는 외부에 저런 식의 흔적을 남기지 않았다. 휘말려 구겨진 의복이야 펴지면 그만이었다. 백운평의 의복이 사라진 것은 탐욕스러운 잉어의 이빨이 한 짓이지 충력기와는 무관했다.

자리에서 일어선 도정이 엉덩이를 툭툭 털더니 걸레쪽이 되어 버린 상의를 몸에서 떼어 휙 내던졌다. 이창은 불신감에 떨리는 눈으로 도정의 가슴팍에 난 나선흔이 점차 희미해져 가는 광경을 바라보았다. 충력기에 의한 나선흔은 즉시 생기지 않는다. 며칠에 걸쳐 자연스럽게 살갗 위로 배어 나오는 것이다. 그러므로 지금 도정에게서 벌어지고 있는 현상은, 도정이 본신의 능력으로써 충력기의 역도를 몸 밖으로 밀어내는 것이라고밖에는 보기 힘들었다.

어느 결엔가 나선흔을 완전히 씻어 낸 도정의 가슴팍에는 검붉은 손도장 한 개가 선명하게 찍혀 있었다. 충력기와도 무관하고 나선흔과도 무관한 그 손도장이 앞으로 벌어질 암울한 미래를 상징하듯 이창의 망막 속으로 아프게 뛰어들었다.

도정의 뒤편에서 누군가가 중얼거렸다.

"대단한 호신강기로군."

낮고 메마른 목소리로 감탄한 사람은 제단 위에 서 있던 금철하후가의 후예였다. 그를 돌아본 도정이 말했다.

"철령간鐵靈干이라고 하오, 사부님이신 신무대종께서 못난 제자들을 위해 십 년쯤 전에 창안하신."

'철령간?'

이창으로서는 처음 들어 보는 무공이었다. 이창은 소철을 이미 한물간 늙은이로 여겼고, 무극팔진기와 팔진수를 제외한 무공에 대한 관심을 오래전에 접은 바 있었다. 도정의 눈이 이창을 향했다.

"모르는 무공인가 보지? 나만큼은 아니지만 둘째도…… 아…….."

말을 하던 중 얼굴을 찡그린 도정이 입속으로 손가락을 집어넣더니 피 묻은 어금니 하나를 꺼냈다.

"젠장, 이래서 얼굴은 피하려고 했는데……."

어금니를 입속에 던져 넣고 꿀꺽 삼켜 버린 도정이 아까 끊긴 말을 되풀이했다.

"나만큼은 아니지만 둘째도 이 철령간을 익혔지. 물고기 이빨이 아무리 날카로워 봤자 무극팔진기로 이루어진 철령간의 호신강기를 어쩌지 못하는 건 당연한 일 아니겠어? 호수 바닥에 버려진 둘째의 시체가 두 달이 넘는 지금까지도 멀쩡히 보전된 이유를 이제는 알겠지?"

그리하여 이창을 괴롭히던 두 번째 의문, '백운평의 시체가 왜 멀쩡한가?'라는 의문도 풀렸다.

'그게 철령간 때문이라고?'

이창은 머리를 어찔하게 만드는 충격 속에서도 백운평의 최후를 다시 한 번 떠올리지 않을 수 없었다. 충력기에 의해 숨이 끊어지는 순간에도 양 주먹을 움켜쥐고 이를 악문 채 부릅뜬 눈으로 이창을 노려보던 그 비극의 주인공은, 이창의 생각과는 다르게 아무런 저항도 하지 않은 것이 아니었다. 백운평은 마지막 힘을 모아 끌어 올린 철령간의 단단한 껍데기 속에 살인자의 흔적을 고스란히 새겨 놓음으로써 장차 자신을 위해 복수에 나설 사형제들의 손에 날카로운 비수를 쥐여 준 것이었다. 그 비수는 정말로 날카로웠다. 호랑이의 두꺼운 가죽마저 뚫어 버릴 수 있을 만큼.

"독한 놈들."

이창이 악문 어금니 사이로 중얼거렸다. 그는 소철의 제자들을 온실 속의 화초라고만 여겼다. 때문에 산전수전 다 겪은 외눈박이 호랑이에게는 먹잇감에 불과할 것이라고 예단했다. 그러나 그들은 온실 속의 화초가 아니었다. 소철은 제자를 받아들임에 있어 이창의 예상보다 훨씬 높은 기준을 가지고 있었고, 도정과 백운평과 구양현 모두가 그러한 기준을 통과한 인재들이었던 것이다. 그리고 그들 중에서도 가장 뛰어난 인재는 누가 뭐래도 저 도정일 터였다.

"한 가지 더 가르쳐 줄까? 방금 나를 쓰러트린 것은 내가 약해서도, 네가 강해서도 아니야."

이상한 일이지만, 허세를 부리는 것 같지는 않다는 생각이 들었다. 이창이 잔뜩 잠긴 목소리로 도정에게 물었다.

"그럼 뭐냐?"

도정이 왼손을 들어 가슴팍에 찍힌 검붉은 손도장을 어루만지며 말했다.

"너는 모르겠지만, 이 손도장은 사부님께서 내게 남기신 유물이지. 사부님께서 무극팔진기의 일부를 넘겨주겠다고 말씀하셨을 때, 나는 감히 사양할 엄두조차 내지 못했어. 사부님께서는 나날이 쇠약해지고 계셨고, 그런 사부님을 편히 쉬게 해 드리기 위해서는 내가 하루라도 빨리 전주의 자격을 갖춰야 한다고 생각했기 때문이지. 그런데, 사부님의 일부를 품고 강호에 잠시 나간 사이, 신무전에 이런 변고가 벌어지고 만 거야. 나는 아직 사부님께 감사하다는 말씀도 드리지 못했는데 말이야."

도정은 입술을 짓씹었다. 그의 입술이 다시 열린 것은 잠시의 시간이 지난 뒤였다.

　"관동에 머무는 동안, 갈수록 흐릿해지는 이 손도장 위에 문수침文繡針으로 한 땀 한 땀 먹물을 찔러 넣으면서 나는 생각하고 또 생각했어. 사부님을 지켜 드리지 못한 죄를 어떻게 용서받을 수 있을까…… 젠장, 무엇으로도 용서받을 수 없다는 결론이 나오더군. 그러자 나 자신이 미치도록 싫어졌어. 어떻게든 벌을 주고 싶었지. 그래서 네게 맞아 준 거야. 한바탕 두들겨 맞고 나니 속이 다 시원하군."

　말을 마친 도정이 양 무릎을 살짝 구부렸다. 활짝 펼쳐진 한 쌍의 투박한 손바닥이 허공의 여덟 방위들을 퉁, 퉁, 퉁, 찍어 나가기 시작했다. 그럴 때마다 구름 덩어리처럼 희뿌연 기류가 뭉클거리며 일어나더니 도정의 몸 주위를 휘돌기 시작했다. 신무대종의 성명절기인 팔진수. 그러나 소철의 것과는 어딘가 달랐다. 더 박력 있고, 더 호쾌했다. 젊음과 패기가 살아 숨 쉬고 있었다. 그것은 소철의 신무전과는 전혀 다른 면모로 시작될, 더 박력 있고 더 호쾌하게 시작될 새로운 신무전의 제일성第一聲이기도 했다. 이창이 어찌 경시할 수 있으리오! 이창은 전신을 긴장시킨 채 양손 가득 충력기를 끌어 올렸다.

　이창을 향해 돌격하기 직전, 도정이 말했다.

　"이제부터가 진짜라고."

　꽝!

　힘과 힘이, 기세와 기세가 천둥 같은 폭음과 함께 부딪쳤다. 일찍이 누구도 본 적이 없는 무시무시한 난타전은 그렇게 시작되었다. 두 남자 중 어느 한쪽도 방어에는 신경을 쓰지 않았다. 어떤 피해를 감수하고라도 상대를 기필코 박살 내겠다는 결연한 의지가 모든 동작을 통해 배어 나오고 있었다.

꽝! 꽝! 꽝!

충력기가 맹렬하게 도정의 몸에 꽂히면, 팔진수가 질 수 없다는 듯 이창의 몸을 두드렸다. 두 남자의 살갗 곳곳이 터지고 갈라졌다. 그럴 때마다 시뻘건 핏물이 사방으로 솟구쳤다. 근육과 관절 들은 고통스러운 비명을 쉴 새 없이 지르고 있었다. 그러나 두 남자는 한 치도 물러나려고 하지 않았다. 창촉 두 개가 뾰족한 머리를 맞대고 서로를 향해 밀어 대는 지금의 형국은 양자 모두에게 극히 위험했다. 이창은 이 형국으로부터 벗어나기 위해 백방으로 노력했지만, 도정이 그 모든 시도를 무산시켰다. 지금의 도정은 순박한 농군도, 냉철한 지존도 아니었다. 지금의 도정은 악에 받친 한 마리 원귀였다. 그 원귀는 심지어 이창보다 더 건강하고 더 끈질겼다. 이창은 대여섯 자 떨어진 곳에서 신체의 모든 부위를 동원해 자신을 죽이려고 날뛰는 지독한 원귀에게 서서히 질리기 시작한 스스로를 발견했다.

꽝! 꽝! 꽝! 꽝! 꽝!

젊음은 힘의 근원, 마르지 않는 화수분이었다. 도정은 젊음을 무기로 이창을 끊임없이 몰아붙였다. 시간이 갈수록 왕성해지고 첨예해지는 팔진수가 그러한 젊음의 구현이었다. 이창은 이제껏 단 한 번도 떠올려 본 적 없는 회의에 사로잡혔다. 내가 늙은 것은 아닌가 하는, 불과 반 각 전까지만 해도 코웃음을 치고 말았을 회의였다. 그러나…….

현실은 엄연했다!

"크으윽!"

도정의 지칠 줄 모르는 공세에 더 이상 버티지 못한 이창이 마침내 한 걸음 물러섰다. 불식간의 행동이었고 불가피한 행동이기도 했지만, 그 한 걸음이 야기한 결과는 치명적이었다. 피아의 구분 없이 한 덩어리로 엉켜 있던 두 종류의 기운이 그 한 걸음을 분수령으로 삼아 이창을 향해 밀물처럼 쏟아져 들었기 때문이다.

'아뿔싸!'

그제야 자신의 실수를 깨달은 이창이 양 손바닥을 다급히 휘돌려 충력기로써 발현할 수 있는 가장 견고한 수법인 와중선渦中旋을 펼쳐 냈다. 소용돌이 속에서 일어난 회오리와 그 회오리 속에서 일어난 소용돌이가 중중 겹쳐지며 이창의 전면에 거대한 나선의 방패를 만들었다. 그러나 빛의 창 촉으로 날아온 도정의 손바닥은 와중선을 이루는 모든 소용돌이, 모든 회오리의 방패를 여지없이 꿰뚫었다. 그 손바닥에 맺힌 눈부신 백색의 광채를 바라보며 이창은 생각했다.

'소철의 용음신주龍吟神州…….'

가슴을 관통한 빛의 창 촉이 어깨 너머 새하얀 견폐를 깃발처럼 날려 올렸다. 흉강 안쪽의 모든 기관이 썩은 호박 속처럼 으깨진 외눈박이 호랑이는 자신이 그토록 집어삼키기를 원했던 북악의 대지 위로 무거운 몸뚱이를 눕히고 말았다.

"훅! 후욱!"

도정이 황소처럼 거친 숨을 몰아쉬며 벌거벗은 어깨를 씨근덕거렸다. 피와 멍으로 엉망이 된 얼굴. 그러나 그 얼굴 위에 떠오른 것은 마침내 이루었다는 거대한 성취감이었다.

'내가…… 진 건가?'

받아들이기 힘들었지만 받아들일 수밖에 없었다. 현실은 등줄기를 통해 느껴지는 단단한 벽돌 바닥처럼 엄연했으므로. 다음 순간, 육신을 지탱하던 충력기가 흩어지기 시작하며 무시무시한 고통이 찾아왔다.

"끄-으으-아아아아-."

그 고통은 이창이라는 인간이 가지고 있던 다른 감각들을 한순간에 삭제해 버렸다. 그는 부릅뜬 외눈 위에 펼쳐진 파란 가을 하늘을 볼 수 없었고, 처절하게 터져 나오는 자신의 비명 소리를 들을 수 없었다. 만일 그 고통이 동일한 강도로 지속되었다면 모든 것을 망각한 채 이대로 죽었을 수도 있으련만…….

어느 순간 고통이 거짓말처럼 가라앉고, 이창은 자신이 다시금 생각이란 것을 하고 있음을 깨달았다.

도정이 말했다.

"받은 게 있으면 주는 것도 있어야겠지. 바로 죽지는 않을 거야. 손 속에 사정을 두었으니까."

그러나 그 사정이 자비와는 무관하다는 것을, 이창은 자신을 내려다보는 한 쌍의 광물 같은 눈동자로부터 감지할 수 있었다.

"부, 부탁이다. 고, 고, 고통 없이 주, 죽여 다오."

체면 따위는 첫 번째 고통이 몰아닥쳤을 때 이미 사라진 뒤였다. 지금 이 순간 이창의 지상 과제는 더 이상의 고통을 피하는 것밖에 없었다.

도정의 피에 물든 입술이 길쭉하게 벌어지며 칼날처럼 섬뜩한 미소가 떠올랐다.

"거절한다."

너무도 간단한 대답에 이창은 당황했다.

"원한다면 그날 밤 이곳에서 벌어진 혀, 혀, 혈겁의 배후에 누가 있는지 가, 가르쳐……."

"아니, 말하지 마라. 네가 무슨 말을 해도 나는 내 방식으로 너를 처리할 작정이니까."

이창은 절망에 빠졌다.

도정의 손이 이창의 어깨 쪽으로 내려왔다. 부드득 소리와 함께 이창이 깔고 누운 견폐가 주인의 어깨로부터 뜯겨 나갔다. 도정이 그것을 탁탁 펼쳐 이창의 전신을 덮었다. 파란 가을 하늘이 견폐 자락에 가려 사라졌다.

"무, 무슨 짓을 하려는 거냐?"

인간의 정신으로는 차마 감당할 수 없는 극심한 공포에 휩싸인 이창이 다급히 물었다. 견폐 너머에서 도정의 싸늘한 대답이 들려왔다.

"아까 말했잖아, 호랑이의 껍질을 벗길 거라고."

그러나 도정이 호랑이의 껍질을 벗기는 방식은 보편적인 것과 무척 달랐다.

쿵!

둔중한 압력이 견폐를 짓눌러 왔다. 수천 근 바위에 깔린 듯한 기분이었다. 온몸의 관절이 조각조각 으스러지는 고통에 이창은 입을 크게 벌리고 목이 터져라 비명을 질렀다. 그러나 견폐로 틀어막힌 그의 입은 먹먹한 신음 소리밖에는 내지 못했다.

견폐 위로 떨어진 압력은 한 번으로 끝나지 않았다.

쿵! 쿵! 쿵!

고통 위에 고통이 쌓이고 그 위에 새로운 고통이 쌓였다. 매 고통이 가해질 때마다 이번의 것이 극한일 거라고 여겼지만, 그다음에 밀려든 고통은 언제나 앞의 것을 넘어서고 있었다. 이창은 더 이상 비명조차 지르지 못한 채 고통들에 깔려 납작해지고, 납작해지고, 납작해졌다.

쿵! 쿵! 쿵! 쿵! 쿵!

이창의 짜부라진 영혼은 고통의 구덩이에서 기어 나와 다른 고통의 구덩이로 기어 들어가기를 반복했다. 그 과정에서 하나뿐인 눈알이 안구 밖으로 튀어나오고, 뒤틀린 혀뿌리가 구강 밖으로 삐져나왔다. 그뿐만이 아니었다. 전신에 빽빽이 들어찬 상처를 통해 찐득한 핏물과 짓이겨진 속살과 부러진 뼛조각들이 기다랗고 검붉은 덩어리로 엉켜 국수 가락처럼 줄줄이 뽑혀 나왔다.

고통의 구덩이 어딘가에서 온화한 목소리가 울려 나왔다.

— 거기 넣어.

그러나 이번에 바쳐야 할 공물은 눈알이 아니었다.

이창의 목숨이 언제 끊어졌는지는 이창 본인을 비롯한 누구도 알지 못했다.

━━◦◦━━

공공층축空空層築의 연환 장력을 미친 듯이 때려 내던 도정이 어느 순간 손길을 멈추었다. 그의 발치에는 조금 전만 해도 이창이라 불리던 검붉은 덩어리가 피와 살점으로 얼룩진 견폐에 덮인 채 짜부라져 있었다. 그나마 온전한 것은 견폐에 채 덮이지 않은 두 손과 두 발인데, 견폐 밑에서 번져 나온 찐득한 인즙人汁 위에 네 개의 섬처럼 덩그러니 떠 있는 그것들을 온전하다고 표현할 사람은 그리 많지 않을 것 같았다.

허리를 구부린 도정이 견폐의 한쪽 귀퉁이를 잡고 천천히 들춰 올렸다. 생전의 부피를 모두 잃어버리고 어포처럼 납작해진 이창의 사체가 모든 사람들의 눈앞에 그대로 공개되었다. 문자 그대로 목불인견의 참상이라서 도정은 얼굴을 찡그리지 않기 위해 노력해야만 했다. 이창은 이렇게 죽어도 마땅한 자였다. 그는 해야 할 일을 했을 뿐이었다.

"사형!"

"전주님!"

제단 위에서 가슴 졸이며 관전하던 친인들이 도정을 향해 달려왔다. 도정은 긴장으로 뭉친 어깨를 그제야 펴고는 부르르 진저리를 쳤다. 그러면서 생각했다.

'내가 한 짓이 끔찍해서가 아니다. 단지 땀이 말라 추위를 느꼈을 뿐이다.'

구양현이 겉옷 위에 덧입은 효복을 벗어 도정의 벗은 어깨 위에 걸쳐 주었다. 효복의 거친 안감을 통해 막내 사제의 따뜻한 체온이 전달되었지만, 그럼에도 몸의 떨림은 쉽게 가라앉지 않았다. 그러나 도정은, 지난 한 달간 언제나 그랬듯이, 몸 밖으로 자꾸만 배어 나오려는 인간의 나약함을 되삼키기 위해 노력했다. 그는 북악의 새로운 주인이었다. 배신자에 대한 처형은 방금 끝마쳤지만, 그의 앞에는 처리해야 할 많은 일들이 남아 있었다. 오늘 이후 그가 걸어야 할 길은 결코 순탄하지 않을 터였다.

도정은 제단 위에 줄지어 모셔 놓은 위패들을 둘러보았다. 사부의 위패와 부인의 위패와 수많은 선열들의 위패가 그의 눈 안에서 뿌옇게 흩어졌다.

'……굽어살피소서.'

도정은 작게 기원하며 효복의 앞섶을 여몄다. 가슴팍 위로

언뜻 비친 작고 뚜렷한 사부님의 유물이 가야 할 길의 막막함에
두려워하는 젊은 지존을 격려해 주었다.

—믿는다, 큰애야.

"전주님, 괜찮으십니까?"
중혁이 다가와 걱정스러운 얼굴로 물었다.
도정은 커다랗고 단단한 손바닥을 들어 얼굴을 벅벅 문질
렀다. 그것으로써 눈물과 핏물과 감상을 함께 감춰 버린 북악의
새 주인이 신임 청룡대주를 돌아보며 싱긋 웃었다.
"호사유피虎死留皮라고 했던가요? 악당이긴 해도 죽어서 가죽
을 남긴 것을 보면 호랑이는 맞는 모양이오."
호랑이 사냥을 마친 철인협의 소감은 이러했다.

다음 권으로 이어집니다